A EDUCAÇÃO DE SEBASTIAN

A EDUCAÇÃO DE SEBASTIAN

JANE HARVEY-BERRICK

tradução
MARCIA MEN

São Paulo, 2015

A educação de Sebastian
The Education of Sebastian
Copyright © Jane A. C. Harvey-Berrick 2012
Copyright © 2015 by Novo Século Editora Ltda.

GERENTE EDITORIAL Lindsay Gois	**GERENTE DE AQUISIÇÕES** Renata de Mello do Vale
EDITORIAL João Paulo Putini Nair Ferraz Rebeca Lacerda Vitor Donofrio	**ASSISTENTE DE AQUISIÇÕES** Acácio Alves
TRADUÇÃO Marcia Men	**REVISÃO** Liana do Amaral
PREPARAÇÃO Samuel Vidilli	**CAPA** Dimitry Uziel
DIAGRAMAÇÃO João Paulo Putini	

Texto de acordo com as normas do Novo Acordo Ortográfico da Língua Portuguesa (1990), em vigor desde 1º de janeiro de 2009.

Dados Internacionais de Catalogação na Publicação (CIP)
(Câmara Brasileira do Livro, SP, Brasil)

Harvey-Berrick, Jane
A educação de Sebastian
Jane Harvey-Berrick ; tradução Marcia Men.
Barueri, SP: Novo Século Editora, 2015.

Título original: The education of Sebastian.

1. Ficção erótica. 2. Ficção inglesa. I. Título.

15-08026   CDD-823

Índice para catálogo sistemático:
1. Ficção : Literatura inglesa   823

NOVO SÉCULO EDITORA LTDA.
Alameda Araguaia, 2190 – Bloco A – 11º andar – Conjunto 1111
CEP 06455-000 – Alphaville Industrial, Barueri – SP – Brasil
Tel.: (11) 3699-7107 | Fax: (11) 3699-7323
www.novoseculo.com.br | atendimento@novoseculo.com.br

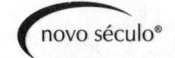

Para Lisa.
Por me dizer para escrever essa história.

AGRADECIMENTOS

Para Kirsten, por ler e reler e ler mais uma vez; pelo seu constante encorajamento, apoio, humor e consideração.

Para John Papajik, por sua paciência, seu humor e auxílio em tudo relacionado aos militares.

Para Phylly, por revisar *ad nauseam*.

Para Dorota Wróbel, pelas informações sobre San Diego.

Para Camilla, pelas traduções para o italiano.

Para o meu DH, por seu amor e paciência testados ao extremo.

Obrigada.

JHB

PRÓLOGO

COM FREQUÊNCIA ME PERGUNTEI por que as noivas falam com tanta empolgação sobre o dia de seu casamento — *o melhor dia de suas vidas*. Isso não implica que, a partir daí, tudo começa a deteriorar?

O dia de meu próprio casamento foi o ponto alto do mais breve dos romances, se é que se pode chamá-lo assim. Meu marido não era um homem romântico. Ele não era muitas coisas. Se ele tivesse sido várias, ou mesmo mais, tudo poderia ter sido diferente entre nós. Por outro lado, talvez tudo tivesse sido exatamente igual.

A despeito do que aconteceu depois, eu não consigo me forçar a me arrepender dos eventos daquele verão.

★ ★ ★ ★

Acho que foi o uniforme. Meu marido me deslumbrou com seu uniforme branco da Marinha americana e seu carro esportivo espalhafatoso, tão rebaixado que parecia resvalar na estrada como uma pedrinha ao ser atirada num lago.

David era um oficial médico da Marinha, recentemente promovido a tenente-comandante e nomeado cirurgião de bordo. Ele era 11 anos mais velho do que eu. Parecia urbano e sofisticado e, para uma garota vinda de um lugar insignificante, que nunca tinha visto nada, ele era a realização de todos os sonhos.

Minha mãe farejou um bom partido; meu querido e doce pai foi convencido e sobrepujado pelas duas mulheres que competiam por sua atenção ao longo da vida.

A competição com a minha mãe era relativamente nova. Ela sempre foi um tanto envergonhada de sua filha feia e meio desajeitada, que parecia não ter nenhuma educação e nenhum desejo de obtê-la; contudo, aos 17 anos, eu desabrochei, quase literalmente, desenvolvendo seios de um dia para o outro, atraindo a atenção de rapazes que anteriormente lançavam seus olhares vidrados para minha sempre elegante e brilhante mãe. De súbito, eu era a interessante, a sensual, e ela odiou isso. É claro, ela não podia admitir esse fato, e não admitiu; assim, nós brigávamos. Meu pai detestava isso, e descia para o porão para ouvir Puccini ou Rossini, enquanto se perguntava por que suas "duas garotas" estavam se engalfinhando.

Portanto, quando David surgiu para tirar meus pés do chão, minha mãe não pôde evitar um rápido empurrãozinho para acelerar o processo e me mandar embora.

Ela nunca pensou que a faculdade fosse uma opção para mim – consequentemente, não havia uma poupança para a faculdade. Ela sempre disse a meu pai que eu não suportaria sequer um semestre: "fraca demais", pelo jeito. Além disso, o casamento supostamente me pouparia de todo aquele estudo entediante.

– Ele é bom demais para você, Caroline, é claro – disse ela. – Mas faremos o melhor que podemos.

Bem, eu vou fazer o melhor que puder para deixá-la atraente, embora "bonita" seja esperar demais.

– Ah, você se parece tanto com seu pai!

Meu pai era baixinho e moreno e muito italiano. Eu herdei seus olhos amendoados brilhantes, um cabelo espesso e não cooperativo, que descia em ondas pelas minhas costas, sua pele azeitonada e uma índole apaixonada e de pavio curto. Também herdei certas qualidades hirsutas, o que significa que comecei a depilar minhas pernas com cera a partir dos dez anos e as axilas a partir dos 12. E por tudo isso eu agradecia à divindade que me fizera, por ter herdado pouco de minha mãe, exceto por sua constituição esguia e sua altura.

Eu costumava me perguntar por que ela e meu pai haviam se casado, já que ela indubitavelmente desprezava sua origem como imigrante italiano e ostentava sua ancestralidade anglo-saxã, branca e protestante em qualquer oportunidade. Seu cabelo era loiro e bem cuidado, seus olhos azuis e afiados, sua pele como morangos e creme.

Não foi surpresa para ninguém, muito menos para mim, quando saltei no momento em que fui empurrada, e me descobri uma noiva aos 19 anos. O ano era 1990.

O que David viu em mim é menos fácil de compreender. Uma jovem esposa com aspirações europeias talvez, fluente em italiano e com uma apreciação por vinho que era inesperada e, mais tarde, indesejada. Eu era diferente o bastante das outras esposas da Marinha para elevá-lo à distinção, e a mim, à alienação e à solidão.

As outras esposas tentaram bastante me incluir em seu círculo social artificial – cafés da manhã, encontros para o almoço, babás, encontro para as crianças (que eu não tinha) brincarem e "bebidas com as garotas".

Elas não eram maldosas; meramente satisfeitas com suas vidas, felizes em casa e realizadas com seus papéis de uma forma que eu nunca poderia ser. Eu era jovem demais, míope demais e contida demais para ver as armadilhas de meu isolamento espontâneo. Fui ao clube de leitura delas uma vez, mas quando descobri que preferiam best-sellers e romances à selvageria assustadora de Hemingway, ou à prosa inconformista de Nabokov, não tive nada a dizer; apenas nos olhamos com flagrante desdém.

Havia uma coisa a meu respeito que agradava meu marido: eu era atlética. Ele me ensinou a navegar um barco inflável e, mais tarde, um iate. Podia atirar quase tão bem quanto o melhor atirador da corporação; não sentia medo de altura e podia mergulhar da prancha mais alta na piscina da Base.

Essas eram as únicas coisas que ele gostava em mim, e mesmo isso ficou limitado aos primeiros 20 meses de nosso casamento. Ele odiava o jeito como eu me vestia, o meu modo de falar (e os assuntos sobre os quais falava) e as coisas que me interessavam. No final, a ironia era que ele queria que eu fosse mais como as outras esposas, enquanto apreciava minha estranheza. Era desnorteante, cansativo e eu não sabia como ser eu mesma. Acho que, naqueles primeiros anos, eu me esqueci de como fazer isso. Assim, vestia as roupas que ele gostava e mantinha minha boca fechada... Uma lenta descida ao silêncio.

Quando percebemos que filhos não aconteceriam em nossas vidas, bem... por causa dele, passei por vários exames invasivos e desagradáveis. Ao nos culparmos mutuamente, acabamos perdendo o interesse em procriação; uma eventualidade fortuita, suponho. Sexo era acidental e nada inspirador. Eu estava sem inspiração. Estava amortecida.

Após dois anos de casamento, David foi transferido para o Centro Médico Naval em San Diego e desejava muito que eu fosse amiga da esposa de seu novo comandante. Estelle era tudo o que eu não era: calma, encantadora e perfeita. Ela também era fria, controladora e uma esnobe. Eu a odiava. O sentimento era mútuo. Mas pelo bem das aparências, cultivamos uma amizade gelada. Era fácil para ela fingir; para mim, um pouco menos. Eu tinha pena de seu filho, sentindo talvez uma afinidade com sua solidão. Sebastian tinha oito anos; eu, 21.

Ele foi amaldiçoado com a sensibilidade. Com a cadela que era sua mãe e o monstro que era seu pai, sua maldição era multiplicada por dois.

Entre nós cresceu uma amizade doce e gentil. Sebastian criou o costume de passar lá em casa depois da escola para me contar sobre seu dia. Eu lhe servia um *limoncello* sem álcool feito com limões de Sorrento (quando conseguia encontrá-los), xarope e soda. Conversávamos sobre livros que ele havia lido e eu lhe sugeria histórias que ele talvez fosse gostar – as histórias que eu lera quando criança, muito distantes dos livros anódinos que sua mãe julgava adequados. Juntos, passamos pela brutalidade casual dos Irmãos Grimm e a elementar psicopatia de Hans Christian Andersen, cuja pequena sereia sentia a dor de facas penetrando em seus pés ao caminhar, e quando sua voz angelical foi trocada por amor.

Mais ou menos nessa época meu pai veio ficar conosco. Minha mãe, é claro, estava ocupada demais – envolvida em seus clubes, seu *bridge*, e seus atos de caridade para com todo mundo, exceto sua família. Foi um alívio para todos nós, embora David estivesse determinado a nos lembrar de sua ausência, lamentando-a a cada refeição. *Uma mulher tão boa...*

Sebastian e meu pai se adoraram e passaram muitas horas juntos fazendo aviões em miniatura e explodindo-os no ar com a pólvora extraída de fogos de artifício. David não aprovava, é claro; então eles escondiam de meu marido a maior parte de suas atividades. Era o momento especial deles, inocente e infantil, apesar de ser uma brincadeira tipicamente destrutiva.

Um dia, Sebastian entrou pela cozinha de casa, já que não o ouvimos bater à porta da frente. "Madame Butterfly" tocava em alto volume e meu pai e eu cantávamos juntos a maravilhosa ária *Un Bel Di*.

– O que vocês estão cantando?

– *Sto cantando in onore di Dio, giovanotto* – disse meu pai.

Sebastian franziu a testa e meu pai pareceu intrigado.

– Eu não entendo o que Papa Vem está dizendo.

– Você está falando em italiano, papa – disse eu, sorrindo. Virei-me para Sebastian. – Ele disse que está cantando para Deus.

– *Ah, cara! Italiano!* A linguagem de Dante! A linguagem da cozinha! A linguagem do amor!

A partir dali, a cada visita de meu pai, Sebastian aprendia alguma palavra de italiano; claro que nem todas eram absolutamente adequadas para uma criança tão jovem, mas meu pai tinha um quê de perversidade. Como se descobriu, foi algo que herdei.

Eu estava razoavelmente feliz em San Diego. Tornei-me envolvida com a revista da Base e ajudei nos dias de visita ao quartel ou ao hospital. Até me matriculei para ir a aulas vespertinas de jornalismo, uma das poucas incursões individuais que já fizera. Foi nessa época que David me informou que tinha sido nomeado para Camp Lejeune, na Carolina do Norte, e que estávamos partindo. Era outro movimento lateral para um oficial que falhava em mostrar-se à altura de suas promessas iniciais. David, porém, escolheu ver isso como uma promoção, como seria de se esperar dele.

Em 48 horas, ele havia desaparecido para o outro lado do continente, e eu tinha uma semana para observar o conteúdo de nosso pequeno lar ser empacotado e despachado em contêineres.

Sebastian veio me ver todos os dias, e chorou todos os dias.

E então, em uma terça-feira de setembro, parti.

CAPÍTULO 1

O SOL ESTAVA QUENTE em minha pele e o livro tinha se tornado pesado em minhas mãos. Eu senti falta do sol da Califórnia; era bom estar de volta, mesmo que em circunstâncias muito abaixo do ideal.

Joguei o livro de lado, empurrei os óculos escuros para cima, até o meu cabelo, e descansei a cabeça nos braços, tranquilizada pelo calor do final da manhã.

Não tinha muita certeza se queria fazer essa jornada de volta com David. Eu tinha amigos na Carolina do Norte, independentemente da vida na Marinha; tinha um emprego do qual gostava, como assistente administrativa em um jornal local pequeno, mas respeitável; e, finalmente, havia obtido meu diploma em Literatura Inglesa após seis anos de escola noturna.

Porém, ao mesmo tempo me sentia inquieta e pronta para uma mudança. Completar 30 anos de idade havia mudado um pouco minha visão de mundo e, ligeiramente surpresa por me descobrir ainda casada, sentia que estava pronta para tentar algo novo... ou velho, como acabou acontecendo, já que estávamos de volta a San Diego. Era uma localização cobiçada, considerada um degrau acima de Camp Lejeune. De qualquer forma, David estava mais feliz, o que tornava minha vida mais fácil. Havíamos encontrado uma forma de coexistir que não era desagradável. Ele não era sempre um homem ruim, ou era o que eu me dizia, e eu não era uma esposa infiel; éramos simplesmente inadequados um para o outro, de um modo fundamental. Havíamos nos distanciado.

Pelo menos eu estava desfrutando da praia. Point Loma ficava a 11 quilômetros do hospital e era frequentada por quase todo o pessoal da Base, um dedo de terreno separando o oceano da baía de San Diego. A parte menos popular era a ponta norte da Adair Street; aqui, pensei, era menos provável que alguém me incomodasse.

Talvez o destino estivesse olhando, mas suponho que esse encontro teria ocorrido mais cedo ou mais tarde, se não naquele dia.

– Olá, sra. Wilson.

Eu não reconheci a voz suave de tenor. Virei-me e coloquei a mão na testa, fazendo sombra sobre os olhos espremidos contra a súbita claridade do sol.

– Sim?

Dois homens com cerca de 20 anos estavam de pé, ambos sem jeito, a alguns metros de distância, e um terceiro se inclinava sobre mim, respingando água na minha toalha de praia.

– Sou o Sebastian.

– Quem?

Seu sorriso radiante vacilou.

– Sebastian Hunter.

Minha mente girou. *O pequeno Sebastian Hunter, todo crescido.*

– Ah, minha nossa, Sebastian! Eu... eu não te reconheci. Uau!

Eu rolei e me sentei, resistindo ao impulso de puxar meu biquíni mais para cima.

– Ouvi dizer que você iria voltar. Estava torcendo para te ver – disse ele, sorrindo de novo.

O menino meigo e de olhos tristes de oito anos tinha se tornado um jovem realmente bonito. Seu cabelo castanho claro era comprido para o filho de um oficial da Marinha, encaracolando-se perto do queixo, descolorido pelo sol da Califórnia em um tom dourado escuro. Ele era esguio, musculoso como um atleta, ombros largos e quadris estreitos.

Uma prancha de surfe azul brilhante estava enfiada embaixo de um braço e ele vestia uma bermuda vermelho escura pesada de água do mar, caída para baixo e mostrando uma faixa de pele mais pálida na cintura, destacando o bronzeado no resto de seu corpo. Pela minha mente, passou o pensamento de que *ele deve ter todas as garotas da escola à sua disposição.*

– Olha só você, Sebastian! Tão crescido. É bom te ver. Como vai? Como vão seus pais?

Seu sorriso radiante titubeou.

– Ah, eles estão bem.

Eu não sabia o que dizer; era tão estranho vê-lo de novo depois de todos esses anos. Com um esforço da imaginação, eu conseguia ver naquele jovem diante de mim a criança que havia conhecido.

– Bem... isso é ótimo. Tenho certeza de que vou vê-lo pela Base. Humm... vocês precisam de uma carona de volta?

Eu olhei para os amigos dele, insegura sobre como conseguiria carregar três pranchas de surfe no topo do meu velho Ford.

– Não, estamos bem, obrigado. Ches tem uma van. – Ele indicou um dos rapazes. – E nós vamos pegar mais umas ondas. Quando eu te vi, eu só quis... vir dar um oi.

– Certo... bem, bom ver você, Sebastian.

Ele sorriu novamente, demorando-se, hesitante.

– Eu vou vê-la de novo, sra. Wilson?

A voz dele expunha uma pergunta.

– Sim, espero que sim. *Ciao*, Sebastian.

Ele abriu um sorriso imenso.

– *Ciao,* sra. Wilson.

Observei-o ir embora, as gotas de água salgada orvalhando suas costas musculosas. Céus! O pequeno Sebastian Hunter – não mais tão pequeno. Qual era a idade dele? Dezessete? Dezoito? Certamente, não era vinte. Franzi a testa, tentando fazer a conta. Ele havia realmente crescido para se tornar um belo jovem. Incrível, considerando seus pais horríveis.

Ah, Deus, eu provavelmente teria que ver a pobre Estelle e o monstruoso pai, Donald. Tal pensamento, sombrio, matou meu bom humor e eu fechei a cara para o sibilante oceano se contorcendo à minha frente.

Sebastian e seus amigos caminharam até outro grupo de surfistas esperando na beira da água. Pude ver que eles estavam rindo dele por causa de alguma coisa, e adivinhei que tivesse a ver comigo. Balancei a cabeça. Adolescentes... Eles nunca mudam.

Observei enquanto eles remavam para longe, um pequeno bando de ratos de praia com pelagem brilhante, desaparecendo abruptamente por trás das ondas que se erguiam. Eu podia discernir apenas uma prancha azul brilhante deslizando ao longo da beira de uma onda que se quebrava. Ofeguei quando a água corrente subitamente engoliu o garoto, depois relaxei quando vi sua cabeça emergir na superfície e ele nadar para sua prancha, remando de novo para a arrebentação.

Por cerca de meia hora continuei a assistir enquanto eles se revezavam correndo pelas colinas de água verde antes de serem engolidos pela espuma rolante, depois remavam para perseguir a onda seguinte, repetidas vezes. Era inútil, lindo e totalmente hipnotizante.

Com relutância, conferi meu relógio; hora de voltar para a Base. Eu esperava uma entrega com mais alguns de nossos pertences. Não podia me atrasar; isso não valia a discussão que se seguiria se tudo não estivesse pronto antes que David retornasse do hospital.

Deslizei um vestido amarelo por cima do meu biquíni e voltei para o carro. Estava superaquecido, é claro, e o ar do interior muito seco. Abri todas as janelas e dirigi de volta, cantando junto com uma ária de Figaro que tocava em meu temperamental CD player.

Quando estacionei, o cara da entrega estava batendo em minha porta, frustrado com a falta de resposta.

– Desculpe, desculpe! Estou aqui agora.

Ele me olhou de cara feia. Eu sorri agradavelmente e lhe ofereci uma cerveja gelada.

– Bem, madame, eu não diria não para um refrigerante, se a senhora tiver um.

Ele ficou de pé e derramou o líquido pela garganta em um gole só, enxugando suor de seu rosto brilhante. Em seguida, depositou alegremente duas caixas grandes na garagem e foi embora.

Eu encarei as caixas com amargura, imaginando se meu olhar fulminante as forçaria a se desembrulhar por conta própria. Mas não.

Três horas depois, suja, suada e com os músculos doloridos, admiti minha derrota com uma caixa e meia ainda por guardar. Amanhã teria que bastar, embora eu soubesse que isso significava uma briga. Mas eu simplesmente não tinha energia para isso.

Às seis da tarde, David estacionou seu orgulho e sua alegria: um Camaro prateado recém-adquirido, símbolo vívido de sua promoção. Ele franziu o cenho para as caixas ainda por guardar e eu esperei pela dissecação do meu dia: onde eu havia estado, o que eu fizera, quem eu vira. Em vez disso, ele bateu o dedo em seu relógio, um gesto habitual de irritação.

– Devemos estar na casa dos Vorstadt em uma hora, e você não está vestida.

– Quem?

– O capitão Vorstadt nos convidou para um drinque.

–Você não falou nada.

– Eu coloquei no calendário, Caroline. Você não conferiu a agenda?

Não, senhor. Desculpe, senhor.

– Eu pensei que você poderia ter mencionado, só isso, David.

– Quero sair às 18h50. Use o vestido verde de coquetel.

Eu odiava quando ele me dava ordens, o que acontecia na maior parte do tempo, admito. Mas aquilo estava realmente me irritando.

– Estou cansada, David. Estive desempacotando caixas pelas últimas três horas, e isso é exaustivo.

–Tomar decisões de vida e morte o dia todo é exaustivo, Caroline. Uma vez que seja, você poderia fazer algo para me apoiar? Eu não peço muito, considerando-se o estilo de vida que lhe dou.

Eu contive a resposta que me veio. Qual era o sentido, afinal? Já havíamos discutido isso. Eu nunca ganhei uma discussão com ele. Era cansativo até tentar.

– Certo. Vou tomar banho.

Vesti-me rapidamente, apliquei um pouco de delineador, rímel e um batom clarinho; o mínimo de maquiagem com que podia me safar. David gostava que mulheres "parecessem mulheres" – o que significa salto alto e maquiagem. Não era meu visual favorito, se é que eu tinha um. Ele usava seu casaco esportivo favorito e uma camisa aberta no pescoço. Ainda estava bonito, acho.

— O que você fez hoje? — disse ele, quebrando o silêncio enquanto atravessávamos de carro a curta distância até a festa.

— Antes de passar três horas desempacotando caixas?

— Só meia caixa, pelo que notei.

Chato pedante.

— Li um livro na praia. Antes das caixas serem entregues. Ah, eu trombei com Sebastian.

— Quem?

— O menino dos Hunter. Da última vez que estivemos aqui, sabe?

Ele grunhiu, o que podia significar qualquer coisa, mas suspeito que queria dizer que ele não se lembrava. David não era bom em se lembrar das pessoas; um defeito para um médico. Dava a impressão de que ele era frio.

— Quem vai estar lá essa noite?

— Eu não recebi a lista de convidados, Caroline.

Credo, eu só estava perguntando.

A sra. Vorstadt nos encontrou na porta de seu sobrado.

— David, que adorável. E você deve ser Caroline. Eu sou Donna.

Donna era uma mulher forte e atraente, na casa dos 50 anos. Ela me beijou no rosto. Seu hálito cheirava a gim com tônica.

— Entrem, entrem.

A sala estava lotada e barulhenta, com gente se esparramando pelo grande quintal na parte de trás da casa. Um churrasco chiava sob um toldo. Homens se reuniam em pequenos grupos bebendo cerveja de garrafa e rindo alto; mulheres se juntavam bebericando Manhattans, os saltos altos mergulhando no gramado recém-cortado. Eu estava feliz por ter colocado minhas sapatilhas, apesar do cenho desaprovador de David.

Mentalmente me preparei para uma noite de tédio. Mas foi ainda pior.

Donna nos abasteceu com a obrigatória cerveja para David e um coquetel para mim, depois nos despachou na direção de um casal que pareceu vagamente familiar. Quando a loira se virou, eu reconheci seu sorriso gelado.

— Creio que conheçam os Hunter da última vez que estiveram em San Diego.

— Caroline, querida — disse Estelle em uma voz fria. — E David, você não envelheceu nem um dia sequer.

Nós trocamos beijos no ar sem sinceridade, depois os homens se deram as mãos e Donald saiu para falar com alguns dos outros oficiais.

– Olá, Estelle – falei calmamente, sem inflexão. – Vi seu filho hoje.

Ela me encarou, incrédula.

– Sebastian?

– Sim. Na praia. Foi uma surpresa boa.

– Ele estava na praia?

Pelo amor de Deus, eu não estou falando servo-croata.

– Sim.

Os olhos dela se espremeram e eu tive a distinta impressão que, de algum modo, havia traído um segredo dele.

– Sebastian! – Suas vogais curtas se ergueram sobre o quintal, e várias pessoas se viraram para encarar.

Eu segui os olhos dela e o vi de novo, apoiando-se contra o deque, sozinho. Era mais alto do que achei, agora que eu estava de pé também: tão alto quanto seu pai, e mais do que David. Dessa vez, ele estava vestido mais formalmente, com calças de algodão cáqui, uma camisa branca, as mangas dobradas acima dos antebraços fortes, e uma gravata preta frouxa ao redor do pescoço. Mesmo assim ainda parecia mais casual do que a maioria dos homens.

– Mãe? – disse ele, os olhos resguardados.

– Caroline disse que você estava na praia hoje.

Ele sorriu de súbito e caminhou até se juntar a nós, sua expressão se suavizando quando me viu.

– Olá, sra. Wilson. Eu disse que nos veríamos outra vez.

– Você tinha razão. Como foi o surfe?

– Ótimo, obrigado! Nós...

– Sebastian! – interrompeu Estelle em um tom baixo e furioso. – Você deveria estar estudando para seus testes de colocação avançada. Você precisa passar por eles se quer estar um semestre adiantado, pelo amor de Deus. Tem que pensar nos créditos da faculdade. Quer tirar seu diploma mais cedo ou não?

Ele deu de ombros, indiferente, daquele jeito enfurecido que a maioria dos adolescentes aprende apenas para irritar mais os seus pais, mas eu podia ver que ele também estava ansioso.

– Eu estudei à tarde – retrucou ele, com suavidade. – Havia uma arrebentação boa de manhã, Ches...

– Nós conversamos depois – sibilou ela. – Seu pai vai querer ouvir sobre isso.

Ela marchou para longe, deixando um silêncio embaraçoso para trás. Donna guiou David para o outro lado e eu fiquei com Sebastian.

– Sinto muito sobre isso... Eu não teria dito nada se soubesse que te deixaria numa enrascada.

Ele tornou a dar de ombros e sorriu.

– Estou sempre em enrascadas, então não faz nenhuma diferença.

– Ah, bem, então... às enrascadas! – E ergui minha taça em um brinde irônico.

Sebastian sorriu para mim, os olhos se encolhendo, felizes. Percebi que eles eram azuis-esverdeados, da cor do oceano. Eu havia me esquecido. Que adequado.

– Você surfa há muito tempo? Parecia ser muito bom nisso.

– Você me viu? – Ele pareceu deliciado. – Tivemos uns tubos irados hoje.

– Eu não tenho ideia do que isso significa! Mas assisti por um bom tempo; você parecia muito gracioso.

Ele corou subitamente e olhou para baixo.

– Como vai a escola? – perguntei, mudando de assunto.

– Ah, vai bem. Eu me formo na próxima quinta-feira...

O que faz com que ele tenha 18, adivinhei.

– E então vai para a faculdade no outono?

– Talvez. Meu pai quer que eu me aliste, mas a minha mãe quer que eu pegue meu diploma antes.

– O que você quer?

Ele pareceu surpreso, como se ninguém tivesse lhe feito aquela pergunta. Em seguida, sorriu, malicioso.

– Quero surfar.

– É claro. A carreira perfeita: um rato de praia. Talvez devêssemos beber ao verão infinito.

Ele riu, um som descuidado que me fez sorrir de volta.

– Eu poderia beber a um de seus *limoncellos* especiais.

Eu devo ter parecido confusa, porque ele esclareceu seu comentário imediatamente.

— Você costumava fazê-los para mim, sem álcool!

— Ah, sim! Quando você era pequeno.

Ele franziu o cenho, como se algo no que eu disse não o agradasse, mas rapidamente livrou-se do pensamento.

— Você vai à praia com frequência? — perguntou ele, os olhos surpreendentemente intensos.

— Eu ia um pouco na Carolina do Norte, embora também tivesse um emprego. Mas só estamos de volta aqui há uma semana; hoje foi minha primeira chance. Ainda tenho muito a desempacotar.

Estremeci ao lembrar daquela caixa e meia na garagem.

— Eu poderia te ajudar. A desempacotar, digo. Carregar coisas e tal.

— Ah, bem, obrigada. Mas eu acho que dou conta; não é tanto assim, na verdade.

— Eu gostaria de ajudar; é ótimo ter você de volta.

Eu estava desconcertada por sua oferta e seu comentário, embora parte de mim admitisse que seria útil ter alguém para carregar tudo. Não, ele tinha que estudar, não seria justo.

Por cima do ombro dele vi Donald Hunter pisando duro na nossa direção e um tremor me percorreu: ele parecia furioso.

Minha expressão deve ter alertado Sebastian, porque ele se virou para ver o que havia chamado minha atenção.

— Sua mãe me disse que você estava na praia de novo hoje de manhã — despejou ele, sem preâmbulos. Ele agarrou o braço de Sebastian, girando-o para encarar sua fúria.

Sebastian empalideceu.

— Sim, mas...

— Cacete, eu já te avisei o que eu faria se você fosse lá de novo quando deveria estar estudando.

Eu fiquei extremamente chocada que mesmo esse homem terrível falasse com seu filho desse jeito em minha frente, praticamente uma estranha.

— Pai, eu...

— Quieto! — rosnou ele.

As pessoas estavam olhando fixamente. E eu estava presa em uma paralisia horrenda, incapaz de tirar meus olhos desse nojento draminha de família.

— Pode dar adeus à sua prancha de surfe. E chega de praia. Nenhum filho meu vai desperdiçar a vida como rato de praia.

Sebastian soltou seu braço com um puxão e encarou o pai.

— Eu estudei à tarde, pai. E eu paguei por aquela prancha; eu trabalhei por ela. É minha. Você não pode tocar nela.

O rosto de Donald ficou roxo escuro e eu pensei que ele iria bater no filho. No último segundo, ele se conteve.

— Isso não acabou — ciciou ele, afastando-se em uma marcha.

Sebastian fitava o chão, humilhação e raiva disputando a dominância em seu rosto.

Eu me senti terrivelmente culpada; isso era tudo culpa minha.

— Eu sinto tanto, tanto, Sebastian — murmurei. — Eu não fazia ideia...

Minhas palavras foram sumindo, ineptas.

Ele balançou a cabeça.

— Ele é só um cretino. Eu realmente o odeio. Mal posso esperar para sair de casa — disse ele, ferozmente. — Quanto antes, melhor.

Eu não soube o que dizer. Apenas assenti, com empatia. Afinal, não havia também saído de casa assim que pude para me livrar da minha mãe? Busquei desesperadamente por uma mudança de assunto, mas meu cérebro não estava disposto a cooperar. Donna retornou rapidamente, parecendo devidamente irritada com a explosão de Donald. *Modos tão ruins,* pude ver o pensamento no rosto dela.

— Posso lhe trazer outra taça, Caroline?

Sem perceber, eu já havia tomado todo o coquetel.

— Ah, sim, obrigada.

— Sebastian, mais refrigerante?

— Não, obrigado, sra. Vorstadt — resmungou ele, saindo abruptamente, com expressão mortificada.

Donna balançou a cabeça.

— Pobre garoto. O que ele tem que suportar.

— O pai dele é sempre assim? — Eu ainda estava chocada.

Claramente, a resposta era "sim", mas Donna não quis se comprometer com nada muito definitivo ou condenatório.

– Ah, bem, Donald é Donald. Tenho certeza que você deve se lembrar.

Eu fitei Sebastian, relembrando outras circunstâncias em que Donald intimidara seu filho, quando ele ainda era um menino. Estava espantada por Sebastian não haver também se transformado em um monstro. Ele parecia tão gentil e meigo quanto quando eu o conhecera, tantos anos atrás.

O resto da noite passou com conversas banais e desinteressantes, como sempre. Mantive distância de Estelle e Donald; Sebastian parecia haver desaparecido, e David e eu nos ignoramos mutuamente, como sempre.

Fiquei aliviada quando ele decidiu que estava na hora certa para voltar para casa.

CAPÍTULO 2

NA MANHÃ SEGUINTE, as malditas caixas não haviam milagrosamente se guardado. Eu as encarava com antipatia quando ouvi um carro estacionar.

Donna Vorstadt saiu de seu novo Chevy e acenou ao me ver.

— Olá, Caroline, minha querida, pensei em passar e ver como você está se ajeitando. Minha nossa, acho que você está com as mãos cheias aqui.

Ela sorriu, compadecendo-se, e eu gostei um pouquinho mais dela.

— Tem tempo para uma xícara de café, Donna?

Eu normalmente não sentia a necessidade de socializar com as esposas dos colegas oficiais de meu marido, mas ela parecia genuína e eu ainda sabia seguir algumas gentilezas do comportamento das Bases.

— Claro, seria ótimo.

Percebi tarde demais que a louça do café da manhã ainda estava espalhada pelo balcão. Ah, bem, eu estragara minha chance de fingir ser perfeita.

— Creme e açúcar?

— Só o creme, por favor. Você tem leite desnatado?

Eu abri espaço e nos sentamos para tomar nossos cafés.

— E então, como está se ajeitando? É um saco se mudar, não é?

— Eu não ligo para os aspectos físicos da mudança... é só que... Eu tinha um trabalho do qual realmente gostava lá na Carolina do Norte. — *Ah, pessoal demais.* — Veja bem, essas caixas não vão se guardar sozinhas.

Eu suspirei e ela pareceu demonstrar empatia.

— Eu tenho que correr para as lojas agora, mas posso vir hoje à tarde e ajudar, se você quiser.

Antes que eu pudesse responder, houve uma batida na porta da frente. Eu torci muito para que não fosse outra esposa que tivesse vindo me ajudar tomando café.

— Oi, sra. Wilson.

Com um sorriso enorme, Sebastian estava ali, vestido em jeans rasgados e uma camiseta branca lisa.

— Ah, olá! É bom te ver de novo, Sebastian. O que posso fazer por você?

— Você disse que precisava desempacotar algumas caixas; achei que eu poderia ajudar.

Fui pega de surpresa por sua oferta.

— É muito gentil de sua parte, Sebastian, mas não acho que seus pais ficariam felizes se soubessem que você está aqui, em vez de estudando.

— Estou pegando uma folga — disse ele, seu adorável sorriso diminuindo à menção de seus pais.

— Tenho certeza de que eles não se oporiam a Sebastian ajudar uma vizinha — disse Donna, surgindo atrás de mim. — Isso foi muita consideração de sua parte, Sebastian — prosseguiu ela, gentil.

Sebastian ficou vermelho quando a viu e olhou para o chão.

— Bem, eu certamente poderia me servir de alguma ajuda — disse, aturdida.

— Ótimo! — disse Sebastian, seu sorriso voltando. — Vou começar, então.

— Obrigada — resmunguei para suas costas.

Donna piscou para mim.

— Acho que você tem um admirador ali — cochichou ela. — Obrigada pelo café. Telefone se precisar de qualquer coisa.

Eu observei-a se afastar e fui para a garagem. Sebastian já havia começado na segunda metade da caixa número um.

— Você não precisa mesmo fazer isso, sabe — disse eu, balançando a cabeça, espantada.

— Eu quero fazer — disse ele, simplesmente.

Resolvi que o deixaria ajudar por meia hora, depois o expulsaria, mandando-o de volta para seus pais antes que eu causasse mais problemas para ele.

Foi bem útil tê-lo ali — ele ergueu mesas e baús e caixas cheias de sabe-se lá o que, e antes que eu percebesse, duas horas haviam voado.

— Ah, droga! Já está quase na hora do almoço — comentei, olhando para meu relógio, horrorizada.

— A senhora precisava ir a algum lugar? — indagou Sebastian, preocupado.

— Não, não, estou preocupada com você. Seus pais... Seus estudos.

Ele deu de ombros.

— Não é nada.

— Olha, eu não vou ser responsável por você ser reprovado. Vou fazer almoço para nós e então você precisa ir estudar. Tudo bem?

— Certo, tudo bem! — disse ele, feliz.

Ele me seguiu para dentro da casa e eu lhe mostrei onde ele podia lavar as mãos. Eu estava me esticando para pegar os copos altos quando o ouvi entrar na cozinha.

— Eu pego para você — disse ele.

Sua súbita proximidade atrás de mim me fez pular como se um choque elétrico tivesse me atingido. Foi a sensação mais estranha; repentinamente me senti quase nervosa quando ele levantou a mão acima do meu ombro, o corpo roçando de leve minhas costas. Afastei-me um passo e me virei, deparando com ele me encarando, um copo em cada mão.

— Obrigada — falei, sem jeito.

Ele não respondeu e eu tive que desviar o olhar primeiro. A intensidade no olhar dele me deixou desconfortável — e na minha própria casa, porcaria! Sim, e aborrecida. Eu me refugiei vasculhando o refrigerador, tentando restaurar um pouco meu equilíbrio.

— Eu tenho refrigerante ou um *pressé* de limão — minha voz foi meio engolida pela geladeira.

— Eu nunca tomei um *pressé* de limão. O que é isso?

— Ah, bem, é só suco de limão e água mineral com gás.

— Eu vou experimentar, por favor, sra. Wilson.

A tensão abandonou meu corpo e eu sorri para ele.

— Sebastian, pode me chamar de Caroline. Sra. Wilson é tão formal... e me faz sentir velha.

— Certo, Caroline — respondeu ele, sorrindo para mim.

— Agora, eu posso fazer um sanduíche de frango com salada ou... uma salada tricolor.

— *Insalata tricolore, per favore.*

Eu me voltei para ele, surpresa.

— Eu venho aprendendo italiano — anunciou ele, orgulhoso. — Um curso por correspondência. Meu colégio só oferecia espanhol.

— É mesmo? *Molto bene!*

— E andei ouvindo ópera, também. Eu gosto de Verdi.

— A mulher caída.

— Desculpe-me? — ofegou ele.

— La Traviata: suponho que seja o que você queria dizer quando falou que gostava de Verdi. Ou talvez Aída? Rigoleto?

Ele soltou o fôlego em um sopro.

— É, todas essas.

— Pensei que adolescentes só escutassem rock pesado — provoquei.

Ele pareceu magoado e eu me arrependi do comentário. Obviamente, ele estava tentando me impressionar.

— Fico contente que você goste de ópera; meu pai adorava.

— Eu me lembro. Lembro-me de vocês dois cantando ópera na sua cozinha.

— Sério que você se lembra disso?

Ele assentiu, sério.

— Eu me recordo de tudo.

Eu suspirei.

— Aquela foi uma visita ótima, quando papai ficou conosco.

Sebastian sorriu.

— É, ele era divertido. Nós explodimos uma porção de coisas.

Eu rolei os olhos com a recordação.

— Sim, David não ficou muito feliz a respeito.

Por que eu mencionei David naquele momento, eu não saberia dizer. Sebastian franziu o cenho.

— Como vai o seu pai?

E a memória dolorosa me cortou. Meu pai querido, jazendo encolhido e com dor, minúsculo e indefeso em uma cama de hospital; a morfina falhando em domar a dor do câncer que o devorou por completo.

— Ele faleceu dois anos atrás.

Eu mal consegui dizer as palavras, tomada de surpresa pela força esmagadora da lembrança. Senti lágrimas quentes em meus olhos. *Ridículo,* censurei-me.

— Sinto muito. Eu não sabia — murmurou Sebastian.

Ele parecia querer dizer mais alguma coisa, mas agora eu ansiava por sua ausência. Desejei de todo coração não ter lhe oferecido o almoço.

— Muito obrigada por sua ajuda esta manhã, Sebastian. Foi muita consideração sua mesmo, mas vou ter que insistir para que você vá estudar assim que tivermos comido. Não quero arrumar ainda mais problemas para você.

Ele fez biquinho, subitamente aparentando sua idade. Aquilo me deu vontade de rir, mas eu não queria ferir seus sentimentos. Especialmente quando ele havia sido tão prestativo. Mudei de assunto.

— Você vai surfar com seus amigos de novo em breve?

Ele suspirou.

— Talvez. Vou ter que pegar uma prancha emprestada.

— Ah, o que aconteceu com a azul?

— Meu pai a estragou — quebrou-a ao meio. Disse que eu não ia mais desperdiçar tempo surfando.

Ele disse aquilo casualmente, mas pude ouvir a raiva e a mágoa sob as palavras; lembrei da ameaça do pai dele no churrasco.

— Isso é horrível. E é tudo culpa minha. Eu jamais deveria ter dito...

Ele me interrompeu falando com suavidade:

— Não é culpa sua que meu pai seja um safado sádico, Caroline.

Minha mão voou para a boca quando ele falou, meus olhos fixos nos dele.

— Sinto tanto, tanto. — Minha voz saiu sussurrada e débil.

Ele deu de ombros.

— Sem problemas. Estou acostumado.

— Eu tenho que te comprar uma prancha nova, Sebastian. É essa a solução.

Tentei aliviar a situação.

— Obrigado, Caroline, mas está tudo bem. Eu sempre posso pegar uma emprestada com o Ches. O pai dele também surfa.

— Bem, deixe-me te dar uma carona para casa depois do almoço. É o mínimo que posso fazer.

Ele sorriu para mim e o momento tenso se dissolveu.

Fatiei um pouco de muçarela e tomates, piquei o abacate, despejei azeite de oliva e moí um pouco de pimenta do reino. Estava irritada por não ter tido tempo de comprar manjericão fresco para rasgar por cima. Mas teria que ser assim mesmo.

Encontrei um pouco de pão que eu usaria para a *bruschetta* e pus um prato no meio da mesa; imaginei que um rapaz adolescente comeria muito mais do que eu.

Ele se jogou na comida com gosto, engolindo tudo que estava à mostra.

— Rapaz, você realmente cozinha muito bem, Caroline.

Eu ri de seu entusiasmo.

— Isso não é cozinhar, Sebastian.

— Minha mãe nunca cozinha nada — disse ele, levantando as sobrancelhas para mim. — Meu pai pensa que ela cozinha, mas é tudo comprado pronto.

— Humm... Tudo o que você disser pode e será usado contra você no tribunal.

Ele pareceu horrorizado.

— Não diga a ela que eu te contei!

— Quanto vale esse segredo? — provoquei.

— Minha bunda! — disse ele enfaticamente.

A expressão em seu rosto me fez rir alto.

— Ah, Sebastian, você acaba de se expor à chantagem agora.

— Você pode me chantagear sempre que quiser, Caroline — disse ele, rouco.

De súbito seus olhos estavam intensos e eu pisquei para ele, surpresa.

— Hora de ir — falei em uma voz neutra e comecei a juntar a louça.

Ele ficou de pé e me observou por um instante, inseguro, em seguida me ajudou a limpar a mesa.

— A *insalata* estava boa — disse ele timidamente.

— Obrigada. Fico contente que tenha gostado.

Olhei para meu relógio, um gesto nada sutil.

— Vou pegar as chaves do carro.

Coloquei para tocar o mesmo CD que havia ouvido no dia anterior, mas agora não sentia vontade de cantar; a atmosfera no carro estava mais uma vez desconfortável. Eu sentia dificuldades de acompanhar as flutuações de humor de Sebastian. Devia ser um pesadelo conviver com um adolescente, pensei, mesmo um que parecia ser tão maduro como Sebastian. Ou talvez fosse coisa de homem em geral — as flutuações de humor de David podiam quase ser medidas com um metrônomo. Aquela ideia me fez fazer uma careta.

— Pode me deixar aqui? — disse ele, de súbito.

— Mas ainda não chegamos à sua casa, não é? — disse, confusa pelo pedido.

Ele retorceu a boca na semelhança de um sorriso.

— Vai haver menos perguntas assim — disse ele.

Senti-me culpada de novo — ele passara a manhã toda me ajudando, quando deveria estar estudando. E era óbvio que sua mãe não tinha ideia do que ele estava fazendo. Eu torci para que Donna não dissesse nada a ela.

Encostei o carro na calçada e esperei que ele descesse.

Ele ficou sentado por um instante, remexendo no fecho do cinto.

— Eu vou te ver de novo? — disse ele.

Franzi a testa, intrigada pela pergunta estranha.

— Acredito que sim. Todo mundo se tromba com todo mundo aqui na Base. Agora, prometa para mim que vai estudar essa tarde.

Ele forçou um sorriso contido.

— Certo, Caroline. Vejo você depois.

— Tchau, Sebastian.

Eu me afastei. Não pude evitar olhar pelo retrovisor; ele ainda estava observando.

As palavras de Donna voltaram à minha mente: *Você tem um admirador ali.*

Ah, inferno. Era só do que eu precisava: um adolescente com uma queda por mim.

Irritada, retornei aos meus deveres na garagem. Na hora em que tudo já estava guardado e cada traquitana havia recebido um lar, eu estava cansada até os ossos. Estava agradecida a Sebastian — jamais teria terminado tão rápido sem a ajuda dele. Eu não tive muita experiência com rapazes da idade dele mesmo quando *tinha* essa idade, mas na minha opinião ele parecia diferente... mais maduro do que seria de se esperar. Perguntei-me se ele realmente gostava de ópera ou se aquilo tinha sido dito apenas para me agradar.

Deus, o que deve ter sido crescer com aqueles pais. Embora Estelle fosse perturbadoramente parecida com minha mãe, pelo menos eu tive um pai que me amava de forma incondicional.

Servi-me de um copo de água e levei-o para o quintal para me sentar ao sol por alguns instantes de paz. Sentia-me curiosamente à deriva, como se os laços com a minha vida estivessem se desfazendo um por um. Minha mãe, há muito ausente por escolha mútua, meu pai morto, meu emprego perdido; até mesmo David estava ausente em espírito.

E eu era uma sombra.

Ah, deixe de ser tão melodramática.

Eu culpava meu pai: os genes italianos.

Precisava sair de casa, da Base, e fazer alguma coisa.

Joguei-me no chuveiro, lavando o grude, e vesti um jeans e uma camiseta. Aquilo foi deliberado — David odiava me ver em jeans, mas hoje, nesse momento, queria me sentir como eu mesma — apenas por algumas poucas e preciosas horas.

Afastei-me da entrada de carros e dirigi, rápido demais, pela estrada, passando em frente ao hospital. De relance, reconheci a figura andando longe de mim. Quase passei direto, mas algo me fez parar.

Eu me inclinei e abri a janela do lado do passageiro.

— Oi. Precisa de uma carona para algum lugar?

O rosto de Sebastian se iluminou.

— Sim, obrigado.

Ele embarcou, dobrando as pernas compridas no meu carro compacto e sorriu. Esperei por alguma instrução, mas ele só se recostou no banco e sorriu.

— E então, para onde posso te levar?

Ele deu de ombros.

— Qualquer lugar.

— Como é?

— Eu só precisava sair de casa — sabe, dar um tempo. Mamãe está... bem, mamãe.

— Ah, certo.

Eu me senti sem jeito. Não teria lhe oferecido uma carona se tivesse imaginado que ele estava apenas dando uma caminhada.

— Você terminou suas tarefas?

Eu realmente não queria ser responsável por ele negligenciar seus estudos duas vezes em um só dia.

— Sim, acho.

— Bem, eu estava indo para o centro. Quer ir também?

Parte de mim torcia para que ele não quisesse. As coisas já estavam esquisitas o bastante.

— Claro, seria ótimo, Caroline.

Houve uma pausa curta enquanto eu pensava em algo para dizer. Nós havíamos conversado com tanta facilidade de manhã na garagem, mas agora eu me sentia desajeitada. Talvez fosse a lembrança de seu olhar intenso, o jeito como seu corpo pressionara o meu quando ele pegou os copos. Balancei a cabeça para clarear a mente.

— Como vão os estudos?

Ele deu de ombros como se o tópico o entediasse.

— Sem problemas. Nos testes de ensaio, eu tirei notas altas. Está tudo bem.

— Que classes avançadas você está frequentando?

Ele me olhou de relance.

— Matemática, Literatura Inglesa... e Italiano.

— Ah, bem... isso é bom.

Eu sabia que devia perguntar o motivo para escolher essas matérias em especial — porém, eu podia adivinhar, ao menos de uma delas.

— Eu quero tirar um diploma Associado de Artes. Leva só dois anos.

— Foi o que havia entendido — disse eu, abruptamente.

Ele pareceu querer dizer mais alguma coisa, porém voltou-se para a janela, em vez disso.

— Por que você não liga o rádio? — falei, torcendo para que isso oferecesse uma distração adequada.

— Tudo bem — disse ele, inexpressivo.

É ridículo que esse menino de 18 anos esteja mais à vontade do que eu. Vamos lá, Venzi, tome vergonha. Mesmo após 11 anos de casamento, ainda havia vezes em que Caroline Wilson era Carolina, a filha irascível do imigrante Marco Venzi.

O rádio sibilou e estalou até Sebastian encontrar um sinal razoavelmente claro — Blue Grass. A escolha dele me surpreendeu — de Verdi para isso? O que me fez sorrir.

— Você gosta de Doc Watson?

— Eu gosto de todo tipo de música.

Eu deixei o carro em um estacionamento em Harbor Drive e nós subimos a colina até Little Italy, falando sobre música e comida. Eu me lembrava dessa área da época em que havia morado aqui antes. Havia um *Mercato* todo sábado, e eu estava ansiosa para poder comprar azeites italianos especiais e vegetais que não se encontravam em lojas normais.

— Você quer tomar um café? — disse Sebastian, esperançoso.

Hummm. Café bom, italiano.

— Ah, um expresso de verdade. Sim, isso seria adorável.

Entusiasmo demais. Não o encoraje — não envie sinais confusos.

Mas o dia estava lindo demais para ser desanimada, e eu me flagrei deliciada com todos os lindos cafés, *gelaterias* e *ristorantes*.

Paramos em um café minúsculo perto da India Street. A esposa do dono veio nos atender e ficou extasiada quando eu falei com ela em italiano. Ela me beijou nas duas bochechas e convocou o resto da família para sair e me conhecer. Sebastian pareceu pressionado, mas depois ofereceu algumas frases cuidadosas em italiano e foi engolfado no seio da família. Eu não pude evitar o riso — a exuberância deles me lembrava tanto meu pai!

Eles tagarelavam em italiano como papagaios, com tanta velocidade e vigor, cada um falando por cima do outro, que eu lutei para entender tudo o que diziam. Sebastian provavelmente só pegou uma palavra a cada 50, mas sentou-se ali, sorrindo, apenas se encolhendo de leve quando a mãe do dono, uma nonna pequenina e redonda com cerca de 80 anos, agarrou-o com as duas mãos e o beijou repetidas vezes.

Em seguida, todos eles puxaram cadeiras e cercaram nossa mesinha, que logo transbordava de afeição. Alguém pegou meia dúzia de xícaras de expresso e eu beberiquei o café amargo e espesso, feliz. Eu me diverti ao ver que Sebastian acrescentou diversas colheres de açúcar antes de achar que o rico líquido estivesse palatável.

Em algum momento, mais clientes chegaram e a família se foi, retornando a seus vários papéis: cozinheiro, faxineiro, chef e lavador de louça.

— Uau! Isso foi uma loucura — disse Sebastian, quando nos deixaram sozinhos.

— Maravilhoso, não?

— Eles meio que me lembraram do seu pai.

Eu suspirei e me recostei na cadeira desconfortável.

— Sim, loucos, igual o Papa.

— Sinto muito — disse ele com suavidade. — Eu não queria te deixar triste.

E então ele colocou sua mão sobre a minha e eu senti seu toque gentil. Meus olhos se arregalaram de surpresa e eu retirei minha mão com um puxão.

— Sinto muito — disse ele outra vez, as bochechas esquentando.

— Não, isso foi rude de minha parte. Eu só…

A tensão retornou e, para meu horror, percebi que minhas mãos estavam tremendo. Remexi na minha carteira por algum dinheiro e coloquei as notas na mesa, sob uma xícara abandonada de café.

— Eu tenho dinheiro — disse ele, sem jeito.

— Não, tudo bem. Eu já cuidei disso — resmunguei. — Tenho que voltar agora.

Sebastian ficou de pé em silêncio, depois me seguiu de volta para a rua principal.

— Aspetti, signore!

O dono do café havia nos seguido e estava acenando com as notas que eu deixara na mesa.

Eu encarei, espantada, enquanto ele forçava as notas na mão de Sebastian.

— Não, por favor. Você e sua linda esposa devem vir de novo. Vocês são como se fossem da família. Por favor!

Recusando-se a ficar com o dinheiro, ele beijou nós dois e se afastou sorrindo.

A diversão de Sebastian transformou-se em um sorriso amplo enquanto ele passava o dinheiro para mim.

— Para você, *signora*. Linda esposa, hein? Bem, ele estava meio certo.

Foi minha vez de corar, mas eu tentei fazer piada.

— Café de graça sempre tem um gosto melhor.

— Sim! Nós definitivamente deveríamos fazer isso de novo.

Eu não podia corresponder a seu entusiasmo pueril; apenas sorri debilmente.

— Sabe — disse ele, pensativo —, eu só entendi cerca de uma palavra a cada frase. Pensei que meu italiano fosse melhor do que isso. Diabos, eu venho estudando há quatro anos. Talvez você pudesse me ensinar, digo, só um pouco de prática na conversação. Isso seria fantástico!

Minha resposta automática era um grande NÃO, mas eu não tive chance de dizê-la.

— Ei, Seb. Como vai?

O rosto de Sebastian congelou.

— O que você quer, Jack?

— Quem é a sua amiga bonitinha?

Uma expressão de raiva e profundo desgosto cruzou o rosto de Sebastian.

— Ah, o que é isso, cara! Eu só estou comentando.

Eu tinha uma certeza razoável de que Jack era um dos ratos surfistas que eu vira com Sebastian no dia anterior. Ele era um pouco mais velho do que Sebastian e seus amigos, com cabelo escuro e olhos escuros e ferozes; não gostei dele desde a primeira frase que disse.

— Caroline Wilson — falei, esperando reduzir a súbita tensão.

— Olá, *sra*. Wilson — disse ele, cheio de malícia, os olhos indo da minha aliança para meu decote.

Ambos olhamos para Sebastian, que parecia bastante desconfortável.

— Bem, foi bom esbarrar com você de novo, Sebastian. Quer uma carona de volta para a Base ou prefere ficar com a sua *amiga*?

Eu esperei menos de um segundo antes de fixar um sorriso falso em meu rosto.

— Eu vejo vocês por aí então. Ciao.

E fui embora.

Eu estava furiosa comigo mesma. Por que fingi que havíamos acabado de nos encontrar por acaso? Tinha sido tudo perfeitamente inocente, então por que mentir?

Em seguida me lembrei do toque da mão dele na minha e da minha reação exagerada e ridícula.

Ah, isso não é bom, isso não é nada bom.

Meu temperamento estava enlouquecido quando voltei para o carro. Eu estava brava com Sebastian, comigo mesma, com o desprezível Jack, aquele merdinha estúpido e patético. Ele me fizera sentir... culpada, e eu nem havia feito nada. Eu estava acostumada com David me fazendo sentir assim, mas isso era insuportável.

Eu abri as janelas depois de entrar para deixar o calor abafado sair, sentindo algum alívio na energia acumulada com a tarefa trivial.

Quando ouvi passos atrás de mim, não precisei me virar para ver quem era.

— Caroline, sinto muito, eu... — sua voz foi sumindo.

— O quê? O quê!

As palavras saíram mais bruscas do que eu pretendia. Ele me encarou, magoado. Eu tive muita vontade de chutar alguma coisa.

Respirei fundo e me lembrei de que não era culpa dele.

— Você quer uma carona de volta?

Ele assentiu, ainda parecendo magoado.

Eu dirigi em uma fúria silenciosa. Depois de alguns minutos, senti-me calma o suficiente para arriscar um olhar para Sebastian; ele estava olhando pela janela.

Eventualmente, ele quebrou o silêncio pesado.

— Desculpe-me por Jack e pelo que ele disse. — Houve uma breve pausa e ele acrescentou: — O cara é um cretino.

Eu exalei lentamente, forçando um pouco da tensão e da irritação para fora do meu corpo em uma respiração longa.

— Sim, ele é, mas não se preocupe com isso.

Ele olhou para mim cheio de esperança.

— Então você vai me ajudar com o meu italiano? Nós poderíamos...

— Sebastian, não. Eu não acho que isso seria uma boa ideia.

— Por que não?

— Porque simplesmente não é.

Sentamos ali em silêncio por vários minutos ainda, antes que ele dissesse suavemente:

— Eu me diverti hoje.

Eu também.

Mas eu não respondi.

★ ★ ★ ★

Deixei Sebastian perto da casa dele e fui para casa, sentindo-me irritada e petulante.

Andei pela casa, encontrando lugares para os últimos detritos de nosso casamento, itens que não pareciam se encaixar foram enfiados sem cerimônia em um armário no quarto de visitas, metafórica e literalmente.

Por alguma sensação de culpa, eu fiz para David sua refeição preferida: lasanha e salada verde, com uma sobremesa pesada de torta de maçã e sorvete que ele teria de comer sozinho. Eu me sentei na varanda que dava para o quintal e fitei a grama amarelada, mal humorada. Ela precisava ser regada; outra tarefa. Era um daqueles dias em que eu desejei ter começado a fumar anos atrás, só para ter algo o que fazer com minhas mãos – e um propósito para estar do lado de fora.

O que havia de especial naquele garoto? Ele realmente me incomodava. Tinha sido bastante simples quando ele era uma criança e eu desfrutava de sua companhia simples. As coisas haviam certamente mudado. *Eu desfrutei da companhia dele hoje, até Jack aparecer.* A ideia não foi bem vinda.

Quando escutei o Camaro de David lá fora, empurrei todos os pensamentos sobre Sebastian Hunter para fora de minha mente.

– Humm... algo está cheirando bem.

– Lasanha e torta de maçã.

David pareceu contente.

– Foi a decisão certa vir para cá de novo, Caroline.

Se você diz.

– O que você fez com seu dia?

– Enrolei, na maior parte do tempo. Terminei de guardar as coisas. Pensei em ver se podia arranjar algum emprego, talvez escrevendo; eu gostaria de usar meu diploma. Tem um jornal local bem interessante, *City Beat*... talvez eu...

– Boa menina. Muito bem.

E esse foi o fim da conversa sobre mim. Em vez disso, escutei uma descrição passo a passo do dia dele no hospital. Apesar de seu comentário sarcástico sobre tomar decisões de vida e morte enquanto eu brincava de mulherzinha, a maior parte do seu trabalho era com medicina ortopédica.

Depois da refeição, ele se recostou em sua cadeira e cruzou as mãos sobre o estômago.

— Estive conversando com Donald Hunter hoje. Parece que aquele filho dele está andando com uma turma ruim.

— Sebastian? Qual a probabilidade disso? Ele parece um rapaz tão bom.

David franziu o cenho. Ele não gostava que interrompessem sua história. Eu me levantei rapidamente para retirar os pratos — não estava com energia para uma briga ou um sermão.

— Ele está passando todo seu tempo na praia, surfando. — Ele disse a última palavra com uma careta de desprezo. — Está usando o cabelo comprido, e Donald acha que ele provavelmente está fumando maconha. Ele o pegou com um isqueiro.

Eu escondi um sorriso. A maioria dos estudantes do ensino médio não fazia esse tipo de coisa? Não me parecia o crime do século. Mas o mantra de David era de que as regras existiam para serem obedecidas. Eu preferia a versão do meu Papa: 'As regras existem para a obediência dos tolos e servir de guia para os sábios.' Uma versão que cobria uma gama de pecadilhos.

— Ele disse que vai ter que ser duro com o rapaz.

— O que isso quer dizer?

— Ele quer que o menino se aliste — e mais cedo, em vez de mais tarde. Acho que é uma boa ideia. Um jovem descontrolado — ele precisa de um pouco de disciplina. Isso fez de mim um homem.

Eu não queria começar uma discussão por isso fiquei quieta por um instante, fervendo por dentro.

— Ah, eu tive a impressão de que Estelle queria que ele fosse para a faculdade antes.

O cenho de David ficou ainda mais enrugado.

— Bem, Donald é quem paga as contas, então é ele quem toma as decisões.

E era a isso que sempre chegávamos. Eu fiquei ainda mais resoluta a arranjar algum emprego — escrevendo, se possível. Eu não me importaria de servir em uma loja ou um bar, mas David jamais permitiria isso. Perseguir uma carreira na escrita era aceitável; um hobby adequado para uma esposa de um oficial.

Coloquei a louça suja na lavadora e empilhei as panelas na pia. Eu gostava de lavar a louça; isso significava que eu estaria ocupada enquanto David me atualizava sobre os detalhes mais chatos de seu dia. Eu teria lavado os pratos também, exceto que aí ele reclamaria porque eu não estava usando os eletrodomésticos de maneira apropriada.

Eu sentia pena de Sebastian; ele parecia tão feliz e despreocupado enquanto vagávamos por Little Italy. Deve ser terrível morar com um safado controlador como Donald Hunter – e Estelle, tão fria e sem coração. Bem, eu não tinha que supor como era viver com uma mãe como aquela: eu sabia exatamente.

Talvez fosse bom ele se alistar, no mínimo para ficar longe da porcaria de seus pais.

Notei que estava passando tempo demais pensando sobre Sebastian, e eu já tinha preocupações suficientes. Resolvi atualizar meu currículo e entrar em contato com o *City Beat* de manhã. E então tive uma ideia – era algo que talvez fosse ajudar Sebastian – e definitivamente irritaria seu pai ao mesmo tempo. Sem dúvida irritaria David também, isso já era de se esperar.

Satisfeita com minha ideia, terminei na cozinha e cacei meu bloquinho. Eu gostava de rascunhar meus pensamentos enquanto eles ainda estavam frescos na minha mente.

Sentei de pernas cruzadas na cama e comecei a fazer algumas anotações. Eu precisava mesmo de acesso à internet, mas ainda não havíamos conectado. David esperava que eu fosse cuidar dessas coisas; pelo menos dessa vez, eu concordava com ele. Nesse ínterim, eu teria que encontrar um café com Wi-Fi ou ir até a biblioteca.

– O que você está fazendo?

Às vezes eu me perguntava se seria mais simples se apenas desse a David um itinerário do meu dia em vez de responder a suas perguntas intermináveis sobre como eu havia passado cada hora do meu dia, ou como iria gastar as do dia seguinte.

– Apenas anotando algumas coisas; eu tive uma ideia para um artigo.

– Você está bronzeada; combina com você.

Eu levantei os olhos, reconhecendo o tom na voz de David: ele queria sexo.

Ele tirou o bloco e o lápis das minhas mãos e jogou-os no chão.

– Venha aqui.

Obedientemente, levantei-me e fui até ele. Ele abriu o zíper do meu vestido e o retirou por cima da minha cabeça, jogando-o por cima do bloquinho.

Comecei a desabotoar sua camisa, mas ele afastou minhas mãos.

— Vire-se.

Eu segui a instrução e ele soltou meu sutiã, bruscamente puxando minha calcinha para baixo.

— Deite-se na cama. Não, barriga para baixo. Você pegou uma bela cor hoje; posso ver as marcas do seu bronzeado.

Eu senti a cama se mover quando ele se deitou perto de mim.

— Sempre gostei de você bronzeada, Caroline.

Ele desceu a mão pela minha coluna e afagou minha bunda várias vezes. Escutei quando ele abriu seu zíper e rolei de lado enquanto ele se masturbava, encorajando gradualmente sua ereção.

— Quer que eu faça isso?

— Tudo bem.

Eu prossegui, observando seus olhos se fecharem e sua boca relaxar.

— Certo, já basta.

Então ele se deitou em cima de mim, seu peso forçando-me contra a cama, e me penetrou com cuidado. Ele arremeteu meia dúzia de vezes, estremeceu e parou.

— Humm!

Ele se deitou na cama, sorrindo. Eu encarei os lençóis. Teria que lavá-los de manhã.

— Quais são os seus planos para amanhã, Caroline?

— Vou arrumar meu currículo e depois entrar em contato com aquele jornal que mencionei. Ah, e vou ligar para a companhia telefônica para ligarem a internet.

— Boa ideia. Eu gostaria de dar uma festa para os rapazes do hospital no sábado que vem, não nesse. Tudo bem? Lá pelas 19 hs.

— Claro. Canapés e vinho tinto?

— Melhor pegar um pouco de cerveja também. E aquele *pressé* chique que você gosta, para as esposas. Talvez um pouco daquele... como você chama aquilo? Canelloni?

— Ah, cannoli siciliani? Claro. — *Droga. Vai me levar a manhã inteira fazer aquelas porcarias.*

— Ótimo. Obrigada, docinho.

Ele se levantou da cama e foi até o banheiro. Eu o escutei mijando na privada e, um momento depois, abrindo a torneira para escovar os dentes. Ele deu descarga depois — isso sempre me irritava.

Eu sabia, por experiência própria, que encontraria seu uniforme jogado no chão. Peguei minha camisola debaixo do travesseiro, apanhei meu vestido e o bloquinho e esperei que ele terminasse.

CAPÍTULO 3

DAVID LEVANTOU-SE E SAIU CEDO. Conseguir aquela promoção havia feito o mundo girar do jeito dele, ao menos por algum tempo. Eu torcia para que o bom humor fosse durar. Ele era mais fácil de conviver quando não estava bravo comigo o tempo todo.

Eu não gostava muito da ideia de uma festa, porém, já era algo esperado. Eu ansiava por essas pequenas *soirées* com o entusiasmo de alguém indo fazer um tratamento de canal.

Limpei a cozinha, caso alguém resolvesse passar para tomar um café, depois terminei as anotações que começara na noite anterior. Eu não estava totalmente feliz com a necessidade de pedir ajuda a Sebastian, mas suspeitava que ele gostaria da minha ideia para um artigo.

Quando acuei o laptop e o intimidei a entrar em ação, ainda que rastejando, atualizei meu currículo. Ele parecia mesmo muito melhor do que da última vez em que precisei fazer isso. Agora eu tinha sólida experiência, de certa forma; não tanto, talvez, quanto muitas mulheres da minha idade, porém o suficiente — eu esperava. Também sabia que o fato de eu ser a esposa de um militar atraía prestígio bastante para abrir algumas portas. Os civis sempre ficavam intrigados pela ideia de um mundo inserido em outro: próximo, mas fechado.

Eu liguei para a companhia telefônica e eles concordaram em fazer nossa conexão até sexta-feira; geralmente, eles eram muito bons no atendimento com os militares. Isso os fazia se sentirem patrióticos.

Tendo completado todas as minhas tarefas, exceto uma, eu agora enfrentava a perspectiva complicada de entrar em contato com Sebastian sem aumentar suas esperanças — ou fazê-lo entrar em mais encrencas com os pais. Eu não fazia ideia de como conseguiria. Entretanto, sem querer, Donna Vorstadt foi gentil o suficiente para me ajudar.

O telefone tocou, alto e exigente.

— Alô?

— Oi, Caroline, é a Donna. Eu pensei em perguntar, caso você não esteja ocupada demais desfazendo as malas; algumas das meninas e eu normalmente nos reunimos à tarde nas segundas e tomamos café... para bater papo, sabe como é. Eu estava pensando, gostaria de se juntar a nós? Você já conhece algumas delas: Penny Bishop, Estelle Hunter, Margarite Schiner.

— Ah, isso é muito gentil de sua parte, Donna, mas eu estou até as orelhas de serviço. Tenho que ligar para a companhia telefônica para conectar a internet; David está no meu pé atrás disso. E eu tenho mil e uma coisinhas para fazer. Ele mencionou que vamos reunir alguns amigos aqui no outro sábado? Mais ou menos às 19 hs. Talvez possamos conversar então. E café, em outro dia, é claro que aceito.

Ela aceitou minhas desculpas com bom humor e disse que estava ansiosa pelo sábado. Nós desligamos em bons termos depois de ela me passar o telefone de Estelle, obviamente surpresa com meu pedido. Donna era uma companhia agradável — eu começava a sentir que ela era uma mulher de quem eu poderia gostar.

Estelle, contudo, era algo bem diferente.

Comecei a discar seu número e, para minha surpresa e desapontamento, senti um nó de nervosismo no estômago. *Ah, pela madrugada! Você é uma mulher de 30 anos!* Eu realmente não gostava de ter que pedir ajuda a ela.

Irritada, disquei o número.

— Residência dos Hunter. Em que posso ajudar?

A voz de Sebastian era fria e educada. Fiquei tão surpresa que não consegui falar de imediato. Presumi que ele estivesse na escola.

— Alô? — disse ele outra vez.

— Oi, Sebastian... é a Caroline — gaguejei.

Pelo telefone escutei quando ele tomou fôlego de súbito.

— Caroline, oi! Como você está?

— Bem, obrigada. Eu achei que a sua mãe fosse atender...

— Eu tenho um período livre, e estou me formando na quinta-feira, de qualquer forma — ele me relembrou.

— Ah, bem, dei sorte... eu estava me perguntando se você poderia me ajudar com um artigo que estou escrevendo.

— Claro, qualquer coisa!

Tentei ignorar o óbvio deleite em sua voz.

— Bem, quando estávamos conversando no churrasco outro dia, você mencionou que o pai do seu amigo surfava. Acho que disse que o nome dele era Ches. Bem, eu imaginei se você poderia me passar o contato dele; eu gostaria de falar com ele.

Houve uma pausa breve.

— Você quer falar com o Ches?

Ele pareceu magoado.

— Bem, na verdade eu queria conversar com o pai do Ches — falei rapidamente. — Estou escrevendo um artigo sobre o pessoal da Base que surfa. Pensei que seria um ótimo artigo para o *City Beat*.

— Ah, certo. — Ele soou ridiculamente aliviado. — Claro que posso conseguir esse número para você. Nós vamos para a praia essa tarde. Tem um *swell* vindo do Pacífico que parece incrível. Mitch vai para lá com a gente. Quer vir também?

— Mitch?

— É o pai do Ches. Ele é segundo-sargento.

— Bem, isso seria ótimo. A que horas vocês planejam ir?

— Mais ou menos 15h45. Quer que a busquemos?

— Humm... Vocês vão para Point Loma de novo?

— Talvez... Íamos dirigir por aí até encontrarmos o melhor ponto.

Ah, bem...

— Nesse caso, sim, eu adoraria uma carona. Tem certeza de que não tem problema com Mitch e seus amigos?

— Claro!

Ele respondeu tão rápido que eu não pude evitar um risinho.

— Bem, tudo certo, mas eu ficaria mais feliz se pudesse conversar com o Mitch antes.

Com alguma relutância que me fez sorrir para mim mesma, Sebastian me deu o telefone de seu amigo e confirmou três vezes que me veria depois da escola, às 15h45.

Eu desliguei, ainda sorrindo. Em seguida, disquei para o sargento Peters. Uma mulher atendeu.

— Olá, residência dos Peters.

— Ah, bom dia. Meu nome é Caroline Wilson, sou a esposa do comandante David Wilson. Eu gostaria de saber se poderia falar com o sargento Peters.

— Ah. Bom dia, sra. Wilson. Aqui é Shirley Peters. Temo que Mitch não esteja disponível no momento. Posso anotar um recado?

— Sim, por favor. Isso provavelmente vai soar meio esquisito, mas pelo que eu entendi, Mitch vai levar os rapazes para surfar esta tarde, e eu imaginei se poderia ir junto.

Ela hesitou o suficiente para eu saber que isso soava mais do que meio esquisito. Apressei-me a preencher os espaços em branco para ela.

— É só que eu escrevia algumas histórias para o jornal local lá na costa leste — falei, exagerando um pouco —, e eu esperava tentar fazer o mesmo aqui. Pensei que um artigo sobre o pessoal surfista da Base seria interessante. Eu esperava que seu marido pudesse me dar algumas dicas.

— Ah, entendo. Bem, tenho certeza de que Mitch vai concordar com isso, sra. Wilson.

Ela ainda soava surpresa e eu sabia o motivo: as esposas dos oficiais não tinham muito contato com as famílias dos alistados. Uma distinção que sempre havia me incomodado.

No final, concordamos que Mitch me telefonaria se houvesse algum problema; caso contrário, eu deveria estar pronta para sair às 15h45.

— Hum, sra. Wilson, aquela van é bem velha; os rapazes a utilizam para todos os seus cacarecos de surfe. Tem metade da praia lá dentro. Bem, eu não gostaria que a senhora estragasse suas roupas.

Fiquei comovida com seu cuidado.

— Obrigada, sra. Peters. Vou colocar um vestido de praia velho então. Muito obrigada mesmo.

Depois disso, eu me senti cheia de energia, deliciada com o modo como o dia se desenrolava. Dirigi até a biblioteca, entrei na internet para checar pontos de surfe locais e também para descobrir um pouco mais sobre o tipo de histórias que o *City Beat* publicava.

Tive tempo apenas para passar na Kwik Shop para comprar as coisas para o jantar e, num impulso, comprei uma dúzia de pães de focaccia antes de correr para casa e vestir meu velho vestido amarelo e apanhar meu bloco de anotações.

Recheei os pães com pastrami, alface e tomate e estava terminando de embrulhá-los em guardanapos de papel e colocá-los em uma caixa de papelão quando ouvi uma buzina soar lá fora. Peguei minha câmera e meu bloquinho, agarrei uma garrafa de *pressé* do refrigerador e saí para encontrar meus *Svengalis* surfistas.

Sebastian já havia saltado da van e exibia um sorriso imenso.

— Oi, Caroline!

Ele pareceu tão empolgado em me ver que não tive a coragem de ser fria.

— Olá, Sebastian. Pode me ajudar com isso? Eu trouxe alguns sanduíches para você e seus amigos.

— Uau, obrigado!

Ele enfiou a caixa debaixo de um dos braços e abriu a porta do passageiro.

— Este é Mitch, digo, segundo-sargento Peters.

Mitch Peters era um homem encorpado de altura média com o corte de cabelo típico da Marinha, bastante curto.

— Sra. Wilson, é um prazer conhecê-la.

— Ah, pode me chamar de Caroline, por favor. Você está me fazendo um favor. Eu agradeço muito deixar que eu me junte ao seu safári.

Ele sorriu e seu rosto relaxou de imediato.

— Sem problemas, Caroline. Isso vai fazer com que esses ratos de praia sejam educados. Certo, meninos?

Em seguida, ele me apresentou a seu filho Ches, amigo de Sebastian, que eu reconheci de alguns dias atrás; Bill, colega de Mitch; e outro rapaz que eles chamavam de Fido, por algum motivo.

Eu me sentei na frente, no meio de Mitch e Bill, e os rapazes lotaram a parte de trás da van entre uma coleção variada de pranchas de surfe, bodyboard, roupas de neoprene e camisetas estranhas e brilhantes que me disseram ser antiassaduras.

— É para evitar que as roupas de neoprene entrem em contato com a pele ao redor do pescoço e debaixo dos braços quando se está remando — explicou Mitch. — Nós não vamos precisar deles hoje, pois nessa época do ano a água está em torno de 17°C.

Anotei essa informação e tirei uma rápida foto da traseira da van com todos os rapazes fazendo careta e mostrando o dedo do meio.

— Caroline trouxe comida — anunciou Sebastian, todo feliz.

Eles deviam estar todos famintos, pois os pãezinhos evaporaram como água no deserto e o *pressé* circulou entre eles. Eu tive certeza de que, ainda que tivesse trazido o dobro da comida, ela teria desaparecido do mesmo jeito.

Passamos pela espetacular Coronado Bridge, dirigindo-nos para o Sul e parando ocasionalmente para dar uma conferida nas ondas.

Mitch explicou que o que eles procuravam era um *swell* firme e uma brisa afastada da praia para segurar as ondas; as melhores condições para produzir ondas longas e surfáveis.

No final, Mitch estacionou ao lado da estrada, perto do Cays Park, e os rapazes se derramaram para fora da traseira, seu entusiasmo afoito nos contagiando. Mitch e Bill eram um pouco mais circunspectos, mas eu não sabia se era por sua idade ou porque eu os inibia no ritual de amizade masculina.

— Apenas se esqueçam de que eu estou aqui — acrescentei, impotente. — Vou simplesmente observar e absorver a vibração.

— Sim, senhora — disse Bill, sorrindo para mim enquanto tirava sua camiseta para revelar um peito amplo, coberto por uma camada espessa de pelos castanho-avermelhados.

De relance, vi Sebastian fechar a cara para ele, arrancando sua própria camiseta. A pele dele era da mesma cor linda e dourada de que me lembrava, mas eu não tinha notado antes o quanto ele estava musculoso. Todas aquelas horas surfando o haviam deixado com músculos longos e ágeis e um corpo maravilhosamente torneado. Na verdade, ele exibia uma ótima forma. Perguntei-me se eu deveria começar a surfar, embora 17°C não parecesse tão quente para mim.

Mitch entregou para Sebastian uma prancha espalhafatosa em amarelo e vermelho, sorrindo com gentileza. Foi quando eu me recordei que o próprio pai de Sebastian havia destruído a prancha azul com que eu o vira antes.

Tirei mais algumas fotos enquanto eles posavam para a câmera, e então assisti enquanto eles corriam para a água e remavam para além do ponto em que as ondas se quebravam. Eu sabia, pela minha pesquisa de meia hora, que isso era chamado de line-up. Eles se sentaram sobre as pranchas, um rebanho chamativo, esperando por sua onda. Conforme o *swell* se aproximou, todos eles começaram a remar, seus braços mergulhando no oceano, a água verde levantando-os; eles dispararam pela subida da onda, tão graciosos e potentes. Perdi o fôlego observando-os. E então, inevitavelmente, a onda arrebentou e todos eles mergulharam em direções diferentes, ressurgindo na superfície segundos depois.

Depois de eu assistir por algum tempo, Sebastian pegou uma onda que o carregou até a praia e correu até se juntar a mim, jogando o cabelo para longe dos olhos, a pele reluzindo.

— Já terminou?

— Pensei que talvez ajudasse se eu explicasse um pouco mais, para o seu artigo.

— Isso seria ótimo. Para mim, tudo parece igual.

Ele riu de leve.

— Não mesmo. Você vê, Mitch está usando uma *longboard* com a ponta arredondada. Ele pode pegar as ondas menores com aquela, e fazer umas manobras hippies, tipo a *hang ten*. Ches está usando uma prancha pequena, então ele consegue arremeter na onda, pegar um pouco de ar e fazer as coisas mais radicais.

Eu não tinha ideia do que ele acabara de me dizer — era como aprender outra língua, mas por algum motivo suas palavras me fizeram sorrir.

— Que tipo de prancha você... pegou emprestado?

— Esta é uma prancha pequena, uma minimodel, do mesmo tipo que a do Ches e a do Fido. Está vendo como eles estão indo rápido? Não se pode fazer isso em uma prancha *longboard*.

Comecei a captar o que Sebastian estava dizendo sobre os estilos de surfe, enquanto ele pacientemente destacava as diferenças, depois dava o nome e descrevia as diferentes manobras. Fiz notas copiosamente e estava bastante segura de que conseguiria transformar isso em um artigo.

— Quantos caras da Base surfam?

— Bastante: assim que você tem a sua prancha, o mar é gratuito. Você pode ser um indivíduo lá fora — sabe, ao contrário do negócio militar.

Eu entendi o que ele queria dizer imediatamente: não havia regras no mar, nenhum regulamento, ninguém berrando ordens.

— Bem, existem algumas regras — disse Sebastian, a sério. — Primeira: não se pode chegar e roubar a onda de alguém. Isso é grosseria. O cara que pegou a onda primeiro é dono dela.

— E a segunda?

— Você ajuda qualquer um que esteja encrencado.

É óbvio, quando se pensa a respeito.

— Sebastian, não me deixe te separar dos seus amigos; fico bem contente em sentar aqui e assistir.

Ele balançou a cabeça e olhou para mim atentamente.

— Posso surfar outra hora; prefiro ficar aqui com você.

Eu fitei meu bloquinho, sem saber o que dizer, mas absolutamente certa de que, se erguesse os olhos, ficaria presa na rede de seu olhar azul-esverdeado. No entanto, eu também precisava ser clara.

— Queria que você não dissesse essas coisas, Sebastian. Sou uma mulher casada. Isso me deixa... desconfortável.

Ainda não havia sido capaz de levantar os olhos. Enfiei os dedos dos pés mais fundo na areia, como se enterrar uma parte de meu corpo pudesse me esconder dele.

— Eu gosto muito de você, Caroline — disse ele com suavidade.

Senti a mão dele tocar meu braço; ele tremia.

Tive que olhar. O rosto dele exibia uma expressão de desejo misturada com ansiedade. Eu deslizei os óculos escuros do cabelo para cobrir meu rosto e fiquei de pé abruptamente.

Caminhar pela praia e respirar profundamente ajudaram a restaurar um pouco do meu equilíbrio roubado.

Por que diabos ele tinha que ter tal efeito sobre mim?

Mas eu sabia o porquê: me sentia atraída por ele. Ele era lindo e doce e gentil — e gostava de mim. Eu não tinha ideia da razão. Digo, eu não era nada especial, só uma mulher insípida e entediante que morava um pouco mais adiante na rua dele. O que havia nisso, pelo amor de Deus, para interessar alguém como ele?

Por que ele me tocara daquele jeito? Ele disse que *gostava* de mim — o que isso significava? O que ele queria?

Eu estava irritada comigo mesma quando subi a praia. Era para lá de ridículo. *Eu era para lá de ridícula.*

Pelo amor de Deus. Ele é só um garoto. Escreva a porcaria do seu artigo e não vai mais vê-lo.

Os pensamentos eram uma sirene de alarme disparando em meu crânio.

Fiquei aliviada quando Mitch remou até a praia. Certifiquei-me de lhe fazer perguntas intermináveis, sobre o esporte ser tão resolutamente não militar e uma forma do pessoal da Base relaxar. Não dei a mais ninguém uma chance de falar comigo — certamente, não Sebastian.

— Bem, Caroline, o negócio é que *não há utilidade* em surfar — disse Mitch, pensativo. — Não é como esquiar; não se pode utilizar o surfe para nada. Você pode ter esquiadores militares, como eles têm nos países nórdicos, mas o exército não tem nenhuma utilidade para o surfe. Além disso, há um certo tipo de rebeldia nos surfistas. Chame de individualismo ou seja lá o que for, mas algumas pessoas não gostam disso.

— Donald Hunter? — falei, baixinho.

Os olhos de Mitch se estreitaram e ele olhou ao redor rapidamente para garantir que Sebastian não podia ouvi-lo.

— Ele estaria nessa lista — confirmou ele, de maneira breve.

Eu sabia que não daria em nada prosseguir nessa linha de raciocínio.

Olhei para meu relógio e percebi, horrorizada, que já eram 18 hs. Não pude acreditar como o tempo havia voado. David estaria a caminho de casa; ele não ficaria feliz ao encontrar uma casa vazia. Com uma sensação ruim, notei que ele também detestaria o fato de que eu estivera passando meu tempo com um oficial não comissionado. Ele sentia que isso refletia mal sobre ele, de alguma forma.

— Você está bem, Caroline? — disse Mitch. — Parece meio preocupada.

Ele era observador demais.

— Ah, não muito. É que eu acabo de perceber como ficou tarde. Estava me divertindo demais. — Dei a ele um sorriso fraco. Ele me compreendeu de imediato.

— Vamos te levar para casa, acelerado — disse ele, bem humorado.

Ele gritou algo na direção do oceano que soou alto como um desfile marcial e deu o conhecido sinal de parada.

Ches foi o último a sair da água, reclamando amargamente que queria pegar só mais uma onda.

— Temos que levar a sra. Wilson para casa — disse Mitch, olhando enfaticamente para o filho.

O olhar e seu tom foram o bastante.

Caminhamos para a van juntos, Sebastian estranhamente quieto, enquanto o resto analisava o surfe da tarde, falando sobre tubos, paredes e *wipe outs*. Eu virei de costas enquanto eles tiravam suas bermudas de surfe e se secavam com velhas toalhas de praia, vestindo camisetas e jeans para a volta.

Eu mal podia escutar sua conversa alegre, a tensão me preenchendo como um dreno transbordando. Consegui me acalmar o suficiente para perguntar a Mitch se ele poderia ler meu artigo quando eu terminasse de escrevê-lo.

— Ah, não! — Ele balançou a cabeça, rindo. — Eu não me dou bem com as palavras, Caroline, não para ler e escrever. Você deveria pedir a um dos meninos, isso é mais com eles.

— O Sebastian pode ler — disse Ches, lançando um olhar provocador para seu amigo.

Fido riu em silêncio enquanto Sebastian fechava a cara.

— Pode ser, Seb? — perguntou Mitch, restaurando a ordem rapidamente.

— Claro — disse Sebastian, baixinho. — Quando você quiser, Caroline.

Ele parecia tão triste que eu me senti mal; porém, antes isso do que... Eu nem conseguia me forçar a pensar na alternativa.

Vinte minutos depois, Mitch me deixou em casa. Eu ergui a mão em um aceno e corri para dentro. A pequena explosão de velocidade não fez diferença alguma, pois o Camaro de David já estava estacionado na entrada.

Pesquei minha chave dentro da bolsa de praia e abri a porta, hesitante.

— Caroline?

Quem mais?

— Olá, David. Desculpe por chegar em casa tarde.

Ele estava esperando por mim na mesa da cozinha. Não parecia feliz — ele exalava ondas de irritação.

— Onde você estava? Seu carro estava estacionado na porta.

— O sargento Peters me deu uma carona; ele estava me ajudando com um artigo que estou escrevendo para o *City Beat*.

— Peters? Quem é esse?

— Humm, ele mora perto da Murray Ridge. Ele é segundo-sargento. O nome da esposa dele é Shirley.

— Você sabe que eu não gosto que se misture com os não comissionados, Caroline — disse ele, de modo definitivo. — Quando você vai entender que solapa minha autoridade se a minha esposa se imiscui com os homens alistados e suas esposas?

— Desculpe, David, mas ele realmente foi muito prestativo. Ele...

— Não estou interessado nas suas desculpas, Caroline.

Senti o controle do meu mau gênio começar a escapar.

— Não estou dando desculpas. Estou muito grata pela ajuda do segundo-sargento Peters hoje.

Um silêncio gélido desceu sobre nós.

— Vou fazer o jantar — resmunguei.

— Não se incomode — disse ele, brusco. — Enquanto você estava ausente, fiz outros arranjos. Vou encontrar um de meus colegas na sala comum. Não espere acordada.

Ele saiu de casa e eu ouvi o Camaro cantar pneu na rua.

Eu sabia o que isso significava: David ia se entregar a uma de suas raras bebedeiras. Ele provavelmente cairia para fora de um táxi às duas da manhã, despejando seu bafo de cerveja na minha cara.

Eu ficava feliz quando ele ia, mas sabia que teria que encarar sua fúria em algum momento.

Tentei me acalmar e digitar minhas anotações, mas a ausência abismal de sua desaprovação me deixou inquieta.

Estava começando a escurecer, estrelas surgindo no leste. Eu retirei um casaco do armário, coloquei um par de tênis e saí para uma caminhada.

Peguei uma rota circular, vagando na direção do parque, quando percebi que talvez não fosse o lugar mais razoável para se estar com a escuridão se aproximando. Olhei para o outro lado e pude ver um homem sentado em um dos bancos, seu capuz de moletom puxado sobre a cabeça.

Fiquei alerta, mas não muito preocupada; ainda não. O caminho mais rápido para casa passava pela frente dele. Debati se isso era a coisa mais inteligente a se fazer e, no final, resolvi que, como ele não estava olhando para mim, eu arriscaria o caminho mais direto.

Conforme me aproximei, reparei que a figura silenciosa era Sebastian. O que ele fazia ali fora, sozinho? Eu quase passei direto. Realmente não queria outro encontro desconfortável com ele. Já tinha o suficiente na minha bandeja lidando com a petulância de David. Mas ele parecia tão sozinho que eu decidi arriscar uma conversa rápida para me certificar de que ele estava bem. Perguntei-me se ele tivera outra briga com seu pai. Esperei que não fosse por minha causa de novo. Ou, ainda, por causa do surfe.

— Sebastian?

A cabeça dele se levantou de repente e ele olhou diretamente para mim antes de baixar os olhos para o chão.

Quase engasguei. Ele tinha um hematoma em uma das bochechas e seu lábio inferior estava partido.

— Ah, meu Deus! Você está bem?

Que pergunta idiota: qualquer tonto pode ver que ele não está bem.

— O que houve?

Ele não respondeu; em vez disso, encolheu os ombros e continuou fitando o chão, como se a resposta pudesse saltar do meio das folhas magricelas de grama.

Sem nenhuma decisão consciente, ergui minha mão e levantei a cabeça dele com cuidado.

Ele afastou a cabeça com um safanão.

— Não olhe para mim — murmurou ele.

— Seu pai fez isso com você?

Ele assentiu e uma raiva lenta e quente começou a crescer dentro de mim.

— Sebastian, deixe-me ver. Eu quero garantir que você não está machucado demais.

— Estou bem — disse ele com uma voz oca. — Já fui ferido muito mais do que isso.

A dor em sua voz era mais do que eu podia suportar.

Afaguei seu rosto e senti lágrimas sob as pontas de meus dedos.
— Não chore, Sebastian. Vai dar tudo certo.
Eu não sentia força alguma atrás de minhas palavras; ambos sabíamos que elas eram vazias.

Dei a volta para ficar de frente para ele. Finalmente ele ergueu os olhos e me fitou.

— Venha para minha casa. Eu vou dar um jeito em você e te levar para casa. Tudo bem?

Minhas palavras pareceram penetrar lentamente. Ele me encarou por mais um momento, depois se levantou.

Ele caminhou como se atordoado, em silêncio, sem ver nada. Tive que pará-lo por duas vezes antes que ele atravessasse a rua em um cruzamento. Seu comportamento estava começando a me deixar preocupada de verdade.

Quando finalmente chegamos, a casa estava escura. Fiquei imensamente grata pela contínua ausência de David; tinha certeza de que ele teria insistido em telefonar para os pais de Sebastian, caso estivesse ali — e nada bom resultaria disso, de maneira alguma.

Abri a porta, acendendo as luzes conforme entrava, e levei-o até a cozinha. Puxei uma cadeira e, depois de um momento de hesitação, ele se sentou.

Tive que abrir várias gavetas antes de me lembrar onde havia guardado a pomada antisséptica. Mais urgentemente, eu precisava de um pano para encher de gelo para tentar reduzir um pouco o inchaço. Bati a forma de gelo na pia e vi Sebastian dar um pulo.

— Ai, desculpe! — falei com suavidade. Ele ainda não havia falado.

Com gentileza, coloquei a bolsa de gelo contra sua bochecha e ergui sua mão para segurá-la no lugar.

Abaixei o capuz de seu moletom e um arfar involuntário me escapou. Alguém — Donald, presumi — havia cortado nacos do cabelo de Sebastian.

— Seu pai?

Ele assentiu, os olhos voltando-se para os meus brevemente, depois se afastando.

A fúria me invadiu.

— Por causa do surfe?

Ele fechou os olhos e assentiu outra vez.

— Por minha causa? — falei, minha voz um sussurro.

Os olhos dele piscaram e se abriram.

— Não. Teria acontecido de qualquer forma. Eu já tinha planejado sair com Ches e Mitch hoje. Não é culpa sua...

Mas parecia ser — eu me sentia culpada.

— Quer que eu arrume para você?

Ele não pareceu compreender minha pergunta.

— Quer que eu faça um corte militar?

Era a única opção viável, tirando raspar sua cabeça por completo.

— Tudo bem.

Eu o levei para cima, entrando no quarto e guiando-o para o banheiro, puxando uma cadeira para ele sentar na frente do espelho.

— Eu não quero olhar para mim mesmo — disse ele, virando a cadeira para não poder ver seu reflexo.

O barbeador de David estava no armário. Eu já havia retocado o corte de cabelo dele várias vezes e pelo menos dessa vez estava agradecida por poder executar bem essa tarefa simples.

O zumbido encheu o pequeno cômodo enquanto eu passava o barbeador pela cabeça de Sebastian. Seu cabelo descolorido pelo sol caiu no chão em montinhos infelizes. Quando terminei, peguei minha toalha e espanei os cabelinhos cobrindo seu rosto e seu pescoço.

Ele parecia mais velho, mais duro, e eu não sabia se isso era apenas o resultado do novo corte de cabelo ou algo se resolvendo dentro dele.

— Prontinho — falei, rouca, com lágrimas contidas tornando minha voz mais áspera.

A cabeça dele afundou-se no peito como se um grande peso o puxasse para baixo. Fiquei desesperadamente tentada a correr meus dedos por seu cabelo curto e macio para acalmá-lo de algum jeito.

— Vai dar tudo certo — murmurei, patética.

Ele olhou para cima, seus olhos encontrando os meus.

— Vai?

— Sim. Quando você sair de casa. Você não vai ter que vê-lo de novo, nenhum dos dois.

Ele concordou lentamente, como se esse pensamento fosse difícil de digerir.

— Gostaria que eu fosse pegar o gelo? — perguntei gentilmente.

Ele balançou a cabeça.

— Deixe-me ver.

Com cuidado, ergui seu queixo para poder examinar a bochecha; o hematoma estava escuro, mas seu lábio inchado parecia melhor.

E então ele colocou sua mão sobre a minha e eu senti o choque de seu toque crescer dentro de mim.

— Por favor, não — sussurrei. Mas não havia força nas minhas palavras.

Ele ficou de pé, ainda segurando minha mão.

— Eu te amo, Caroline.

Ele falou com suavidade, mas as palavras soaram claras, ditas sem expectativas e com pouca esperança. Seus olhos estavam arregalados de ansiedade e eu podia ver o movimento rápido de subida e descida de seu peito sob o moletom.

Não sei dizer se foram as palavras simples, ou a expressão no rosto dele, sua vulnerabilidade, ou minha fraqueza.

Eu ergui minha mão vazia e afaguei seu rosto, depois corri meus dedos sobre os cabelos finos e arrepiados e para trás, para sua nuca, puxando sua cabeça na direção da minha.

Seus lábios eram macios e quentes e um choramingo me escapou quando ele aumentou a pressão contra os meus.

Hesitantemente, deixei minha língua explorar, gentilmente testando seu lábio ferido, e ele abriu a boca com gratidão. Senti a língua dele entrar e o desejo me varreu, abrindo-se de pequenas chamas para um incêndio devastando a floresta, ganancioso e impossível de conter.

Agarrei o pescoço dele com minha mão e deslizei meus dedos de sua bochecha para sua garganta até o pescoço.

As mãos dele pairaram sobre minha cintura, travando em seguida ao meu redor, puxando-me para perto, apertando.

Cada pedaço do meu controle cuidadosamente construído foi levado na inundação de sensações desconhecidas.

Abruptamente, afastei-me dele, meu coração martelando, preso em minhas costelas. O medo refletiu-se nos olhos dele e seus braços penderam, rejeitados, nas laterais do corpo.

Eu poderia ter parado naquele momento? Talvez. Um talvez muito fraco, natimorto.

Eu era casada, sim, mas não era um bom casamento. Tudo o que eu fazia ou dizia parecia irritar David — sua expressão habitual era um cenho franzido de descontentamento azedo, um tom de aborrecimento sempre que ele falava comigo — talvez até mesmo desgosto. Se algum dia houvera amor entre nós, ele já havia acabado há muito.

Insegura sobre tantas coisas sobre mim, sobre minha vida, eu sabia que queria Sebastian. Eu o queria demais.

Minhas mãos se fecharam na barra de seu moletom, minha intenção clara. O assombro passou pelo rosto dele, seguido por uma paixão ardente que eu nunca vira, nunca experimentara antes.

Ele ergueu os braços de boa vontade e eu puxei a blusa sobre a cabeça dele, deixando-a cair ao acaso.

Sua camiseta branca agarrava seu peito, justa, e eu me deliciei em um momento de puro prazer, sentindo seus músculos através do tecido sob meus dedos ousados.

Deixei minha mão descer até a borda do tecido e gentilmente escorreguei meus dedos sobre a pele quente e lisa de sua barriga.

Ele inspirou profundamente e pousou suas mãos em meus braços, os olhos bem abertos e inquietos.

Retracei minha rota para cima, dessa vez fazendo uma tenda sob a camiseta com meus dedos, desfrutando dos músculos agitando-se e das ondulações de sua respiração, agora superficial.

Afaguei sua pele, meus olhos ainda fixos nos dele, depois deixei minha mão descer até a cintura de seu jeans. Meus dedos vagaram por ali e um tremor o percorreu.

Dando um passo para trás, segurei a barra de sua camiseta e puxei-a para cima, tirando-a pela cabeça dele e amassando-a nas mãos antes de largá-la no chão.

Respirei fundo enquanto permiti que meus olhos o absorvessem; sua juventude, sua beleza, o desejo incendiando seus olhos. Estendi as mãos: uma delas, prendi em um passador de cinto; a outra, deixei que traçasse o contorne de sua ereção, tão evidente através do denim.

Ele engoliu seco e fechou os olhos brevemente. Quando os abriu, eu dei um passo adiante para que meus seios roçassem seu peito.

Uma das minhas mãos foi para seu rosto ferido, a outra, uma aventureira em uma terra estrangeira, continuou a afagá-lo.

Com hesitação, as mãos dele subiram pela minha cintura, tão gentilmente que mal me tocavam. Eu puxei seu rosto para baixo e o beijei de novo. E dessa vez ele me beijou com mais urgência, sua língua mergulhando em minha boca, e senti suas mãos se apertando ao meu redor. Encorajada, escorreguei minha mão para dentro do seu jeans e seu corpo se retesou. Eu podia sentir seu calor; sua nudez sob o jeans era duplamente excitante. Ele gemeu, um suspiro estendido pelo desejo.

— Abra meu zíper — mandei, em voz baixa.

★ ★ ★ ★

Atrapalhando-se um pouco, ele abriu o zíper do meu vestido. Eu encolhi os ombros, observando com uma surpresa distante enquanto ele flutuava até o chão.

Por um longo instante, Sebastian parou, e então aproximou-se de mim outra vez, suas mãos indo dos meus quadris para a cintura e flutuando, incertas, sobre meus seios.

— Sim. Toque em mim.

Entrelacei meus dedos nos dele e lentamente ergui sua mão direita até meu seio, movendo em um lento círculo, mostrando a ele o que me agradava, permitindo que ele explorasse meu corpo enquanto eu estremecia sob seu toque. A sensação de carne na carne.

Ele curvou sua mão esquerda atrás de mim, subindo devagar, e então pressionou a palma contra minha coluna, a mão direita agora encaixando-se em meu seio. Ele me beijou de novo. Minha própria pulsação havia disparado e eu estava ciente de que todo o meu ser respondia ao toque dele.

— Tire seus sapatos. Eu quero te despir.

Ele hesitou um pouco, permitindo que a instrução penetrasse em seu cérebro aturdido, depois tirou os tênis. Seus pés estavam lindamente nus.

Eu o puxei para mim outra vez e abri o botão de seu jeans. Seus olhos estavam imensos, fitando-me com uma lascívia inconfundível. Eu não ousei parar para analisar como me sentia. Audaciosamente, abri o zíper de seu jeans e empurrei a calça para baixo. Eu o surpreendi ao me abaixar para puxar o tecido de suas pernas.

Sua ereção estava livre, e eu fiquei surpresa e levemente alarmada. Ele era muito maior do que David. Eu nunca tinha estado com outro homem antes ou depois do meu casamento; estava desconcertada, sabendo que Sebastian contava comigo para continuar tomando a liderança.

Passei as mãos cuidadosas por suas panturrilhas, atrás de seus joelhos, por cima e entre suas coxas, e então deixei meus dedos deslizarem por seu pelos púbicos, afagando sua ereção de leve. Era realmente lindo – macio e sedoso por fora, mas firme também. Eu nunca havia sentido vontade de passar algum tempo olhando para David daquela forma; isso era diferente. Sebastian parecia tão vulnerável ali de pé, confiando em mim. Eu continuei a afagá-lo, massageando-o gentilmente, esfregando meus dedos pela ponta.

Todo o seu corpo estremeceu e ele fechou os olhos com força.

Eu fiquei de pé e abri meu sutiã enquanto ele me observava com descrença chocada. Respirei fundo, enganchei os dedos em minha calcinha, puxei-a para baixo e retirei-a totalmente.

Por um instante, o tempo pareceu avolumar-se para fora enquanto ficávamos ali, de pé, olhando um para o outro, bebendo nossa nudez.

Estendi minha mão e Sebastian deu um passo em minha direção. De súbito, foi como se um interruptor tivesse sido ligado dentro dele e ele envolveu seu corpo ao meu redor – suas mãos em meus seios, meus ombros, minhas nádegas, minhas coxas; sua língua em minha boca, meu pescoço, entre meus seios, sobrepujando-me em todo lugar.

Agarrei-o quase com violência, empurrando meus dedos com força contra sua extensão; ouvi o ar escapar em um sibilo entre seus dentes.

Puxei sua ereção mais uma vez, meus dedos curvados com firmeza ao redor daquela pele doce. Ele explodiu subitamente, seu corpo estremecendo. Senti a umidade em minha coxa e olhei para baixo para ver o fluido pálido e cremoso.

Uma sensação familiar de desapontamento me percorreu. No entanto, a expressão no rosto dele deteve meus pensamentos.

Esmagado pelo peso da humilhação adicional, ele se estilhaçou, caindo no chão e chorando, abalado.

– Desculpa! Desculpa! Desculpa!

Ele soluçou as palavras várias vezes, o rosto escondido nas mãos.

— Não, não. Não importa. Está tudo bem — sussurrei, acariciando a pele suave e dourada de suas costas.

Quantas vezes eu já havia dito aquelas palavras antes, sem senti-las? Até agora.

Afundei no chão e segurei-o em meus braços, balançando para a frente e para trás, cantarolando sem palavras enquanto seus soluços o devastavam.

Eventualmente ele se acalmou, mas recusou-se a olhar para mim.

— Sebastian, está tudo bem.

Não houve resposta.

— Sebastian. Olha para mim.

— Me desculpe — ele resmungou de novo, o rosto virado.

Eu não sabia o que fazer, como mostrar para ele que aquilo não importava; ou, ao menos, que eu não gostava menos dele por causa do que acontecera, ou melhor, não acontecera.

Retirei uma das mãos de seu rosto manchado de lágrimas.

— Venha.

Ele olhou para mim, afinal, totalmente espantado.

Gentilmente, puxei sua mão.

— Venha.

CAPÍTULO 4

SEBASTIAN PARECEU CONFUSO quando eu o levei até o quarto.
Eu puxei os lençóis e tentei apagar o pensamento de que esse era o lado de David da cama.

— Deite-se.

Ele se deitou, seus lindos olhos observando cada movimento meu. Dei a volta na cama para deitar do meu lado, perto dele, puxando o lençol para cima, cobrindo-nos, envolvendo-nos, protegendo-o.

Estendi a mão para acariciar seu rosto e seus lábios se entreabriram. Acompanhei os contornos de sua boca com um dedo e então me inclinei para beijá-lo, sentindo o sabor salgado das lágrimas.

Desci para sua garganta com beijos gentis como uma borboleta, meu cabelo espalhando-se sobre seu peito. Hesitantemente, ele ergueu uma das mãos, deslizando-a sobre meu braço até meu ombro e em seguida, mais ousado, até meu seio.

Seu polegar circulou meu mamilo e eu arfei de prazer. Ele imediatamente retirou a mão.

— Não, não pare.

Continuei beijando o peito dele, indo para seu estômago. A mão dele moveu-se até minha bunda, afagando-a com cuidado.

Sua ereção despertava novamente então o beijei ali, sentindo seu corpo estremecer sob meu toque suave como uma pluma.

Deitei-me de novo ao lado dele e coloquei suas mãos em minhas coxas.

— Você pode me tocar.

Guiei sua mão mais para perto. Dobrando meus dedos sobre os dele, massageei-me com sua mão, erguendo os quadris, respirando fundo quando ele encontrou meu ponto mais sensível.

— Isso, assim mesmo. Desse jeito.

Foi gostoso por alguns momentos, mas eu queria mais. Peguei a mão dele, dobrando os dedos menores na direção da palma, e coloquei seu indicador dentro de mim.

— Devagar. Isso, para dentro e para fora.

Ele seguiu minhas instruções com precisão, o ataque gentil me fazendo gemer e me contorcer. Movi um pouco meus quadris e posicionei seu polegar de modo que ele fizesse círculos ao redor de meu clitóris. Emiti um longo suspiro de prazer. Seus lábios quentes beijaram meu pescoço enquanto sua mão continuava o movimento constante.

Eu não queria ter pensamentos sobre David em meu cérebro sobrecarregado, porém não pude evitar comparar... esse ato de amor com as exigências sexuais egoístas geralmente feitas a mim.

Estendi a mão e o toquei, agora tão firme e ereto. Queria senti-lo dentro de mim, mas temi apressá-lo de novo.

Prendi a mão dele entre minhas pernas e me sentei. Ele pareceu surpreso e subitamente inseguro. Eu me inclinei e o beijei, com mais intensidade dessa vez, rebolando junto a ele. Com sua mão livre, ele entrelaçou os dedos nos meus cabelos e correspondeu ao beijo, abandonando seu controle e demandando mais.

E então ele passou a mão sobre meus seios e gentilmente beliscou um mamilo. A sensação foi devastadora e chocante, um orgasmo me tomando de surpresa. Os dedos dele devem ter sentido as contrações do meu prazer, e ele podia ver o modo como meu corpo se arqueou e retesou. Tão inesperado, tão confuso. Para mim, orgasmos eram uma busca solitária; isso era novo.

— Você está bem? — perguntou ele, vacilante.

Levei um momento para reencontrar minha voz.

— Sim. Muito bem. Muito, muito bem.

E pela primeira vez naquela noite, ele sorriu.

Eu adivinhei, e acho que adivinhei corretamente, que isso era tudo novo para Sebastian; no entanto, ele me fez sentir coisas que eu jamais experimentara antes — amor e paixão. Eu simplesmente não havia percebido... Eu não sabia que podia ser assim.

— Agora é a sua vez — falei.

Uma expressão intrigada passou pelo rosto dele. Em seguida, uma de compreensão, quando eu me sentei e ajoelhei de frente para ele. Eu me abaixei para beijá-lo enquanto suas mãos davam a volta nas minhas costas, puxando-me em sua direção. Ele gemeu contra meus lábios e eu me levantei de novo.

Dessa vez, ergui meus quadris e usei minhas mãos para guiá-lo para dentro de mim. Fui me sentando lentamente, de olhos fechados; escutei quando ele arquejou.

Finalmente consegui sentir cada centímetro dele dentro de mim. Peguei suas mãos e pressionei-as contra minha barriga.

— Consegue sentir você dentro de mim?

O rosto dele estava cheio de assombro.

— Sim — murmurou ele. — Consigo.

Inclinei-me para a frente de novo, minhas mãos pousadas sobre o peito dele, movendo meus quadris para cima e para baixo em um ritmo estável. Ele empurrou a cabeça para trás no travesseiro, a boca aberta, absorvendo a nova sensação. Senti seu corpo flexionar-se contra o meu, empurrando ainda mais profundamente dentro de mim.

Ele começou a se mover mais rápido, com mais confiança, mais desespero, e eu deixei a sensação me levar com ele.

Abri meus olhos e me deparei com os dele presos aos meus, quase ferozes em sua intensidade. Acelerei meus movimentos, encontrando os dele, descendo com força enquanto ele fechava os olhos, as mãos travadas sobre as minhas. Ele gozou em silêncio, seu corpo estremecendo dentro de mim. Eu caí para a frente sobre seu peito, sem fôlego e aliviada.

Ficamos deitados em paz por alguns minutos, e eu escutei o som de seu coração voltando a seu ritmo regular. Depois saí de cima dele e me deitei de costas. Acho que eu sorria.

Senti a cama se mexer e abri um olho; ele estava apoiado em um cotovelo, olhando para mim.

— Oi — falei, quase timidamente. — Você está bem?

Ele assentiu, solene.

— Isso foi... foi...

— Sim, foi.

Afaguei seu rosto, e ele fechou os olhos, suspirando. Em seguida, voltou os lábios para minha mão e beijou a palma. O gesto, inesperado e íntimo, me pegou de surpresa.

— Eu te amo, Caroline. Sempre amei. Minha vida toda.

Sufoquei uma risada deliciada.

— Isso é um tempo muito longo — provoquei-o. — Você só tem 18 anos... Sua vida não é tão longa assim.

Ele sorriu.

— Às vezes, parece. De qualquer maneira, eu ainda não tenho 18. Só daqui a quatro meses. Mas eu te aviso quando estiver perto.

Enquanto eu absorvia suas palavras, um choque frio me percorreu e uma expressão de horror abjeto desenhou-se em meu rosto.

— O quê? — Eu não podia acreditar nas palavras que ele acabara de dizer.

Ele me fitou, confuso.

— Você... Você tem *só 17 anos?*

Ele assentiu, ansioso.

— Pelo amor de Deus, Sebastian! *Dezessete?!*

Merda! Merda! Merda!

Ele me encarou, cheio de nervosismo.

— Qual o problema?

Eu joguei o braço sobre os olhos, incapaz de fitá-lo. *O que é que eu tinha feito? Que porra eu tinha feito?*

— Por favor, Caroline. Você está me assustando.

Eu respirei fundo e virei-me para encará-lo com raiva, precisando descontar meu súbito pânico e raiva nele.

— O problema, Sebastian, é que você é menor de idade. O que acabamos de fazer... o que *eu* acabo de fazer... é contra a lei. É uma contravenção, pelo amor de Deus!

— Mas eu te amo.

Eu queria gritar.

— Sebastian, isso é *estupro presumido!* Você sabe o que isso significa? Eu poderia ser presa. Se alguém descobrir...

— Eu não vou contar a ninguém. Eu amo...

— Não diga isso! *Não diga!* — gritei, e ele se encolheu.

Corri para o banheiro, com medo de vomitar. Segurei a mão sobre a boca enquanto a ânsia me devastava. Lágrimas vieram aos meus olhos e eu senti Sebastian pairando atrás de mim, inseguro.

— Caroline, por favor.

Ergui a mão como um guarda de trânsito, impedindo-o de se aproximar.

O que eu havia feito?

As palavras ecoavam, vazias, em minha mente.

— Por favor! — A voz dele me implorava, desesperada, mas eu não conseguia olhar para ele.

Minha pele parecia gelada, depois quente de vergonha, enquanto uma torrente de emoções me engolfava. Tropecei até a porta do banheiro, peguei meu robe do gancho e me embrulhei nele, como se o tecido fino pudesse esconder meu crime.

Tentei abrir caminho por ele com um empurrão para o quarto, mas ele bloqueou minha passagem.

— Ah, Deus, por favor, Caroline! — Ele tentou me puxar para si.

— Não!

Eu consegui chegar até a cama antes que meus joelhos cedessem e eu me sentasse, ofegante.

— O que foi que eu fiz? O que foi que eu fiz?

Escondi a cabeça entre as mãos e tentei lutar contra o pânico que crescia.

Eu sabia que ele me observava, mas não podia olhar. Em silêncio, ele sentou-se ao meu lado.

— Eu não me arrependo — murmurou ele. — Essa foi a melhor experiência da minha vida inteira. Eu te amo; não consigo evitar.

E ele me puxou contra seu peito, envolvendo-me em seus braços, cuidando de mim, me acalmando.

Lentamente o choque se esvaiu e eu finalmente consegui me sentar, afastando seus braços.

— Peço desculpas, Sebastian. Não é culpa sua. Por favor, perdoe meu... comportamento. — Eu falei de modo frio, formal, temerosa de dar espaço a mais emoções. — Acho que é melhor você ir agora.

— Por favor. Não me mande embora.

A voz dele estava rouca.

Quando eu não respondi, ele se levantou e foi até o banheiro, os olhos baixos, procurando no chão por uma resposta que não estava lá. Pude ouvir o roçar suave de tecido e soube que ele estava se vestindo.

Corri até a cozinha, precisando fazer algo para impedir que minhas mãos tremessem. Limpei uma poça de gelo derretido e joguei a pomada antisséptica na gaveta mais próxima.

Então me inclinei sobre a pia, tentando forçar algum pensamento coerente no meu cérebro atordoado. Escutei seus passos quase silenciosos no linóleo e, respirando fundo para acalmar meus nervos, voltei-me para encará-lo.

A expressão no rosto dele me chocou: ele parecia tão devastado...

— Ah, Sebastian!

E comecei a chorar.

Menos de um segundo depois, eu estava nos braços dele, meu rosto contra seu peito, e ele afagava meu cabelo.

— Não fique triste, Caroline, eu te amo. Vai dar tudo certo.

Eu chorava e ria e chorava. *Que ridículo. É claro que não vai dar certo. Como eu me senti feliz e aterrorizada e feliz.*

Ergui a cabeça, ciente de que estava com os olhos vermelhos e horrorosa. Ele secou minhas lágrimas com os polegares.

Pensei que ele iria falar alguma coisa, mas aí ouvimos o som de um carro lá fora.

— David!

Pânico me invadiu.

— Você precisa ir! Rápido! Saia pelo quintal. Vá!

Ele virou-se para correr até a porta, depois parou de súbito.

— Quando eu vou te ver de novo?

— Não sei! Vá! Vá!

— Prometa que eu vou te ver de novo! Prometa!

— Certo, eu prometo! — falei, desesperada, olhando perplexa para a porta da frente.

Ele me puxou para si, beijando-me com fervor. E então se foi.

Tentando respirar naturalmente, eu corri para o quarto, ajeitei os lençóis, afofei os travesseiros em que Sebastian havia se deitado apenas alguns minutos antes. Não havia tempo para trocar os lençóis e eu me senti vagamente chocada pela ideia de David dormindo onde Sebastian e eu tínhamos feito amor.

Ouvi sua chave na fechadura e me lembrei que eu havia cortado o cabelo de Sebastian no banheiro. Corri para lá e caí de joelhos, juntando o cabelo loiro de sol com minhas mãos e jogando-o na privada.

Um desejo súbito de ter algo de Sebastian me fez pegar uma mecha e enfiá-la no fundo do bolso do meu robe. Depois apertei a descarga e assisti, fascinada, enquanto o resto do cabelo era levado embora. Joguei um pouco de água no rosto e passei uma escova pelo cabelo embaraçado.

Ouvi uma colisão na sala. Como eu esperara, David estava bêbado.

— Car'line... Car'line.

Ele me viu e lambeu os lábios.

— Lin'a Car'line. Bella, bella!

Tentei levantar um de seus braços sobre meu ombro para poder ajudá-lo até o quarto, mas ele me empurrou, tentando abrir meu robe. Ele passou as mãos sobre meus seios enquanto eu, outra vez, tentava levá-lo aos tropeções para o quarto.

— Vamos, David, me dá uma ajuda aqui.

— O que eu queria te dar, Car'line. Vem cá.

Ele tentou me agarrar de novo, mas errou e caiu de cara na cama. Pegou no sono instantaneamente.

Aliviada, arrumei meu robe e tirei seus sapatos e meias. Seu uniforme estaria inútil de manhã.

Contente por ter o que fazer, fucei pelo armário até encontrar uma camisa limpa e o resto de seu uniforme extra de verão. As calças precisariam ser passadas.

Eu havia enfiado a tábua de passar portátil em um armário na despensa. Retirei-a, fazendo uma careta quando um rodo caiu no chão com estrondo. David, porém, não se mexeu.

Coloquei o ferro na posição "quente", encontrando um pouco de equilíbrio na labuta familiar.

Estava atônita com o que fizera. Que parte de "abandonar todos os outros" não estava clara? E com uma *criança!* Deus do céu! Eu merecia queimar no purgatório por toda a eternidade. Contudo, não conseguia pensar em Sebastian como uma criança, embora a lei o definisse como uma. Ele havia feito amor comigo; nós tínhamos feito amor juntos.

Eu sabia que era errado; eu sabia que era correto.

Eu precisava ir embora. Tinha que persuadir David a aceitar um posto em outro lugar. Entretanto, que desculpa eu poderia dar? Que eu sentia falta dos meus amigos na Costa Leste? Não, isso não o faria nem parar para pensar por cinco minutos. Que eu queria estar mais perto da minha mãe? Não, ele jamais acreditaria nisso. Meu cérebro não ofereceu mais nenhuma desculpa.

Talvez *eu* pudesse partir? Deixar David, começar de novo em outro lugar — sem emprego, sem casa, sem dinheiro? Era uma perspectiva aterrorizante. Eu nunca havia ficado sozinha em toda a minha vida; não sabia como fazer isso.

Miserável, patética, *puta!*

E então um novo medo ameaçou me tirar dos trilhos: eu não havia usado nenhum método contraceptivo.

— NÃO!

Gritei, colocando depois a mão sobre a boca.

— Merda! MERDA! PORRA!

David grunhiu, mas continuou roncando.

Eu não tomava pílula, não havia necessidade; David era tão infértil quanto o deserto de Góbi. Porém Sebastian... ah, Deus!

Tentei organizar uma lista de serviços urgentes para a manhã, mas tudo em que conseguia pensar era: *e se eu estiver grávida?* Pelo mais breve instante eu imaginei um universo alternativo em que eu era a mãe de uma criança de cabelos loiros com olhos da cor do mar, com um marido que me amava. Todavia, isso era tudo o que podia ser: um instante.

Contraceptivo de emergência Plano B: essa era a minha prioridade. Pelo menos, não precisaria de receita para comprar. Teria que dirigir até a cidade ou algum lugar onde eu não fosse conhecida.

Como eu pude ser tão estúpida?

Tudo o que eu fizera nas últimas 12 horas havia sido lunático. *Qual é o problema comigo?*

Percebi, tardiamente, que tinha passado as calças de David até ficarem brilhantes. Deixei o ferro esfriar e voltei ao quarto nas pontas dos pés para deixar o resto do uniforme preparado. David estava nocauteado. Encarei o homem que era meu marido, para o melhor e para o pior. Olhei por tanto tempo que meus olhos ficaram secos. Que curioso. Eu não conseguia nomear o que sentia quando olhava para ele. Talvez algo, talvez nada. Meu indicador emocional apontava para 'vazio'; acho que já estava assim há muito tempo. Até Sebastian... não. Não devo pensar. Não devo pensar assim.

De volta à cozinha, fiz um café para mim, que não tomei, e esperei solenemente pelo amanhecer.

Quando as primeiras luzes do sol atravessaram debilmente as janelas, eu não havia resolvido nada. Ir ou ficar? Ficar ou ir? O mal que eu já conhecia ou o profundo mar azul? Ir ou ficar? Ficar ou ir? Repetido infinitamente pelo torpor de minha mente.

O doloroso soar do despertador ao lado da cama me fez pular. David acordou com um ronco e eu me apressei a fazer café. Ele gostava de uma refeição quente e gordurosa depois de uma bebedeira. Por sorte, a corrida de ontem para o mercado havia colocado bacon e xarope de bordo na geladeira. Preparei massa de panqueca e coloquei uma gotinha de óleo na frigideira.

Ele chegou à mesa do café com precisão militar e uma tromba imensa.

— É bom ver alguma comida, para variar — resmungou ele.

— Quantas panquecas você quer?

— Duas.

Em silêncio, eu servi o especial da esposa culpada: três fatias de bacon, dois ovos fritos, duas panquecas, xarope à parte e café.

— Esse prato está frio.

— Você quer que eu o esquente?

— Não tenho tempo para isso. Jesus Cristo, Caroline! Não consegue fazer nada certo?

Não. Provavelmente, não.

Ele saiu de casa sem mais nenhuma palavra. Perguntei-me por quanto tempo aquela tromba duraria — o recorde era de nove dias.

Com atraso, me ocorreu que Sebastian provavelmente viria me procurar assim que tivesse certeza de que David havia saído para o trabalho. Eu sabia que era covarde e injusto, e que eu supostamente era o adulto aqui, mas não podia enfrentá-lo.

Tomei um banho acelerado e corri para fora da casa sem nem me incomodar em secar o cabelo, pegando meu bloquinho da mesa do saguão quando passei. Não sabia dizer o motivo — talvez alguma memória atávica da necessidade de escrever, de uma época quando a vida era mais simples.

Enquanto me afastei de carro, recusei-me a olhar pelo retrovisor. Eu tinha uma crença quase supersticiosa de que, se olhasse, Sebastian apareceria. Covarde até a última instância, pelo visto.

Fiquei ridiculamente grata por encontrar um shopping fora da cidade com uma placa de uma drogaria em neon: Farmácia Bom Dia. *Não para mim.*

A atendente foi simpática até ver minha aliança; então as cortinas da desaprovação se fecharam sobre o rosto dela e eu esgueirei-me para fora, agarrando meu saquinho de papel.

Procurei por uma cafeteria e me sentei encolhida no canto, pedindo um expresso duplo e um copo de água.

A embalagem do contraceptivo de emergência Plano B censurava:

"Efeitos colaterais podem incluir alterações em sua menstruação, náusea, dor na região abdominal inferior, fadiga, dor de cabeça e tontura."

Eu não ligo! Só não me deixe engravidar!

Engoli a pílula rapidamente, depois rasguei a embalagem em pedacinhos do tamanho de selos. Minhas mãos tremiam enquanto eu bebericava o expresso. Provavelmente, eu parecia uma viciada em cafeína atrás da minha dose.

Eu tinha que encontrar um modo de canalizar o furacão de pensamentos semiformados que se agitava dentro de mim. Em algum ponto, peguei meu bloquinho, tentando encontrar sentido nas palavras e frases rabiscadas. Trabalhando lenta e cuidadosamente, comecei a planejar meu artigo. Pareceu importante, de alguma maneira, que, apesar da completa confusão em que eu transformara minha vida, eu conseguisse fazer essa única tarefa bem.

Percebi que havia trabalhado por mais de uma hora quando a garçonete, irritada, me perguntou se eu queria mais alguma coisa.

Sim, uma vida! Por mais estranho que pareça, isso não é algo que garçonetes geralmente sirvam. Eu me retirei de seu olhar sofrido, deixando uma gorjeta maior do que o merecido. *Covarde.*

Escondi-me no carro e me perguntei o que fazer em seguida. Se eu fosse para casa, sabia que Sebastian estaria esperando por mim. Eu não sabia o que dizer, e temia quanto dano eu já havia feito.

— Você está bem, senhorita?

Um homem preocupado com um boné de beisebol dos Padres bateu na janela do meu carro, fazendo-me pular.

Eu abri o vidro até a metade.

— Ah, obrigada. Estou bem, de verdade.

— Você ficou aí sentada por tanto tempo que eu comecei a me preocupar. Tem certeza de que está bem?

O que havia na bondade de estranhos que me dava vontade de chorar?

— Só estou com algumas coisas na cabeça, mas vou ficar bem. Obrigada pela preocupação. Foi muito gentil de sua parte.

Ele assentiu, sorriu de modo incerto e se afastou.

O motor do carro ligou com um rugido e eu me acalmei com o som familiar do câmbio raspando enquanto eu saía da vaga no estacionamento de ré. Dirigi sem destino, imaginando ociosamente que problemas perturbavam outros motoristas trancados em seus mundos de metal e vidro, individuais e isolados. Estariam meditando sobre o sentido da vida, fazendo listas de compras em suas mentes, ou simplesmente vagando no trânsito, a mente cheia de não pensamentos?

A melancolia da manhã de junho havia dado espaço à preguiçosa luz do sol quando eu me peguei seguindo uma extensão tranquila da costa do Pacífico. Pareceu-me um lugar tão bom quanto qualquer outro para matutar. O ar estava brando e uma brisa suave balançava a grama curta que tentava manter uma base entre as dunas.

Tirei minhas sandálias e senti a areia fina entre os dedos dos pés. Meus pensamentos voltaram-se para dentro enquanto eu cruzava os braços ao redor dos joelhos e fitava o mar. Teria eu chegado a um ponto de mudança em minha vida, ou isso era apenas uma piscada em um horizonte longo e desolado? Saltar de um relacionamento fracassado para um condenado era o curso de ação mais sensato para uma mulher de 30 anos? Racionalmente, não. Mas a sensação do corpo de Sebastian contra o meu, dentro do meu; sua doçura, sua gentileza. Eu poderia de fato dizer que não significou nada? Essas sensações eram tão abundantes em minha vida que eu poderia julgá-las sem valor?

O único amor verdadeiro que eu conheci na vida tinha sido o do meu querido e caótico pai. Sebastian não tivera nem mesmo isso. Ele era faminto por amor.

Eu poderia ajudá-lo? Resposta: não, não podia. Eu apenas o afastaria de todas as coisas maravilhosas que ele merecia da vida. Portanto, deveria abrir mão dele.

Porém, onde isso me deixava? Contemplando abandonar tudo o que eu conhecia por causa de um momento descuidado de loucura apaixonada. Se eu deixasse David, estava muito ciente de que não teria nada, nem mesmo minha reputação. Eu nunca havia morado sozinha, nunca sobrevivera do dinheiro que podia ganhar, nunca vivera sem a aprovação de outra pessoa. O desconhecido era apavorante.

Eu me sentei e olhei até perceber, com vaga surpresa, que as sombras começavam a se alongar ao meu redor.

Soltei minhas mãos e me levantei rigidamente, observando fascinada o sangue voltar a circular em meus dedos embranquecidos. Eu desperdiçara um dia todo e resolvera pouca coisa — exceto que Sebastian merecia alguém melhor do que eu.

O medo se assentou em meu estômago como um sapo. Eu não sabia se podia enfrentar David depois do que havia feito. Eu tinha escapado dele, uma vez que ele não nos flagrou, me flagrou, na noite anterior, mas eu jamais havia escondido um segredo dele antes — e não fazia ideia de como começar. Como eu conseguiria transformar meu rosto em pedra nos próximos 30 minutos?

Cheguei em casa pouco antes das seis, seu horário de costume, sem saber se ficava aliviada ou desapontada pela casa estar silenciosa, imperturbada por presença alguma, fosse ela maligna ou benigna.

Comecei a cozinhar com entusiasmo: espaguete alla puttanesca — tomate, azeitona, pimenta, alcaparras, alho. Pareceu apropriado: o espaguete da prostituta. Estranho pensar que eu planejei essa refeição ontem, quando ainda era uma esposa honesta.

Ouvir o carro de David na entrada me trouxe rapidamente de volta ao presente.

Arrumar a mesa. Colocar os guardanapos. Abrir sua cerveja. Colocá-la no copo. Lavar a salada. Aja normalmente.

— Oi, o jantar está quase pronto — falei, tão animada quanto pude, minha voz soando estridente e falsa aos meus ouvidos.

Ele me ignorou totalmente. Ah, é claro, ele ainda estava emburrado. Isso facilitava as coisas.

Comemos em silêncio. Eu limpei os pratos sem nenhuma palavra. Ele se retirou para seu escritório. Nenhuma sílaba saiu de nossos lábios.

Fiquei agradecida a ele. Aquilo deixava tudo muito mais simples.

Para meu espanto, fui capaz de me concentrar na escrita da minha história sobre surfe, aquela que eu esperava publicar no *City Beat*. As palavras fluíram e foi terapêutico passar a noite em um lugar mais feliz.

Às 23 hs, David saiu de seu escritório e dirigiu-se para o quarto. *Eu queria ter lembrado de lavar os lençóis hoje. Puta.*

Observei, desinteressada, ele deliberadamente embolar suas roupas e jogá-las do meu lado da cama, sabendo que eu teria que me levantar cedo para passar as calças — de novo.

Ele saiu do banheiro marchando com precisão rígida e militar em seus pijamas bem passados. Eu senti um ímpeto quase irresistível de rir.

Os lençóis foram jogados para trás com desdém e ele se virou num repente, levando a manta para o seu lado. Que maravilhosamente infantil.

Sorrindo para mim mesma, deslizei por entre os lençóis e me desafiei a sentir esperançosa.

★ ★ ★ ★

De manhã, eu sabia que não podia mais adiar enfrentar Sebastian. Suspeitei que, se eu esperasse em casa o suficiente, ele apareceria. Eu tinha provavelmente alguns minutos para ir até o mercado e comprar leite, vegetais e doces.

Não me demorei nas compras; mesmo assim, quando virei na entrada de casa, ali estava ele, sentado e encolhido na minha varanda. Pelo menos estava escondido da rua.

Meu estômago se revirou.

Os olhos dele se acenderam quando me viu, e ele ficou de pé. Eu balancei a cabeça rapidamente e, por sorte, ele compreendeu.

Assim que abri a porta, ele entrou discretamente. Eu ainda não planejara o que lhe diria. Nem mesmo sabia se era possível planejar isso.

Ficamos olhando um para o outro, a porta inflexível às minhas costas.

– Você está bem? – disse ele, enfim.

Eu assenti devagar.

– Acho que sim. E você?

– Eu... eu precisava te ver.

– Entre – falei, um tanto relutante, apontando para a cozinha. – Posso te fazer um café?

Ele balançou a cabeça.

Isso era mais difícil do que eu esperava e eu mal havia dito uma palavra. Afundei em uma cadeira da cozinha enquanto ele continuou de pé.

– Eu tentei te ver ontem. O que aconteceu... depois que eu saí? Foi... tudo bem?

A voz dele estava baixa, hesitante.

– David não suspeitou de nada, se é o que você quer dizer.

Em comparação, minha voz sou desnecessariamente dura.

Os olhos de Sebastian refletiram sua mágoa.

– Não olhe para mim desse jeito – falei, fria.

Você consegue. Você pode abrir mão dele.

– Caroline...

– O quê?

Ele respirou fundo.

– Eu venho pensando em você desde... – As palavras dele saíram de um jato. – Podemos voltar para o Leste se você quiser, quando você quiser. Eu posso arrumar um emprego.

Eu o encarei, aturdida.

– Nós podemos ficar juntos – sussurrou ele. – Para sempre.

Eu não sabia se ria ou chorava; em vez disso, continuei sentada, olhando.

— Caro?

Caro? Ah, eu gostei disso... mas que sonho adorável.

— Caro! — disse ele, soando apavorado.

Contudo, apenas um sonho.

Sentei-me na mesa e pousei a cabeça nas mãos. Isso não era o que eu esperava; certamente não era como eu havia planejado essa conversa. Onde estava minha decisão para acabar com isso?

Ouvi uma cadeira arrastar no chão e ele se sentou perto de mim.

Seu lindo rosto, tão aberto, estava a apenas centímetros do meu. Eu me endireitei e olhei diretamente para ele.

— Sebastian, eu te acho muito meigo, mas...

Ele se encolheu como se eu o tivesse estapeado.

— Dê-me uma chance — eu sei que posso fazer isso dar certo, *Caro*.

— Não, não podemos. Você só tem 17 anos... Eu poderia ser presa. Eu *deveria* ser presa! Não, me escute: a outra noite foi... — Hesitei, incapaz de achar a palavra certa. — O ponto é, foi errado.

— Não para mim.

Suspirei. Outra vez lembrei-me da sensação de seu corpo contra o meu, e de como foi bom. Bom, ruim; errado, certo.

— Então vamos esperar até eu fazer 18 — disse ele, desafiador. — Não é muito tempo. Podemos ficar juntos e ninguém vai nos impedir.

Estupidamente tentador.

— Sou casada, Sebastian. — *Você era casada duas noites atrás. Puta!*

— Você não o ama, Caro.

Meus olhos voaram até os dele. *Como ele sabia?*

Ele sentiu uma pequena vitória e aproveitou sua vantagem, pegando minha mão.

— Eu te amo. Eu... eu faço qualquer coisa, vou para qualquer lugar. Você pode escrever — nós seremos felizes.

Tão, tão tentador. E seu toque: carne na carne.

Minha mente traidora encheu-se de imagens de nosso ato de amor glorioso, doce, gentil. Eu nunca tinha sido tocada daquela forma antes — havia sido um aprendizado, um despertar delicioso e perigoso.

Ele podia sentir a fraqueza de minha vontade. Seus adoráveis olhos estavam claros, livres de qualquer dúvida, confiantes e reconfortantes. E quando ele se inclinou adiante, pressionando os lábios de leve contra os meus, foi um momento de paz no coração de um turbilhão de emoções. Foi um momento elétrico, o olho da tempestade.

Tentei entender os sentimentos que me preenchiam, deixando-me mais leve do que o ar. Eu me senti linda pela primeira vez na vida, sã e salva.

Amada.

Apreciada.

Ele me puxou para junto de si e eu me agarrei ao círculo protetor de seus braços, sentindo o calor de seu corpo e ouvindo a batida constante de seu coração.

David já me disse alguma vez que me amava? Eu não conseguia me lembrar tanto tempo atrás. Eu sabia que ele era frio e controlador, e sabia que ele não me amava. Às vezes, parecia que eu era extremamente desprezada.

E finalmente meu coração, pobre e faminto, entendeu o que Sebastian estava me dizendo: ele me amava. Ele sempre havia me amado. Era um bálsamo para minha alma ressequida. Uma epifania que me atingiu com extraordinária claridade.

Eu também o amava.

CAPÍTULO 5

UM VERÃO DE FELICIDADE ROUBADA – é assim que eu me lembro dos dias que se seguiram. As nuvens escuras reuniam-se à distância enquanto meus dias com Sebastian eram cheios de luz.

Nós sabíamos que precisávamos ser cautelosos. Os militares eram uma família unida e, como todas as famílias, o murmúrio da desaprovação nunca estava muito distante.

Durante o dia era mais fácil. David trabalhava até as 18 hs na maioria dos dias e no terceiro final de semana do mês. Sebastian tinha acabado com a escola de vez, e seu tempo estava à sua disposição. Estelle persuadira Donald dos benefícios de uma educação universitária para seu único filho e, até onde eles sabiam, Sebastian estava para começar na UCSD* no outono. Apenas a sua mãe comparecera, com relutância, à sua formatura; Donald estava ocupado demais para comparecer a um evento tão trivial, e Sebastian timidamente me mostrou a fotografia formal de si mesmo usando a beca e o chapéu. Minha própria formatura parecia uma sombra de outra vida.

---

*   University of California, San Diego. (N.E.)

A parte difícil era saber que não podíamos estar juntos intimamente – eu fui muito clara sobre isso. Contudo, quanto mais eu o via, quanto mais tempo passava com ele, mais difícil isso ficava. Ele era lindo, por dentro e por fora. Eu amava seu modo de ver o mundo, com tanta paixão e entusiasmo, apesar da frieza da casa de seus pais. Ele absorvia cada sorriso, cada toque hesitante que eu podia lhe dar. Porém, eu sabia que ele queria mais, e eu também. A caixa de Pandora havia sido aberta e estava se provando bastante difícil manter a tampa fechada. Não importava o quanto eu tentasse ignorar, a lembrança intensa da noite em que fizemos amor estava sempre presente em minha mente; eu tinha uma certeza razoável que Sebastian sentia o mesmo.

Estávamos sentados juntinhos, abrigados por uma duna de areia, enquanto uma chuva breve toldava o horizonte, uma manta de piquenique nos envolvendo.

– Caro, quando você falou sobre querer voltar para o Leste, estava falando da Carolina do Norte ou de Maryland?

– Maryland, não – falei, estremecendo ao pensar em estar no mesmo estado que minha mãe. – Eu só estava pensando em ir o mais longe possível daqui. Não, não precisa ser lá ou na Carolina do Norte. Por quê? Tem algum lugar em mente?

– Bem – disse ele, hesitante. – Estava pensando que talvez pudéssemos ir para a cidade de Nova York. Deve ser fácil conseguir emprego por lá, certo?

– Acho que sim.

Eu não sabia se queria morar em uma cidade daquele tamanho, mas depois de pensar por um instante, eu definitivamente podia ver os benefícios. Para começar, seria difícil nos encontrar; Sebastian tinha razão sobre as chances maiores de conseguir emprego. Todavia, eu também me intimidava pela pura escala do que estaríamos tentando. Eu já estivera lá duas vezes, e a cada vez me encolhera com a velocidade com que tudo ocorria. Eu temia me perder. Mas... com Sebastian? Eu não teria que encarar tudo sozinha. Nunca mais teria que encarar nada sozinha.

– Eu dei uma olhada em alguns cursos na NYU** – disse ele, em uma voz casual demais para ser crível.

– E?

** New York University. (N.E.)

— Nada, na verdade. Eu só pensei que seria legal, você e eu na Grande Maçã.

— Sebastian, eu não me importo para onde vamos. Se você quiser ir para Nova York, se viu alguns cursos que te interessaram, então é isso o que faremos.

— É mesmo?

Ele abriu um sorriso imenso para mim.

—É claro! É o seu futuro, tanto quanto o meu.

Em segredo, planejamos para que Sebastian se matriculasse na NYU com o início dos cursos no semestre da primavera. Nós — e eu me deleitava nesse pequeno pronome — deixaríamos a Califórnia assim que ele fizesse 18 anos, no dia 2 de outubro, e esperávamos nos esconder no anonimato da metrópole cinza. Eu iria, obviamente, encontrar emprego como jornalista, e sem dúvida seríamos muito felizes.

Eu estava arrebatada por aquele sonho delicioso. Não conseguia esconder minha felicidade por completo; alguém acabaria notando.

— Caroline!

A voz de Donna Vorstadt interrompeu meu raciocínio na Kwik Shop.

— Como vai você? Johan e eu estamos ansiosos mesmo para nossa pequena soirée amanhã.

Meu cérebro ficou em estado de alerta. Ela tinha me visto chegar com Sebastian? Não, ela estava sorrindo, agindo normalmente — ao contrário de mim.

— Ah, sim, é claro! Desculpe, minha mente estava longe.

Verdade.

— Devia ser um lugar delicioso — eu chamei seu nome três vezes!

Corei, desconfortável, e ela arqueou uma sobrancelha, mas foi gentil o bastante para não insistir no assunto.

— David disse a Johan que você vai fazer alguns de seus deliciosos pratos italianos.

Ela olhou para o meu carrinho, intrigada. Uma caixa de leite e um vidro de azeite piscaram de volta para ela.

— Eu prefiro cozinhar tudo fresco — resmunguei, improvisando muito mal.

— Mas é claro — sorriu ela. — Bem, vou deixá-la à vontade. Ah, veja! Ali está o menino dos Hunters, no balcão dos frios. Ele cortou o cabelo. Puxa vida! Sebastian! Iurrú!

Uma breve expressão de horror varreu o rosto dele antes que Sebastian compusesse suas feições em uma pose neutra. Ele veio até nós cautelosamente.

— Oi, sra. Vorstadt. — Ele fez uma pausa. — Sra. Wilson — murmurou.

— Olá, Sebastian — disse ela, olhando seu cabelo curto. — Está fazendo compras para sua mãe?

— Humm...

— É muita gentileza sua. Quisera eu poder convencer meus meninos a fazer tarefas da casa. Eles acham que a comida simplesmente se materializa no refrigerador.

Eu ri debilmente e Sebastian sorriu, dando uma resposta vaga e descompromissada.

— Posso lhe dar uma carona para casa, Sebastian? — ofereceu Donna.

— Não, obrigado, sra. Vorstadt, não precisa.

Ela sorriu.

— Bem... vejo você amanhã, Caroline.

— Tchau.

Ela acabou desaparecendo atrás dos congelados e eu soltei um suspiro de alívio. Não percebi que estava prendendo a respiração.

— Precisamos tomar mais cuidado — sussurrei.

Sebastian assentiu, solene, mas havia um brilho divertido em seus olhos.

— Que foi?

Ele balançou a cabeça, um sorrisinho escapando.

— Vamos sair daqui.

Eu larguei minhas poucas compras no carrinho, para a irritação da equipe do mercado, sem dúvida, e fui até o estacionamento. Nossa saída foi certamente mais discreta do que nossa expedição de compra interrompida.

Deslizei para o banco do motorista sentindo-me exultante e culpada ao mesmo tempo.

Sebastian deslizou os dedos pelo meu pescoço e um arrepio me percorreu.

— Aqui não!

— Onde, então?

— Vamos para a praia.

Ele sorriu.

— Perfeito.

Enquanto eu dirigia, ele mexeu no rádio e escolheu uma estação que tocava jazz ambiente.

— Meu pai e minha mãe estão pegando no meu pé para arrumar um emprego temporário de verão — disse ele, displicente.

Meu coração afundou — se ele trabalhasse o dia todo, eu nunca o veria. Eu não podia sair à noite, não sem enfrentar a inquisição de David.

— Que tipo de emprego?

Ele deu de ombros.

— Ches disse que eu poderia trabalhar atendendo no mesmo restaurante que ele trabalha, o Country Club lá em La Jolla.

— Parece... divertido.

— O horário é principalmente noturno, Caro. Eu ainda estaria livre durante o dia.

Sorri, aliviada.

— Aliás, eu gostaria que você lesse meu artigo sobre surfe, só para garantir que ele está bom.

— Você terminou?

Ele parecia surpreso.

— Claro! O que mais eu tenho para fazer à noite? — provoquei.

Ele fechou a cara.

— Odeio que você volte para casa, para aquele cretino.

Suspirei.

— Eu também, mas não é por muito tempo mais.

A verdade era que eu achava a companhia áspera de David quase insuportável. Honestamente, eu não sabia se seria capaz de durar quatro meses. Andava revirando em minha mente a possibilidade de me mudar — mas tinha medo e pouco dinheiro próprio.

Bani o pensamento de David: o aqui e agora pertencia a Sebastian.

— A que praia devemos ir?

— Tem um lugar que eu conheço, não muito longe daqui. Também tem um quiosque lá, então vamos poder comer alguma coisa.

Sorri para mim mesma — esse menino *comia*.

Não, não um menino, rosnei.

Mas a parte do meu cérebro onde eu guardava todos os meus pensamentos canalhas estava ficando bem lotada.

Fomos com as janelas abertas, Sebastian recostado preguiçosamente, cantando junto com o rádio, enquanto o vento embaraçava meu cabelo.

Sebastian estava me mostrando um lado de San Diego que eu nunca vira antes — a comunidade praieira, relaxada e tranquila que daria comichão em David.

A garota atendendo no balcão do quiosque olhou Sebastian com interesse. Ela era bonita, a garota estereotípica da Califórnia com cabelos loiros e longos, pernas longas e bronzeadas e cílios longos e falsos. Para minha diversão e deleite, Sebastian não pareceu notá-la.

— O que você quer comer, Caro? Eles têm atum no pão integral ou rosbife no pão de centeio.

— Vou querer só um refrigerante e um saquinho de fritas.

Ele franziu a testa.

— Isso não é muito saudável.

Ele pareceu tão sério, ali de pé com sua bermuda jeans cortada e camiseta de surfista, que eu não pude conter um sorriso.

— Então é melhor me dar o atum, gentil senhor.

— Você está rindo de mim?

— Só um pouquinho, mas de um jeito bom. Você é tão meigo!

Ele pareceu não saber se isso era ou não um elogio, e preferiu ignorar.

Paguei pela comida, irritada comigo mesma por me lembrar que o dinheiro vinha da despesa para manutenção da casa que David me dava de mau grado. Para o inferno com isso! Eu mereci cada centavo: cozinhar, lavar, passar aquelas malditas calças dele — até entreter seus colegas.

A caixa colocou nossas compras em uma sacola que Sebastian enfiou embaixo de um braço, com um sorriso muito breve para ela. E então ele pegou minha mão.

Ele pegou minha mão!

David nunca me dava a mão. Bem, talvez uma vez — no dia de nosso casamento, quando meu pai a deu para ele. Desde então, nunca mais, ao que eu me lembre.

Era maravilhoso e aterrador, caminhar pela praia, nossos dedos aprendendo as linhas e formas das mãos do outro.

Encontramos a duna perfeita, um mergulho côncavo entre os tufos de grama alta. Ela nos dava uma leve proteção contra o vento onipresente, embora hoje ele estivesse gentil; porém, ainda mais importante, ela nos dava privacidade de qualquer um que estivesse olhando da praia.

Timidamente, tirei uma cópia do meu artigo sobre surfe da bolsa.

— Aqui está.

Ele afundou na areia e se sentou de pernas cruzadas. Eu observei ansiosamente seu rosto enquanto ele lia. Era a primeira vez que eu mostrava meus escritos a alguém. Eu queria muito que ele gostasse. Eu sentia como se tivesse soltado um bebê no mundo e estivesse esperando que alguém me dissesse se meu bebê era bonito ou feio.

Uma ou duas vezes Sebastian sorriu enquanto lia as páginas, e então ele ergueu a cabeça.

— Está muito bom.

Olhei para ele, cética.

— Está, sim! Eu gostei bastante da piada sobre a Corporação dos Marines Surfistas Havaianos dominando a praia, prestes a invadirem, mas decidindo pegar mais uma onda antes.

— Gostou mesmo?

— Está bom, Caro.

— Você diria isso de qualquer maneira.

Ele sorriu.

— Provavelmente, mas acontece que eu estou falando a verdade. Você dá às pessoas um vislumbre de como é surfar e do modo militar de fazer as coisas. É esperto. Só tem uma coisinha...

Eu sabia.

— Você soletrou errado aqui: está escrito 'meter' em vez de 'arremeter'.

— Onde? Me mostra.

Ele riu.

— Estou brincando.

Arqueei uma sobrancelha.

— Imagina isso, arremeter errado.

Ele me olhou, boquiaberto, enquanto eu me deitava na areia quente, refestelando-me no repentino calor de seu olhar.

— Você é tão linda, Caro — murmurou ele, estendendo as longas pernas e se esticando ao meu lado.

Eu sorri para ele estupidamente.

— Você é, sim! — insistiu ele.

Ele estava apoiado em um cotovelo, a cabeça repousando na mão. Aqui, seus olhos pareciam verde-ardósia, e sua pele reluzia dourada ao sol.

— Você é que é lindo, Sebastian. Por dentro e por fora.

Ele piscou, surpreso com minhas palavras, e então sorriu. Outro pedacinho de gelo caiu de meu coração.

— Acho que você devia me beijar.

As palavras saíram antes que eu me desse conta do que havia dito. Eu realmente falei a sério.

— Achei que não íamos... sabe... até eu completar 18.

— Está correto, mas isso não significa que você não possa me beijar.

— É mesmo? — Ele parecia deleitado.

— Talvez você prefira um convite por escrito?

— Não vai ser necessário — murmurou ele.

Eu passei meus braços ao redor do pescoço dele e puxei sua cabeça na minha direção, afagando seu cabelo curto e sedoso. Seus lábios gentis tocaram os meus e o desejo explodiu dentro de mim, correndo pelas minhas veias como mercúrio. Um som suave e sem palavras escapou dele, e minha língua estava em sua boca, saboreando seu gosto, provando do desejo dele.

Minhas mãos percorreram as costas dele e, gananciosa, puxei sua camiseta para cima. Meus dedos se transformaram em garras; eu arranhei suas costas, fazendo-o ofegar. Ele se afastou abruptamente e puxou o tecido por cima da cabeça, e em seguida seu peito nu pressionou contra mim, forçando-me contra a areia. Junto à minha barriga, a ereção dele se retesava.

Deus! Como eu o queria. Renovar a sensação dele dentro de mim, compreender... sentir que eu era desejada e amada e necessária.

Ele forçou uma das pernas entre as minhas e passou a mão sobre minha pele nua, subindo pelo meu joelho, meu quadril, roçando o tecido da minha calcinha, antes de chegar até minha cintura e então passando sobre meu seio e apertando gentilmente.

Eu estava desesperada para ir um passo além, mas me contive por um restinho de razão e o conhecimento de que um passo além me levaria para a escuridão.

— Temos que parar — gemi contra os lábios dele.

— Não — ofegou ele.

Sua mão moveu-se determinadamente sob o tecido fino da minha blusa de alcinhas, afagando e acariciando meus seios.

Minha respiração saía entrecortada, como se eu estivesse correndo.

Convocando meus últimos gramas de força de vontade, empurrei debilmente seu peito.

— Não, Sebastian.

Ele parou de imediato e, com um gemido leve, rolou de costas.

— Eu quero você, Caro. Quero fazer amor com você. Quero fazer amor com você para sempre.

Meu fôlego ficou preso na garganta.

Eu também quero isso. Tanto, tanto.

Não respondi; fiquei imóvel, sentindo meu corpo flutuar de volta para a terra.

De relance, vi Sebastian se ajustar na bermuda. Senti-me culpada por deixá-lo desconfortável.

Diabos, havia alguma coisa pela qual eu não me sentisse culpada?

— É assim que vai ser pelos próximos quatro meses? — perguntou ele, soando magoado.

— Ou eu posso entrar em um convento — resmunguei, quase para mim mesma.

— Eu ainda encontraria você — disse ele, sombrio.

Eu sorri.

— Certo, sem conventos. Ou monastérios, já que estamos falando nisso.

Procurei um novo tópico para conversar.

— Fale-me sobre esse emprego que você mencionou. Quando você começa?

— Ainda não me ofereci para ele.

— Por que não?

— Eu queria ter certeza de que estava tudo bem com você antes, Caro.

Fiquei surpresa. Sim, essa era a palavra, surpresa e simplesmente impressionada.

— Você... você estava esperando por... o que, minha permissão?

— Bem, não exatamente. — Ele pareceu intrigado. — Para que pudéssemos conversar e então decidir.

Ah. Como um casal de verdade.

David nunca discutia nada comigo; eu simplesmente recebia seus Decretos das alturas.

— E você vai pegar o turno da noite? Bem, para mim parece bom.

— Ótimo! — disse ele, virando-se de lado para olhar para mim e sorrindo. — Talvez eu tenha que pegar alguns turnos diurnos. O pagamento é uma merda, mas Ches disse que as gorjetas são muito boas, especialmente das mulheres mais velhas.

Eu me encolhi e a expressão dele congelou.

— Eu não quis dizer... Eu não penso em você desse jeito! Caro, não!

Mas o gênio tinha escapado da lâmpada, uma vintage, ainda por cima.

— Não está muito longe da verdade, Sebastian.

Ele se sentou, alarme em seu rosto.

— Não diga isso! Eu te amo tanto, Caro. Eu... o que eu sinto por você... eu nunca...

Ele agarrou minha mão e segurou a palma contra sua bochecha.

— É o que é, Sebastian.

Sentamos em silêncio por alguns minutos.

Eu podia ver que ele estava mortificado, desejando nunca ter dito suas palavras tão francas.

— Então — falei, afinal, meu tom deliberadamente leve —, nenhuma garota no colégio que tenha chamado sua atenção? Nenhuma líder de torcida balançando o pompom para você?

Ele sorriu pesarosamente, aliviado, pensei, por outra mudança de assunto.

— Não muito.

— Não muito não significa nenhuma. Conte-me, estou curiosa.

Ele suspirou.

— Elas não significaram nada.

Eu não pude evitar rir.

— Não estou com ciúmes, Sebastian!

Contudo, mesmo enquanto dizia isso, eu não tinha certeza total de que fosse verdade. Lembrei-me do olhar faminto da garota no quiosque e o quanto eu quis esmurrar aquele sorriso insípido até o fundo de sua garganta.

— O que você quer saber? — perguntou ele em uma voz resignada.

— Não tem importância, honestamente, eu só estava curiosa.

Ele deitou-se na areia, os olhos fechados.

— Sempre foi você, Caro. Na primeira vez que eu a vi, pensei que você era a garota mais linda que eu já tinha visto. Pensei que você devia ser uma princesa, como a Cinderela. Sempre foi só você.

Fiquei aturdida por sua resposta.

Sim, um conto de fadas. Era do que se tratava aqui: uma linda fantasia. Ainda assim, eu não conseguia me forçar a me importar. Eu queria correr meus dedos por sua pele macia, seu peito nu, sobre os músculos definidos de seu estômago. Meu olhar demorou-se na cintura de sua bermuda.

— E você? — disse ele, os olhos ainda fechados.

— O que tem eu?

— Você saiu com alguém antes... Antes de David?

Eu não queria ouvir o nome de David, certamente não dos lábios de Sebastian, mas era uma pergunta justa.

— Eu tive alguns encontros no segundo grau — cinema, boliche, esse tipo de coisa. Conheci David quando estava no último ano.

— Minha idade — disse ele suavemente.

— Sim.

Onde ele queria chegar com isso?

— Você... Você... dormiu com ele nessa época?

Eu realmente não queria responder a isso.

— Sim.

— Mas você não quer dormir comigo?

— Ah, Sebastian! Por favor, não faça isso!

— Mas eu não entendo. Você tinha a minha idade. Acabou de dizer isso. Como pode ter sido certo naquela ocasião e errado agora?

Ele soou muito nervoso e virou a cabeça para não me olhar.

— Por favor, não faça isso, Sebastian.

Minha voz estava subitamente rouca de lágrimas.

Ele não respondeu.

Eu engoli e respirei fundo.

— Porque estávamos em Maryland e lá a idade para consentimento é de 16 anos. Não era... ilegal.

— E essa é a única razão? — resmungou ele.

— É claro!

Ele fez uma pausa e disse:

— Você ainda está dormindo com ele?

— O quê? — consegui dizer.

A voz dele mal podia ser descrita como um sussurro.

— Você ainda está dormindo com ele? Agora, digo.

Isso era horrível.

— Nós dividimos uma cama, Sebastian, mas não... não fazemos sexo. Não desde... você... desde... nós.

Pensei que isso seria suficiente, mas eu estava errada.

— Você vai dormir com ele? Enquanto ainda estiver morando lá?

Ele voltou-se para mim, o rosto desesperado.

— Vai, Caro?

Chocada com a direção desse interrogatório, fechei meus olhos e falei com uma voz fria e controlada.

— A ideia de David me tocando é totalmente repelente, Sebastian, mas... meu marido não é um homem paciente.

Escutei-o ofegar.

— Você quer dizer que ele *te forçaria?*

A voz de Sebastian estava horrorizada. Eu vi a fúria surgir em seus olhos; sua expressão me assustou.

— Não, não do modo como você está pensando...

— Você não pode, Caro! Não pode permitir que ele faça isso! Prometa para mim que não vai deixar que ele te toque.

Como é que eu poderia cumprir essa promessa? Eu queria, queria desesperadamente.

— Vou tentar.

Ele pareceu querer dizer mais alguma coisa.

— Sebastian, está um dia lindo; temos poucas e preciosas horas ainda, por favor, não vamos gastá-las brigando. — *Ou falando sobre David.*

Ele respirou fundo.

— Quando eu penso nele te tocando, eu...

— Por favor, não.

— Sinto muito.

Fizemos uma pausa, nossas vidas em lados opostos de um precipício, uma delicada corda esticando-se entre nós.

Ele estendeu a mão e me puxou para perto de si, de modo que eu fiquei espalhada sobre seu peito.

—Assim é melhor — disse ele. — Você estava longe demais.

Eu sorri tristemente. As palavras dele eram mais verdadeiras do que ele imaginava. Mas eu estava onde queria estar, no círculo encantado de seus braços.

Ele mordiscou meu pescoço, a sensação fazendo eu me contorcer.

—Você está cheia de areia — murmurou ele contra a minha garganta.

— Por que será, eu me pergunto? Seria porque estamos na praia? — Tentei alcançar seu tom brincalhão.

—Você vai ter que lavar a área para retirar isso — disse ele, sua voz suave e sedutora.

— Humm, suponho que sim.

Ele se sentou rapidamente, deixando-me aninhada em seu colo.

— Eu quero ajudar — disse ele, os olhos reluzindo de malícia.

Ele ficou de pé comigo ainda em seus braços e começou a dirigir-se para o mar.

— Sebastian! Não se atreva! — falei, meio rindo e meio gritando.

— Estou ajudando! — disse ele, sorrindo abertamente.

E me jogou no mar, totalmente vestida.

— Argh!

A água estava chocantemente fria.

— Sebastian! — arfei, cuspindo água salgada. — Estou ensopada!

— Humm, eu sempre quis ver uma competição de camiseta molhada.

— Sebastian! — berrei, tentando manter um mínimo de dignidade enquanto lutava para voltar à areia seca. — Olha só para mim! Estou furiosa com você!

— O que você vai fazer, me bater? — disse ele, com um sorriso perverso.

Minha boca se abriu, pasma.

—Vou pensar em algo — falei, sobranceira.

— Manda ver! — retrucou ele, divertido.

Voltei para a nossa duna aconchegante e tirei minha blusinha e a saia, estendendo-as sobre a grama alta. O tecido de ambas era fino, portanto havia uma boa chance de que elas secassem antes que eu tivesse de voltar para casa. Se não, bem, David não tinha olhado no cesto de roupa suja nem uma vez sequer nos 11 anos em que estivemos casados.

Virei-me para observar Sebastian. Ele mergulhava pelas ondas, nadando forte. Peguei vislumbres dele, prateado no mar enquanto pegava jacarés de volta para a praia. Ele viu que eu o observava, acenou para mim uma vez e desapareceu no oceano de novo.

Deitei-me na areia, uma sensação estranha de felicidade me preenchendo.

Minha lingerie, no entanto, estava desconfortavelmente úmida. Tirei meu sutiã e o estendi no sol, deitando-me em seguida de barriga para baixo, a areia áspera fazendo uma exfoliação melhor do que qualquer salão de beleza caro.

O sol estava deliciosamente quente nas minhas costas e eu comecei a cochilar, embalada pelo ritmo das ondas.

— Você fica tão bonita desse jeito.

As palavras de Sebastian me acordaram com gentileza. Suas mãos, entretanto, estavam geladas.

— Ei! Mãos frias!

Ele riu alto, um som descuidado e feliz.

— Desculpe, eu não consegui evitar.

— Você nem tentou — resmunguei, petulante.

— Não, não muito — admitiu ele. Em seguida, sua voz ficou séria. — Eu quero te tocar, Caro.

— Eu sei. Eu também quero isso. Mas temos que esperar.

Ele gemeu.

— Eu vou ficar maluco!

— E nem é lua cheia.

— Eu adoraria ver você sob a luz da lua — disse ele com suavidade.

Sua súbita mudança de tom me fez olhar para cima. *O que as palavras dele faziam comigo.* Ninguém jamais falara comigo daquele jeito. Era tudo tão novo; eu estava à deriva em um mar de sentimentos desconhecidos, tão inocente quanto Sebastian ao menos em um sentido.

Mudei meus ombros de posição e girei-os, desajeitada; estava deitada de barriga para baixo já há algum tempo.

— Você está bem?

— Só um pouco rígida.

— Quer que eu te faça uma massagem?

— Não acho que seja uma boa ideia.

— Por que não?

— Você *sabe* porque — falei, paciente.

— Acho que vou arriscar — disse ele, estendendo as mãos, afastando meu cabelo do pescoço, massageando meus ombros e costas, deslizando seus dedos fortes e ágeis ao longo da minha coluna.

As sensações que seu toque inflamava.

Depois ele se ajoelhou por cima de mim e pressionou com mais força, soltando meus músculos tensos e inflamando as chamas que ardiam dentro de mim.

Sem aviso, ele inclinou-se adiante, beijando minha nuca.

Eu gemi e seu peso me prendeu ali. Eu podia sentir a pele fria de seu peito em minhas costas, a umidade gelada de sua bermuda empapada contra minha bunda.

— Ah, inferno! — disse ele de súbito, jogando-se do meu lado e fechando os olhos com força.

— Que foi? — perguntei, preocupada.

— Nada — ele resmungou.

— Fala!

— Fiquei de pau duro de novo — admitiu ele, parecendo envergonhado.

Eu ri, aliviada.

— Eu te avisei.

— Sim, sim. — Ele fez uma pausa. — Tem certeza de que não podíamos...? Eu gemi de novo.

— Pare de me tentar! Quando você fala assim... eu sinto que deveria haver uma voz retumbante vindo do céu, apontando um dedo de fogo para mim e dizendo: "O demônio está no seu ombro, minha filha".

— Ah, o que é isso, Caro! Digo, quatro meses... *quatro meses!*

Ele tinha certa razão. Mas eu também tinha, e essa noção me deixava miserável.

— Vamos comer alguma coisa — falei, bruscamente. — Pode me passar meu sutiã, por favor?

Ele não respondeu.

— Sebastian?

— Não — disse ele.

—Como é?

— Eu não quero te dar seu sutiã.

— Ah, pela madrugada! Tudo bem!

Eu me sentei e espanei areia dos meus seios, da barriga e dos braços, ciente do olhar dele preso a mim.

Meu sutiã ainda estava úmido e meus mamilos enrijeceram automaticamente enquanto eu o vestia. Dei uma espiada e encontrei os olhos de Sebastian arregalados e desejosos. Aquilo me fez sentir como uma deusa.

— Talvez você queira colocar seus olhos de volta no lugar, antes que eles rolem pela praia — falei, sarcástica.

— Valeria a pena — disse ele, o tom empatando com o meu.

Balancei a cabeça para esconder um sorriso; ele realmente era incorrigível.

Comemos nossos sanduíches que, a essa hora, já estavam mornos e flácidos. O açúcar do refrigerante me deixou no limite. Uma garrafa de Sauvignon Blanc teria sido perfeita. E então me ocorreu que Sebastian nem mesmo podia tomar álcool por mais três anos ainda.

Sua juventude e nossa diferença de idade ficavam bombardeando meus pensamentos felizes. Tudo tinha um preço; cada olhar, cada beijo, cada toque roubado. Parecia desesperadamente injusto. Eu não queria viver sem amor. Por que deveria?

— Ei, aonde você foi agorinha? — disse ele suavemente.

— Nenhum lugar tão agradável quanto o aqui e agora — respondi honestamente e suspirei.

— Vai dar tudo certo, Caro, eu prometo — disse ele.

Não faça promessas que não pode cumprir.

— Acho que está na hora de ir — falei, triste. — Eu preciso comprar algumas coisas e... — minhas palavras foram sumindo.

Eu não queria conspurcá-lo com os detalhes triviais da minha vida com David.

— Certo — disse ele, tentando bravamente manter sua voz neutra.

Ele se levantou e me ofereceu sua mão. Mas me pegou de surpresa ao me esmagar contra seu peito e me beijar ferozmente, um traço de desespero na maneira como suas mãos se apertavam em torno de minha cintura. Eu correspondi à sua urgência, o espectro da separação pairando sobre nós, nossa própria e invisível versão da espada de Dâmocles.

Quando ele me soltou, quando eu me convenci a deixá-lo ir, não houve palavras. Solenemente, peguei minhas roupas amassadas e Sebastian vestiu sua camiseta, juntando a seguir os embrulhos da comida para jogar na lata de lixo mais próxima.

Foi uma cena estranhamente doméstica, tão em contraste com a súbita tensão que ambos sentíamos.

Caminhamos de volta para o carro, cada um envolto no vazio dos próprios pensamentos.

— Então vou conversar com o cara sobre aquele emprego com o Ches — disse ele, finalmente.

— Sim, boa ideia — murmurei, tentando dissipar a imagem de gorjetas gordas vindas de *mulheres mais velhas.*

— Você ainda quer que eu leia suas ideias para outros artigos? — perguntou ele, hesitante.

— Ah, sim, por favor. Vou enviá-las por e-mail para você.

Eu franzi o cenho.

— Que foi?

— Talvez não seja uma boa ideia. E se os seus pais virem que eu estou te mandando e-mails?

Ele balançou a cabeça.

— Minha mãe não sabe como programar nem a máquina de lavar, quanto mais checar meu e-mail. E meu pai não sabe minha senha — completou ele, sombrio.

— Bem, então tudo certo — falei, tranquilizada.

— E o David? — disse ele. — Ele lê seus e-mails?

Tive a impressão horrível de que ele provavelmente lia, e Sebastian viu a dúvida refletida em meu rosto.

— Desgraçado! — disse ele com violência. — Abra uma conta Hotmail, Caro, e me escreva de lá.

— Tudo bem — falei, débil.

— E é melhor desligar o telefone quando ele estiver lá para eu ainda poder te enviar mensagens de texto, ou ele vai querer saber quem está mandando. Depois você lê quando puder.

Eu era muito ruim nesses detalhes práticos de como ter um caso. Perguntei-me, distraída, onde Sebastian tinha aprendido tanto. Por outro lado, suponho que, com dois pais controladores, táticas evasivas sejam fundamentais para a sobrevivência.

Ele olhou para mim, franzindo o cenho.

— Você está bem, Caro?

Eu quase ri.

— É só que eu nunca... fiz nada parecido com isso.

— Com isso?

— Ter um caso. — Corei ao dizer isso.

— Não fale assim — falou ele com veemência. — Não é assim que eu penso sobre nós, Caro.

Suspirei.

— Nem eu — mas é assim que as pessoas chamariam, se soubessem.

— Eu não me importo com mais ninguém — disse ele, feroz. — Só com você.

Passei meus braços ao redor do pescoço dele e inclinei minha cabeça em seu ombro. Senti seu corpo relaxar de leve.

— Vai ser um longo final de semana — resmungou ele —, sem poder te ver.

— Você poderia vir à nossa soirée. — Eu ri, sem humor. — Seus pais vão estar lá. David convidou todas as pessoas *certas*.

— Talvez eu vá — disse ele, baixinho.

Eu olhei para ele, horrorizada.

— Não! Eu estava brincando. Você não deve ir. Eu não poderia... Se você estivesse lá, eu acabaria me entregando.

— Mas eu poderia me certificar de que o cretino não toque em você — rosnou ele.

— Sebastian, não. Estou falando sério.

Ele me olhou de cara feia, beligerante.

— Não tenho medo dele.

— Pare com isso! — falei, tentando me afastar, mas ele não me soltou.

— Eu não posso esperar quatro meses, Caro — disse ele, quase desesperado.

Eu me senti apavorada e, ao mesmo tempo, excitada pela necessidade dele.

— Nós precisamos — falei, mal conseguindo pensar com coerência. — Você sabe o que eles fariam comigo.

Ele suspirou e me trouxe mais para perto de si.

Sobrevivemos mais 24 horas, porém, estava ficando mais difícil.

Eu dirigi de volta com uma de minhas mãos nas dele. Essa pequena conexão significava tanto.

Como estava rapidamente se tornando nossa rotina, eu o deixei a vários quarteirões de sua casa. Eu odiava o momento de desolação que vinha quando ele fechava a porta do passageiro e eu acelerava para longe dele; parecia tão errado.

A birra de David havia finalmente terminado. Se foi porque ele tivesse superado sua irritação ou porque tínhamos um compromisso social a cumprir, eu não sabia dizer. Isso facilitava e ao mesmo tempo dificultava as coisas.

A coisa que eu mais temia eram as noites, aquele momento em que ele afundava na cama. Se ele pegasse uma de suas revistas especializadas eu podia relaxar; se não...

Após o jantar e após ele passar algumas horas em seu escritório fazendo Deus sabe o que, a noite se aproximava do fim.

Eu já estava de camisola quando ele saiu do banheiro e deitou-se na cama. A revista permaneceu no criado-mudo. Ele olhou para mim, cheio de expectativa.

Eu tentei ignorá-lo e ele franziu a testa.

— Está tudo pronto para amanhã, Caroline?

— Eu preciso ir até o mercado de manhã para buscar algumas coisas. — *Tudo, na verdade.*

— Isso não parece muito organizado.

— Eu queria que os ingredientes estivessem tão frescos quanto possível.

Ele grunhiu, depois levou a mão até seu pênis, retirando-o da calça do pijama e masturbando-se sugestivamente.

— Estou um pouco cansada essa noite, David — falei, tentando permanecer calma.

— Eu também. Vou dormir melhor e você também. Venha aqui.

Eu respirei fundo.

— Não, David. Hoje não.

Ele pareceu irritado.

— Bem, o mínimo que você pode fazer é me aliviar, Caroline.

Eu fechei os olhos, mas trancar a mente aos sons e sensações não foi tão fácil.

Quando ele terminou, eu fui até o banheiro lavar minhas mãos e encarei meu reflexo impassível no espelho. David já estava dormindo quando eu consegui voltar. Fiquei ali olhando para ele, imaginando quem seria esse homem com quem me casei? Por que ele havia se casado comigo? Será que um dia existira amor? Eu sabia que nunca tinha me sentido desse jeito antes, do modo como me sentia quando estava com Sebastian. David era feliz? Eu sabia que ele era frustrado por não ter subido na carreira com a velocidade e o sucesso de outros homens. Ele não tinha amigos; ele fazia contatos com pessoas que podiam ser úteis.

Eu fiquei acordada por um longo tempo, recusando-me a chorar. Eu havia feito a minha cama.

★ ★ ★ ★

O sábado começou com uma corrida culpada até o grande mercado fora da cidade.

David atraíra seus colegas com promessas de boa cozinha italiana — eu duvidava que fosse sua personalidade ensolarada e seus modos encantadores que fizessem tanta gente querer comparecer à nossa festa —, portanto, boa cozinha era o que eu precisava oferecer. Tudo feito em casa. David não permitia nada pré-preparado — ele gostava de me ver ocupada na cozinha.

Conferi meu telefone assim que saí de casa, mas não havia mensagens de Sebastian. Decidi enviar uma mensagem enquanto estava fora e torci para que ele a visse rapidamente, enquanto eu me atrevia a deixar meu celular ligado.

[Estou fazendo compras, mas pensando em você. Bjs]

Fiquei estupidamente feliz quando ele respondeu de imediato.

[Penso em você o tempo todo. Bjs]

Li a mensagem três vezes e depois, com um suspiro, apaguei. Agora eu tinha comida para comprar. Eu precisava ser *aquela* pessoa: a esposa de David.

Noventa minutos depois, arrastei-me para dentro de casa, torta sob o peso de uma multidão de pães e peixes, e descarreguei todas as sacolas de compra na cozinha. David estava fazendo alguma coisa em seu escritório – ele era ocupado e importante demais para me ajudar. Esperei ter comprado o suficiente para as 35 pessoas que eu devia alimentar.

Ao meio-dia, fiz um rápido sanduíche para ele e o entreguei rapidamente. Eu o surpreendi. Ele fechou o laptop quando entrei, apressado, porém não antes que eu visse que ele estava jogando baralho. É, ocupado demais para me ajudar. Não que eu ainda me importasse; todavia, era outro fator de irritação. Percebi que meu nível de tolerância estava sendo erodido – cada momento que eu passava com Sebastian tornava as longas horas com David mais insuportáveis.

No começo da noite, eu estava exausta. Estivera de pé na cozinha o dia todo e me sentia cansada e mal humorada. David entrou fresquinho do banho, e olhou a mesa do bufê com o ar de um senhor supervisionando seu domínio.

– Você não está pronta – disse ele, olhando para mim em meu avental amassado e sujo de farinha.

– Acabo de passar sete horas cozinhando, David.

– E parece.

Virei sobre meus calcanhares. Ele não conseguia se forçar a dizer um simples "obrigado" ou dizer que a comida parecia boa, o que era verdade. Desgraçado.

Pensei de novo nas palavras de Sebastian: *quatro meses*. Eu também começava a pensar que não duraria tanto tempo.

E então eu vi que o vestido que havia separado para vestir hoje à noite caíra da cama. David deve ter passado por cima dele umas três ou quatro vezes enquanto se movimentava pelo quarto, mas o deixara em uma pilha amontoada.

A mesquinhez dele me encheu com uma súbita fúria. Supus que o comportamento pueril dele fosse uma punição por não atender totalmente às suas *necessidades* na noite anterior. Fosse qual fosse o motivo, senti um grãozinho de desgosto verdadeiro endurecendo no fundo do meu estômago.

Tomei um banho rápido, passando por todas as palavras raivosas que eu queria cuspir na cara dele; palavras que ficava cada vez mais difícil conter.

Assim que sequei o cabelo, prendi-o em um coque simples – uma das poucas artes de me vestir com graça que aprendera com minha mãe – e então vesti meu vestido favorito, ainda que um pouco amassado, em um tom terracota, e sapatos de salto cor de creme.

Estava passando brilho nos lábios quando ouvi o primeiro carro estacionar lá fora, seguido pelo berro histérico de David para que eu estivesse lá na frente, no meio da sala de estar.

Embora tentada a deixá-lo esperando, não valia a reação de prima donna que viria mais tarde. Ele sempre encontrava um jeito de exorcizar sua raiva. Ocorreu-me que, ao longo dos próximos meses, conviria a mim fazer o papel de esposa exemplar: certamente facilitaria minha vida. Contudo, eu duvidava muito que estivesse à altura desse desafio. Não quando eu tinha vontade de esfaqueá-lo com o garfo de sobremesa.

Os primeiros a chegar foram um tal de comandante Dawson e sua esposa Bette, um casal bem-vestido no meio dos 30 anos que irradiava curiosidade, olhando para mim, para a comida, a casa, nossos arranjos e arrumações com olhos tão ávidos que eu me perguntei se eles tentariam vender tudo no canal de compras.

Depois quatro pessoas chegaram juntas: dois oficiais solteiros e um casal amigável e tranquilo, os Bennett, que me cumprimentaram gentilmente e admiraram muito a comida.

Quando Donna e Johan chegaram, a casa estava se enchendo e as pessoas já tinham se espalhado para o quintal, o murmúrio agradável das conversas pairando no ar do verão.

– Querida Caroline. Você está linda, como sempre – disse Donna, dando um beijo no meu rosto e segurando minhas mãos. – É tão gentil de sua parte receber todo mundo, tão pouco tempo depois de se mudar.

Senti que ela estava tentando passar algum tipo de mensagem com suas palavras, mas apenas sorri e assenti, aceitando um rápido beijinho de Johan, cujos olhos estavam fixos no bufê, cheios de expectativa.

Donna passou o braço entre o meu e perguntou-me como eu estava me ajeitando na velha vizinhança.

– Ouvi falar que você está voltando a praticar jornalismo – disse ela.

—Ah, é? — Fiquei surpresa. Eu não havia divulgado o fato e duvidava que David tivesse mencionado isso a alguém.

Ela piscou para mim.

— Não há segredos aqui na Base; você deveria saber disso, Caroline. Eu me encontrei com Shirley Peters e ela me contou que você havia saído com Mitch e os garotos.

— Ah, entendi.

Donna não se importava em misturar-se com as esposas dos alistados. Bom.

A campainha tocou outra vez e fui poupada de ter que mudar de assunto, afastando a conversa de Mitch e surfe.

— O dever chama — falei, um tanto macambúzia.

Donna disparou um sorriso cálido e soltou meu braço, prometendo que iríamos "botar a conversa em dia" mais tarde. Eu sentia muito ter que evitá-la, em vez disso — eu gostava de Donna, mas não podia me dar ao luxo de ser amiga dela. Não agora.

Os pais de Sebastian estavam à porta quando eu a abri. O rosto de Estelle apresentava aquele ricto que ela chamava de sorriso, reservado para ocasiões sociais; Donald resmungou alguma frase vazia e abriu caminho para dentro.

Por sobre o ombro de Estelle, vi Sebastian sentado ao volante do carro dos Hunters. Fui pega desprevenida e algo em minha expressão fez Estelle se virar para ver o que eu estava olhando. Ela deu um sorriso desagradável.

— Parece que ter um filho pode ser útil, afinal — disse ela. — Quem diria? De qualquer maneira, poupa-nos uma briga para saber quem pode beber hoje.

— Ele vai esperar lá fora a noite toda? — perguntei, a preocupação um pouco evidente demais em minha voz.

— Ah, não — disse ela, despreocupada. — Ele vai entrar quando o chamarmos.

Ele não é um cachorrinho de estimação!

Ela se virou e entrou na casa; Sebastian e eu ficamos nos encarando, cada um de um lado da entrada.

Ele me deu um sorriso muito breve e relutantemente afastou os olhos dos meus. Eu observei até o carro desaparecer de vista. Meu coração estava disparado e eu me sentia tonta. Respirei fundo para me controlar e tornei a entrar.

Passei o resto da noite sendo educada e uma boa anfitriã, mas a ansiedade tensionava meus nervos a ponto de querer gritar.

– Você está bem, Caroline? – disse Donna, cheia de compaixão. – Parece um pouco estranha.

Eu ri, tentando controlar o tremor em minha voz.

– Foi um longo dia, apenas. Sinto como se estivesse cozinhando a vida toda.

Era uma desculpa fraca e eu não achei que ela fosse acreditar. No entanto, prestativa como sempre, ela aceitou minhas palavras como verdade.

– Bem, temo que você tenha instituído o novo padrão agora. Está tudo absolutamente delicioso. Não sei como você faz tudo: cozinha, escreve e ainda cuida de David.

Ela espiou para onde ele estava com seu séquito, elogiando as virtudes do porto branco sobre os outros vinhos fortificados. Eu sabia que ele havia conferido os pontos de destaque na internet mais cedo naquele dia... entre partidas de baralho. David não sabia nada sobre vinhos. Ele odiava o fato de que eu entendia disso. Havia alguma coisa de que ele gostasse a meu respeito? Ah, sim, minha culinária.

Ouvi um ruído alto e me virei a tempo de ver os restos da comida que eu preparara com tanto cuidado cascatear para o chão em uma onda de migalhas e massa quebrada.

Um tanto quanto alterado, Donald Hunter havia tropeçado na mesa do bufê e estava sendo mantido de pé pelo comandante Bennett e um dos oficiais cujo nome eu não me lembrava.

A sala estava dividida igualmente entre aqueles que encaravam Donald e aqueles que me fitavam, tentando medir minha reação.

– Acho que é por isso que chamam de self-service – falei, dando de ombros, resignada.

Risos ecoaram, diminuindo a súbita tensão na sala, e Donald foi acompanhado até o quintal, presumivelmente para curar a bebedeira.

Donna apertou meu braço.

– Eu não sabia que você era amante das respostas engraçadinhas, Caroline.

Amante? Ah, se você soubesse.

– Deixe-me ajudá-la a limpar essa bagunça – prosseguiu ela.

Várias das mulheres e alguns dos homens se ofereceram para ajudar a reunir a comida arruinada. Não David, é claro. Nem Estelle, que ficou de costas para a cena que seu marido havia causado.

— Que desperdício — disse Donna, suspirando. — Admito que eu estava torcendo para poder levar um pouco para casa.

Eu sorri tristemente e estava prestes a responder quando ouvimos vozes elevando-se do quintal. Os olhos de Donna endureceram e ela balançou a cabeça, aborrecida. Vi que ela trocou um olhar com o marido, que assentiu de leve e dirigiu-se lá para fora.

— Os Hunter — disse ela, confirmando minhas suspeitas. — Donald nunca pôde com bebida. Pergunto-me como eles vão voltar para casa.

— Estelle disse que Sebastian vai dirigir para eles — respondi, um tanto rápido demais, e Donna me lançou um olhar intrigado.

Eu não pude controlar o turbilhão de emoções que me inundou: *eu o veria. Em breve.*

A briga do lado de fora terminou abruptamente. Suspeito que Johan, de algum modo, conseguira acalmar a situação; sabia que não teria sido David. Ele era covarde demais para se impor contra um homem como Donald Hunter.

Durante alguns minutos tensos, enquanto os Hunter rosnavam um para o outro por cima da churrasqueira, eu mordi ansiosamente o lábio. Eu não fui a única — vários convidados pareciam em dúvida, como se a violência latente, tão evidente nos cenhos franzidos e cheios de peçonha do casal, pudesse emergir a qualquer momento.

Por razões diferentes, todos ficamos aliviados quando o carro dos Hunter surgiu e Sebastian desceu dele.

Ver seu rosto lindo retesado agora em uma expressão séria fez um pouco de minha tensão me abandonar. Só de tê-lo tão próximo, mesmo que intocável, já me fazia sentir mais segura.

— Bem, se não é meu filho e herdeiro — zombou Donald. — Embora não seja mais filho e cabelo, hein, filho?

Donna bufou de desgosto e minhas mãos se apertaram involuntariamente. Eu queria arrancar a língua vil de Donald de sua cabeça.

— Apenas entre no carro, pai — disse Sebastian, baixinho.

Eu fui provavelmente a única que pôde ouvir o tom de fúria reprimida.

— Não me diga o que fazer, porra! — rosnou Donald, lançando-se sobre o filho, o punho erguido.

Johan agarrou seu braço, mas Sebastian não se moveu um centímetro — continuou apenas olhando para o seu pai, impassível.

— Pega leve, Don — disse Johan. A nota de autoridade em sua voz poderia ter algum efeito sobre alguém que tivesse bebido um pouco menos.

Donald só riu sem humor.

— Você tem sorte de não ter um merda inútil como filho, Johan — cuspiu ele.

— Talvez seja porque ele puxou ao pai — engrolou Estelle, cheia de despeito.

— É tudo culpa sua! — gritou Donald. — Você é mole demais com ele, porra! Você fez dele um viadinho de merda! Literatura inglesa e italiano: é isso que ele quer estudar na faculdade, pelo amor de Deus!

Johan segurou o braço de Donald e, com a ajuda de outro convidado cujo nome eu não me lembrava, guiou-o até o carro. Estelle bamboleou atrás dele, ainda soltando comentários maldosos.

A expressão de Sebastian não havia mudado, mas suas bochechas queimavam com o ardor denunciador da raiva.

— O show acabou — disse Donna. — Vamos deixar esse pessoal ir tirar uma soneca.

No entanto, a exibição de mau gênio esfriou o clima da festa e os outros convidados começaram a pedir desculpa e se retirar. Eu não fiquei com pena de vê-los partir.

Fitei Sebastian, desesperada para ir até ele, mas incapaz de me mover. Simplesmente torci para que ele soubesse o quanto eu queria.

A sombra de um sorriso tocou sua linda boca e então ele se virou para ajudar a carregar seus pais inebriados no carro da família.

Donna juntou-se a mim, assistindo à desagradável exibição enquanto os Hunter mais velhos continuavam a brigar e discutir.

— Nossa, sinto muito sobre sua festa, Caroline.

— Pelo menos, ninguém vai se esquecer dela — suspirei, dando de ombros.

Ela sorriu.

— Não, acho que não. Você está bem?

— Sim, estou. De verdade — acrescentei, vendo a expressão cética no rosto dela. — Por favor, agradeça a Johan por... bem... tudo. Você também.

Ela apertou meu braço.

— O prazer foi nosso, Caroline. E você, fique bem.

★ ★ ★ ★

Foi só quando o último convidado partiu e eu limpei o último resto de escombro da cozinha que percebi como David estava bêbado.

— Mas que desastre da porra, Car'line — disse ele, apoiado contra o batente da porta e me observando.

— Foi tudo bem, tirando a ceninha dos Hunter — falei, tranquilizadora. — E ninguém vai se preocupar com isso.

— Você é mesmo estúpida, não é, Car'line? Eu vou ser motivo de piadas, merda. Pelo menos você é boa para uma coisa.

Ele tentou me agarrar, mas eu me desviei.

Ele franziu o cenho, tentando entender o que havia acabado de acontecer.

— Vem aqui — ordenou ele.

— Acho que você precisa dormir agora, David — falei, meu coração disparando enquanto a adrenalina me inundava.

— O que eu preciso, Car'line, é uma trepada. E você é minha esposa.

Eu tentei engolir, mas minha boca estava subitamente seca.

Ele deu outro passo em minha direção. Eu me virei e corri para o quintal escuro, ouvindo as pragas dele, uma pancada alta e, depois, um súbito silêncio.

Cautelosamente, espiei a piscina de luz que se derramava da cozinha. David estava esparramado no chão, na porta da cozinha: desmaiado. Soltei um suspiro de alívio.

Puxei seu braço, tentando retirá-lo da porta para poder fechá-la. Ele grunhiu, mas seu peso morto era demais para mim. Eu o encarei, perguntando-me como diabos iria movê-lo dali.

Nervosamente, passei por seu corpo largado e então corri até o quarto para pegar meu celular. Hesitei um pouco antes de pressionar "ligar".

Ele atendeu de imediato.

— Caro! Você está bem?

Minha resposta foi uma risada levemente histérica.

— Sim, estou bem, mas David desmaiou e eu não consigo movê-lo. Você pode vir? Pode sair daí? Donald e Estelle estão...?

— Dormindo — disse ele, desgostoso. — Estarei aí em cinco minutos. — Ele fez uma pausa. — Fico contente que tenha ligado para mim, Caro.

Ele desligou antes que eu pudesse responder.

Com minha injeção de adrenalina passando, meus joelhos cederam e eu desabei no chão. Fiquei sentada, olhando cautelosamente para David.

Quando ouvi um carro lá fora, me levantei e fui até a porta aos tropeções.

Eu abri a porta e, sem falar nada, Sebastian me puxou para seus braços. Apoiei-me debilmente contra seu peito enquanto ele afagava meu cabelo. Senti-me ao mesmo tempo tranquilizada e reconfortada.

— Tem certeza de que está bem? — disse ele, sua voz um murmúrio suave contra meu ouvido.

— Agora estou.

Ele suspirou e se endireitou.

— Onde está o cretino?

Indiquei a cozinha com um gesto da cabeça e o segui para dentro de casa. David roncava alto.

— Exatamente igual aos meus pais — disse ele, a voz cheia de desprezo. — Onde você quer que eu o coloque?

— Pode me ajudar a levá-lo até o sofá?

— Claro.

Sebastian rolou-o para uma posição sentada e enganchou as mãos debaixo dos braços de David. Eu peguei as pernas dele, desajeitada, e juntos conseguimos levá-lo, meio arrastando, meio carregando até a sala de estar, depositando-o no sofá.

Enquanto Sebastian arrumava meu marido comatoso em uma posição de recuperação, eu peguei um cobertor de reserva no armário e joguei-o sobre David.

— É mais do que ele merece — resmungou Sebastian. Não tenho certeza se ele queria que eu ouvisse.

Em seguida, ele olhou diretamente para mim; um olhar tão ardente e quente que eu não consegui respirar. Ele deu um passo adiante.

— Aqui não — sussurrei. — Não com ele aqui.

Sebastian não tirou os olhos dos meus, mas assentiu lentamente.

— Onde?

Hesitei.

— Podemos pegar seu carro?

— Claro. Meus pais não vão sentir falta dele. — Os lábios dele se retorceram de desdém. — Eles vão ficar desmaiados por horas. Assim como...

Ele não precisava terminar a frase.

Gentilmente, ele tomou minha mão e me levou até o carro, abrindo a porta e inclinando-se para prender meu cinto de segurança. Ele me beijou de leve nos lábios e sorriu da minha expressão surpresa.

Pela primeira vez naquela noite, eu abri um sorriso genuíno e feliz.

— Então, para onde, madame?

Eu chacoalhei a cabeça.

— Qualquer lugar. Lugar nenhum. Algum lugar. Eu não ligo — desde que seja com você.

— A praia?

— Perfeito.

Dirigimos em silêncio pela noite, a tensão lentamente crescendo entre nós.

O destino nos jogara um para o outro: quem era eu para negar? Não, isso não era certo. Eu simplesmente não me importava mais. Eu havia escolhido: livremente, sabidamente, deliberadamente. Escolhi o amor em vez das leis. E eu não me importava.

Finalmente, Sebastian parou o carro em uma parte remota da praia e desligou o motor.

— Eu sempre quis ver você à luz do luar — disse ele, baixinho. — Não achei que você pudesse parecer ainda mais bonita.

Ele estendeu a mão e tocou meu rosto, passando um dedo frio pela linha do meu maxilar.

Capturei seu dedo em minha boca e mordi-o gentilmente, provocando-o com meus dentes. Ele ofegou e prendeu a respiração, seus olhos se fechando.

— Ah, Deus, Caro!

O ar sibilou entre seus lábios.

O som foi para lá de excitante. Eu o queria. Eu precisava dele.

Abri meu cinto de segurança e o dele, deslizando para seu colo e pegando-o de surpresa outra vez. Corri meus dedos pelo arrepiado macio de seu cabelo enquanto seus braços enlaçavam minhas costas e ele me puxava para si. Eu o beijei profundamente, minha língua penetrando além de seus lábios, tocando a dele, e ele correspondeu ao beijo com ferocidade. Senti Sebastian endurecendo sob mim e sabia que não iria recusá-lo de novo.

Sua língua era urgente em minha boca, tensão e ardor derramando-se dele em quantidades iguais.

Quando eu me afastei, estava sem fôlego.

Ah, cacete, não! Eu não podia, droga! Eu já havia decidido pelo Plano B uma vez; não queria ter que fazer isso de novo — especialmente, não tão já depois da primeira. *Será que algum dia eu iria me lembrar do básico?*

— Caro! — gemeu ele.

— Eu sei. Eu também te quero. Mas não podemos. Eu não tomo a pílula.

Os olhos dele se acenderam e ele estendeu a mão para mim de novo, parando a seguir.

— Não toma? Mas...

— Não... eu... cuidei... da última vez.

— O quê?

— Eu tomei contraceptivo de emergência, Sebastian.

— Ah.

Ficou claro que ele não sabia o que responder a isso. Eu abaixei o olhar e mudei de posição, desconfortável. Ele se encolheu.

— Desculpe — murmurei.

Tentei sair de cima dele, mas Sebastian quebrou o silêncio antes.

— Eu... Eu tenho camisinhas — disse ele, a voz insegura.

Pisquei, surpresa. *Será que ele esperava que isso fosse acontecer — ou estava apenas torcendo?* Resolvi que, de qualquer forma, não importava. Eu o desejava.

— Ah, certo. Bom.

Saí de seu colo, apressada, e me recostei em meu banco, os olhos arregalados. Ele enfiou a mão no bolso da calça jeans e retirou um pacotinho, parando em seguida.

Eu não sabia o que fazer. Sabia o que *queria* fazer, mas nunca havia colocado uma camisinha em um homem em toda a minha vida. Minha insegurança se transformou em compaixão quando vi a expressão abalada no rosto de Sebastian.

Inclinei-me em sua direção e passei a mão em sua coxa, sentindo o tecido amaciado por centenas de lavagens, depois sobre sua ereção, traçando o contorno, gananciosa. Ele fechou os olhos e respirou fundo.

Desabotoei seu jeans e suas pálpebras flutuaram, mas permaneceram fechadas. Lambi os lábios e lentamente desci o zíper. Ele gemeu de leve quando permiti que minha mão explorasse por cima de sua cueca. Então libertei-o de lá e deslizei a mão por sua extensão. Quando ergui os olhos, os dele ardiam sobre mim, quentes de desejo.

Ousada, para lá de atrevida, inclinei-me adiante, pousando minhas mãos nas coxas dele. Tomei-o em minha boca e movi-me para baixo, levando-o mais fundo em minha garganta.

Ele deixou escapar um grito, as mãos agarrando meus ombros.

Eu chupei com gentileza e senti seus dedos se apertarem, mas não foi o suficiente para mim; eu queria mais. Sentei-me lentamente.

— Quero você dentro de mim, Sebastian — murmurei.

Ele assentiu, sem palavras, os olhos faiscando, nus.

Na escuridão, procurei pelo piso até meus dedos tocarem no pacote de camisinhas que ele deixara cair momentos antes.

— Eu nunca fiz isso — falei, baixinho.

Abri o envelope e senti a textura macia, levemente viscosa e quase empoada. Franzi a testa, perguntando-me como seria a sensação daquilo dentro de mim.

— Eu faço — disse ele, a voz pouco mais do que um murmúrio.

Olhei para cima, surpresa.

— Você sabe como?

Ele pareceu envergonhado.

— Só... sabe... para praticar. Não com uma garota nem nada assim.

— Ah. Tudo bem. — Eu não sabia como responder a isso. Sob as circunstâncias, estar preparado seria bastante útil.

Ele levou as mãos à calça jeans.

— Espere! Eu quero te ver.

Puxei a barra das roupas dele para enfatizar meu ponto.

Vi a garganta dele se mover enquanto ele engolia em seco e fechava os olhos brevemente; depois, com um movimento rápido, ele arrancou a camiseta e o moletom por cima da cabeça e jogou-os no banco de trás. Ele tirou os tênis, ergueu os quadris rapidamente e tirou o jeans e a cueca do caminho.

A pele dele era prateada sob o luar e eu queria correr minhas mãos sobre cada centímetro dele. Entretanto, observei com paciência e cobiça enquanto ele apertava o bico da camisinha com uma das mãos, posicionando-a sobre a glande e depois, segurando-a com firmeza no lugar, rolou-a por sua extensão com a outra.

Ele parecia tão lindo e tão vulnerável, gloriosamente nu e confiante. Levei a mão sob meu vestido, puxei a calcinha para baixo e a retirei.

Respirando fundo, subi desajeitadamente sobre seu colo e coloquei as mãos em seus ombros. O volante incomodava minhas costas e eu me perguntei brevemente se isso não seria mais fácil no banco do passageiro, mas não queria incomodá-lo, ou nos incomodar, com mais movimentos desajeitados. E eu o queria. Ah, Deus, como eu o queria.

Desci minha mão pelo peito dele e Sebastian estremeceu sob meu toque. Eu podia sentir seu coração batendo, frenético, e sabia que ele me queria tanto quanto eu o desejava. Deus, que sensação.

Movimentando-me com tanto cuidado quanto era possível nas condições apertadas, eu me posicionei sobre ele. Nossos olhos se cruzaram por um segundo, e então eu segurei sua ereção com uma das mãos e me abaixei sobre ele.

Ele gemeu alto, mas eu estava perdida na sensação de tê-lo outra vez fundo dentro de mim. Contraí-me ao redor dele e ele arfou, uma expressão de espanto em seu rosto. Eu o apertei de novo e seus olhos se abriram de súbito.

– Ah, Deus, Caro!

Eu o beijei profundamente e seu ardor ao corresponder me queimou. Ele subiu as mãos por minhas coxas, amontoando o tecido do meu vestido ao redor da cintura para poder aninhar minhas nádegas, acariciando a carne com seus dedos.

Levando minhas mãos aos ombros dele, levantei-me, deixando-o escorregar quase até sair, e assisti deleitada quando seus olhos se fecharam e ele gemeu de novo. Conforme deslizei de novo para baixo, ele flexionou os quadris para cima e eu ofeguei quando ele arremeteu para dentro de mim.

Cada terminal nervoso em meu corpo estava excitado e carente e agradecido. Eu subi e desci de novo, com mais urgência, e a cada movimento, ele investia para dentro de mim.

Suor surgiu em todo o meu corpo enquanto eu me movia cada vez mais rápido. Os músculos das minhas coxas ardiam pela estranheza da posição, mas eu mal percebia o desconforto. Meu corpo começou a tremer, mas então Sebastian gritou meu nome, investiu profundamente e parou, enterrando seu rosto contra meu peito, as mãos ainda agarrando minha bunda.

Sentamos juntos e imóveis por alguns momentos antes que seus olhos se abrissem e ele me fitasse. Ele sorriu. Foi como ver um facho de sol na escuridão e meu coração saltou.

— Caro — disse ele.

Em seguida, ainda sorrindo, ele fechou os olhos e se recostou, puxando-me contra si. Ficamos ali, envolvidos no silêncio.

CAPÍTULO 6

COM RELUTÂNCIA, nos desenganchamos e eu me retirei para meu próprio banco, puxando meu vestido para baixo para cobrir o que não restava de minha modéstia.

Sebastian vestiu seu jeans e estendeu a mão para o banco de trás em busca de sua camiseta.

— Fique sem — falei. — Eu gosto de olhar para você.

— Sim, senhora — respondeu ele, sorrindo.

As janelas estavam embaçadas e o carro cheirava a sexo. A lua lançava uma luz azulada sobre as dunas e o mar exibia uma cor cinza gelada. Estremeci.

— Está com frio?

— Não muito. Você está?

Ele balançou a cabeça, um sorriso amplo ameaçando surgir de novo.

— Você vai parar de sorrir em algum momento? — perguntei, achando graça.

— Não. Acho que não.

— Quer dar uma caminhada?

– Caminhada? – Ele olhou para o banco de trás e eu sabia o que ele estava pensando, porque eu também pensei no mesmo. Porém, havia algo que eu queria fazer antes.

– Sim, uma caminhada: perambular, andar, dar uma volta, uma jornada curta feita a pé.

–Ah, esse tipo de caminhada. Tudo bem, acho.

Ele meio que caiu para fora do carro e deu a volta para abrir minha porta.

– Meu cavalheiro galante.

– Seu qualquer coisa – disse ele, sério. – Mas quero ser seu tudo.

Ah, Sebastian. Você já é.

– Quero fazer amor com você de novo – disse ele, suavemente.

– Eu também. – Era importante passar segurança para ele. – Mas quero andar na praia com você. Quero andar na praia com você e segurar sua mão e não ter medo de que alguém nos veja.

Meu sorriso era triste e ele se inclinou para me beijar com suavidade. Ele não era o único que precisava de segurança.

A brisa estava fria no ar noturno, por isso insisti que Sebastian vestisse o moletom, apesar de meu desejo egoísta de observar o jogo de seus músculos enquanto ele se movia.

Eu deixara a casa apenas em meu vestido de verão, mas por sorte o carro tinha uma manta de piquenique no porta-malas. Sebastian embrulhou-a cuidadosamente em volta dos meus ombros.

A maré estava bem distante, a praia se estendendo quase até o horizonte; vagamos pela areia fria e achatada, sob a luz da lua, deixando as pegadas dos amantes. Não pude evitar olhar para ele enquanto caminhávamos de mãos dadas. Seu perfil forte e claro, seus lábios macios e sensuais destacavam-se contra o luar; ele era lindo. E por enquanto, ele era meu.

– Que foi? – disse ele, olhando para mim, divertido.

–Você é tão lindo, Sebastian. E quando olho para você eu me sinto... feliz.

Ele engoliu seco e voltou-se para ficar de frente para mim.

– Eu quero te fazer feliz, Caro. Você parece tão triste na maior parte do tempo.

– Pareço?

Ele assentiu e passou os polegares pelo meu rosto antes de se abaixar e me beijar.

Seus lábios eram tão gentis, seus beijos, tão doces. Eu puxei-o mais para perto, envolvendo a manta ao redor de nós dois para nos abrigarmos sob a lua.

O desejo queimou em mim de novo. Eu não sabia que ele podia ser tão intenso, tão devastador, tão impossível de pensar em qualquer outra coisa que não fosse sua consumação. E vendo Sebastian tão desesperado por mim, eu fiquei para lá de excitada.

— Vamos encontrar nossa duna — falei.

Ele agarrou minha mão e começou a me arrastar pela praia.

— Eu não consigo te acompanhar! — gritei, meio rindo, incapaz de me equiparar a seus largos passos.

No entanto, ele não reduziu a velocidade; em vez disso, tomou-me em seus braços e tropeçou até a duna mais próxima, onde cuidadosamente me colocou de pé.

— Aqui — disse ele, com uma voz de comando.

— Sim, senhor! — Fiz uma rápida saudação a ele e um sorriso relutante se espalhou em seu rosto.

— Desculpe — disse ele. — É que eu te quero demais mesmo.

Joguei a manta para ele, que a apanhou em uma mão só.

— Não se desculpe — falei. — Vamos fazer um piquenique.

— Não temos comida nenhuma. — Ele pareceu confuso.

— Eu estava planejando devorar você.

Os olhos dele se arregalaram de choque, depois um sorriso ofuscante acendeu seu rosto adorável.

— Tudo bem — disse ele, tímido.

Por um momento, a manta flutuou acima da areia enquanto ele a estendia, um matador com sua capa.

Eu me sentei um tanto deselegantemente e observei-o afundar ao meu lado. Deitei-me e estendi meus braços para ele em um convite. Aceitando, seu calor e seu peso me pressionaram no cobertor, suas mãos cobiçosas pelo meu corpo.

Seu toque estava se tornando mais corajoso e confiante e eu comemorei isso, pois tinha sido eu quem o ensinara. E não havia dúvidas de que eu também estava aprendendo com ele. Começava a compreender o que significava ser amada. Era apavorante.

Ele rolou de costas e me puxou para cima, para poder abrir o zíper do meu vestido. Seus dedos eram apressados, atrapalhando-se deliciosamente. Ele abriu o vestido nas costas e passou as palmas das mãos sobre minha pele nua. Gemi junto à sua garganta e deslizei meus dentes em seu pescoço, mordendo com mais força do que pretendia.

Súbito, o vestido parecia apertado. Eu me afastei dele, ajoelhei e retirei a peça. Pela segunda vez em algumas horas o vestido era jogado no chão; dessa vez, eu não me importei.

Abri meu sutiã e abandonei-o na areia, meus mamilos se enrijecendo no ar frio. Ele se sentou, os olhos bem abertos e carentes, e então puxou seu moletom por cima da cabeça.

— Você ainda está com roupas demais — falei, erguendo uma sobrancelha. — Acho que eu devia te despir. Deite-se.

Ele obedeceu imediatamente e eu me ajoelhei por cima dele, sentindo-me desenfreada de desejo. Suas mãos subiram pelas minhas coxas, sobre meus quadris, cruzando minha barriga até pousarem sobre meus seios, afagando-os, acariciando-os. Um som que era quase um ronronar escapou do fundo de sua garganta e ele se sentou, os músculos rijos de sua barriga se contraindo, e enfiou o rosto entre meus seios. Depois, virando a cabeça para um lado, ele sugou meu mamilo esquerdo com força. Eu ofeguei e os olhos dele se ergueram, mas sua boca não se afastou, a língua me provocando, movendo-se de um lado para o outro. Arqueei minha coluna, jogando a cabeça para trás. Ele arranhou de leve a minha pele, encaixou as mãos em minhas nádegas e apertou. Sua ereção estava impossivelmente rígida, presa dentro da calça jeans, empurrando contra o tecido como se tentasse escapar através do jeans para me alcançar.

Retirei meu seio de sua boca e me encolhi de leve ao sentir os dentes dele raspando minha pele.

Sentei-me mais para trás sobre suas coxas e abri o botão de sua calça. Mantive meus olhos nos dele, querendo saborear sua expressão enquanto abria o zíper de sua calça.

Ele se recostou sobre os cotovelos, a boca ligeiramente aberta, a respiração instável.

Quase mais lentamente do que qualquer um de nós podia suportar, desci a tarjeta do zíper. Em seguida, passando meus dedos sobre sua pele doce, abaixei-me para beijá-lo debaixo da cintura.

O gosto dele estava diferente, não tão bom quanto antes, e eu percebi que o gosto estranho, lembrando borracha, vinha da camisinha que usáramos antes. *Ah, bem, vivendo e aprendendo. Agora está na hora da próxima lição.*

− Tire sua calça e me passe uma camisinha − ordenei, minha voz baixa e áspera.

Ele procurou no bolso da calça e me passou um envelope metalizado. Eu rolei de lado e examinei o pacotinho com curiosidade enquanto ele retirava o jeans.

− Coisas esquisitas, não? − falei.

− Acho que sim − respondeu ele, a cabeça obviamente em outro lugar, enquanto estendia o braço e passava a mão entre minhas coxas, empurrando o polegar contra meu clitóris do jeito que eu lhe mostrara. Meu corpo se agitou tanto que eu quase levitei do cobertor.

− Ah, Deus!

− Você está bem? − disse ele, a voz preocupada enquanto me olhava.

− Aah! − ofeguei, totalmente incoerente.

Vi sua expressão mudar de preocupação para luxúria. Ele afundou dois dedos dentro de mim, movendo-se lentamente para dentro e para fora, e continuou circulando meu clitóris. Definitivamente, um aprendiz veloz. Minhas mãos agarraram a manta enquanto sua outra mão beliscava rudemente meu mamilo.

− Posso te beijar lá embaixo? − perguntou ele, hesitante.

Eu não queria isso. David nunca demonstrara nenhum interesse em fazer sexo oral em mim − ele fazia isso soar sujo, sórdido − a menos, é claro, que fosse ele recebendo o prazer. Eu não tinha certeza se queria começar agora, porém também não conseguia dizer não para Sebastian. Se ele me pedisse para voar até a lua nua montada em uma vassoura, não teria me parecido um pedido insensato.

− Tudo bem, acho − falei, baixinho.

Ele beijou minha barriga, passando a língua até meu umbigo e mordendo o osso de meu quadril. Em seguida sentou-se, desceu uma das mãos pelo meu corpo e rastejou entre as minhas pernas. Ele empurrou meus joelhos para cima e curvou as mãos ao redor deles antes que sua cabeça desaparecesse entre minhas coxas.

Deus do céu! A sensação de sua boca quente lá embaixo, beijando, mordiscando meus pelos púbicos. Era uma sensação estranha e desconhecida, quase desconcertante. Mas nesse momento ele deslizou sua língua para dentro de mim e meus quadris se moveram involuntariamente. Suas mãos desceram para minhas coxas e abriram minhas pernas ainda mais. Eu passei meus dedos sobre seu cabelo enquanto ele massageava minhas coxas, sem saber se eu queria afastar sua cabeça ou empurrá-lo mais profundamente para dentro de mim.

E então sua língua tocou meu ponto mais sensível de maneira inesperada e eu explodi ao redor dele com um grito, sons sem palavras.

Eu não fazia ideia. Eu não fazia ideia!

Meu corpo continuou a enviar um tsunami de tremores em todas as direções, o orgasmo mais poderoso e inesperado que eu já tinha vivido.

— Eu quero estar dentro de você, Caro — disse ele, a voz tensa de urgência.

Eu não conseguia falar; acho que assenti.

Ele se inclinou sobre mim e apanhou o pacote de camisinhas de onde eu o deixara cair, os dedos sem controle algum. Assisti, hipnotizada, enquanto ele rolava o fino látex sobre sua poderosa ereção, sua própria respiração igualmente acelerada.

Ele se segurou com uma das mãos e posicionou a ponta.

— Por favor! — arquejei.

Ele arremeteu profundamente em mim e gemeu, meu nome, acho.

Ergui meus quadris e envolvi sua cintura com minhas pernas, cruzando os tornozelos sobre sua bela bunda, e segurei-o com força.

Cada investida potente me levava mais e mais para cima na manta, e mais e mais para dentro de outra dimensão. Minhas unhas arranharam as costas dele, seus ombros e seus bíceps. Forcei-me a abrir os olhos e fitar seu rosto, contorcido, desnudo — havia apenas ele, eu e o mar infinito.

Gritei seu nome tão alto quanto pude, precisando vocalizar meu amor por ele ao menos uma vez.

Rápido demais, o corpo dele estremeceu dentro de mim, seus músculos se contraindo, enviando ondas de prazer por todo meu corpo.

Ele desabou e eu puxei-o ainda mais para dentro de mim, sugando cada milímetro dele. Sebastian gemeu e deitou com a cabeça aninhada no meu pescoço, respirando forte.

Após vários minutos juntos sem nos movermos, ele relutantemente se retirou do meu corpo, fazendo-me ofegar.

Senti frio sem o calor do corpo dele e estremeci de leve.

Ele puxou as bordas da manta ao nosso redor e nos ajeitamos juntos, brevemente saciados. Eu meio que esperava que ele fosse pegar no sono; era o que David sempre fazia. Porém, eu estava aprendendo que eles eram diferentes de várias maneiras.

Sebastian continuou a passar os dedos para cima e para baixo em meu braço, afagando gentilmente minha pele. Era reconfortante.

– Sebastian, posso te perguntar uma coisa?

– Claro, qualquer coisa.

Fiquei feliz por estar escuro porque, só de pensar na pergunta, quando mais em dar voz a ela, eu já estava corando.

– O que é, Caro?

– Bem, eu estava só me perguntando... que foi mesmo muito... gostoso... quando você... sabe... me beijou... lá embaixo.

Ele mordiscou meu ombro.

– Que bom.

– Como... como você sabia o que fazer?

O corpo dele ficou subitamente imóvel, sua mão congelou no meu braço. Eu me arrependi da minha pergunta impulsiva de imediato.

– Está tudo bem. Você não precisa me contar. Eu só estava imaginando...

– Não é o que você pensa, Caro – disse ele, baixinho. – Eu nunca... você sabe que eu nunca estive com mais ninguém. Eu nunca... fiz aquilo antes.

– Então como você sabia? Porque foi incrível.

– Incrível? É mesmo?

Ele pareceu muito contente.

– Ah, pode acreditar: eu sei o que significa "incrível", e aquilo definitivamente merece o adjetivo.

Ele riu baixinho.

– Legal!

— Então... vá lá... como você sabia o que fazer? Ou talvez você seja um talento nato.

Senti que havia algo que ele não estava me contando.

— Vamos lá, Hunter. Admita. A não ser que você seja o presente de Deus para as mulheres...

— Certo, mas prometa que não vai rir.

— Juro.

Ele suspirou.

— Eu pesquisei.

— Como é?

— Online. Eu pesquisei na internet. Existem websites em que você pode... aprender coisas.

Fiquei aturdida. Nunca teria me ocorrido, nem em um milhão de anos.

— Então... você simplesmente fez uma busca na internet por "sexo oral"?

Ouvi sua risada baixinho de novo.

— Tipo isso, sim. Uns dois anos atrás, Ches e eu estávamos no computador do meu pai enquanto ele estava fora; ele tinha apenas desligado o monitor, e quando nós o ligamos de novo, estava em um site pornô. Alguém havia postado uma pergunta sobre... isso. Acho que ficamos com nojo na época, mas fiquei pensando nisso o outro dia depois que nós... e eu só pensei... eu só queria... se nós fizéssemos de novo... Eu só queria te agradar. Sei que não sou muito bom nisso e... bem... depois do que aconteceu naquela primeira vez... Pensei que seria bom... você sabe... pegar algumas dicas.

Fiquei tão espantada — não apenas que ele tivesse feito isso por mim, para me agradar, mas que ele fosse tão aberto e honesto.

— Sebastian... acho que você é um amante maravilhoso. As coisas que sinto quando estou com você... as coisas que você me faz sentir... Eu nunca, *jamais* me senti assim.

Eu trouxe a boca dele até a minha, tentando demonstrar através do meu beijo que estava falando sério.

— Você é muito especial, Sebastian — murmurei junto aos lábios dele.

— Eu te amo tanto, Caro — disse ele, rouco.

Ficamos deitados em silêncio por alguns minutos e eu comecei a pegar no sono. Foi nesse momento que ele, em uma voz vacilante, tornou a falar.

— Caro, posso te fazer uma pergunta?

— Claro. O que é?

Meu cérebro havia se desconectado do corpo, e minha voz soava pesada de sonhos.

Ele hesitou e eu afaguei-lhe o peito para reassegurá-lo.

— Por que você mudou de ideia?

— Sobre o quê?

— Sobre nós.

— Eu não mudei de ideia. Ah, você diz... isso.

— Sim. Digo, estou feliz que tenha mudado — só estava me perguntando o motivo.

Eu não tinha certeza se sabia como responder a isso. Na verdade, não queria ser lembrada de que isso era... errado.

— Eu não mudei de ideia de verdade. Ainda é... perigoso para nós, para mim.

Ele nos embrulhou mais apertado na manta, como se aquilo fosse me proteger da censura do mundo.

— Eu fui fraca demais para ficar longe de você — sussurrei. — E hoje foi tão... eu nunca me senti assim antes. Você me faz sentir viva. Mas isso não significa que não seja errado e...

— Como você pode dizer isso? — perguntou ele, nervoso, o corpo subitamente muito imóvel. — Como pode dizer que é errado? Como...

Ele gaguejou, tentando encontrar as palavras, e eu ofeguei de dor.

— Não fique nervoso comigo, Sebastian.

Eu não suportaria se você me deixasse agora.

— Só... Só não diga, por favor, não diga que é errado. Eu não consigo ouvi-la dizer isso.

As mãos dele estavam fechadas em punhos contra a manta rústica.

Sentei-me, alarmada.

— Desculpe-me! Eu realmente sinto muito, não quis dizer desse jeito, mas *nada mudou*. Você ainda tem só 17 e eu... ainda estou quebrando a lei. Aos olhos do mundo, sou uma predadora sexual, nojenta e depravada... uma horrível e vil...

— Não! — gritou ele, os olhos furiosos.

Abruptamente, ele se afastou de mim, os punhos pressionados contra a testa.

Sua raiva súbita me assustou. Eu estava habituada com a raiva de David, e ela raramente me tocava, mas isso... eu me senti dividida ao meio.

— Sebastian!

Eu tentei afastar as mãos dele de seu rosto, mas ele era forte demais e se recusava a olhar para mim.

— Sebastian — falei, mais gentilmente. — Você me perguntou o porquê, e eu tentei explicar. Isso não vai ser fácil. Você sabe.

Afaguei seu ombro.

— Por favor?

Afinal ele voltou-se para mim, embora ainda não me olhasse nos olhos. Ele me deixou pegar uma de suas mãos nas minhas.

— Sinto muito — murmurou ele.

— Eu também.

Ele se moveu com gentileza, envolvendo-me em seus braços de novo e puxando-me para baixo, de modo que voltamos a nos deitar, um nó de braços e pernas e lã rústica.

Ele me beijou com uma ferocidade repentina, cobrindo meu rosto e minha garganta com beijos duros e ardentes. Seu peso me prendeu ali, enquanto eu corria minhas mãos pelos músculos retesados de suas costas e seus ombros.

— Eu te amo — rosnou ele. — Isso é tudo que importa.

Eu queria muito acreditar que ele estava certo; eu sabia que ele estava errado.

Porém deixei que suas palavras, suas mãos e seu corpo me levassem para longe. Percebi, com alguma surpresa, que ele estava duro de novo e sua ereção cutucava entre minhas pernas. Desejei poder simplesmente permitir que ele deslizasse para dentro de mim, sem medo das consequências, mas a vozinha inquieta da razão ainda podia ser ouvida.

Senti a ponta molhada tocando minhas coxas. Coloquei minha mão com firmeza contra seu peito.

— Sebastian — falei, um alerta em minha voz.

Ele gemeu e rolou de costas, depois procurou por ali enquanto eu esperava, ficando impaciente.

— Não consigo encontrar a merda das camisinhas!

— O quê?

— Elas estavam no bolso da minha calça, mas agora não consigo encontrá-las.

O quê?

Nós vasculhamos por ali no escuro, a frustração se acumulando. Agarrei punhados de areia, peneirando-a entre os dedos, tentando encontrar o envelopinho.

— Ah, pelo amor de Deus! — gritou ele, de súbito, jogando-se de volta na manta.

Ele parecia tão infeliz e, bem, meio desconfortável, que eu não pude evitar um sorriso. Estava me esforçando muito para não rir, porém a situação era ridícula demais.

— Ah, céus — falei, o humor óbvio em minha voz. — O que faremos agora?

Ele ignorou meu tom. Eu torcia muito para que ele não ficasse emburrado. Mas eu tinha uma solução em mente.

Afaguei sua pele sedosa, ainda esticada sobre sua ereção. Ele gemeu e voltou seus olhos para mim.

Eu o segurei com firmeza, deslizando a mão para cima e para baixo várias vezes. Os quadris dele se arquearam sob mim, enquanto suas mãos jaziam ao lado do corpo, inertes.

Lentamente, minha intenção agora óbvia, ajoelhei-me ao seu lado e o encarei.

— Ah, porra! — ofegou ele.

Bem, ainda não, mas vamos chegar lá.

Gentilmente, direcionei sua ereção para minha boca e deslizei a língua ao redor da pele. Tentei ignorar o gosto de borracha e torci para que ele desaparecesse logo. Decidi ajudar no processo usando minha língua e meus dentes e, com grande satisfação, observei-o se contorcer e arfar sob meu toque. Massageei seus testículos com uma das mãos e espalhei a outra sobre sua barriga, pressionando-o de volta contra a manta.

— Caro! — gemeu ele.

Ouvir meu nome nos lábios dele era incrivelmente excitante. Pela primeira vez, eu realmente queria fazer isso, engoli-lo todo.

Movimentei minha boca com mais velocidade e chupei com mais força. Podia senti-lo chegando no fundo da minha garganta, então me certifiquei de relaxar, subindo e descendo por toda a extensão dele com rapidez. Senti as mãos de Sebastian se enfiarem nos meus cabelos e, com um som que era mais animal do que humano, ele estremeceu e ficou imóvel.

Eu engoli rapidamente, tentando não pensar muito no gosto salgado, depois rastejei por cima dele para me aninhar junto a seu corpo. Estava com frio e o calor dele era acolhedor. Puxei a manta sobre nós e senti seus braços envolverem minhas costas.

Enquanto eu me aconchegava a ele, senti algo espetar meu quadril.

Puxei o pacote de camisinhas que havia desaparecido e o levantei.

− Olha só o que eu achei!

Os olhos de Sebastian se abriram, sonolentos.

− O quê? Está brincando? Ah, bem, isso foi absolutamente fantástico, de qualquer jeito. − Ele riu, maravilhado. − Digo, simplesmente sensacional! − Depois de uma pausa, completou: − Mas mantenha esse envelope onde possamos encontrar.

Aí foi a minha vez de ficar maravilhada.

− Você quer mais?!

A voz dele ficou subitamente séria, todo traço de humor desaparecendo.

− Pode ser que se passem semanas, até mesmo meses até que eu possa passar a noite toda com você de novo, Caro. Enquanto aquele cretino dos infernos…

Segurei meu dedo sobre sua boca e o beijei.

− Mas essa noite ainda é nossa.

E eu não queria desperdiçar as horas trazendo à tona o nome de David.

★ ★ ★ ★

Enquanto a aurora começava a vazar através da escuridão, Sebastian dormia. Sua cabeça pousada em meu peito e seus braços e pernas me cercando. Eu podia sentir seu hálito quente em minha pele, enquanto meus dedos afagavam compassadamente suas costas.

Era um momento pacífico, tingido de tristeza para mim. Eu não queria que ele terminasse, mas a cada minuto o escuro se desvanecia, e eu sabia que estava na hora de partir.

Eu jamais conhecera uma noite como aquela; nunca soubera que podia ser daquele jeito. Finalmente entendi o que meu querido Papa tentara me dizer quando anunciei que ia me casar com David.

— Você é tão jovem, mia cara. Tem tanta vida à sua frente. Não precisa decidir agora. Veja um pouco do mundo antes.

É claro que eu não lhe dei ouvidos. Os filhos nunca dão ouvidos aos pais, não é? Não sobre a vida, e não sobre o amor... ou o que eu pensei ser amor.

— Sebastian — murmurei, esfregando seu braço. — Temos que ir.

Ele resmungou algo e me abraçou com mais força. Sua reação me fez sorrir.

— Vamos, acorde.

— Eu *estou* acordado — disse ele, e para provar, levou a boca até meu mamilo e sugou gentilmente.

Bati em seu ombro mesmo enquanto meu corpo estremecia de desejo.

— Pare! Precisamos ir.

— Sim, estou pronto — disse ele, empurrando sua ereção junto ao meu quadril.

Deus do céu! Ele era mesmo insaciável; eu sempre pensei que isso devia ser apenas um mito. Fiquei muito grata por David sempre ter sido tão facilmente saciado. O pensamento estragou meu bom humor.

— Não, está na hora de partir — falei, sentindo-me ranzinza e, estranhamente, excitada ao mesmo tempo.

Sebastian suspirou.

— Não temos mais camisinhas, mesmo — disse ele, triste.

Usamos uma caixa inteira de camisinhas? Não era de se espantar que eu sentisse como se nunca mais fosse conseguir cruzar as pernas. Sim, bem comida — essa era a sensação. Imaginei vagamente se Sebastian também sentia esse cansaço bom. Contudo, eu não sabia; será que os homens também ficavam doloridos por, hummm, uso prolongado?

Estava prestes a perguntar para ele quando percebi que o céu estava mais claro, com faixas rosadas luzindo a leste. Sentei-me, em pânico, procurando por minhas roupas; eu *tinha* que voltar antes que David acordasse.

— Qual o problema? — disse Sebastian, sentando-se e franzindo o cenho.

— Eu tenho mesmo que ir! — sibilei, sentindo-me com raiva e à beira das lágrimas a um só tempo.

— Caro! — Sebastian tentou capturar minha mão.

— Não! Que parte disso você não entende? — disparei.

Ele não respondeu, mas sua expressão magoada disse tudo. Ele ficou de pé e vestiu a calça jeans e o moletom em silêncio, depois chacoalhou a manta para tirar a areia e dobrou-a, colocando-a debaixo do braço.

Eu encontrei meu vestido, que parecia mais um trapo do que qualquer outra coisa, mas meu sutiã estava desaparecido. A calcinha, bem, eu presumi que estivesse em algum ponto no piso do carro dos Hunter.

Subi o vestido e quase pulei de susto quando senti as mãos de Sebastian em minha coluna, puxando o zíper para cima. Ele beijou meu pescoço rapidamente e estendeu a mão.

Eu a peguei, envergonhada de minha explosão, mas ansiosa demais para me desculpar.

Quando chegamos ao carro, peguei minha calcinha debaixo do banco do motorista e timidamente a vesti, rebolando para fazer com que ela subisse pelos quadris. Sebastian foi cavalheiro o suficiente para virar de costas durante esse procedimento desajeitado. Que ridículo de minha parte, depois de tudo o que havíamos feito várias vezes ao longo da noite e mais duas de manhã.

Sebastian dirigiu descalço, mas eu tentei abanar a areia dos meus pés e empurrá-los de volta nos sapatos de salto. O céu ficava mais claro a cada minuto, e eu estava apavorada que alguém fosse me ver saindo do carro dos Hunter ou, pior ainda, que David estivesse acordado e esperando por mim.

Sebastian estacionou na entrada de casa e apertou minha mão.

— Me manda uma mensagem de texto mais tarde? Para me avisar que está bem?

Assenti e retirei minha mão das dele.

Subi pela entrada aos tropeços e dei a volta pelos fundos da casa, espiando pela janela. Soltei um suspiro de alívio: David ainda estava dormindo no sofá, roncando alto.

Tirei meus sapatos e entrei, pé ante pé, pela porta dos fundos, sentindo todo tipo de culpa, mas estranhamente exultante ao mesmo tempo.

No quarto, tudo estava como eu deixara: um batom na penteadeira e uma escova abandonada do lado de David na cama, o qual não havia sido utilizado.

Eram quase 7 hs e, embora meu corpo doesse de sono, e estivesse simplesmente dolorido por usar músculos que nunca antes tinham visto a luz do dia, ignorei a cama e fui até o banheiro. Eu precisava muito fazer xixi. Sebastian não sentira escrúpulo algum em vagar para outra duna durante a noite para se aliviar, mas eu não fui capaz de ser tão livre com ele. Por sorte, eu não tinha bebido muito durante a noite, então consegui me segurar.

Tomei uma chuveirada rápida, desfrutando a água quente em minha pele, e lavei o restinho de areia que conseguira se enfiar em vários recônditos interessantes.

Perguntei-me se os pais de Sebastian comentariam sua ausência — ou o fato de que o carro havia desaparecido a noite toda. Por outro lado, pelo estado em que eles se encontravam quando ele os levara para casa, eu duvidava que tivessem notado muita coisa. Eu torci para que fosse esse o caso.

Enquanto me vesti, colocando uma calça jeans e uma camisa velha, escutei David se mexendo na porta ao lado. Eu não sabia como faria isso — seguir enganando-o, seguir vivendo uma mentira. Perguntei-me mais uma vez se podia contemplar a alternativa, ou se podia suportar os próximos quatro meses.

Respirei fundo e fui até a sala de estar. David olhou para mim com olhos turvos, grunhiu e rolou até se sentar.

— Café? — perguntei, um pouco animada demais.

Ele me encarou, desconfiado.

— Onde você estava?

— Tomando banho — falei, despreocupada.

Minhas mãos tremiam de leve enquanto eu colocava a água para ferver.

— Bacon? Panquecas?

De relance, vi David fazer uma careta. Ele não respondeu. Eu não pude conter uma sensação de satisfação por ele estar sofrendo com uma ressaca. Se as coisas corressem de acordo com o padrão, ele passaria o resto do dia em seu escritório.

Torci para que Sebastian pudesse dormir por algumas horas — ele começaria no novo emprego hoje. Era só atender às mesas em um *country club* perto de La Jolla, mas aquilo o manteria longe dos pais e significava que ele eventualmente teria dinheiro suficiente para comprar um carro — em especial se as gorjetas continuassem altas, como Ches prometera.

Eu tinha a interessante tarefa de limpar a casa e apagar a evidência de qualquer ocupação, de modo a passar pela inspeção, sem dúvida minuciosa, de David mais tarde.

O dia se arrastou de maneira quase insuportável. O único lado bom foi que David se manteve longe do meu caminho. Eu consegui mandar a Sebastian uma mensagem rápida no meio da manhã. David estava no chuveiro e eu estava passando aspirador no seu escritório. Eu tinha apenas alguns minutos.

[Estou bem. Espero que tudo esteja bem com você.]

Esperei ansiosamente pela resposta dele, porém meu celular permaneceu abominavelmente silencioso. Quando ouvi David se vestindo no quarto, eu o desliguei.

Durante o dia, eu chequei o celular de modo intermitente, minha ansiedade crescendo a cada hora que se passava. Finalmente recebi uma resposta no final da tarde.

[Desculpe, querida. Fui chamado para entrar no trabalho mais cedo. Lugar esquisito! Amanhã? Por favor, diga que sim.]

Ele me chamou de "querida"!

Fiquei pensando por que o lugar era esquisito. Sim, amanhã. Deus, parecia faltar muito tempo ainda para isso.

Eu me senti melhor após ler a mensagem dele, mas triste por ter que apagá-la imediatamente. No entanto, minha sensação de bem-estar evaporou quando chegou a hora de ir para a cama... para a cama com meu marido.

Eu estava lendo um livro; bem, tentava me concentrar, mas as palavras boiavam diante dos meus olhos. Apaguei a luz e me virei de lado, esperando que isso fosse me proteger. Minha respiração era superficial e eu tentei deixá-la mais lenta para parecer que eu estava mesmo repousando. Senti a cama se mover e prendi a respiração. David se inclinou e passou a mão sobre meu quadril.

– Hoje não, David – falei, tentando soar natural. – Estou cansada. A noite passada foi exaustiva.

Especialmente para mim.
— Você não está menstruando. Qual é o problema com você?
— Nada. Só estou cansada.
— Humm.

Ele não disse mais nada, rolando para seu lado da cama. Eu soltei a respiração lentamente. Logo ele estava roncando, mas foi só muito mais tarde que eu consegui relaxar o suficiente para dormir.

Acordei antes de o despertador tocar — às vezes David gostava que eu o masturbasse antes do café da manhã, e eu queria evitar essa possibilidade em particular.

Certifiquei-me de que seu uniforme estivesse arrumado, o café à espera, bacon e panquecas entregues com precisão militar em uma merda de um prato quente.

Contudo, não foi o bastante para merecer sequer um "bom dia"; ele estava realmente facilitando seu abandono.

Assim que ele saiu de casa, eu mandei uma mensagem para Sebastian.

[Te encontro no parque - 30 minutos?]

Ele me respondeu em segundos.

[Não é rápido o bastante, mas estarei lá.]

Meu coração ficou mais leve de imediato.

Corri para o quarto e desencavei a saia rodada na altura dos joelhos e a blusa de alcinha que planejava vestir. Eu havia prendido meu cabelo em um rabo de cavalo antes do café da manhã, mas agora o soltei e escovei vigorosamente. Reparei que Sebastian gostava de enfiar as mãos nele quando fazíamos amor.

Não me incomodei com batom, apenas um pouquinho de brilho, pois não planejava manter a maquiagem por muito tempo. Só de pensar em beijar Sebastian meu coração dispara... e outras coisas também. Sim, eu definitivamente me sentia um pouco úmida — melhor me concentrar em encontrar sandálias que combinassem.

Ele estava à minha espera. Eu mal havia parado o carro antes que ele abrisse a porta e entrasse, um sorriso imenso no rosto.

— Oi!

Os olhos dele cintilavam de amor e algo mais. Ele tirava meu fôlego.

— Oi! — respondi, sorrindo para ele. — E então, para onde quer ir?

Eu saí com o carro, a felicidade me invadindo.

— Não me importo. Qualquer lugar, desde que seja com você.

— Devemos ir para nosso café em Little Italy?

Ele ergueu as sobrancelhas.

— Isso é um tanto público para o que eu tinha em mente.

— Que é...?

Ele sorriu, cheio de malícia, e sem falar nada inclinou-se e enterrou a cabeça no meu colo, mordendo-me de leve através do tecido fino de minha saia e deslizando as mãos por minhas pernas nuas até chegar à calcinha.

— Sebastian! Eu vou bater! — choraminguei.

Ele deixou os dedos vagarem um pouco mais e eu arfei. Então ele se sentou devagar, deixando minha saia amontoada no topo de minhas coxas.

Minha respiração tinha se acelerado e minhas mãos tinham virado garras no volante.

— Isso foi estúpido e imprudente! — falei, com a voz trêmula. — Eu poderia ter sofrido um acidente.

— Você estava bem — disse ele, arrogante.

Balancei a cabeça, bastante zangada com ele.

Ele apenas sorriu.

Dois podiam jogar esse jogo.

Parei o carro, deixando-o em um ângulo louco, meio na rua, meio na calçada. Saí e fiquei de pé, as mãos nos quadris.

— Caro?

Ele me olhou, ansioso, depois saiu e ficou de pé ao meu lado, preocupado por ter me aborrecido de verdade.

Eu passei-lhe as chaves.

— Você dirige.

— Tudo bem — disse ele, suavemente, ainda preocupado.

Sem conversar, voltamos para o carro e ele se afastou da calçada. Permiti que ele dirigisse uma curta distância antes de estender a mão e apertar suas bolas com força.

O carro se descontrolou, atravessando a pista, e o caminhão atrás de nós buzinou alto.

— Porra!

— Não é tão fácil se concentrar, não é? — falei.

Eu acabara de contribuir com uma importante lição para seu portfolio de habilidades na vida e segurança ao volante. Eles deveriam cobrir isso na escola de habilitação.

Sebastian me deu uma espiada de relance e então, quando passamos por um terreno baldio coberto de mato alto, estacionou de repente.

Ele desligou o motor e o súbito silêncio murmurou entre nós.

Senti um tremor de apreensão — eu não fazia ideia do que ele faria.

— Eu tenho uma caixa inteira de camisinhas.

A voz dele era baixa, mas seus olhos estavam abrasadores. Acho que meu queixo caiu. *Outra caixa inteira? Uau!*

Dois longos segundos se passaram enquanto nos encarávamos. Não sei quem se moveu primeiro, mas de súbito estávamos arrancando as roupas um do outro.

— Banco de trás! — ofeguei.

Eu passei por cima dos bancos e ele mordeu minha nádega por cima da calcinha. Em seguida, ele me forçou a deitar na banco, tirando a camiseta. Deslizei as mãos por seu peito e sua barriga, gananciosa, depois enfiei minha mão direita no bolso de sua calça e retirei o pacote de camisinhas. Ainda estava envolto em celofane, por isso usei meus dentes para abri-lo. Ele arrebentou e as camisinhas choveram sobre nós.

Sebastian apanhou uma e se ajoelhou, rasgando o envelope. Eu puxei seu zíper para baixo.

— Ai! Cuidado, Caro!

— Desculpe — sussurrei. — Deixe-me beijar o dodói.

Não havia muito espaço para manobras no banco de trás, mas eu consegui levá-lo brevemente à minha boca antes de ele recuar e balançar a cabeça.

— Caro, eu vou gozar em três segundos se você fizer isso. E eu quero estar dentro de você.

— Tudo bem, mas deixe eu colocar a camisinha; você fica com toda a diversão.

Ele me fitou como se não pudesse acreditar no que eu havia dito, mas me passou o pedacinho de látex. Belisquei a ponta como eu o vira fazer e então cuidadosamente desenrolei-a até embaixo. Ela não parecia querer ficar no lugar, então eu tentei puxá-la.

Sebastian afastou minhas mãos, gemendo alto.

— Porra, Caro!

A porcariazinha escorregadia não parava no lugar, mas Sebastian acabou submetendo-a e puxando-a para baixo. Vê-lo se tocar daquele jeito me deixava louca.

Os olhos dele estavam selvagens quando eu agarrei sua calça e arrastei-a para baixo, passando as mãos sobre suas nádegas firmes.

Ele gemeu alto e então agarrou minha calcinha, puxando-a rudemente pelas minhas pernas. Elas ainda estavam enroladas em uma das sandálias, acenando como a bandeira de um exército derrotado, quando ele mergulhou dentro de mim.

Ele enterrou a cabeça em meu pescoço enquanto eu o apertava por dentro e por fora.

— Shhh, Sebastian. Deixe-me sentir você por inteiro.

Ele recuou devagar e eu me contraí, fazendo-o gemer de novo.

— Isso, assim mesmo — arquejei, correndo as unhas pelas costas dele.

Duas vezes mais ele se moveu dentro de mim lenta e luxuriosamente, deixando-me desfrutar da sensação deliciosa, observando meu rosto enquanto eu olhava para ele. E então ele fechou os olhos com força.

— Não consigo! Não consigo! — gemeu ele. — Por favor, Caro!

Sem esperar pela minha resposta, ele começou a me penetrar rápido e com força. Senti seu corpo todo enrijecer de repente e ele gritar baixinho.

Por um segundo, senti seu peso total e esmagador; em seguida, ele se ergueu nos cotovelos e me beijou profundamente, cheio de amor.

Afaguei os cabelos curtos e macios em sua nuca e passei as mãos pela extensão de sua coluna.

— Desculpe-me — disse ele, afinal, parecendo envergonhado.

— Pelo quê? — Eu estava genuinamente confusa.

— Bem, principalmente porque eu queria durar mais para você... mas também por quase fazer você bater. Embora você tenha me dado o troco.

Eu sorri para ele.

— Considere uma lição de vida, Sebastian.

Ele me beijou de novo.

— Eu gosto das suas lições, madame.

— Não me chame de "madame" — resmunguei para ele. — Faz com que me sinta ainda mais velha.

Ele me calou com outro beijo, depois se afastou cuidadosamente.

Seu rosto ficou pálido de repente sob o bronzeado.

— Que foi? — perguntei, lutando para me sentar.

— Não consigo encontrar a camisinha! — disse ele, olhando para mim em pânico.

— Como assim, não consegue encontrar?

— Quero dizer... que não está aqui!

Ele apontou para sua ereção, ainda muito digna de olhares. No entanto, ele tinha razão: nenhuma camisinha.

— Deve ter saído quando você tirou — falei, ainda não me sentindo muito preocupada.

— Acho... acho que ainda deve estar dentro de você! — disse ele, choque e horror misturando-se em seu rosto.

Ah, pelo amor de Deus, como é?

— Só... só feche os olhos, Sebastian — mandei.

— O quê? Por quê?

— Apenas feche!

Eu não iria remexer *ali* com ele olhando. Entretanto, por mais que eu procurasse, não encontrei nada que lembrasse borracha.

Minhas bochechas deviam estar em um tom brilhante e ardente de vermelho.

— Acho que vou precisar ir ao banheiro — resmunguei.

— Quer que eu...? — ele se ofereceu.

— Não! — respondi rapidamente.

Mas não consegui conter uma risadinha.

— Que foi? —disse ele, meio aliviado, meio intrigado.

— Nós nunca conseguimos uma folguinha, não é?

Suspirei.

Ele fez uma careta, contorcendo a boca em algo parecido com um sorriso.

— Além de ter conhecido você para começo de conversa... não, de fato, não conseguimos.

Ele terminou de fechar seu jeans e galantemente me passou minha calcinha.

— Obrigada — falei, uma expressão bem-humorada em meu rosto.

— Ao seu dispor — disse ele, tentando conter um sorriso.

Nesse momento, decidi que teria que começar a tomar a pílula anticoncepcional — eu não podia me dar ao luxo de outras confusões.

Sebastian seguiu mais alguns quilômetros pela estrada e encontramos um shopping com banheiros.

— Tem certeza de que não quer nenhuma ajuda com... é... a situação? — disse ele, um brilho impudico nos olhos.

— Não, obrigada — falei, empertigada.

Ele riu e eu fui até o banheiro.

Alguns minutos se passaram antes que eu conseguisse localizar a camisinha perdida. Quem diria que ela pudesse sumir tão... lá em cima. Nesse ritmo, eu começaria a sonhar com meus ovários sendo amarrados por borracha mal comportada.

Quando finalmente emergi, Sebastian exibia uma expressão consternada. Seu rosto se aliviou no mesmo instante em que me viu.

— Tudo bem?

— Tudo em mãos — falei, sorrindo.

Ele apertou meus dedos e sussurrou:

— Da próxima vez, *eu* quero brincar de caçar a borracha.

Balancei a cabeça, incrédula.

— Podemos ir tomar aquele café agora?

Ele jogou o braço ao redor dos meus ombros, possessivo.

— Claro, meu bem.

Deus, ele me fazia sentir como uma adolescente. Contudo, eu não era. Bani esse pensamento e fomos para o Little Italy.

Papa Benzino me beijou carinhosamente nas duas bochechas e apanhou Sebastian em um abraço de urso, ao qual ele correspondeu com certa timidez. Mama B veio correndo de trás do balcão, enxugando os olhos com um avental como se fôssemos sua família há muito perdida.

Eles tagarelaram em italiano e eu notei que Sebastian estava entendendo melhor a conversa do que antes. Talvez eu estivesse lhe fazendo algum bem, afinal.

A nonna saiu de seu quarto acima da loja e segurou minhas bochechas enquanto me beijava e dizia que eu estava reluzindo de amor. Então bateu no peito de Sebastian, sentiu os bíceps dele e piscou para mim, repetindo algo que podia ser traduzido como "um bom amante é como um bom salame" e me lançou um olhar astuto.

Sebastian corou, embora eu não soubesse dizer se pelas palavras dela ou por seu toque, mas aquilo me fez rir alto e ele deu um sorriso divertido e embaraçado ao mesmo tempo.

Uma multidão em seu horário de almoço entrou para comprar comida, mandando a família correndo de volta para o trabalho, então nos sentamos do lado de fora sob um guarda-sol e bebericamos nossos cafés: expresso para mim, normal para Sebastian.

– Você não me disse: como foi seu primeiro dia no trabalho?

– Ah, aquilo – disse ele, franzindo o cenho.

– Foi ruim? – falei, surpresa.

– Foi... bem, não foi bem o que eu esperava – resmungou ele, e por algum motivo pareceu embaraçado de novo.

Rocei a ponta do dedo sobre a mão dele.

– Conte-me.

– Não, é bobagem.

– Sebastian, você acaba de me ver sair para caçar uma camisinha perdida; não pode ser mais bobo que isso!

Ele sorriu.

– É, isso foi bem engraçado!

– Não vai ser engraçado se eu engravidar – lembrei.

Ele ficou boquiaberto.

– Seria possível?

– Bem, claro que sim; mas não se preocupe, vou cuidar disso. Eu decidi que vai ser mais seguro começar a tomar a pílula. Não posso me dar ao luxo de mais... acidentes.

Sebastian parecia completamente perdido com o rumo da conversa. Eu nos levei de volta a tópicos menos controversos.

– Você estava contando sobre seu primeiro dia no Country Club. Por favor, continue.

Ele franziu a testa de novo, e eu sabia que estava pensando se devia ou não insistir no assunto mais sério. Ele balançou a cabeça e escolheu seguir meu exemplo.

– Bem, eu pensei que seria só servir mesas, mas... eles querem que eu faça outras coisas também.

– Como o quê?

Ele hesitou, desenhando na palma de minha mão com o dedo indicador.

– Sebastian?

– É que é muito besta.

– Conte-me assim mesmo; eu não vou contar a ninguém – falei, arqueando uma sobrancelha.

– Eles me mandaram servir mesas – ele falou, afinal. – Carregando comida e bebidas.

– Certo. Isso não parece tão ruim. E...?

– Eu tive que usar um uniforme.

– Isso não foi uma surpresa, foi?

Certamente ele não tinha um problema com uniformes; era o filho de um oficial da Marinha.

– Shorts e uma camiseta polo; e a roupa era um pouco... justa.

Comecei a ter uma ideia.

– Certo, shorts e uma camiseta justa. E...?

Ele fechou os olhos, uma expressão de sofrimento no rosto.

– As mulheres de lá... elas... elas me agarraram... *bastante!*

E eu ri alto, não consegui evitar.

– Então você é basicamente um homem objeto – e que todas as mulheres estavam apalpando.

– Eu deveria estar servindo as mesas!

Ele pareceu tão indignado... o que só me fez rir ainda mais.

– Não posso culpá-las – provoquei. – Você recebeu alguma oferta? Números de telefone balançando diante de você?

As bochechas dele ficaram vermelhas e ele olhou fixamente para a mesa.

– Você recebeu! Sebastian!

– Eu disse não!

Ele fez uma careta para mim e eu fiquei com pena dele.

— *Tesoro*, não fico nem um pouco surpresa — esses lugares são notórios por contratar jovens bonitos como um agrado para a brigada das esposas-diamante. Aposto que a sua chefe é uma mulher, certo?

Ele assentiu, infeliz.

— E ela deu uma olhada para você e viu cifrões. Só isso. Você só precisa aguentar uma penca de mulheres mais velhas e taradas enfiando notas no seu bolso traseiro durante o verão. Acha que consegue?

— Acho que sim. Não é tão divertido quanto eu pensei que seria.

Eu me apaixonei um pouco mais por ele.

Afaguei seu rosto e pousei minha mão livre em seu joelho.

— Você sempre pode arranjar outro emprego, Sebastian. Além disso, eles não deviam mesmo te deixar servir bebidas com a sua idade. Eles sabem quantos anos você tem?

Ele ergueu as sobrancelhas.

— Sabem, mas acho que pareço ser mais velho.

Foi minha vez de corar, especialmente quando me lembrei do comentário sobre "mulheres mais velhas e taradas". Por outro lado...

— Acho que vou me filiar.

— O quê?

— Ao Country Club.

— Por quê?

— Ouvi dizer que há muitas mulheres mais velhas e taradas por lá — pensei que talvez você precise de um pouco de proteção. Além do mais, pode até ser divertido.

Um sorriso espalhou-se lentamente pelo rosto dele.

— É! Isso seria divertido.

— Eu daria boas gorjetas.

— Você me daria seu telefone?

— Acho que isso pode ser arranjado.

Meu celular tocou, interrompendo. Era um número que eu não reconheci, o que me deixou nervosa.

— Alô?

— Caroline Wilson?

— Sim, é ela.

— Aqui é Carl Winters, o editor de *City Beat*. Eu estou ligando para dizer que adorei seu artigo "Line Up da Base". Gostaria de publicá-lo na edição de quinta-feira. Você também tem ótimas fotos aqui. O pagamento seria de 325 dólares. E eu adoraria qualquer outro artigo que você tenha sobre a vida na Base. O pessoal por aqui tem muito interesse nas histórias da vida sob um ponto de vista militar. Coisas entre 1.500 e 2.000 palavras.

— Uau! Isso é ótimo! Obrigada! Sim, tenho certeza de que posso escrever vários artigos sobre a vida militar.

— Você tem um estilo de escrita muito bom, sra. Wilson. Realmente atrai o leitor. Estou surpreso por não ter cruzado com a senhora antes.

— Ah! — *Isso era uma surpresa, e das boas.* — Nós acabamos de nos mudar para cá vindo da Costa Leste.

— Acho que isso explica. Bem, passe na redação alguma hora e nós assinaremos com você um de nossos contratos padrão para trabalhos *freelance*.

— Farei isso. Obrigado, sr. Winters.

— Pode me chamar de Carl. Será ótimo conhecê-la, Caroline. E talvez da próxima vez nós possamos enviar um de nossos fotógrafos com você.

Desligamos e joguei meus braços ao redor do pescoço de Sebastian.

— O *City Beat* vai publicar o artigo sobre surfe — falei para o peito dele.

Para surpresa de ambos, eu comecei a chorar.

— Ei! O que foi? Isso é bom, não é?

— Sim, sim, é claro. Eu só estou sendo estúpida.

Ele me abraçou apertado.

— Não entendo.

Como eu poderia explicar? Eu nem mesmo tinha certeza de que eu compreendia.

Ele afagou minhas costas e beijou meu cabelo, seu toque me acalmando. Quando meus soluços finalmente diminuíram, ele se recostou e secou minhas lágrimas salgadas com os polegares, o rosto cheio de preocupação.

— Caro? Por que você estava chorando?

— É só que... ter uma das minhas história sendo impressa. Sabe, alguém dizer que eu sou realmente *boa* em alguma coisa. Eu... não estou acostumada com isso. David nunca...

Parei no meio da frase, vendo sua face se endurecer.

— Foi apenas uma boa surpresa — completei, sem graça.

Ele pegou minha mão que estava sobre a mesa e a beijou com carinho.
— É, eu entendo.
Nós nos sentamos em silêncio por alguns momentos.
— Venha — disse ele, afinal. Ele se levantou, ainda segurando a minha mão.
— Aonde estamos indo?
A expressão dele se suavizou.
— Para o nosso cantinho.
— Nosso cantinho?
— O mar.
Eu sorri para ele.
— Tudo bem.

CAPÍTULO 7

HÁ ALGO DE MUITO TRANQUILO no oceano. Por que será? O movimento é perpétuo, ele nunca está parado, e ainda assim é uma agitação tranquilizadora, pacífica, um movimento contínuo e inquieto. Mesmo a fúria de uma tempestade de inverno tem algo que manda embora os problemas, ainda que por um curto período.

E esse era o *nosso* cantinho — era onde Sebastian e eu íamos para ser nós mesmos por algumas breves e ininterruptas horas.

Contudo, precisávamos tomar cuidado.

Caminhamos em silêncio, para longe das multidões em férias que começavam a povoar a praia, até que os mais próximos de nós fossem apenas pontinhos no horizonte.

Então, finalmente de mãos dadas, paramos para encontrar uma duna isolada. Eu afundei na areia quente e Sebastian me puxou para junto dele.

— Está bem agora? — perguntou ele, ansioso.

— Sim. Desculpe-me sobre aquilo.

Fiquei envergonhada pela minha mais recente perda de controle. Perto dele, parecia acontecer com frequência, como se alguma manivela tivesse cedido após uma década, uma vida aguentando firme.

Sebastian afagou meu cabelo e disse, baixinho:

— Não se desculpe. É só que eu odeio te ver infeliz.

Eu não sabia como responder, então apenas deixei que ele me abraçasse.

Por 19 anos eu tinha sido a filha de alguém e, nos 11 anos seguintes, a esposa de alguém. Entretanto, o que eu era agora? Poderia ter a chance de uma carreira, afinal? Poderia ser algo diferente, alguém diferente?

— No que você está pensando?

Balancei a cabeça e sorri para ele.

— Nada de mais. Mas vou ter que criar mais algumas ideias para o *City Beat* — se ele estava falando sério mesmo.

— É claro que estava. Você é uma escritora brilhante.

— Bem, obrigada, sr. Bernstein.

Ele ficou sem graça e eu imediatamente me arrependi de minhas palavras.

— Desculpe, estou surtando um pouco. Talvez você possa me ajudar com algumas ideias sobre a vida em uma família militar.

Ele fez uma careta.

— Depende da família.

Isso era verdade.

— Como vão Mitch e Ches?

Pareceu-me uma pergunta inocente, mas Sebastian desviou o olhar.

— Bem, acho. Eu só tenho visto Ches no trabalho.

— E?

Esperei que ele prosseguisse, porém Sebastian continuou apenas olhando a areia escorrer por seus dedos.

— Sebastian, qual é o problema?

Ele respirou fundo.

— Ches disse que sabia que eu estava saindo com alguém.

Senti o sangue fugir de meu rosto.

— Como?

Sebastian olhou para mim, ansioso.

— Ele ficou... quando eu não lhe contei nada, ele começou a dizer que devia haver algum motivo, e qual era o problema. Ele ficou no meu pé. Estava só brincando, mas...

Sebastian não precisou completar a frase.

— O que o deixou... desconfiado?

— Bem, no começo foi porque eu não venho passando muito tempo com ele. Ele tem me chamado para surfar com ele e os caras, e eu ficava dizendo não... acho que ele juntou dois mais dois.

— Então o quê... você disse "no começo"?

A expressão dele era evasiva.

— Conte!

Ele suspirou.

— Ches me viu quando fui vestir o uniforme no trabalho.

— E daí?

— Ele reparou... nos arranhões nas minhas costas.

Ah! Eu me lembro de ter feito isso.

— O que ele disse?

Sebastian encolheu os ombros, incapaz de sustentar meu olhar preocupado. Pensando bem, eu não precisava saber o que Ches havia dito; podia imaginar *como* essa conversa transcorrera.

— Eu disse a ele para deixar para lá, mas ele não me ouviu. Eu fiquei tão fulo da vida...

— Nós não somos muito bons nisso, não é? — falei suavemente.

— É mais difícil do que eu pensei — concordou ele.

Meu coração saltou dolorosamente e eu fiquei um pouco nauseada.

— Quer terminar tudo?

Ele olhou para mim, horrorizado.

— Não! Caro, não! Claro que não! Não era isso o que eu queria dizer! Como pode falar isso?

— É só que... se estiver difícil demais...

Ele puxou meu rosto para o dele e me beijou rudemente.

— Não diga isso! Por favor, não diga! Vamos resolver, de alguma forma. Jure para mim que não vai desistir de nós, Caro. Jure!

Eu senti um toque de desespero na voz dele, por isso o beijei, tentando injetar conforto em meu toque; as palavras eu não podia dizer em voz alta, pois tinha medo que não fossem verdadeiras.

Ele me puxou para a areia, de modo que fiquei com metade do corpo deitada sobre o peito dele. Uma de suas mãos estava enfiada em meu cabelo, enquanto a outra pressionava atrás de minha cintura. Meus lábios esmagaram o dele e Sebastian forçou sua língua para o interior de minha boca, fundindo nossos lábios.

Tive que interromper o beijo antes que ele fosse longe demais; ainda estávamos no meio da tarde e eu estava hiperconsciente de que alguém poderia tropeçar em nós dois a qualquer momento.

Sebastian relutou em me soltar e eu tive que empurrar seu peito com força para forçá-lo a isso.

Eu estava sem fôlego quando nos separamos, cada um rolando para um lado. Ele jogou o braço sobre o rosto e gemeu baixinho.

— Porra, Caro — disse, voltando-se para mim, os olhos verde-mar acusadores.

— Temos que voltar — falei, covarde como sempre. — Você vai se atrasar para o seu turno.

Comecei a caminhar de volta pela praia e, com relutância, ele me seguiu.

— Não se esqueça de me trazer uma inscrição para o Country Club — falei, tentando aliviar seu humor sombrio.

Ele deu um sorrisinho.

— Acho que posso pegar alguns turnos diurnos, se você estiver lá.

— E talvez seja melhor combinar de sair com Ches algumas vezes.

— Para quê?

Suspirei, exasperada.

—Para despistar e...

— E o quê?

— Bem, se nossos planos derem certo, você não vai vê-lo de novo.

Os olhos dele se arregalaram de surpresa. Ficou claro que ele não havia pensado em tudo de que ele estava abrindo mão se conseguíssemos ir para Nova York.

Olhei para ele com firmeza, observando-o recobrar seu equilíbrio.

— Ches é um bom amigo — mas eu te amo: é com você que eu quero estar.

E foi isso: seu alfa e seu ômega.

★ ★ ★ ★

Eu dirigi na volta, dividida entre o êxtase e o medo e desejando que a noite passasse voando para podermos estar juntos de novo.

A alguns quarteirões da casa dele, estacionei o carro junto ao meio-fio. Ele roçou os lábios sobre minha mão e saiu rapidamente.

— Amanhã — disse ele, e essa palavra não era uma pergunta, mas uma resposta. E uma promessa.

A casa, meu assim chamado lar, parecia vazia e inóspita. Não me incomodava, não de verdade, não mais, contudo não pude evitar de notar o vazio um pouco mais a cada dia.

Ajeitei meu laptop na mesa da cozinha e rascunhei alguns tópicos para artigos. Fiquei agradavelmente surpresa pela facilidade com que as ideias fluíram. Também, após 11 anos vivendo como esposa de militar, não havia muito que eu não soubesse sobre a vida na Base. E David falava tanto sobre o hospital que eu praticamente escrevi um artigo inteiro de uma tacada só.

Eu estava me divertindo demais, porque não percebi como tinha ficado tarde. De repente, David assomou sobre mim, inspecionando a cozinha em busca de evidências de uma refeição; quando notou que não havia nada pronto, seu olhar, já gelado, tornou-se glacial.

— O mínimo que você podia fazer era preparar uma refeição para quando eu chegar em casa, Caroline, em vez de ficar brincando no seu computador. Eu deveria jogar essa porcaria fora.

— Eu não estava *brincando* — falei, azeda. — Estou trabalhando em alguns artigos para o *City Beat*. Eles aceitaram aquele que eu escrevi sobre surfe e vão publicá-lo na quinta-feira com as minhas fotografias.

Ele franziu o cenho.

— Para quê?

— Por que eles acharam que o artigo era *bom*. Pode ser uma surpresa para você, David, mas existem algumas pessoas por aí que acham que eu posso fazer algo útil, de fato.

— Útil mesmo seria se a minha esposa cozinhasse a porra de uma refeição quando eu chego em casa à noite. — Ele fez uma pausa, fitando-me friamente. — Não sei o que te deu ultimamente, Caroline. Você está esquecida, distraída, desorganizada. Na verdade, eu diria que você vem agindo de modo esquisito já há algum tempo.

Ele ficou quieto, esperando que suas palavras fizessem efeito. Eu o fitei de volta, temendo que ele suspeitasse de algo. Mesmo com todos os seus defeitos, meu marido não era um homem estúpido. Pelo menos, não nesse sentido.

— Acho que você deveria ver um médico. Eu marquei uma consulta para você com a dra. Ravel — disse ele afinal, seu tom cuidadosamente neutro.

— O quê? Não tem nada de errado comigo! Quem é a dra. Ravel?

— Uma ginecologista competente, Caroline. Suspeito que você esteja passando por uma menopausa precoce.

Eu o fitei, boquiaberta. Ele era realmente inacreditável.

— David, eu só tenho 30 anos! A maioria das mulheres não chega na menopausa antes dos 50.

— Não seja obtusa, Caroline. A menopausa precoce não é rara e você tem todos os sintomas.

— Que sintomas, cacete?

— Não use esse linguajar, Caroline. É desagradável e desnecessário.

— Que sintomas, David?

— Flutuações de humor, irritabilidade... perda de libido. A dra. Ravel vai fazer uma colposcopia para determinar em que estágio você se encontra. Eles estão esperando você na recepção de obstetrícia e ginecologia às 10 hs. Eu já conferi e nosso plano de seguros cobre o exame.

— David, eu nunca ouvi nada tão ridículo. Eu...

— Talvez eu devesse ter marcado uma consulta com um psiquiatra, em vez disso!

Eu estava ultrajada.

— Como se atreve!

— Então me diga por que você se recusa a ter relações com o seu marido! — rosnou ele.

Ele deu-me as costas, seu mau gênio mal se contendo.

Com cuidado, fechei meu laptop. Minhas mãos tremiam de leve enquanto eu preparava uma salada fria de macarrão; meu cérebro, porém, trabalhava febrilmente, tentando em desespero encontrar uma resposta adequada, as palavras mais convincentes. Como sempre, sua raiva fervilhante me calou.

Eu estava furiosa comigo mesma por não me rebelar contra ele. Como ele ousava?! Por outro lado, ele tinha 11 anos de experiência me fazendo sentir irrelevante; certamente, não havia motivo nenhum para ele parar agora.

Embora ele não suspeitasse da verdade, não pude evitar pensar que era um caso de quando, não de se. Minha vida, antes tão cinzenta e certa, agora estava na areia movediça. Fosse qual fosse o catalisador, ninguém me forçara a tomar a direção que eu tinha escolhido. Eu não sabia que escolhas possuía à minha disposição agora, além de esperar até que Sebastian tivesse idade suficiente. Se eu fosse ver um advogado sobre um divórcio amanhã, quanto tempo se passaria até que meu "caso" viesse a público? Esse era o cerne do problema. Eu estava cometendo um crime; o único crime de David era ter nascido um cretino e só piorado essa situação.

Comemos em silêncio e ele não tornou a falar comigo naquela noite. Nem tentou me tocar, o que foi uma bênção.

O café da manhã se passou com a mesma rotina sem alegria. Talvez tenhamos ambos soltado um suspiro aliviado quando chegou a hora de ele ir trabalhar. Ele jogou para mim um cartão com a consulta marcada ao sair.

Às 9h45 eu me apresentei na recepção da obstetrícia e ginecologia. A sala de espera estava cheia de grávidas, crianças de colo e bebês, cada um tentando se fazer ouvir acima do barulho. Senti-me deslocada e desconfortável. Uma das mulheres sorriu gentilmente e ergueu as sobrancelhas em reconhecimento do ruído. Ela provavelmente presumiu que eu estivesse nos primeiros estágios da gravidez.

Que diabos eu estava fazendo ali? Meu exame papanicolau de seis meses atrás tinha mostrado um resultado normal. Eu não tinha nenhum sintoma de menopausa e sabia que David estava apenas usando isso como um modo de exercer seu poder, e eu estava permitindo. De novo.

Fiquei com vergonha de mim mesma por ser tão fraca. Parte de mim queria acabar logo com isso para agradá-lo por mais algumas semanas; outra parte, contudo, a mais nova e mais ousada, dizia-me para enfrentá-lo.

Em algum lugar, uma porta se abriu e o ar em movimento fez com que cartazes presos a um quadro de avisos esvoaçassem, cheios de cores. O chamado para um grupo de direitos das mulheres chamou minha atenção: "Não importa o que vestimos, não importa para onde vamos — sim é sim, e não é não".

Havia algo nas palavras simples que ressoou em mim — talvez fosse minha vez, finalmente, de dizer não.

Respirei fundo e me levantei. A recepcionista pareceu irritada ao me ver diante de sua janela outra vez.

— Sim, posso ajudá-la? — disse ela bruscamente, sem nenhum desejo óbvio de me ajudar.

— Pode, sim. Eu tinha uma consulta marcada para as 10 hs com a dra. Ravel, mas decidi cancelar.

— Cancelar?

— Isso mesmo. Peço desculpas por desperdiçar o tempo da dra. Ravel. — *Mas não o seu, sua vaca de cara azeda.*

— Bem, isso é bastante irregular. A dra. Ravel é uma mulher muito ocupada.

— Por isso estou pedindo desculpas.

— Humm, bem. Posso marcar outra consulta para daqui a cinco semanas e...

— Não, não há necessidade. Não preciso de outra consulta. Obrigada.

E saí, deixando-a confusa e aborrecida.

Caramba, isso foi gostoso! Apesar de eu saber que teria que enfrentar a ira de David mais tarde. Mas que diabos, eu era uma irritação constante para ele de qualquer forma. Pela primeira vez, me ocorreu que ele podia até ser um homem mais feliz sem mim em sua vida. Eu não achava que ele fosse ver as coisas por esse ângulo, sem sua cozinheira, faxineira, organizadora de eventos e brinquedo sexual ocasional, porém podia mesmo ser verdade.

Saí do estacionamento do hospital me sentindo exultante e inquieta. Estava dando meus primeiros passos para a independência.

Empolgada e sentindo-me extraordinariamente atrevida, fui até o Country Club. Eu sabia que Sebastian havia aceitado um turno dobrado. Ele não ficara feliz por não me ver de manhã, mas quando eu disse que ia fazer um check-up médico, ele concordou logo e disse que iria trabalhar para "distrair" a mente. Ele prometeu me enviar uma mensagem de texto durante seu intervalo, mas agora eu torcia para vê-lo antes disso: uma surpresa.

O Country Club se localizava no final de uma entrada longa e privativa, contornada por uma fileira de palmeiras adultas. O único andar era em estilo espanhol — branco com arcos altos, uma varanda ampla e fresca dando a volta completa por três lados do prédio, e transbordando com buganvílias de um rico tom magenta. Degraus largos levavam a uma fachada imponente e gramados verdes fluíam na direção de um campo de golfe com 18 buracos. Por trás do prédio, eu pude ver o mar se estendendo até o horizonte, ondas rugindo ao fundo. Quem escolheu essa localização tinha feito metade do trabalho de vender títulos do clube.

Meu velho Ford parecia tão deslocado que eu o abandonei no estacionamento dos fundos, evitando com destreza o serviço de valet enquanto caminhava até a entrada.

Logo ficou claro que o código de vestimenta era mais do que apenas aconselhado: os homens usavam camisetas polo e as saias femininas eram de um comprimento decente. Não consegui encontrar uma camiseta por fora da calça em lugar nenhum. Um belo jovem uniformizado sorriu para mim enquanto eu subia os degraus. Sebastian havia dado a dica de como a equipe era selecionada: aqueles que eu pude ver eram jovens e atraentes, vestidos em shorts azul-marinho e camisetas brancas lisas com o logotipo do clube posicionado discretamente.

Fiquei contente por ter me vestido bem para minha consulta interrompida no hospital, senão teria me sentido ainda mais intimidada pela grandeza dos arredores.

— Posso ajudá-la, senhora? — perguntou a jovem bem-vestida na recepção.

— Sim, eu gostaria de um formulário para sócia do clube, por favor.

— Certamente, senhora. Seria para membro individual, associado, membro executivo ou executivo júnior, membro residente ou social?

— Eu... eu...

— O título de membro individual sai a partir de mil dólares por mês, com uma taxa inicial de 4 mil. Para um membro social, se a senhora não deseja jogar golfe...

— Creio que a sra. Wilson se encaixe na categoria Membro de Serviço Militar Ativo.

A voz me fez dar um pulo.

— É claro, sra. Vorstadt — disse a recepcionista, vasculhando em seus arquivos e me passando em seguida um grosso maço de papel.

Virei-me para encontrar Donna de pé atrás de mim, sorrindo com a minha surpresa.

— Não imaginei que você fosse do tipo de frequentar o Country Club, Caroline. Ou talvez isso seja mais coisa do David?

Tentei esconder o choque em meu rosto, mas não acho que tenha sido bem-sucedida por completo.

— Donna, que... que bom vê-la novamente. Sim, é, eu... humm... vim só apanhar um formulário — não fazia ideia de que havia tantos tipos diferentes. — *Nem que eles eram tão caros.*

— Uma das poucas vantagens do serviço militar — e ele leva a taxa para 500 dólares por mês, muito mais aceitável — sussurrou ela, conspiratória.

Ela segurou meu cotovelo e guiou-me para uma área com poltronas, mais ao fundo. Várias mulheres bebericavam coquetéis, mesmo a essa hora da manhã. A vista do oceano era estonteante e o clube tinha uma imensa área de piscina, salpicada com espreguiçadeiras e guarda-sóis franjados. Contudo, eu estava longe de apreciá-los — tolamente, não havia me ocorrido que eu fosse esbarrar em alguém conhecido aqui. E agora Donna estava pedindo café para nós duas.

— Estou tão contente que você esteja aqui, Caroline. Nós não tivemos chance de conversar e eu queria muito lhe agradecer por nos convidar para a sua casa no sábado. Eu devia mesmo ter telefonado antes.

— Ah, não, está tudo bem...

Houve uma pausa constrangedora — talvez ambas estivéssemos lembrando como o evento terminou, ou nossas diferentes versões do fato.

— David joga golfe? — ela perguntou, afinal.

— Um pouquinho, quando estávamos na Flórida — respondi, aturdida. Ele havia jogado algumas vezes, que eu me lembrasse.

— E você?

— Não, eu prefiro a praia — respondi com sinceridade. — Nadar, velejar, qualquer coisa assim.

— Já tentou surfar?

Tenho certeza que fiquei da cor de uma beterraba: o único lado bom era que meu bronzeado disfarçou um pouquinho.

— Não, nunca tentei.

—Você devia pedir aos rapazes para lhe ensinarem — sugeriu ela.

Eu quase engasguei com meu café.

— Tenho certeza de que Mitch Peters não se importaria de ajudar.

Sorri debilmente. Estava claro que os "rapazes" em que ela estava pensando eram bem diferentes dos — do único — que eu tinha em mente.

— Pensei que talvez você fosse ficar tentada — continuou ela.

Eu estava prestes a rastejar pelo chão — as palavras dela vinham cheias de um duplo sentido não intencional.

E então eu vi Sebastian.

Ele estava lindo em seu uniforme justo e novinho; ninguém teria adivinhado que ele tinha só 17 anos. Com certeza, não eu — ele me parecia mais como alguém com 20 e poucos anos. Era fácil perceber como o clube podia permitir que ele servisse álcool. Pelo visto, eu sofria da mesma hipocrisia.

Donna virou-se para ver o que, ou melhor, quem, eu estava olhando.

— Ah, ali está o filho dos Hunter. Eu me lembro que Shirley Peters mencionou que seu filho ia arranjar um emprego para ele aqui.

Ela acenou para chamar a atenção dele, enquanto eu afundei ainda mais na minha poltrona.

Ele hesitou por um instante e depois se aproximou.

— Bom dia, senhoras — disse ele, inabalável.

Sua audácia trouxe um sorrisinho aos meus lábios.

— Olá, Sebastian — disse Donna.

— Oi — falei, timidamente.

— Há quanto tempo você trabalha aqui? — indagou Donna.

— Só alguns dias. Ches Peters me arranjou esse emprego.

— E você está gostando?

— Está melhorando — disse ele, olhando para mim de soslaio.

Donna ergueu as sobrancelhas e eu percebi que ela estava tentando não sorrir.

Franzi o cenho: a impetuosidade de Sebastian não estava ajudando.

— Posso buscar algo para as senhoras? — disse ele, soando um pouco perturbado após ter interpretado corretamente minha expressão fria.

— Não, estamos satisfeitas, obrigada. Vamos ficar só no café mesmo.

— Bem, tudo certo, então... É melhor eu voltar ao batente...

Donna acenou enquanto ele se afastava e, com um último olhar de relance para mim, saía.

— Ele é um menino tão bom — disse Donna, pensativa. — Incrível que ele tenha se saído tão bem, considerando-se... — Ela fez uma pausa. — Fiquei muito impressionada com o jeito com que ele lidou com os pais no último sábado.

— Sim — concordei rapidamente, desejando desviá-la desse assunto, mas sem saber como.

— É claro — prosseguiu Donna —, você o conheceu quando ainda era pequeno. Como ele era naquela época?

Não pude conter um sorriso.

— Ah, ele era tão meigo. Costumava vir para a nossa casa depois da escola. Meu pai gostava muito dele.

Querido Papa. Meu sorriso desvaneceu. Como ele gostaria de ter conhecido Sebastian como adulto, além do menino que ele conhecera.

Donna tocou em meu braço.

— Desculpe-me, Caroline.

Dei de ombros.

— E então, você acha que você e David vão se filiar?

Agora que eu percebia como o clube era popular com as famílias da base, estava muito menos animada, mas não sabia como sair dessa.

— Talvez. É bem caro. Terei que ver o que David diz.

Secretamente, eu não tinha intenção alguma de contar a ele que eu estivera ali.

— Eu já sei o que vamos fazer — disse Donna, empolgada. — Vou pedir a Johan para sugerir isso a ele.

— Ah, isso não é necessário — falei, sentindo um início de pânico.

— Não tem problema algum — disse Donna, resoluta. — Além do mais, vai ser muito mais divertido vir aqui com você. Você joga tênis?

★ ★ ★ ★

Minha visita ao Country Club não tinha saído exatamente como eu planejara. Na verdade, era difícil imaginar uma alternativa pior. Apesar de minhas fracas objeções, obtive a promessa ferrenha de Donna de que seu marido conversaria com o meu sobre um título de sócio.

Sentei-me em meu carro quente no estacionamento do clube, cercada por carros importados caros, e esfreguei minha testa, tentando afastar uma dor de cabeça incipiente.

A situação toda era ridícula, até mesmo hilária, embora não para mim.

Enviei a Sebastian uma rápida mensagem.

[Desculpe. A surpresa não foi como eu planejava.]

Esperei alguns minutos, mas não obtive resposta — ele provavelmente estava trabalhando ainda. Voltei para casa, determinada a rascunhar outras ideias para o *City Beat*. Não havia sentido permitir que o dia fosse um desperdício completo.

Conforme os ponteiros do relógio da cozinha se aproximavam das 18 hs, ouvi o Camaro de David estacionar lá fora. Corri para ajeitar a mesa e esperei ansiosamente. Ele iria brigar comigo por causa da colposcopia antes ou depois de comermos?

— Algo que você queira me contar, Caroline? — disse ele, sua voz enervantemente plácida.

Senti minha coragem encolher sob seu olhar gelado.

— Como o quê?

— Não seja obtusa. Eu conversei com o capitão Vorstadt hoje — disse ele, destacando o título "capitão".

Franzi a testa. Aonde ele estava querendo chegar com isso?

— Pelo visto, você esteve no country club essa tarde.

— Foi só uma ideia boba, David — falei, apressada.

— Você tem muitas ideias bobas, Caroline, mas se gente como os Vorstadt são membros do Country Club, nós certamente deveríamos nos afiliar. Fico contente em ver você fazer um pouquinho de esforço, para variar.

Fitei-o, boquiaberta.

— De fato, o capitão Vorstadt sugeriu que jantássemos lá amanhã à noite — prosseguiu ele, convencido —, para que eu possa ver as instalações.

David parecia enjoativamente satisfeito consigo mesmo. Provavelmente porque um oficial superior o convidara — ou melhor, nos convidara — para jantar.

Ele jogou seu quepe no sofá e nem perguntou sobre o exame que eu cancelara. Eu sabia que o adiamento era temporário, mas fiquei feliz de conseguir o que podia.

Passei a noite com a ansiedade dando nós em meu estômago, porém nada mais foi mencionado. Quando David afinal foi para o banheiro preparar-se para a cama, eu voltei a ligar meu celular. A resposta de Sebastian me fez sorrir:

[Você sempre faz meu coração bater mais rápido. Amanhã?]

Sim, amanhã.

CAPÍTULO 8

DAVID ESTAVA QUASE ALEGRE ao sair para o trabalho. A perspectiva de jantar com um oficial superior o deixara de bom humor, e ele havia permanecido assim.

— Vista algo bonito hoje à noite, um vestido de festa. E saltos, é claro. Ouça, compre um novo vestido.

— David, isso não é necessário. Eu peguei o verde na lavanderia.

Pensei que ele ficaria contente com a minha frugalidade, mas, como sempre, estava enganada.

— Pelo amor de Deus, Caroline! Eu não posso deixar os Vorstadts pensarem que não posso bancar um vestido decente para minha esposa. Compre um novo.

— Eu tinha planos para essa manhã...

— Que planos?

— Bem, escrever...

— Você pode fazer isso a qualquer hora. Compre um vestido novo. Mas não gaste mais do que 150 dólares. Você não quer parecer que está se esforçando demais.

Como se você estivesse se esforçando demais, você quer dizer.

Suspirei. Lá se foram meus planos de passar a manhã na praia com Sebastian. Bem, se eu fosse para o shopping, talvez pudesse terminar dentro de uma hora.

Observei David ir embora, depois peguei meu celular para mandar uma mensagem para Sebastian.

[Tenho que ir comprar roupas.
Pego você mais tarde? Sinto muito. Cx]

De imediato, meu fone começou a tocar.

— Por que você vai comprar roupas? Não quer me ver?

— Não seja... — *Repense a frase.* — Não é isso. Os Vorstadt nos convidaram para jantar essa noite. David insiste que eu compre um vestido novo.

— Queria que você não dissesse isso.

— Dissesse o quê?

— Quando você falar de você e ... ele. Você diz "nós".

Houve um longo silêncio enquanto eu tentava encontrar uma resposta, mas Sebastian falou primeiro.

— Posso ir com você?

— Para onde?

— Posso ir comprar roupas com você?

Fiquei desconcertada.

— Bem, acho que sim... se você quiser.

— Ótimo! Te vejo no parque no horário de sempre. Te amo!

Balancei a cabeça enquanto ele desligava. Não pude evitar pensar em todas as vezes que eu vira homens patéticos, esperando do lado de fora do provador feminino, parecendo estar ali desde os primórdios dos tempos. Mas também fiquei intrigada e, se Sebastian queria ir comigo, eu não iria argumentar.

Ele estava sentado no meio-fio com o capuz do moletom puxado sobre a cabeça, como algum punk procurando encrenca. O pensamento me fez sorrir: era o oposto total da personalidade de Sebastian, tão caloroso e prestativo e cuidadoso, embora eu começasse a reconhecer um traço de impetuosidade nele também.

— Oi!

— Oi! — respondeu ele, feliz, enquanto entrava rapidamente e fechava seu cinto de segurança.

Senti vontade de me inclinar e beijá-lo, mas não podíamos arriscar isso ali.

— E então, para onde estamos indo?

Balancei a cabeça.

— Não sei. Um shopping qualquer.

— Minha mãe vai ao Mission Valley. Eles têm uma porção de lojas de marca lá.

Fiz uma careta à sugestão.

— Não é a minha cara. Além do mais, quero evitar ir a algum lugar onde possa esbarrar na sua mãe!

Que possibilidade horrorosa! Sebastian claramente concordava, pois o vi se encolher.

— Pensei que talvez pudéssemos ir até Miramar. Lá tem um shopping chamado Westfield UTC.

— Pode ser.

— E então, esse é um costume seu?

Ele pareceu confuso.

— Sair para comprar roupas femininas?

Ele abriu um sorriso amplo.

— É o meu novo passatempo. Especialmente se você estiver indo comprar lingerie.

Ri, corando de leve.

— Bem, eu devia — parece que não paro de perder a minha.

Ele deu uma risadinha.

— Vamos! Isso é divertido.

Sua felicidade transbordou e eu senti meu ânimo se elevar — seis horas ininterruptas com o homem que eu amava. Seis horas roubadas.

— Eu já te contei que eu era membro do clube de salva-vidas para surfe na escola? — disse ele, mudando de assunto.

Percebi que ele tinha algo em sua mente.

— Não, mas não fico surpresa com esse fato.

— Bem, minha gerente no trabalho, senhorita Perez, disse que eles vão me dar um certificado para RCP e Primeiros Socorros para eu poder ser um salva-vidas em treinamento na piscina. E eu posso começar a estudar para o curso de Mar Aberto também, embora não possa fazer o exame até ser maior de ida... até mais tarde. Isso vai facilitar para conseguir emprego em NY.

— Ah. Tudo bem.

— E eu andei pensando — prosseguiu ele rapidamente. — Se eu fizer um curso para personal trainer, eu poderia receber talvez 100 dólares por hora quando estiver qualificado. Sabe, enquanto você está colocando sua carreira de jornalismo nos eixos. Eu procurei por alguns apartamentos na internet: eles são bem caros. Eu não consegui encontrar nada por menos de 2.000 dólares por mês, a menos que moremos em um dos bairros mais distantes, e tomemos um trem ou a balsa para chegar ao trabalho ou à faculdade. É um pouco mais lento, acho, mas não muito mais barato. Porém, no final do verão, eu vou ter o bastante para o aluguel do primeiro mês seja lá aonde formos.

Ele olhou para mim, ansioso.

Uma onda poderosa de emoção me varreu. Aqui estava ele, com 17 anos, planejando o nosso futuro, determinado a fazer acontecer — e com que eu tinha contribuído? Nada. David guiara minha vida pelos últimos 11 anos; agora eu estava deixando, até mesmo esperando, que Sebastian fizesse o mesmo. Senti vergonha.

— O que você acha, Caro?

— Acho que você é extraordinário — falei, honestamente.

Ele piscou, surpreso pela minha resposta inesperada. Depois sorriu.

— Extraordinário, hein? Posso viver com isso. E você me chamou de "Deus" na outra noite, o que também foi legal.

— Eu gosto do seu plano — falei, ignorando deliberadamente a segunda parte de sua resposta. — Mas precisamos garantir que você também tenha tempo para seus cursos na faculdade. Não quero que você desista de uma educação universitária. Além disso, eu poderia procurar trabalhos de tradução ou talvez até ensinar italiano, aulas de conversação, nada muito formal, já que não sou uma professora qualificada.

— Bem, sabe, eu dei uma olhada nisso também. Você poderia ser uma tradutora para as cortes de NY; pode receber até 125 dólares por dia. As cortes federais pagam ainda mais. — Ele estendeu a mão e pegou a minha, beijando-a. — Mal posso esperar para ficarmos juntos.

Eu também.

— Bem, esse é definitivamente um plano. Se eu puder ganhar essa quantia de dinheiro... embora eles provavelmente não precisem tanto assim de intérpretes de italiano... mas mesmo assim... você está planejando se formar em Literatura Inglesa e em Italiano ao mesmo tempo?

— Claro!

— Você sabe o que quer fazer depois disso?

Ele assentiu devagar.

— Eu gostaria de ir para a Europa. Tenho essa visão de você e eu em uma moto viajando pela Itália. Não sei, ensinando inglês, colhendo uvas, eu não ligo. Nunca estive fora dos EUA.

— Isso parece maravilhoso! Poderíamos ir até Capezzano Inferiore, uma pequena vila nas colinas acima de Salerno, onde meu Papa nasceu. Eu sempre quis conhecer.

— Então nós vamos — disse ele, simplesmente.

Eu sorria de orelha a orelha, por dentro e por fora.

— Você tem família por lá? — indagou Sebastian, pensativo.

— Não tenho certeza... Alguns primos de segundo grau, acho. Por quê?

— Deveríamos tentar encontrá-los — disse ele. — Se eles são tão malucos quanto seu pai, seria muito divertido.

Eu ri alto, deleitada com a imagem que ele estava pintando. E decidi que, assim que voltasse para casa, começaria a planejar nossa fuga com rapidez — chega de sentar no banco de trás na minha própria vida.

— Ali está a placa para Westfield — avisou Sebastian, trazendo minha atenção de volta à estrada.

Peguei a rampa de saída e segui as placas.

O shopping era um esparramado de lojas de roupas e lugares para comer, com uma Sears em uma ponta e uma Macy's na outra.

— Por onde quer começar?

— Não faço ideia. Só quero que seja rápido.

— Pensei que todas as garotas gostassem de fazer compras...

— Não essa aqui.

— Você fica linda, não importa o que vista.

Eu o encarei.

— Você sempre diz as coisas mais meigas! Como consegue?

Ele encolheu os ombros e pareceu embaraçado.

— Que tal essa loja?

— Você está mudando de assunto.

Ele sorriu e me arrastou para o interior da loja.

— Posso ajudá-los, senhora, senhor?

Como essa era uma loja de roupas femininas, fiquei sem saber exatamente como a vendedora poderia ajudar Sebastian, apesar de que, pela expressão no rosto dela, eu podia fazer uma ideia. E, é claro, ela era mais nova que eu.

Um desejo insólito de violência súbita me inundou.

— Estou procurando por um vestido social — falei friamente. — Tamanho 38.

Ocorreu-me que nunca tinha sentido ciúmes de outra mulher olhando para David — talvez isso devesse ter me dito alguma coisa. Eu não conseguia separar o quanto do que eu estava sentindo tinha a ver com minhas próprias inseguranças. Não queria estragar o dia, então afastei o pensamento desagradável.

A vendedora escolheu dois vestidos e eu os levei para o provador.

Podia ouvi-la conversando com Sebastian através da cortina. Bem, podia ouvi-la tentando dar em cima dele.

— Você é da Base? — disse ela.

— Sim, mas...

— Você é, tipo, um piloto?

— Não, eu...

— Mas você é um Marine, certo?

Abri a cortina de súbito e a vendedora deu um pulo.

— Que tal esse, querido? — falei, fazendo algumas poses, tanto para ela quanto para Sebastian.

— Uau! Você está ótima, Caro!

Eu tinha a atenção total dele. Pela minha visão periférica, vi a vendedora fazer um biquinho. Humm, fazer compras estava se provando muito mais divertido do que eu esperara.

— Quer ver o outro vestido, meu bem? — falei, dando outra voltinha devagar.

— Sim!

Sorri e voltei para o provador, lançando um olhar para a vendedora, desafiando-a a retomar sua conversa com Sebastian. Sensatamente, ela declinou do desafio.

O segundo vestido era ainda mais justo e roçava o topo dos meus joelhos.

— Pode fechar o meu zíper, querido? — sussurrei pela cortina fechada, ainda desfrutando da minha performance.

Olhei por sobre o ombro para Sebastian, tentando bancar a sedutora. Só de estar ali, ele já me fazia sentir sexy. Sua expressão se aqueceu de imediato e repentinamente o pequeno espaço do provador pareceu ficar quente demais. Ele subiu o zíper com uma lentidão dolorosa, depositando um beijo suave sobre meu ombro nu.

— Você está linda, meu bem — disse ele, baixinho.

Subitamente, não estávamos mais fingindo. A vendedora tossiu, embaraçada.

— Como está o tamanho, senhora?

—Bom, obrigada.

— Está perfeito — disse Sebastian, em um tom grave.

Saí da loja em uma névoa. Sebastian insistiu em carregar a sacola e passou os dedos da mão livre em volta dos meus dedos moles.

— Quer almoçar?

— Sebastian, são só 11:15 hs!

— É, bem, eu estou com fome.

—Você nunca para de comer. Quando ficar mais velho, vai ficar enorme!

— Vou nada. Terei você para me manter em forma.

Deus do céu: eu esperava estar à altura do desafio. Umas poucas horas com Sebastian eram como ioga, pilates e aeróbica, tudo junto em um exercício delicioso.

— Donna falou que eu deveria pedir a Mitch para me ensinar a surfar — comentei, dissimulada.

Sebastian não ficou contente.

— Eu posso te ensinar! Você não precisa dele.

— Está fazendo beicinho para mim? — Eu ri. — Você está! Está fazendo beicinho.

Eu levei nossas mãos entrelaçadas até minha boca e beijei seus dedos.

— Estou só te provocando.

Ele ainda parecia magoado e eu acabei me arrependendo de tentar deixá-lo com ciúmes. Creio que tenha sido um toma lá, dá cá infantil — aquela vendedora havia me aborrecido mais do que eu estava disposta a admitir.

Mas não era justo descontar em Sebastian. Não era culpa sua se as garotas ficavam se jogando para cima dele.

– Vamos lá. Eu te compro café e uma rosquinha.

Ele acabou escolhendo um sanduíche de pastrami, alface e tomate no pão ciabatta, um café normal com duas doses de açúcar e uma rosquinha, conforme prometido. Eu tomei um expresso grande e assisti enquanto ele devorava a comida. Nossa conta de mercado em Nova York seria imensa.

– Para onde mais na Europa você gostaria de ir?

Ele engoliu seu bocado e bebeu um pouco de café enquanto pensava.

– Bem, todo lugar, mas eu queria mesmo era ir para o sul da Espanha, ver todas as coisas dos mouros. Eu vi uma foto do palácio de Alhambra uma vez, e parecia, sei lá, como algo das *Mil e Uma Noites*.

Fiquei surpresa e percebi como eu o conhecia pouco, seus sonhos e suas esperanças. Quanto mais aprendia, mais fascinada eu ficava.

– Você leu *As mil e uma noites?*

Ele inclinou a cabeça para olhar para mim.

– Você não se lembra, não é?

Fiquei confusa.

– Lembrar de quê?

– Você me deu esse livro para ler quando eu era pequeno. Eu devo ter lido isso umas 100 vezes. Eu pensava que você era a Sherazade.

Sherazade: a princesa que contava uma história diferente toda noite para impedir que o rei a decapitasse. Eu não gostei muito da comparação. Exceto pelo fato de que ele se apaixonara e se casara com ela.

– Só porque você era uma contadora de histórias tão sensacional – disse Sebastian, intuindo minha reação. – Acho que não fiquei surpreso por você ter se tornado uma escritora.

Sorri com valentia.

– Estou tentando me tornar uma escritora.

– Você vai conseguir – disse ele, com certeza colorindo sua voz. – Já é.

Lutei para conter as lágrimas que ameaçavam me trair. Seu encorajamento, sua certeza de que eu tinha a habilidade para alcançar meu sonho, significavam mais para mim do que eu poderia expressar.

– E você? – falei, tentando soar natural. – Depois da nossa viagem...

Ele deu de ombros.

— Não sei. Minha mãe e meu pai sempre esperaram que eu seguisse a carreira militar.

— É isso o que você quer fazer?

Consegui reprimir um arrepio ao pensar em voltar a viver em bases militares.

— Não, acho que não. Digo, algumas partes seriam ótima — mas eu gostaria de viajar.

— Viajar não é um emprego — falei, rindo. — A menos que queira trabalhar em um navio de cruzeiro.

— Talvez — disse ele, sorrindo. — Você poderia ser uma escritora de viagens e eu vou... carregar as suas malas.

— Parece um plano.

Ele se inclinou e me beijou de modo que eu senti o sorriso em seus lábios. Esse beijo foi, de alguma forma, diferente: mais relaxado, menos desesperado; apenas doce e amoroso. Afaguei o rosto dele, que suspirou, feliz, apoiando-se em minha mão.

— Já sei — disse ele, sentando-se de repente. — Vou te levar para surfar. Você disse que queria aprender...

— Não, não! Foi Donna quem disse que eu deveria...

— Você é medrosa?

— Sim! E a água é fria demais.

Ele riu.

— Foi por isso que inventaram as roupas de mergulho. Você vai ficar bem. Eu sei de um lugar a norte de La Jolla onde podemos alugar o equipamento. Vamos! Ainda temos umas duas horas. Você pode me deixar no trabalho na volta. Temos tempo.

Eu realmente não tinha vontade nenhuma de mergulhar nas águas geladas do Pacífico, mas seu entusiasmo era contagiante. Talvez fosse sua impetuosidade me contaminando, seu interminável gosto pela vida. Talvez eu simplesmente não tivesse mais medo de viver.

— Certo, vamos lá!

Abandonamos o carro perto de um quiosque de surfe com aparência rota, encarapitado precariamente sobre uma pequena enseada escondida. A água era turquesa; eu imaginei que fosse a cor do Mediterrâneo e me perguntei se isso era algo que eu chegaria a ver algum dia — o mar próximo ao qual meu Papa vivera quando criança.

— Ei, cara — disse o dono do quiosque. — Faz tempo que não te vejo.

Eu me senti imediatamente ansiosa. Não tinha me ocorrido que Sebastian fosse me levar para algum lugar onde o conheciam. Meus olhos voltaram-se para ele nervosamente e ele apertou minha mão para me reconfortar.

— Sim, pode nos arrumar um par de *shorties*, *rashies* e uma prancha de espuma?

— Claro, cara. Entre aí.

Sebastian deixou o dono ir na frente e então murmurou no meu ouvido:

— Não se preocupe; ele diz isso para todo mundo. Ele não faz ideia de quem eu sou. Está tudo bem.

Tentei relaxar, mas o disparo de adrenalina ainda percorria meu corpo. Sorri debilmente.

O dono nos analisou com conhecimento de causa e entregou duas roupas de mergulho curtas, duas camisetas *rashies* para vestir por baixo do neoprene e uma prancha grande de surfe de espuma pesada e coberta. Fiquei contente ao ver Sebastian enfiando-a debaixo do braço — era grande demais para eu conseguir carregá-la com facilidade.

— São 20 paus — disse o dono.

Antes que eu pudesse impedi-lo, Sebastian tirou sua carteira e entregou ao sujeito duas notas.

— E vou precisar de um cartão de crédito por segurança, cara.

Os olhos de Sebastian voltaram-se para mim, inseguros. Eu sabia que ele não tinha um cartão de crédito e não gostava muito da ideia de entregar um dos meus em que se lia sra. Carolina M. Wilson.

— Que tal se nós te dermos a chave do carro? — disse Sebastian, pensando rápido. — Estamos estacionados bem ali.

Ele apontou para meu velho Ford.

— Cara, aquela merda ali não vai pagar por nada!

— Ah, o que é isso! O que nós vamos fazer? Fugir correndo pela estrada carregando uma prancha de espuma?

O dono levantou as mãos, derrotado.

— Certo, certo, mas só porque a sua namorada tem um sorriso tão bonitinho, cara!

Eu agradeci rapidamente, enquanto arrastava um Sebastian subitamente zangado porta afora.

— Ele estava dando em cima de você — resmungou ele.

— Estava nada.

— Estava, sim.

Chacoalhei a cabeça, achando graça.

— Você vai me ensinar a surfar agora ou o quê?

Sebastian sorriu. Não precisava de muita coisa para deixá-lo de bom humor — que diferença para David.

Nenhum de nós tinha equipamento de natação. Eu apenas puxei a roupa de mergulho por cima de minha calcinha e soltei o sutiã quando vesti a camiseta *rashie*, ficando semivestida. Sebastian assistiu a tudo, fascinado. Eu não pensei que merecesse um escrutínio tão minucioso. Ele flagrou minha expressão e piscou, vestindo sua roupa de mergulho emprestada por cima de uma cueca cinza apertadinha que logo fez minha mente vaguear.

Ele levou a prancha até a areia e me deu uma rápida aula de como me levantar usando um movimento de balanço. Ele fez parecer fácil — provavelmente tinha algo a ver com sua força no tronco, tão bem desenvolvida.

A prancha pesada para iniciantes era coberta de espuma macia para ajudar a evitar ferimentos entre os não iniciados, mas também estava impregnada de areia, e as palmas de minhas mãos logo começaram a ficar doloridas.

— Você está pegando o jeito — disse Sebastian, de modo encorajador. — Vamos tentar algumas ondas: eu vou te empurrar para elas e dizer quando ficar de pé.

As ondas na enseada eram pequenas e bem ordenadas: perfeitas para aprender. Deitei-me de barriga para baixo na prancha e senti a água fria respingar ao meu redor.

— Prepare-se! Reme, reme, reme. Agora.

Sebastian me empurrou para uma onda pequena e, enquanto a prancha começou a afundar na água esverdeada, eu fiquei de pé, vacilei por alguns metros e então caí de lado. Consegui fechar a boca, mas senti a água marinha subir pelo meu nariz. Minha cabeça emergiu enquanto eu tossia e esfregava os olhos. Meu cabelo comprido pendia como algas marinhas sobre meu rosto.

Sebastian estava rindo, mas olhava orgulhosamente para mim.

— Uau, Caro! Você acaba de pegar sua primeira onda! Aquilo foi fantástico!

Ele beijou meu rosto salgado e me abraçou com força enquanto a água se agitava ao redor de nossas cinturas.

— Tente outra vez!

Passamos outra hora brincando no mar e, no final, eu consegui me manter numa onda por vários segundos, até mesmo dando uma voltinha.

Sebastian não ficou entediado, nem gritou comigo ou mostrou qualquer sinal de impaciência. Eu estava levemente chocada e também exultante.

— E então, gostou de ser surfista? — disse ele, sorrindo orgulhosamente para mim.

— Adorei, mas estou exausta. É quase tão cansativo quanto passar a noite com você — provoquei-o.

Ele riu, feliz, depois suspirou.

— Eu gostaria de fazer isso de novo, mas não podemos, não é? Não por algum tempo ainda. — Ele franziu o cenho e olhou para o sol, os olhos espremidos. — Tenho que ir trabalhar em breve; é melhor voltarmos.

Não havíamos planejado nossa ida à praia para surfar, então eu não tinha uma toalha no carro. Em vez disso, tivemos que vestir as roupas de volta por cima do corpo úmido e salgado, e meu cabelo pingava água gelada sobre os ombros.

Colocar as roupas foi mais fácil para mim, já que estava usando uma saia, mas desfrutei de um show particular enquanto Sebastian tirava sua cueca escondido apenas parcialmente pela porta do carro e agarrava seu jeans. Eu amava observar como seus músculos se flexionavam e deslizavam sob a pele dourada, o jeito como a calça caía da cintura, pendurando-se sobre seus quadris, e a maneira como duas linhazinhas surgiam entre suas sobrancelhas quando ele se concentrava em alguma coisa.

Ele sorriu ao me ver observando-o e, com lentidão deliberada, puxou a camiseta sobre o peito úmido, o tecido desbotado agarrando-se a ele.

Eu queria muito tornar a tirá-la, mas ele precisava ir trabalhar e eu queria passar duas horas trabalhando na minha próxima história para o *City Beat*.

Decidi escrever sobre como era para as famílias de militares se mudar pelo país, indo de base em base. Eu tinha alguma experiência naquilo e sabia que Donna havia morado em pelo menos três outros estados e, com Johan, estivera em destacamentos em países estrangeiros duas vezes já, com a possibilidade de outro período na Alemanha no horizonte.

— Hora de voltar para o mundo real — disse Sebastian, melancólico. — Talvez eu a veja hoje à noite?

— Espero que não — respondi, sincera.

Sebastian pareceu magoado.

—É difícil demais agir normalmente quando você está por perto — expliquei com carinho.

Ele assentiu lentamente.

— Eu sei o que você quer dizer... mas ainda assim, gostaria de te ver.

Suspirei e balancei a cabeça.

— Bem, posso ir até a sua casa amanhã?

— Sebastian, acho que não. Você sabe como são as pessoas aqui... Tudo que precisamos é de alguém te ver entrando ou saindo. Ou alguém vir até a porta porque viu meu carro na entrada e eu... nós...

Ele sabia do que eu estava falando, assim como conhecia tão bem quanto eu quais riscos eram aceitáveis e quais não. Estávamos criando as regras ao longo do caminho, mas ainda havia regras.

— Quando é que eu *posso* te ver? — indagou ele, emburrado.

— Ainda estou livre amanhã. Talvez possamos surfar de novo?

— Eu quero fazer amor com você, Caro — resmungou ele, olhando para meus dedos, que ele apertava entre os seus.

Respirei fundo enquanto as chamas conhecidas do amor e da luxúria me queimavam por dentro.

— Nós poderíamos encontrar um motel — falei, suavemente.

Ele me fitou, os olhos arregalados.

— Está falando sério?

— Sim — falei. — Eu também quero estar com você.

Ele fechou os olhos e respirou fundo, um sorriso glorioso se espalhando por seu rosto.

Puxando-me para um abraço, ele inclinou a cabeça para o meu pescoço. Eu ergui a mão e afaguei seu cabelo, que já estava quase seco.

Deixei-o no final da longa entrada para o Country Club e observei enquanto ele acenou uma vez, correndo pela calçada e saindo de vista.

Voltei para casa com o sol batendo forte e todas as janelas do carro abertas. Um breve olhar no espelho me disse que eu parecia uma mulher das cavernas, com cabelo louco e salgado pendendo em mechas. Não sei como Sebastian conseguiu não rir de mim.

Tomei um banho rápido e sentei-me de robe para digitar as primeiras centenas de palavras do meu artigo, mantendo um olho atento para a volta de David.

Assim que escutei seu carro na entrada, fechei o laptop e fui até o quarto para ao menos fingir que tinha passado algum tempo me preparando. David imaginava que todas as mulheres levavam horas fazendo penteados e maquiagem antes de sair – era um de seus estereótipos favoritos. Muito útil quando eu queria uma meia hora extra de paz e silêncio.

Coloquei o vestido novo, lembrando do olhar abrasador de Sebastian quando ele fechara o zíper. Era feito em um *chiffon* macio flutuando por cima de top e saia justos; tão simples que era quase severo, mas também elegante e sofisticado.

Peguei a gargantilha simples de ouro que meu pai me dera e combinei-a com um par de brincos de argola douradas.

Estava levantando meu cabelo para prendê-lo quando David entrou no quarto.

Ele parou e deu uma segunda olhada.

– É isso?

– Meu vestido novo? Sim.

– Nós vamos sair para um jantar, Caroline, não para um funeral.

Antigamente, suas palavras teriam me magoado; essa noite, eu apenas o encarei pelo espelho, impassível.

– É um clássico vestidinho preto, David.

– É entediante.

– É tudo o que eu tenho.

Ele fechou a cara.

– Puta que o pariu, Caroline. Eu preciso supervisionar tudo o que você faz? Você não consegue nem comprar a porra de um vestido que seja apropriado para um jantar.

Eu não respondi. Não havia motivo. Infelizmente, isso significava que a noite agora começaria com um tom estranho. Torci para que ele conseguisse esconder seu aborrecimento dos Vorstadt — não queria que Donna me enviasse mais olhares de piedade.

O carro de Johan chegou do lado de fora com a típica precisão militar. David vestia um terno azul escuro, com uma gravata combinando. Se não fosse por sua expressão azeda permanente, ele seria bonito.

Johan saiu do carro para abrir a porta e piscou quando me viu.

— Boa noite, Caroline, David.

— Olá, Johan. Oi, Donna.

— Caroline, querida. Você está maravilhosa! — elogiou Donna. — Johan, ela não está fantástica?!

— Eu que o diga! — concordou Johan, entusiasticamente.

Vi David franzir o cenho. Essa seria uma longa noite.

David sentou-se na frente com Johan, enquanto Donna e eu conversávamos no banco de trás. Eu interroguei-a sem piedade sobre suas experiências de mudanças pelo país, explicando que era para um artigo novo.

— Posso apresentá-la para algumas das outras esposas — disse ela. — Bem, você já conhece Shirley Peters. Ela se mudou ainda mais do que eu.

— Eu só falei com ela ao telefone, nunca cheguei a encontrá-la pessoalmente — admiti.

— Vou arranjar algo — disse ela. — Shirley também é sócia do Country Club. Por que não nos encontramos todas lá amanhã à tarde? Eu dirijo.

Ah, não! Amanhã não — eu havia prometido a Sebastian.

— Pode ser na sexta-feira? Eu tenho uma ou duas coisas planejadas para amanhã.

— Mas é claro! Eu vou ligar para Shirley e combinar tudo.

Peguei-me ansiosa por esse encontro e curiosa para conhecer a esposa de Mitch. O fato de que David estaria dividido entre sua desaprovação de Shirley e sua vontade de encorajar minha amizade com Donna apenas acrescentou ao meu prazer. *Mas como diabos eu conseguiria atravessar os próximos três meses e meio com esse homem?*

Primeiro, precisávamos atravessar o jantar.

Johan galantemente ofereceu-me seu braço enquanto subíamos os degraus da entrada, para a grande diversão de Donna e emburrada irritação de David.

O *maître* se alvoroçou ao redor de nossa mesa, puxando cadeiras para Donna e para mim antes de apresentar nosso garçom para aquela noite – um rosto familiar que sorriu para nós.

– Oh, olá, Ches! – disse Donna, simpática. – Que boa surpresa! Então você vai ser o nosso garçom. Como vai?

– Muito bem, obrigado, sra. Vorstadt. – Em seguida ele se voltou para Johan. – Olá, senhor. Oi, Caroline! – cumprimentou ele, sorrindo para mim.

Eu sorri de volta.

– Oi, Ches, como...

Entretanto, antes que eu pudesse terminar a frase, David disparou:

– O nome dela é "sra. Wilson".

O sorriso de Ches desapareceu, enquanto Donna e Johan pareceram envergonhados.

– David – falei, suavemente. – Eu já conhecia o Ches: ele e seu pai foram muito gentis em me ajudar com meu artigo sobre surfe.

– Eu sei quem ele é, Caroline – disse David, cortante. – E não é apropriado que ele se dirija a você pelo seu nome.

Donna escondeu uma expressão de desgosto atrás do cardápio e eu vi uma expressão dura passar pelo rosto de Johan. David havia se ferrado muito dessa vez. Eu não me importava com isso, porém fiquei mortificada pelo modo como ele havia tratado Ches.

– Talvez você possa nos dizer quais são os especiais de hoje, Ches – disse Donna, friamente.

– Claro, sra. Vorstadt – disse Ches, com um tom humilhado.

Fizemos nossos pedidos e eu tentei pensar em uma forma de me desculpar pela rudeza estarrecedora de David.

– Aliás, Ches – falei –, o artigo sobre surfe será publicado pelo *City Beat* amanhã. Haverá uma foto sua e uma do seu pai nele. Vou comprar um exemplar para cada um de vocês. Pode dizer ao seu pai por mim? E para Sebastian e Fido. Eu nunca descobri o nome verdadeiro dele.

Ele sorriu para mim.

– Tudo bem, obrigado, sra. Wilson, eu farei isso.

Ele se afastou sorrindo, mas David franziu os lábios.

– Não seja amistosa demais com os atendentes, Caroline.

— Ele é nosso vizinho — disse Donna, arqueando as sobrancelhas para destacar a declaração.

— É claro — disse David, após uma pausa.

Johan pigarreou e lançou um olhar de alerta para sua esposa.

Foi um espanto que nós todos não tivéssemos indigestão antes mesmo de começar. Nesse momento, a pessoa que serviria o vinho chegou e a conversa se tornou uma discussão sobre como os tintos do Novo Mundo se comparavam aos do Velho Mundo. Mantive minha boca firmemente fechada — agora não era a hora de irritar David ainda mais.

Johan escolheu um Merlot suave da Califórnia e pediu uma jarra de água gelada.

Nossas entradas levaram bastante tempo para chegar e os olhos de Johan começaram a se voltar repetidamente para a cozinha. O *maître* veio se desculpar, dizendo que dois integrantes da equipe haviam adoecido de repente e que estavam com pouco pessoal, mas tentando remediar a situação.

Foi quando eu vi Sebastian.

Ele não estava em seu uniforme habitual de assistente esportivo; em vez disso, usava calças pretas, uma camisa social branca e uma gravata borboleta preta. Caminhava resolutamente até nossa mesa, carregando uma cesta cheia de pãezinhos.

Não! Não! Merda!

E então eu tive que suportar o espetáculo pavoroso de meu amante servindo meu marido, enquanto eu tentava me impedir de sair correndo e gritando.

Donna sorriu enquanto eu estudava meu guardanapo de linho.

— Olá, Sebastian. Nós já vimos Ches essa noite. Parece que vocês, rapazes, estão cuidando de tudo hoje.

Eu não ousei levantar os olhos para ver seu rosto, porém sabia, por sua voz, que ele estava nervoso enquanto tentava rir.

— Não mesmo. Estamos apenas com uma equipe muito reduzida — eu nunca fiz isso antes.

— Tenho certeza de que vai se sair bem, querido. Você está muito bonito, não é, Caroline?

Minha cabeça se ergueu de repente ao som do meu nome.

— Ah, sim. Muito.

Houve uma pausa que me pareceu longa o bastante para o mundo se acabar.

— Você gostaria de um pouco de pão? — disse Sebastian, desajeitado.

Balancei a cabeça enquanto David estendeu a mão para pegar dois pãezinhos. Donna também recusou, mas Johan parecia faminto o suficiente para comer todos os pães e a cesta também. Por sorte, Ches estava logo atrás, trazendo nossas entradas. Eu não sabia como iria comer qualquer coisa, meu estômago cheio de nós. E ainda não tinha conseguido olhar para Sebastian.

Os homens se lançaram sobre a comida com ímpeto. Olhei para cima e vi Donna me dar uma piscadinha; eu não fazia ideia a que ela estava se referindo, mas tentei responder com um sorriso; provavelmente, apenas pareci enjoada. De soslaio, podia ver Sebastian atendendo outras mesas e Ches correndo de um lado para o outro.

— Pergunto-me se esses dois rapazes vão se alistar — disse Donna, matutando em voz alta. — Sabe como é, seguir as pegadas dos pais.

— O menino dos Hunter vai — disse David, confiante. — Donald pessoalmente me falou. Estelle o convenceu a deixar o menino passar um ano na faculdade antes — comentou, com um ruído de desprezo —, mas isso é tudo o que ele está disposto a pagar; depois disso, o menino vai se alistar.

— Isso parece um tanto duro — disse Donna, franzindo o cenho. — Eles certamente permitiriam que ele se formasse, uma vez que tenha começado, não?

David deu de ombros. Ele não estava lá muito interessado.

Fiquei chocada mais uma vez pela insensibilidade de Donald e Estelle; eu sabia que Sebastian não estava ciente desse plano. Fiquei ainda mais determinada que ele se formasse se eu tivesse algo a ver com isso.

A conversa passou para outras pessoas que conhecíamos em comum e para mim, pelo menos, esse era um território mais seguro.

— Onde você comprou esse vestido fabuloso, Caroline? — indagou Donna, enquanto Ches retirava os pratos da entrada.

— Westfield, fui para lá hoje cedo.

— Ah, quisera eu ter sabido! Eu estava lá essa manhã também. Poderíamos ter ido juntas. Que pena que não te vi.

Estremeci por dentro ao pensar no que havia evitado por tão pouco.

— Não sei por que ela tinha que escolher preto — reclamou David. — É tão funéreo.

Donna o encarou estarrecida, voltando então seus olhos para mim, cheia de compaixão. Eu desviei os meus e peguei Sebastian me fitando. Ele parecia com raiva — obviamente, havia escutado o comentário maldoso de David.

— Você tem algum plano para o período em que David estiver fora? — disse Donna.

— Como é?

— Enquanto ele estiver na conferência... sabe, o simpósio sobre cirurgia torácica, em Dallas?

Encarei-a, perplexa.

— Pelo amor de Deus, Caroline! — resmungou David. — Qual é o sentido de eu preencher uma agenda, se você nunca olhar para ela?

— Quando você vai?

— Eles vão partir na noite de sexta e voltarão no domingo à noite — acrescentou Donna, prestativa.

Johan assentiu para David.

— Você já leu os trabalhos?

Eu mal escutei enquanto eles discutiam os planos — minha mente estava correndo por todas as maneiras como eu podia passar minhas 48 horas de liberdade.

— O que você vai fazer com seu tempo, Caroline? — perguntou Donna.

— Ah, eu não sei. Acho que vou me dedicar à minha escrita.

— E você vem para o churrasco na praia no domingo?

Ela imediatamente respondeu à minha expressão de incompreensão.

— É para todas as famílias em serviço. Geralmente é bem divertido e, como você vai estar sozinha... por favor, diga que vai.

Com todos me encarando, eu não tive escolha.

— Sim, claro que vou — falei.

Era como se algum elevador interno estivesse subindo e descendo a toda velocidade com sua carga de emoções — da exultação ao pensar em David longe por duas noites, para a depressão porque horas preciosas em que eu poderia estar com Sebastian seriam desperdiçadas em um piquenique militar. Alguém certamente tinha um senso de humor bem ruim.

★ ★ ★ ★

Eu me demorei de propósito ao me preparar para a cama após voltarmos do Country Club. Torcia para que, se me demorasse o suficiente, David já tivesse pegado no sono quando eu deslizasse entre as cobertas. Até então eu conseguira evitar outros confrontos sobre sexo, mas eu sabia que era só uma questão de tempo até que David insistisse em seus "direitos conjugais".

Fechei a tampa da privada e me sentei com a cabeça entre as mãos. Eu não podia continuar assim; o estresse começava a me afetar, e só haviam se passado três semanas. *Isso era tudo o que foi necessário para minha vida mudar tão completamente?* Eu não havia sido feita para a infidelidade. Ou talvez fosse simplesmente o comentário de Donna sobre estar no shopping ao mesmo tempo que nós que fizera meu nível de ansiedade atingir seu auge.

As escolhas eram duras: deixar David e começar com os procedimentos de um divórcio — ficar longe de Sebastian por mais 13 semanas e torcer para que ninguém somasse dois mais dois; ficar, e economizar dinheiro da minha escrita para que pudéssemos desaparecer em NY juntos no final de setembro — e torcer para que ninguém somasse dois mais dois. De qualquer maneira, as pessoas descobririam a verdade quando ambos desaparecêssemos ao mesmo tempo. Eu torcia para que, assim que Sebastian tivesse 18 anos e não houvesse nenhuma *prova* de algo errado, eles nos deixassem em paz. Esse era o meu grande plano. E o dinheiro seria um problema. David recebia seu salário em uma conta poupança e me dava 1.000 dólares por mês para o mercado, abastecer meu carro e as contas domésticas. Era apenas suficiente. Eu não tinha nenhum dinheiro meu. Quando tinha meu emprego na Costa Leste, David insistiu para que meu pagamento entrasse na conta comum. Foi assim que ele falou, embora eu nunca mais visse o dinheiro de novo. Eu nem sabia quanto havia em nossa poupança. Que confissão humilhante.

Entretanto, se eu pudesse publicar um artigo no *City Beat* toda semana pelos próximos três meses, teria mais de 4.000 dólares —o suficiente para sete ou oito semanas de aluguel em NY. Seria apertado, mas pensando bem, quanto custava a liberdade?

Apesar do fato reconfortante de a idade para consentimento em Nova York ser de 17 anos, tentei não me demorar nesse pensamento. Não mudava o fato do que fizera na Califórnia, e o que eu planejava continuar fazendo.

O som retumbante dos roncos de David atravessaram meus pensamentos sombrios; era seguro ir para a cama.

Deslizei cuidadosamente entre os lençóis e tentei pensar positivo. Amanhã era um novo dia: meu primeiro artigo profissional seria publicado – e eu tinha uma promessa a cumprir para Sebastian.

CAPÍTULO 9

BUSQUEI SEBASTIAN em nosso cantinho especial, perto do parque, e saí rapidamente. Ele estava extraordinariamente quieto.

—Você está bem?

Ele encolheu os ombros.

Eu esperava que ele não permanecesse emburrado por muito tempo – eu já tive bastante disso em minha vida, em especial de David, nas últimas 24 horas.

– Sebastian, fale comigo!

Ele suspirou.

– Eu *odiei* ver você com aquele cretino na noite passada. Como você pode aguentar?

Empalideci com a raiva em sua voz.

– Eu me acostumei ao longo dos anos – falei, baixinho. – Mas está ficando mais difícil.

Pude sentir os olhos de Sebastian sobre mim enquanto dirigia.

– Desculpe-me – resmungou ele.

Foi minha vez de dar de ombros. Ele não precisava se desculpar – se a culpa era de alguém, esse alguém era eu.

– Preciso comprar meia dúzia de exemplares do *City Beat*. Meu artigo foi publicado hoje, e você e Ches estão nele.

– Ah, é! Mal posso esperar para ver isso! – disse ele, soando mais feliz.

Estacionei em uma loja de conveniência e ambos descemos, correndo até a banca de revistas, subitamente mais leves.

Abri um exemplar do jornal, meu coração batendo acelerado de empolgação. Eu não precisei procurar muito – meu artigo estava impresso na página cinco com uma foto enorme de Sebastian, Mitch, Bill, Ches e Fido.

Senti uma pontada no peito encarando a foto de Sebastian. Na imagem, seu cabelo descolorido pelo sol ainda estava comprido e ele parecia a epítome da juventude despreocupada. Eu a tirara poucas horas antes de seu pai cortar brutalmente seu cabelo, e apenas algumas horas antes de dormirmos juntos pela primeira vez.

Todavia, também senti uma grande onda de orgulho – ver o artigo impresso com meu nome embaixo era a primeira impressão de realização que eu tinha desde conseguir meu diploma na escola noturna, três anos atrás.

– Eles soletraram seu nome errado – disse Sebastian, franzindo a testa.

Li a página rapidamente.

– Onde?

– Ali – disse ele, apontando para a letra pequena e em negrito sob a chamada.

– Não, está correto – falei, olhando intrigada para ele.

– Seu nome é "Carolina", não "Caroline"?

– Carolina é a versão italiana – falei com suavidade, enfatizando a vogal longa no meio. – David, assim como minha mãe, prefere a versão anglicizada, mas o nome em minha certidão de nascimento é Carolina Maria.

Não pude evitar notar que os lábios de Sebastian estavam pressionados e os nós de seus dedos estavam brancos onde ele segurava o jornal.

– Por que você está tão aborrecido? – perguntei, hesitante.

Sebastian respirou fundo.

– Aquele desgraçado tirou tudo de você – rosnou ele –, até mesmo o seu nome!

Suspirei.

– Isso não é totalmente verdade, Sebastian. Tudo o que ele fez foi porque eu permiti. – Olhei ao redor, nervosa. – Este não é o melhor lugar para ter essa conversa. Deixe-me comprar os jornais e vamos embora. Por favor.

Sebastian esperou do lado de fora enquanto eu pagava por seis exemplares.

Quando saí com meus jornais debaixo do braço, ele apoiava-se contra a parede de tijolos com os olhos fechados. Fitei-o ansiosamente.

Ele abriu os olhos e voltou-se para mim, forçando um sorriso em seus lindos lábios.

— Venha, vamos celebrar seu primeiro artigo, srta. Repórter!

Sorri de volta para ele, aliviada pela tentativa de aliviar os ânimos.

— Temos outra coisa a comemorar. David vai viajar para um simpósio médico. Ele sai na sexta à noite e só volta no domingo à noite.

Um sorriso enorme e genuíno se espalhou pelo rosto de Sebastian.

— *Duas noites?!*

Não consegui conter um riso frente à felicidade óbvia dele.

Sem aviso, ele me puxou para seus braços, apertando-me contra seu peito. Meu braço livre envolveu o pescoço dele e eu puxei sua cabeça mais para baixo. Seus lábios eram macios e quentes, seu beijo, meigo e gentil. E então senti seus lábios se separarem e sua língua penetrar minha boca. Estremeci de desejo e pude sentir sua excitação crescente através da calça jeans.

Tentei me lembrar de que estávamos em público; com relutância, afastei-o de mim.

— Vamos para um hotel... como você disse antes.

A voz dele estava grave e áspera, e ele esfregou as mãos pelo cabelo curto com evidente frustração. Contudo, antes que eu pudesse responder, ouvi alguém chamando o nome dele.

Virei a cabeça e vi Ches caminhando até nós; meu rosto corou de culpa. *Quanto ele havia visto?*

— Oi, cara! E aí? Oi, sra. Wilson.

Tentei sorrir.

— Olá, Ches. E por favor, me chame de Caroline. Desculpe por tudo que houve na noite passada. Espero não ter envergonhado você.

Ele franziu a testa um pouco, depois acabou rindo.

— Nah, *você* não me envergonhou. Está tudo bem.

Em seguida ele se voltou para Sebastian, uma expressão curiosa no rosto, os olhos movendo-se entre nós dois.

— O artigo de Caroline foi publicado — disse Sebastian, apontando para a pilha de jornais ainda presa debaixo do meu braço esquerdo.

– Eu ia entregá-los – falei, sorrindo com mais naturalidade –, mas agora vocês dois estão aqui.

Entreguei um exemplar para Ches e outro para Sebastian.

– Legal! – disse Ches. – Papai vai ficar doido quando vir isso!

– Também comprei exemplares para Bill e Fido. Vocês podem entregar esses para eles, por favor? – Entreguei os exemplares para Ches. – Aliás, qual é o nome *real* de Fido?

Ches riu.

– É Arnold. Mas não o chame assim, porque ele não vai responder e vai querer arrebentar minha cara se descobrir que fui eu quem contou.

Ele concentrou-se em Sebastian.

– E então, o que você anda fazendo, cara? Eu vou sair agora e surfar um pouco antes do trabalho. Eles provavelmente vão querer que a gente entre cedo porque a equipe de garçons avisou que está doente, e eles ainda estão com pouco pessoal. Enfim, é mais dinheiro para a gasolina da van. Quer dar uma conferida nas ondas ou está *ocupado* de novo?

Houve uma pausa breve e desconfortável.

– Bem, divirtam-se, vocês – falei, forçando um sorriso. – Tenho algumas tarefas para cumprir.

– Você vai para o clube mais tarde? – perguntou Sebastian, um pouco rápido demais.

Vi os olhos de Ches voltarem-se para ele.

– Ah... Eu não sei. Ainda não sou sócia, e embora Donna Vorstadt tenha sugerido que nós fôssemos até lá para um café, mas não sei se isso era para hoje ou amanhã. Talvez eu veja vocês dois mais tarde. Ciao.

Tentei passar uma mensagem com minhas palavras cuidadosas, mas era difícil dizer se ele havia entendido: Sebastian parecia furioso.

Afastei-me com meu exemplar do *City Beat* debaixo do braço enquanto meu estômago brincava de amarelinha.

Senti-me espoliada: eu havia contado com algumas horas com Sebastian e elas tinham sido arrancadas de mim. No entanto, eu também não desperdiçaria meu tempo; não mais.

Peguei meu celular e disquei o número do *City Beat*.

– Alô, aqui é Caroline Wilson. Posso falar com Carl Winters, por favor?

Colocaram-me na espera por alguns segundos antes que eu ouvisse a voz do editor.

– Oi, *Carolina*, como vai?

Ele pronunciou meu nome ao estilo italiano, como em meu artigo.

– Bem, obrigada, sr. Winters. Eu queria dizer que achei que o artigo ficou muito bom. Muito obrigada por me dar essa oportunidade.

– De maneira alguma, e por favor, me chame de Carl. Eu ia telefonar para você. Tem alguma coisa para o próximo número?

– Tenho, sim. Já escrevi 1.500 palavras sobre o trabalho do hospital da Base, e quase terminei um artigo sobre as famílias militares e como é para elas se mudarem tantas vezes. Esse pode sair um pouco mais longo, se estiver tudo bem. Para esse, tenho algumas entrevistas marcadas com outras esposas.

– Excelente! Pode enviá-los por e-mail para mim ou, melhor ainda, pode vir até o escritório? Seria muito bom conhecê-la pessoalmente.

Tomei uma decisão rápida.

– Estou livre agora. Eu poderia estar aí em 30 minutos, se estiver tudo bem para você.

– Ótimo! Fico no aguardo da sua visita, Carolina.

Em seguida, liguei para Donna.

– Oi, Donna, é Caroline.

– Oi! Como vai?

– Bem, obrigada. Eu só queria agradecer pela noite de ontem. Foi... muito agradável.

Ela riu.

– Fico contente que tenha se divertido. Johan gostou muito do seu vestido – acho que eu deveria ficar com ciúmes.

Eu ri, um tanto desconfortável.

– Eu estava me perguntando se você e Shirley estão livres para um café hoje à tarde, que tal?

Ela soou surpresa.

– Eu estou livre, mas vou ter que conferir com Shirley.

– É que eu vou entrar em uma reunião com o editor do *City Beat* agora e seria ótimo poder dizer a ele que tenho outro artigo quase pronto.

– Uau! Isso é ótimo! Bom para você, Caroline. Olha, deixe eu ligar para Shirley e eu já respondo.

★ ★ ★ ★

Os escritórios do *City Beat* abrigavam-se em um prédio art deco de *stucco* laranja a dois blocos da Lincoln Avenue. Eu consegui estacionar perto de lá e entrei apressadamente com meu laptop e bloco de anotações. Decidi mostrar a Carl algumas de minhas fotografias da vida na Base. Eu sabia que eram bastante amadoras, porém havia três ou quatro delas que eu julgava terem saído boas.

Enquanto entrava na recepção, ouvi meu fone bipar. Havia uma mensagem de texto da Donna, combinando o café no Country Club, e duas chamadas perdidas de Sebastian.

Eu enviei uma mensagem para ele rapidamente.

[Oi, reunião no City Beat. Muito empolgante.
Vou me encontrar com Donna e Shirley no cc às 15 hs.
Espero te ver. Mas o fds é só nosso]

Desliguei o celular e me apresentei para a recepcionista alegre.

Carl Winters era muito mais novo do que eu esperava – na verdade, ele provavelmente era só uns dois anos mais velho que eu. Aqui estava ele, administrando todo um jornal em uma grande cidade. Isso me fez sentir inadequada. Porém, ele era amigável e pareceu se esforçar para me deixar à vontade.

— É bom finalmente conhecê-la, Carolina – disse ele, apertando minha mão. – Já recebemos respostas muito positivas sobre o artigo. O que mais você tem para mim?

Abri meu laptop antigo e, enquanto ele terminava o ciclo para ligar, Carl começou a me fazer perguntas a meu respeito. Eu respondi a três ou quatro antes de me ocorrer que eu estava sendo entrevistada.

— Há quanto tempo você é uma esposa de militar?

— Onze anos.

— Onze! Você deve ter sido uma noiva criança.

— Bem, não exatamente, mas bastante jovem, acho. Eu sei que não está na moda hoje em dia, embora ainda se encontre isso com mais frequência entre os militares, acho.

— E por que você acha que é assim?

— Regras! – falei, rindo. – Se você quer poder seguir seu cônjuge pelo país, tem que se casar primeiro. Ou, caso queira viver em pecado, tem que morar fora da Base.

— É bastante diferente da vida civil, não? – comentou ele, pensativo.

— De todas as maneiras, pequenas e grandes – concordei.

Eu mostrei a ele o artigo sobre o hospital da Base e ele assentiu enquanto lia, o que eu tomei como um sinal positivo. Depois mostrei-lhe minhas fotografias.

— Elas são muito boas – disse ele, parecendo surpreso. – Você não disse que era uma fotógrafa.

— E não sou. Digo, eu gosto de tirar fotos, mas não tive nenhum treino. Apenas uso a velha SLR do meu pai. Não é nem mesmo digital – eu tenho que levar os filmes para serem revelados.

— Bem, elas são muito boas; definitivamente, elas capturam essa impressão de... caos organizado, acho. Bem, Carolina, se vamos usar suas fotos também, haverá um pagamento adicional para você: 450 dólares por um artigo com fotos. O que você acha?

— Maravilhoso. Obrigada.

★ ★ ★ ★

Ele olhou para seu relógio.

— Eu vou sair para almoçar agora. Talvez, se não estiver ocupada, eu poderia te pagar um sanduíche e um café e nós poderíamos conversar mais um pouco, que tal?

— Ah! Isso é muita gentileza, Carl, mas eu marquei entrevistas com duas esposas da Base e, como você pode imaginar, nenhuma de nós aceita atrasos.

Ele riu, parecendo um pouco desapontado.

— Outra hora, então?

Eu sorri sem responder, agradeci de novo e saí. Ele pareceu muito amigável. Eu esperava que isso fosse tudo.

Apesar de uma leve estranheza, eu me sentia flutuando no ar, emocionada com a resposta aos meus artigos e carregada com um novo senso de propósito. Por alguns breves momentos, permiti-me estar feliz e apaixonada.

Dirigindo-me ao Country Club, repassei as perguntas que queria fazer para Donna e Shirley. A análise de Carl Winters de meu trabalho me deu um pouco de confiança – recém-nascida e frágil, mas era confiança.

Estacionei nos fundos, como da outra vez. Eram apenas 14 hs e eu esperava, de verdade, ser capaz de conseguir alguns poucos momentos particulares.

[Estou no cc]

Sentei-me ali por um minuto, mas não recebi resposta. Sequer sabia se Sebastian tinha permissão para ficar com seu celular enquanto trabalhava. Eu teria que simplesmente ser paciente.

Na recepção, entreguei um formulário para associação preenchido e um cheque, assinado por David, pelo nosso primeiro mês como sócios. David sentira que o jantar da noite anterior tinha ido bem – ele parecia não ter consciência do quanto aborrecera Johan e Donna. Empatia não era uma das qualidades do meu marido. Eu quase senti pena dele. Quase.

Coloquei meu biquíni e saí para a piscina com meu bloquinho, rascunhando mais algumas ideias e refinando minhas perguntas. Estava tão distraída em meu trabalho – meu trabalho, não meu hobby – que passaram-se vários momentos antes que eu percebesse que alguém estava de pé ao meu lado.

– Sua água mineral, senhora.

Olhei para cima e vi Sebastian sorrindo para mim.

– Oi – murmurei.

– Oi para você também. Encontre-me no vestiário feminino em cinco minutos. Tem uma porta nos fundos com uma placa de "Privativo". Estarei esperando.

Meu queixo ainda estava caído quando ele se afastou, o desejo se espalhando pelo meu corpo. Eu tomei um gole do copo gelado e me levantei tão casualmente quanto possível nas minhas pernas trêmulas.

O vestiário estava vazio, por sorte. Abri caminho até os fundos, olhando para trás a cada segundo, meu coração disparando a cada passo.

Abri a porta com a placa "Privativo" e espiei na escuridão de um grande armário de almoxarifado. Ofeguei quando as mãos de Sebastian me puxaram para dentro.

Ele não falou; não com palavras.

Seus lábios queimaram os meus e senti suas mãos em todo lugar, absorvendo-me, puxando-me mais para perto, aquecendo meu sangue.

Corri minhas mãos pelo peito dele e depois até suas costas, enfiando-as sob a camiseta dele para sentir seus músculo tensos e a textura lisa e quente de sua pele sob meus dedos.

Ele agarrou meu cabelo, puxando minha cabeça para trás, deslizando os dentes por meu pescoço. Eu não sei se foi o escuro, o espaço tão restrito ou a impressão de perigo, mas os movimentos de Sebastian estavam muito mais confiantes, mais seguros do que antes, e eu fui levada de roldão.

Senti as alças de meu biquíni subitamente se soltarem, o tecido fino afastando-se. A boca de Sebastian moveu-se de meu pescoço, passando pelo meu colo, e então ele passou a língua entre o vale dos meus seios e até meu estômago, ajoelhando-se.

Ele prendeu os dedos na parte de baixo do biquíni e puxou-o pelas minhas pernas. Eu fiquei ali, nua diante dele, sob a luz escassa enquanto ele venerava meu corpo a seu modo.

Ele se levantou lentamente, beijando-me o tempo todo.

Agarrei seus ombros, sentindo os músculos se contraírem sob minhas mãos enquanto o prazer disparava dentro de mim. Puxei o tecido de sua camiseta, desesperada pela conexão de pele com pele. Ele rapidamente puxou a camiseta por sobre a cabeça e em seguida me esmagou junto a seu peito, beijando-me com urgência crescente. Eu nunca me senti tão desejada, nunca desejei tanto um homem tanto quanto quis Sebastian naquele momento.

Ele pressionou seu corpo contra o meu e vi que ele estava tão excitado quanto eu.

Meus dedos se atrapalharam na frente de seus shorts e escutei-o arfar. Com um movimento rápido e ágil, empurrei sua cueca para baixo e segurei-o nas mãos.

Ele gemeu de novo, e depois afastou minhas mãos abruptamente. Sebastian então abaixou-se e retirou uma camisinha de seus shorts. O som do envelope se rasgando pareceu tão alto que eu meio que esperei que alguém batesse na porta, exigindo saber o que estávamos fazendo.

Sebastian se aprumou e colocou as mãos nos meus quadris, levantando-me de súbito. Eu enlacei sua cintura com as pernas enquanto ele investia para dentro de mim, fazendo-me gritar. Agarrei-me a seus ombros enquanto ele me empurrava contra a parede, movendo-se com rapidez e força, o rosto enterrado no meu pescoço, sua respiração entrecortada.

Contra minhas costas nuas, eu sentia as portas de um armário. O conteúdo se agitava de maneira alarmante conforme Sebastian me penetrava repetidamente.

A crueza e a urgência do nosso ato de amor me empurrou para o precipício e eu cheguei ao clímax ao redor dele, sem fôlego com esse evento extraordinário. Quatro minutos atrás, eu estava trabalhando em silêncio junto à piscina.

Senti Sebastian arremeter dentro de mim uma última vez, gritar baixinho e então afundar no chão, levando-me aninhada em seu colo.

Afaguei seu rosto no escuro. Pensei ter sentido lágrimas no rosto dele, mas não tinha como me certificar.

Pousei minha mão em seu peito, sentindo a rápida batida de seu coração voltando ao normal.

— Eu te amo — suspirou ele, depositando beijos gentis e amorosos em meus lábios. — Eu te amo tanto.

Ficamos ali por alguns minutos, abrigados na luz suave que passava pelas frestas da porta.

— Você tem que voltar ao trabalho — falei suavemente.

Ele suspirou.

— Eu sei.

— Temos todo o final de semana à nossa espera.

— Eu preciso trabalhar o dia todo na sexta-feira e no sábado — disse ele, triste.

— As noites ainda são nossas.

— A noite toda.

— Sim.

Senti seus lábios se curvando em um sorriso e ele me beijou.

Eu deslizei para fora dele, encolhendo-me de leve. Gostei de seu estilo agressivo de fazer amor, mais do que gostei, mas sentia-me um pouco dolorida. Não me importava: era um preço pequeno a pagar.

Ambos precisamos vasculhar o lugar no escuro para encontrar nossas roupas. Tive que rir para mim mesma – não havia muita dignidade nisso, mas minha nossa, como era gostoso!

Escutamos cuidadosamente junto à porta, mas, naquele momento do dia, o vestiário ainda estava vazio. Eu não sabia o que teríamos feito se estivesse cheio – podíamos ter ficado trancados ali por horas! Humm, isso não soava nada mau.

Sebastian rapidamente pressionou seus lábios nos meus e saiu primeiro. Ele parecia o mesmo bonitão de sempre, apesar de talvez um pouco mais corado do que o normal.

Eu, por outro lado, parecia ter acabado de fazer sexo ardente contra um armário no escuro. Olhei no espelho para meu rosto, meu pescoço, meu peito e minhas costas, tudo avermelhado, e para meu rabo de cavalo, outrora arrumado, agora caído de lado com metade do cabelo escapando.

Passei alguns minutos borrifando-me água gelada, tentando fazer minha pele voltar ao seu tom normal, e penteei meu cabelo com os dedos. Em algum ponto, senti-me recomposta o suficiente para sair do vestiário. Enquanto voltava para a piscina, pensei que todos que me viam sabiam *exatamente* o que eu havia feito. Era como se eu tivesse uma placa apontando para mim que gritava: "Puta de vestiário!".

Deitei-me na espreguiçadeira e tomei um longo gole da minha água mineral, agradecida. Apanhei meu bloco de notas e o lápis e tentei me concentrar, porém meus pensamentos estavam totalmente dispersos. Não conseguia acreditar no que havia acabado de fazer. Tinha sido tão intenso e excitante e tão completamente fora do meu comportamento habitual. Embora eu já não estivesse muito segura de qual era o meu comportamento habitual. Eu tinha falado sério quando disse a Sebastian que não era culpa apenas de David; que eu lhe permiti tomar o controle e arrebatar a essência do meu ser. Eu fui uma sonâmbula por todo o meu casamento: ambos merecíamos coisa melhor, tanto eu quanto David.

Perguntei-me de novo o que David viu em mim – teria ele visto algo quando eu tinha 19 anos que já não estava mais lá? Ou ele simplesmente preferia uma esposa submissa, conformada, bovina? E Sebastian? Por que ele me queria? Seria algo mais do que sexo para ele, ou eu estava sendo ingênua? Ele disse que me amava, mas...

— Vejo que estava tomando sol — poxa vida, você está um pouco vermelha, Caroline.

A face gentil de Donna olhava para mim.

— Ah, oi, Donna — falei, minha voz um pouco mais agudo do que o normal.

— E essa é Shirley.

— Nós já nos falamos por telefone — prazer em conhecê-la.

Eu me levantei para dar um abraço rápido em Donna e para apertar a mão de Shirley timidamente. Ela era baixinha e de cabelos escuros, com maliciosos olhos amendoados; a semelhança com Ches era evidente.

— É bom conhecê-la, Caroline. Já ouvi falar tanto de você! Você impressionou bastante os rapazes. Ches mal podia esperar para me mostrar o seu artigo.

Ela riu de leve.

— Meu filho certamente é seu fã, e eu tenho minhas suspeitas sobre Sebastian.

Meu rosto congelou enquanto ela piscava para Donna.

— É como ter um segundo filho. Eu juro, Sebastian passa mais tempo na nossa casa do que na dele. Humm, bem, ultimamente, nem tanto assim. Ches acha que ele arrumou uma namorada, apesar de eu não saber o motivo para isso ser um segredo tão grande. — Ela suspirou. — Bem, talvez eu saiba. Não posso imaginar que ele queira levar uma garota para casa para conhecer Estelle e Donald.

Donna assentiu, cheia de compaixão, e se ajeitou em uma cadeira sob o guarda-sol colorido. Shirley foi até o vestiário para colocar seu maiô.

— Como foi sua reunião no *City Beat?*

Não contive meu sorriso para Donna — ela estava mesmo interessada em minha escrita. Eu mostrei-lhe meu artigo e observei seu rosto enquanto ela lia em detalhes.

— Você realmente pegou o espírito do surfe, Caroline — disse ela. — E essa fotografia é fantástica. Ah, olhe: Sebastian ainda está com o cabelo comprido aqui. Eu me pergunto por que será que ele cortou? Desconfio que o pai dele teve algo a ver com isso.

Shirley voltou, exibindo um sunquíni roxo e laranja.

– Do que é que você desconfia? – perguntou ela, a voz cheia de curiosidade.

– Ah, estávamos só falando sobre o corte de cabelo de Sebastian.

– Ah, aquilo – disse Shirley, sombria. – Ele não contou nada ao Ches, mas nós definitivamente ficamos com a impressão de que não foi voluntário. Todas as garotas na escola eram loucas pelo Sebastian, segundo Ches. Acho que, se eles não fossem tão amigos, ele teria ficado com um pouco de ciúmes. Bem, mais do que um pouco. Houve até alguma coisa no anuário deles sobre o cabelo comprido do Sebastian, se é que você pode imaginar isso. – Ela franziu o cenho. – E você viu aquele hematoma no rosto dele, semana passada? – Ela ciciou entredentes.

– Oi, Mãe!

Ches estava vindo na nossa direção, vestindo o uniforme de shorts e camiseta polo. Ele sorriu para a mãe e deu-lhe um beijo afetuoso no rosto.

– Chester, querido! Bem na hora. Donna e eu estamos morrendo de sede.

– Oi, Donna, Caroline – cumprimentou ele, seu sorriso esmorecendo ao ver algo atrás de nós. – Olá, sra. Hunter.

A mãe de Sebastian cambaleou até nós – ficou claro que ela havia passado um bom tempo no bar.

– Donna – tartamudeou ela. – E amigas. – Ela olhou para mim. – A ma--ra-vi-lho-sa Caroline Wilson. Eu quase esperava encontrá-la caminhando sobre a água da piscina, não deitada ao lado dela.

– Você andou bebendo, Estelle – disse Donna, cortante. – Talvez seja melhor descansar na varanda, onde está mais fresco.

– Sim, vamos colocar a bêbada embaraçosa onde ela não vai incomodar ninguém. Vamos escondê-la – comentou Estelle com um ricto de desprezo. – Você parece o Donald.

Donna voltou-se para Ches e falou em voz baixa:

– Sebastian está aqui? Pode ir buscá-lo, por favor?

Ches assentiu e afastou-se rapidamente.

Estelle apanhou meu exemplar do *City Beat* e tentou focar o olhar na foto. De súbito, jogou o jornal na piscina.

– Você não me engana, *sra. Wilson* – rosnou ela, os olhos cintilando perigosamente. – Você era uma vadia metida nove anos atrás e não mudou nada, não é? Você só aprendeu a fingir melhor. Mas não me engana, não.

– Estelle! Fale baixo – ordenou Donna, enquanto outras pessoas ao redor da piscina começavam a fitar fixamente a ceninha horrível.

Fiquei congelada em minha espreguiçadeira, aterrorizada sobre o que Estelle podia dizer em seguida.

Ela me encarou com desprezo e então voltou seus olhos embaciados para Donna.

– Você não manda em mim, Donna. Eu nem sei por que você gosta dela. Ela finge ser tão meiga e pura, mas não é. Fica desfilando por todo canto, se insinuando. Bem, ela não me engana. Ela não passa de uma...

– Mãe! – A voz de Sebastian estava tensa de raiva enquanto ele se aproximava de nós. – O que você está fazendo?

Ches estava logo atrás dele, uma mão em seu ombro como se para restringi-lo.

– Mãe, você está passando vergonha – disse ele, friamente. – Vou levá-la para casa.

Estelle girou e deu-lhe um forte tapa no rosto, o som estalando e ecoando pela área da piscina. Não pude conter um ofego enquanto minha mão voava até a boca, e comecei a me levantar.

Os olhos de Sebastian estavam quase negros de fúria. Ches agarrou seu braço e puxou-o para trás.

– Vamos, colega, afaste-se.

Um silêncio súbito desceu sobre nós, olhos horrorizados encarando Estelle. Lentamente ela tomou ciência de onde estava e suas bochechas coraram de embaraço conforme ela percebeu os rostos chocados voltados para si. Ela endireitou sua bolsa no ombro e saiu, trôpega.

– O que diabos foi *aquilo?* – murmurou Shirley.

Donna suspirou.

– Não sei, mas as bebedeiras dela estão ficando pior. Donald vai ter que fazer alguma coisa.

Shirley fez um ruído de descrença frente à ideia.

— Donald não está nem aí para ela — dizem que ele está saindo com uma enfermeira civil. *Cuidando dela,* provavelmente.

Donna balançou a cabeça devagar.

— Deus sabe que esses dois deveriam ter se divorciado anos atrás. Seria melhor para o Sebastian se tivessem feito isso. Pobre rapaz; espero que ele esteja bem.

— O Ches está com ele — disse Shirley. — Ele vai ficar bem; está acostumado com isso.

Meu coração saltou dolorosamente. Eu queria desesperadamente envolver Sebastian em meus braços para reconfortá-lo e protegê-lo, mas não podia. Doía demais.

E então uma ideia ainda mais dolorosa passou pela minha cabeça — talvez ele não estivesse correndo para mim; talvez ele estivesse apenas fugindo daquilo. E, se estivesse, eu não poderia culpá-lo. Além do mais, ele não podia dizer o mesmo sobre David e eu?

Eu não queria acreditar nisso, porém, assim que o pensamento surgiu, parecia mais plausível do que acreditar que Sebastian quisesse estar comigo.

Ele tinha aberto meus olhos para um mundo de possibilidades, para um mundo em que eu podia ser amada por mim mesma, mas será que minha nova vida seria com ele? Eu tinha medo de acreditar.

Após um momento, Shirley ficou de pé.

— Eu vou só dar uma olhada nos meninos.

Donna exalou profundamente e olhou para mim.

— Você está bem, Caroline?

Assenti, ainda abalada. Será que Estelle *sabia?*

— Aquilo não foi de fato sobre você — prosseguiu Donna. — Ela só está com ciúmes.

— Ciúmes? De quê?

Donna sorriu com tristeza.

— Deixa para lá, não importa. Agora, quais eram as suas perguntas?

Balancei a cabeça.

— Elas parecem insignificantes agora.

Olhei para as folhas do jornal encharcadas de água que algumas crianças prestativas estavam retirando da piscina.

– Por favor, me pergunte – disse Donna. – Eu preciso de algo para tirar minha mente daquela cena horrorosa.

Nós conversamos sobre nossas experiências morando em bases diferentes por vários minutos antes que Shirley retornasse.

– Como está Sebastian? – indagou Donna, sua preocupação evidente. – Você viu a Estelle?

– Os meninos a colocaram no carro; Sebastian está levando-a para casa. – Ela balançou a cabeça. – Se houver mais algum incidente como esse, Estelle vai ter sua carteirinha de sócia suspensa.

– Vou falar com Johan – disse Donna. – Talvez ele consiga persuadi-la a... procurar ajuda. Ela não seria a primeira esposa da Marinha a... bem, ela não seria a primeira.

Um Ches muito mais desanimado voltou com suco de laranja. Shirley esfregou-lhe o braço e eles trocaram breves sorrisos. Era reconfortante ver o relacionamento próximo deles – especialmente depois da cena desagradável que se desenrolara entre Estelle e Sebastian.

Mordi a língua enquanto Ches voltava ao trabalho – eu queria perguntar se Sebastian estava bem, mas não podia.

Voltei minha atenção para terminar meu artigo, em vez disso.

Shirley foi incrivelmente prestativa, oferecendo vislumbres fascinantes da vida de uma esposa militar.

– É claro que é difícil deixar para trás os amigos, e é duro para Chester começar em uma escola nova a cada dois anos, mas isso também nos aproximou como família. E a Marinha é uma segunda família; somos muito próximos. Isso fez Ches ser bom em fazer amizades e ele é um rapaz muito engenhoso, muito autossuficiente. Porém, nos certificamos que seus últimos quatro anos no colegial fossem consistentes; sentimos que isso era importante para a educação dele. Eu gosto de viajar e do desafio de novos lugares, novos países. Para ser honesta, tenho medo do dia em que Mitch se aposentar; não sei o que ele fará com seu tempo. Ele está tão acostumado com a estrutura e a rotina dos Marines que não sei como vamos nos adaptar à vida civil. Mas e você, Caroline? Se David resolver deixar a Marinha, o que você faria?

Eu me remexi, desconfortável, sem querer que o holofote se voltasse para mim.

– Eu não acho que a rotina dele fosse mudar muito: ele ainda trabalharia em um hospital, ainda trabalharia em suas clínicas. Não faria tanta diferença. Só um tipo diferente de uniforme.

Donna sorriu.

– Sim, tem razão. A medicina impõe seu próprio conjunto de regulações e rotinas. Ser a esposa de um doutor não é um salto tão grande.

Eu havia gostado de conversar com Donna e Shirley – tinha sido muito parecido com ter amigas –, contudo percebi que o sol baixara no horizonte e me levantei de um salto.

– Ah, sinto muito. Eu tenho que voltar e fazer as malas de David. Ele vai levar tudo consigo para o hospital amanhã cedo. Tenho uma montanha de roupas para passar.

Shirley riu e Donna sorriu cheia de simpatia. Eu agradeci a ambas outra vez e acenei rapidamente.

CAPÍTULO 10

DAVID CONSEGUIU ACHAR DEFEITO em tudo naquela noite: minha comida, as roupas que eu coloquei em sua mala, o jeito como eu passei sua camisa e suas calças, provavelmente até a quantidade de ar que eu inconvenientemente consumi.

Tentei pensar se ele sempre tinha sido tão difícil. Honestamente, não consegui me lembrar.

Ele ficou particularmente aborrecido porque eu me recusei a ir para a cama com ele, insistindo, em vez disso, em terminar minhas anotações das entrevistas. Durante sua tromba bombástica, percebi que ele não tinha um mecanismo de aceitação para lidar com minha recusa – não estava habituado a ela, e não sabia como suportá-la. O pensamento foi estranhamente libertador.

Quando ele partiu na manhã seguinte, nem sequer perguntou como eu planejava passar meu final de semana. Não que "trepando com meu jovem amante na sua cama até desmaiar" figurasse no alto da minha lista de respostas a essa pergunta, mas pensei que ele podia ao menos fingir interesse.

Recebi uma mensagem curta de Sebastian, dizendo apenas que ele estava ansioso pelo fim de semana. Ele não respondeu quando perguntei se estava tudo bem.

Passei o dia escrevendo e também reservei um momento para procurar possíveis aulas de fotografia para mim na NYU. Carl Winters havia elogiado meus disparos – isso me fez pensar se eu podia levar esse lado do meu trabalho um pouco além.

Durante a tarde, Donna ligou para me convidar para o jantar. Eu fiquei feliz por sua gentileza, mas não ficaria tão sozinha quanto ela achava. Simplesmente disse a ela que eu estava desfrutando da paz e do silêncio – ela compreendeu logo, checando apenas para saber se eu estaria no piquenique anual da Base no domingo.

Sentia-me estranhamente nervosa. Eu não via Sebastian desde a feia cena do dia anterior; era também a primeira vez que podíamos fazer planos para ficarmos juntos por mais do que algumas poucas horas.

Era quase meia-noite quando ouvi sua leve batida na porta dos fundos. Eu estava pegando no sono no sofá enquanto esperava ele terminar seu turno no Country Club.

Certifiquei-me de que a luz da cozinha estava apagada antes de destrancar a porta.

– Oi.

– Oi pra você também.

Ficamos ali, olhando um para o outro. Ele franziu o cenho de leve.

– Posso entrar?

– Mas é claro.

Recuei para lhe dar passagem e em seguida fechei a porta, trancando-a. Quando me virei, ele ainda estava olhando para mim.

– Eu quero te beijar – disse ele, parecendo inseguro.

– Quer?

Eu não sabia por que havia tanta tensão entre nós.

– Caro, qual o problema?

– Nada, só me beije.

Ele hesitou por menos de um segundo, depois lentamente adiantou-se. Ele colocou a palma de sua mão contra minha bochecha e abaixou seu rosto até o meu. Beijou-me duas vezes, sua boca tocando a minha muito de leve, e então enlaçou minha cintura em seus braços e inclinou-se para pousar a testa contra a minha.

– Senti saudade de você – sussurrou ele.

Eu sorri e senti meu corpo relaxar.

– Sentiu?

– Sim. – Ele me abraçou com mais força. – Eu realmente sinto muito sobre ontem... sobre o que a minha mãe disse.

Eu me endireitei abruptamente e suas mãos caíram de lado enquanto ele me observava com cautela. Nós precisávamos ter essa conversa, e agora.

– Ela sabe? Sobre você e eu?

Ele chacoalhou a cabeça com veemência.

– É claro que não!

Eu olhei em seus olhos.

– Porque ela disse algumas coisas que me fizeram achar que sabia.

Sebastian pareceu horrorizado.

– O que ela falou?

Dei de ombros.

– Por favor!

Eu exalei em um longo suspiro, fechando meus olhos contra a memória desagradável.

– Ela disse que eu ficava "desfilando" por aí e que eu não era "pura", mas que eu "não a enganava". Sebastian, o que é que ela sabe? Ela deve saber de alguma coisa, senão não teria dito nada assim!

Ele passou as mãos pelos cabelos, parecendo furioso e chateado, porém manteve-se teimosamente em silêncio.

– Pelo amor de Deus, me fale!

Minha voz saiu mais alta do que eu pretendia.

Ele piscou e desviou o olhar.

– Eu te juro, ela não sabe de nada, Caro. É só que...

Ele fez uma pausa.

– Só que o quê?

– Só umas merdas que meu pai andou falando. Não é nada.

– Me conte! – falei, vigorosamente.

Sebastian me olhou com raiva.

– Meu pai disse que você era uma gostosa e que não seria uma vadia tão tensa se o *seu marido* estivesse te comendo direito.

Eu me senti enjoada.

Fui até a pia da cozinha e me inclinei sobre ela.

– É isso... é isso o que as pessoas pensam de mim? – murmurei.

– Não! Deus, não! Meu pai é um desgraçado, Caro. Ninguém acha isso. Mitch, Bill, Ches – todos te acham ótima. Digo, sim, eles te acham linda, quem não acharia? Mas eu juro que eles nunca, *jamais* disseram nada parecido.

Eu me endireitei lentamente e virei-me para encará-lo. Ele estava de pé, com os braços estendidos como se quisesse me alcançar, mas temesse fazê-lo.

– Está com fome?

Ele ficou confuso pela súbita mudança de assunto; tentei me distanciar da minha autoflagelação.

– Com fome?

– Sim. Você comeu no clube hoje à noite?

As mãos dele caíram para as laterais do corpo e, por um segundo, ele fechou os olhos, cansado, antes de vir até mim e me tomar em seus braços.

Eu tentei resistir, ainda lanhada pelas palavras do pai dele.

– Caro, não tente me afastar.

Ele passou os braços ao redor de meus ombros e me segurou.

– Sinto muito, está bem? Desculpe-me por ter contado o que aquele cretino falou. Diabos, você devia ouvir do que ele me chama às vezes... bem, talvez não. Eu já não escuto mais. Tudo o que importa é que estamos juntos, está bem?

Eu não respondi.

– Está bem? – disse ele outra vez, mais resoluto.

Respirei fundo.

– Está bem – concordei, baixinho.

Ele beijou meu cabelo e sorriu para mim.

Ficamos ali por alguns minutos, apenas desfrutando do momento de paz.

– E então, está com fome? – falei, finalmente. – Você comeu essa noite?

Ele girou os olhos para mim e eu tive que sorrir.

– Não, estávamos cheios de serviço... não tive tempo.

– Vou fazer algo para você comer. Linguini, pesto e pignoli está bom para você?

– Você não precisa cozinhar para mim, Caro – disse ele, franzindo um pouco a testa.

– Eu quero. Além disso, você não comeu... e vai precisar de energia.

Sorri para ele e ele cedeu de boa vontade.

– Bem, neste caso, sim, estou morrendo de fome.

Ele puxou uma cadeira e sentou-se na mesa me observando.

– E então, como foi o trabalho? Aconteceu alguma coisa interessante hoje?

Eu estava determinada a ter uma conversa normal.

– Fiz aquele treinamento para o certificado de Primeiros Socorros hoje cedo. Era tudo que eu já havia feito no clube de salva-vidas para surfe, então foi bem fácil. Daqui para frente, vou trabalhar a maior parte do tempo na piscina com Ches.

– Você não gosta de servir mesas?

– Não muito. Prefiro ficar ao ar livre.

– Tem certeza de que não é só uma chance para impressionar com seu lindo corpo esposas da Marinha entediadas e taradas?

– Só tem uma mulher que eu quero impressionar – disse ele, correspondendo ao meu sorriso.

– E como isso está funcionando para você?

– Bem, houve um período meio confuso, mas ela está fazendo jantar para mim, então acho que está indo bem. Como foi o seu dia?

– Foi bem. Terminei outro artigo e planejei outros três. Eu tinha medo de ficar sem material, mas tenho ideias suficientes para escrever um livro todo, acho. Ah, e procurei alguns cursos de fotografia na NYU. Você já se decidiu que aulas quer fazer na primavera?

Quando ele não respondeu, levantei os olhos da tábua de cortar – Sebastian estava sentado, balançando-se na cadeira, um sorriso enorme no rosto.

– Que foi?

– Adoro quando você fala desse jeito.

Foi minha vez de ficar confusa.

– Desse jeito, como?

– Quando você fala de coisas que vamos fazer juntos, sobre o nosso futuro.

Larguei as folhas rasgadas de manjericão e olhei diretamente para ele.

– Sebastian, eu nem *tinha* um futuro até você me fazer pensar sobre isso. Deus sabe quanto tempo ainda eu seguiria vagando. Mas você tem que me prometer uma coisa...

– Qualquer coisa. Eu te prometo qualquer coisa.

Respirei fundo.

– Eu quero que você jure que quando... quando você começar a pensar em um futuro diferente... sem mim...

A expressão dele mudou e seus olhos escureceram de raiva.

– Jesus, Caro! Como você pode dizer isso para mim?

– Não, por favor! Deixe-me terminar. Nós não podemos ignorar nossa diferença de idade e, um dia, quando isso começar a... mudar as coisas, eu vou entender. Não quero que afundemos na indiferença e no desamor. Já fiz isso. Quando você decidir partir, apenas... apenas me avise. É tudo o que eu peço.

Ele me olhou fixamente.

Fiquei contente por ter dito – eu precisava dizer isso, mas Sebastian parecia muito zangado.

– Caro, você não entende como eu me sinto a seu respeito? Eu te amo; você é tudo o que eu quero. Eu quero um futuro com você, quero que nossas vidas sigam juntas. Não sou uma criança. Eu precisei crescer bem rápido. Venho cuidando de mim há um bom tempo já. E quero cuidar de você.

– Estou só dizendo que vou compreender quando isso mudar.

– Não seja condescendente comigo, Caro – disse ele, soando ainda mais zangado. – Você acha que eu não sei o que significa assumir esse compromisso, mas eu sei. Você acha que estou abrindo mão de tudo e que vou me arrepender mais tarde, só que está errada. Eu já vi como é um casamento ruim; vi como meus pais têm sido infelizes. Porém, quando estou com você, eu me sinto... tão incrivelmente feliz, como se o mundo valesse a pena, afinal. Eu sei o quanto isso é raro; eu *vi* o quanto isso é raro. Não despreze o que sinto só porque... só porque eu sou mais novo que você. Você é linda e boa e talentosa e você tem um dom: as pessoas são atraídas por você, e você nem mesmo vê isso. E isso é só uma das coisas que eu amo em você.

Suspirei, sentindo a angústia dele em cada palavra.

– E você já pensou sobre filhos, Sebastian?

Ele piscou várias vezes.

– O quê?

– Bem, você quer mesmo ficar sobrecarregado com filhos quando tiver 20 anos? Não, imagino que não. Bem, e quando você estiver na casa dos 30 e gostar da ideia de ter algumas crianças correndo pela casa, e eu estiver no final dos 40 e for *velha demais para isso*?

Ele encolheu os ombros, tentando parecer casual, mas eu pude ver que ele estava abalado.

– Se você quiser filhos, nós podemos ter filhos.

Sorri com tristeza e balancei a cabeça.

– Não é assim que funciona, Sebastian; nós dois temos que querer, e o tempo não está do nosso lado. Está vendo o que estou dizendo?

– Sim, estou – e vejo o que você está fazendo: está tentando pensar em todos os motivos neste mundo para explicar por que não deveríamos ficar juntos. Mas nada disso importa, desde que você queira estar comigo. – Ele respirou fundo. – Você quer, Caro?

Suspirei. Eu o queria mais do que queria respirar, mas tinha que fazê-lo pensar, *pensar muito,* sobre o que estávamos fazendo.

– Sebastian, quanto tempo você acha que esses sentimentos *físicos* vão durar? Seis meses? Um ano? Dois, se tivermos sorte. E depois, o quê? E quando você fizer amigos na faculdade e apresentá-los para a sua namorada *mais velha?* E que tal...

Porém ele me interrompeu.

– Nada disso importa. E eu acho que você está errada de qualquer forma – eu não consigo imaginar não desejar você, nunca. Você é esperta e engraçada e eu gosto de estar com você mesmo quando nós não... quando não estamos... fazendo amor. Quando eu tinha oito anos, imaginava que você era minha namorada e que iríamos fugir juntos. E então você partiu e eu perdi minha melhor amiga também. Eu sonhava com você voltando. Conforme fiquei mais velho, eu... comecei a entender melhor a... a natureza dos meus sentimentos por você. Eu não pensei que sonhos pudessem se tornar realidade, mas aconteceu comigo, Caro. Por que você está com tanto medo? Digo, esqueça toda essa merda com a lei... Por que você fica tentando... sei lá, me fazer mudar de ideia? O que você acha que eu tenho aqui de que não abriria mão em um piscar de olhos para estar com você? Não há nada me prendendo aqui. Eu vou para qualquer lugar, faço qualquer coisa para ficar com você. – Ele suspirou. – Eu sei que você tem mais a perder e eu odeio, *odeio* que eu seja responsável por isso, mas... você quer ficar comigo? Eternamente. Sempre.

Eu não tinha mais nenhuma palavra de oposição ou desafio em mim. O futuro estava em branco: talvez um dia eu fosse velha demais para ele e ele me deixasse – parecia inevitável. Contudo, ainda assim não valeria a pena por dois ou três anos de amor? Eu sabia que meu casamento estava acabado; ele tinha terminado muito tempo antes de eu encontrar Sebastian. Eu só era covarde demais para admitir isso.

Eu estava preparada para arriscar um futuro... dar uma chance ao amor? Olhei para seu rosto adorável que a tensão, o medo e a ansiedade mantinham retesado. Pensei mais uma vez na questão que ele me colocou: eu queria ficar com ele?

– Sim, eu quero.

Ele exalou profundamente, como se tivesse segurado o fôlego.

– Isso é tudo o que importa.

Ele afastou a cadeira e se aproximou, envolvendo-me em seus braços. Pousou o queixo em meu ombro e aninhou seu rosto em meu pescoço, o hálito quente em minha pele.

Ficamos assim por alguns momentos, permitindo que o medo e a tensão se esgotassem.

– Você vai ter que me soltar se quer que eu termine de fazer seu jantar – falei gentilmente.

Senti seu sorriso quando ele me apertou um pouco mais por um instante e deixou suas mãos caírem. Ele se sentou na mesa e sorriu para mim.

– É bom saber que você quer comida mais do que quer sexo – não pude deixar de comentar.

Ele riu.

– Está empatado no momento, mas você me disse que eu vou precisar de energia, então estou apenas seguindo seu conselho.

Eu adorava vê-lo assim, feliz e relaxado, me provocando. Senti-me culpada por causar a tensão em primeiro lugar, mas aliviada por termos conversado e resolvido tudo – ao menos, por enquanto.

Terminei de fazer o pesto e servi o linguini com pignoli tostado e parmesão fresco ralado.

– Você não vai comer?

Balancei a cabeça.

– Eu jantei há horas.

— Está com um cheiro ótimo.

Ele comeu com pressa, devorando garfadas enormes. Estava claramente faminto. Pensei que era bem ruim o clube não garantir que sua jovem equipe tivesse uma pausa apropriada para a refeição.

— E que curso de fotografia é esse em que você está interessada? – perguntou ele, entre bocados.

— Quando eu me encontrei com Carl Winters, no *City Beat,* ele gostou bastante das minhas fotos da vida na Base. Pensei que poderia tentar fazer um curso de fotojornalismo. O que você acha?

— Parece ótimo. Eu não vi as suas fotos, mas gostaria muito.

— Gostaria?

Ele rolou os olhos para mim enquanto devorava outra garfada enorme.

— Certo, bem, eu te mostro mais tarde, se você quiser.

— Mais tarde, tipo, amanhã – disse ele, assertivo.

Um arrepio de antecipação me percorreu com as palavras dele. Sim, mais tarde.

—Vou tomar uma taça de vinho. Gostaria de uma?

— Isso não é ilegal? – ele me perguntou, sorrindo. – Entupindo um menor de idade com álcool!

Olhei por cima do ombro para ele enquanto pegava a garrafa de vinho tinto que tinha aberto mais cedo.

— Se eu vou para o inferno, posso muito bem fazer o serviço completo.

Ele riu.

— Eu prefiro uma cerveja, se você tiver uma.

Fiz uma careta.

— Cerveja não combina com pesto. Aqui, experimente isso.

Passei-lhe uma taça de vinho tinto.

Ele provou, hesitante, e logo sorriu.

— Isso é muito bom mesmo. O que é?

— É um Barolo de dez anos. É melhor quando não é frutado demais. A maioria das pessoas gosta daqueles com sabor de carvalho, mas eu acho que puxei as ideias antiquadas do meu pai.

Sebastian pareceu impressionado.

—Você sabe muito sobre vinho?

— Um pouco. Bem, só o que meu Papa me ensinou. A família dele plantava uvas Moscato. — Encolhi os ombros. — Talvez ainda plante.

— Vamos descobrir! — disse ele, os olhos cintilando com aventura. — Quando fizermos aquela viagem.

— Você sabe dirigir uma moto?

— Claro! Bem, eu não tenho carteira porque não terminei o curso de treino com motocicleta, mas fiz algumas aulas e já pilotei a de Ches. É legal.

Vi que ele já havia limpado o prato e estava fitando fixamente a cesta de frutas.

— Sirva-se.

— Obrigado!

Eu me levantei e levei os pratos vazios. Gostava de ouvir música enquanto lavava a louça, então pus um CD com minhas árias preferidas.

— Puccini?

Sorri.

— Mas é claro. Você conhece essa ópera?

Sebastian balançou a cabeça.

— Eu a reconheço, mas não me lembro de onde é.

— É "O Mio Babbino Caro", de *Gianni Schicchi*.

— Caro! Como o seu nome... exceto que é a variação masculina dele, não é?

— Eu não ligo. Gosto que você seja a única pessoa a me chamar assim.

O sorriso dele em resposta a isso foi imenso.

— Papa me chamava de "mia cara".

A música girava ao nosso redor e eu fui levada em uma borrasca de memórias.

— Sobre o que é essa música? — perguntou Sebastian depois de alguns minutos.

— É uma ária cantada por uma garota para seu amado pai, implorando-lhe que permita seu casamento com o garoto que ela ama.

— Soa muito como *Romeu e Julieta*.

— Sim, só que é uma comédia.

Ele ergueu as sobrancelhas.

— Claro que é.

Eu ri.

— É, sim!

Ele ouviu a música mais um pouco.

— Eu consigo entender algumas das palavras... algo sobre comprar uma aliança?

— Isso mesmo: e se ele não deixar, ela ameaça se jogar da Ponte Vecchio.

— Soa um tanto exagerado.

— Bem, é uma ópera.

— Eu gostaria de te comprar uma aliança.

Ele soou tão sério que eu me virei. Sebastian estava me encarando.

— Eu quero me casar com você, Caro.

Arfei e soltei o copo que estava segurando. Ele deslizou para dentro da água ensaboada, mas não se quebrou.

— Sebastian...

— Estou falando sério. Quero me casar com você. Você aceita, Caro? Aceita se casar comigo?

Chacoalhei a cabeça.

— Sebastian... Não posso falar sobre isso agora. Eu *sou* casada, com o David. E de qualquer forma, não faria isso com você. Você é muito...

— Muito jovem? É isso o que você ia dizer? Porque se for, nem se incomode.

Ele pousou a cabeça entre as mãos e voltou a olhar para cima.

— Em apenas três meses, terei 18 anos. Eu poderia me alistar e, poucos meses depois, poderia ser enviado para o Oriente Médio. Terei idade suficiente para lutar, para morrer pelo meu país, mas você não acha que eu teria idade suficiente para me casar com você, não é?

Ele não soou zangado, apenas determinado.

Meu cérebro tinha parado de funcionar — eu simplesmente continuei olhando para ele.

Ele me encarou acusadoramente.

— Você conheceu David antes de fazer 18, e se casou quase de imediato.

— Sim, e veja que desastre foi — falei, amarga.

Sebastian me olhou como se eu o tivesse estapeado.

Eu me arrependi de minhas palavras na mesma hora.

— Sinto muito, mas...

— Mas o quê?

— Sebastian, estamos juntos há apenas algumas semanas — e sob as circunstâncias mais intensas. Não podemos apenas... passar algum tempo juntos? Conhecermos um ao outro adequadamente. Às vezes eu sinto que mal nos conhecemos.

— Eu te amo e quero me casar com você. O que mais você quer saber?

— Tudo! Qual é o seu livro favorito? Seu filme favorito? Qual sua melhor matéria na escola? Quem foi sua primeira paixonite? Que CD está no seu aparelho em casa nesse momento? O que você come no café da manhã? Prefere futebol americano ou beisebol? Você era um atleta na escola? Já namorou uma líder de torcida? Você se lembra dos seus sonhos? Qual sua cor preferida? Você já chorou assistindo a algum filme? Eu não sei, tudo!

Ele soltou um suspiro profundo.

— Certo, entendi. Estou te apressando.

Franzi o cenho.

— Não é isso. Bem, não é só isso. Eu só... nós fizemos tudo na ordem inversa.

Fui até ele e pus minha mão em seu peito.

— Eu quero conhecer tudo, por dentro e por fora. Eu quero conhecer *você*.

Ele segurou minha mão e brincou com meus dedos, porém seguiu sem olhar para mim. Ele estava mesmo chateado. Acho que ser recusado quando se pede alguém em casamento deixa a pessoa desse jeito. Eu o magoara — e ele era a última pessoa no mundo que eu queria magoar.

Soltei minha mão e segurei seu rosto até ele ter que olhar para mim.

— Sebastian, eu sinto como se você tivesse me acordado de um sonho. Mas eu mal sei quem *eu* sou, quanto mais... sinto muito se o magoei. Eu jamais quis fazer isso.

Pousei meus lábios sobre os dele, duas, três vezes, tentando passar uma mensagem com meu toque leve.

Ele recuou e olhou para mim.

— *O meu melhor companheiro.*

— Como é?

— Esse foi um filme que me fez chorar... quando ele teve que atirar em seu cachorro.

— Que idade você tinha quando o assistiu?

— Dez, acho. Não tenho certeza. Eu sempre torci para pegarmos um cachorro, mas minha mãe disse que eles fazem muita bagunça. Você gosta de cães?

— Sim. Quando eu era pequena, um vizinho tinha uma *jack russel terrier* chamada Tano. Ele disse que o nome significava "número cinco", mas eu não me lembro em que língua era isso. Ela era tão meiga! Chorei por três dias quando ela morreu. Papai queria me comprar um filhote, mas mamãe não permitiu, então eu acabei ganhando um peixe dourado.

— Um peixe dourado?!

Sorri para ele.

— É, não é bem a mesma coisa... Eu o batizei de Splash. Nada original.

— Nós podíamos adotar um cachorro.

— E levá-lo na garupa da nossa moto através da Itália?!

— É! Um cão motoqueiro! Isso seria fantástico!

Eu ri.

— Qual o seu filme preferido? — perguntou ele.

— Agora só consigo pensar em filmes com animais. Não sei, *Caninos Brancos* talvez, ou *O Grito da Selva*. Ah, mas eu amo ...*E o vento levou*.

Ele fez uma careta.

— Qual foi o último filme que te fez chorar?

— Eu choro na maioria dos filmes. Humm... *Edward mãos de tesoura,* esse sempre me faz chorar.

— Quem foi sua primeira paixonite? É melhor que seja um astro de cinema, senão vou ter que caçá-lo.

— É melhor pegar sua arma, então.

— Por quê?

— Anthony Kiedis.

— Quem?

— O vocalista do Red Hot Chili Peppers.

— Você gosta de rock?

— Gosto de todo tipo de música.

Ele riu, feliz.

— Deus, eu te amo!

Não pude conter um sorriso em resposta.

— Que foi?

— É só que quando acho que te conheço, você me surpreende pra caramba.

Sentei-me no colo dele e enlacei seu pescoço com os braços.

– Certo, sua vez: livro favorito?

– *No coração das trevas.*

– Argh! Por que isso? É uma história horrível!

– Acho que é porque ele mostra... até onde um homem pode ir quando está em um lugar sem limites.

– Humm, eu não acho que você vai me transformar em uma fã de Conrad. Certo, a primeira garota que você beijou?

Ele enrubesceu e olhou para baixo.

– Vá em frente, pode me contar. Eu não vou ficar com ciúmes. Bem, talvez um pouquinho.

– Brenda Wiseman.

– E quantos anos você tinha?

– Dezesseis.

Não me escapou o detalhe de que não fazia tanto tempo assim para ele. E então meu cérebro hiperativo o visualizou em um amasso com ela e...

– O que foi feito dela?

– Nada.

– Bem, o que *você fez* com ela?

Ele balançou a cabeça, claramente envergonhado. Eu estava intrigada.

– Vamos, me conte. Não pode ser tão ruim.

– Nós namoramos por algum tempo...

– E...

– Nós terminamos.

– Quando foi isso? Quando você terminou com ela?

Ele se remexeu sob mim, desconfortável.

– Quatro meses atrás.

Senti como se tivesse levado um soco no estômago.

– Você namorou com ela por dois anos?

Ele balançou a cabeça.

– Não, não... mais ou menos por dez meses.

– Ah.

Eu me levantei e ele olhou para mim, indefeso.

– Desculpe-me, Caro...

– Não, não se desculpe. Eu só fiquei... surpresa. Tive a impressão que você...

– Nós não dormimos juntos.

– Por que não? A maioria dos rapazes... – as palavras queimaram minha garganta. – A maioria dos rapazes adolescentes estaria desesperado para...

Ele se remexeu, desconfortável.

– Nós íamos... e então eu ouvi falar que ela estava dormindo com Jack, aquele cara que você encontrou uma vez. – Ele balançou a cabeça. – Mas estou feliz por não ter... com ela. Eu não a amava. Você é a única mulher que eu já amei; foi sempre você.

Eu achei difícil absorver isso tudo. De onde vinha essa certeza dele?

– Caro?

– Estou bem. Estou só... surpresa. – Ali estava essa palavra de novo. – O que você teria feito se eu não tivesse voltado?

Ele deu de ombros.

– Não sei.

Contudo, eu sabia. Um dia ele teria encontrado alguém da sua idade, alguém especial, e teria se apaixonado; ele teria tido a chance de um relacionamento normal. E se *eu* não *o* tivesse encontrado? Ainda estaria passando pela minha vida como uma sonâmbula.

No entanto, eu *havia* voltado e nós *havíamos* nos reencontrado. E eu não podia voltar ao modo como era antes; nem queria voltar.

Estendi minha mão para ele.

– Vamos, está tarde. Vamos para a cama.

Subimos as escadas de mãos dadas. Ele parou na porta, sem jeito, enquanto eu acendia o pequeno abajur ao lado da cama.

– Quer usar o banheiro primeiro?

– Tudo bem.

– Pode usar minha escova de dentes se quiser. A azul.

Ele se inquietou por alguns segundos e então entrou no banheiro. Eu puxei os lençóis para baixo, perguntando-me se seria melhor irmos para o quarto de hóspedes. Por outro lado, que diferença isso faria de fato?

Trocamos de lugar e, enquanto eu limpava meus dentes com a escova úmida, encarei meu reflexo no espelho do banheiro. O rosto era familiar, mas isso era tudo. Todo o resto tinha mudado.

Quando eu saí, Sebastian estava sentado na beira da cama, ainda totalmente vestido.

– Aliás, onde seus pais acham que você está essa noite?

Ele piscou e olhou para cima; ficou claro que seus pensamentos estavam em um lugar completamente diferente.

– Eles nem vão reparar que eu não estou lá. Provavelmente estão desmaiados de bêbados outra vez.

Ele falou com um tom cheio de desprezo.

– Ches me deixou em casa e eu corri até aqui, por isso que cheguei um pouco tarde. Eu não queria que ele soubesse onde... ele vai me buscar às 10h30 amanhã, então eu preciso estar de volta a essa hora. – Ele suspirou. – Isso não parece estar muito longe agora.

– E se os seus pais virem que seu quarto está vazio e que sua cama está feita?

Senti um pouco de pânico ao pensar nisso.

Sebastian deu um meio sorriso.

– Eu não arrumei minha cama hoje cedo. Se eles olharem, o que não farão, vão só presumir que não me viram sair. Honestamente, eles não vão reparar. – Ele fez uma careta. – Eles nunca reparam em nada a meu respeito de qualquer forma, exceto pela porra do meu cabelo.

Inconscientemente, ele passou as mãos pela cabeça enquanto falava.

– Mas foi o que nos trouxe até aqui, não foi? – comentei, baixinho.

Ele olhou para mim, sério, e assentiu devagar.

– Você se arrepende?

Balancei a cabeça.

– Não. Você me faz sentir... viva.

Inclinei-me e o beijei – um beijo suave, gentil, amoroso. Ele respondeu de maneira imediata e apaixonada, beijando-me até estarmos ambos respirando com dificuldade.

– Eu... eu tenho que ir lá embaixo – disse ele, ficando de pé;

– O quê? Por quê?

– Deixei as camisinhas no bolso da jaqueta – resmungou ele, embaraçado.

– Ah, bem, eu queria mesmo dizer algo sobre isso.

Ele me disparou um olhar cheio de nervosismo.

— Eu te disse que ia começar a tomar pílulas anticoncepcionais. E comecei. Nós não precisamos mais usar camisinhas.

— É mesmo? Tem certeza?

Sorri.

— Sim, sem mais caçadas à camisinha perdida.

Ele riu suavemente.

— Eu meio que gostava dessa brincadeira.

— Bem, *eu* não gostava. Enfim, estamos prontos para entrar em ação – falei, arqueando uma sobrancelha. – Ah, mas eu devo mencionar... não sei se isso vai te incomodar... mas estou menstruada. É por isso que eu sei que é seguro pararmos de usar camisinhas. Isso te incomoda? Digo, vai te incomodar?

Senti-me subitamente ansiosa – estávamos chegando a um novo nível de intimidade e eu não sabia bem qual seria a reação dele.

— Você pode? Digo, não tem problema... enquanto você está...? Eu não quero te machucar...

Afaguei seu rosto. Ele parecia tão preocupado.

— Sim, ainda podemos fazer amor. Eu só estava conferindo se você não se incomodava com... um pouco de sangue.

Os olhos dele estavam enormes.

— Eu quero fazer amor com você, Caro. Deus, como eu quero.

— Então acho que você está usando roupas demais.

Ele respondeu de imediato, tirando o tênis de seus pés nus e arrancando a camiseta por cima da cabeça. Pensei ter ouvido uma das costuras se desfazer.

— Ei, está tudo bem! Temos a noite toda. Quero ir devagar com você.

Ele pareceu confuso por um instante, depois sorriu, tímido.

— Certo.

Eu o empurrei para que se sentasse na borda da cama outra vez, e me sentei por cima dele. Seus braços circundaram minha cintura, puxando-me contra ele.

— Humm – falei, mordiscando seu queixo enquanto passava os braços ao redor de seu pescoço. – Esse é o meu lugar feliz.

Usando meus dentes, puxei de leve seu lóbulo e fui recompensada com um gemido suave. Deixei meus dedos escorregarem por suas costas, apreciando a sensação de sua pele e a tensão de seus músculos definidos. Usei as pontas dos dedos para massageá-lo com suavidade e ele tornou a gemer.

– Qual é a sua cor favorita? – murmurei contra seu pescoço.

– O quê? Hmm... Azul. Não, verde. Vermelho, talvez.

– Isso pareceu muito decidido. E aí, futebol americano ou beisebol? Ou talvez basquete? Hóquei?

– Basquete... Beise... Hummm...

– Está com dificuldades para se concentrar? – provoquei-o.

– Caro, eu mal consigo me lembrar do meu próprio nome quando estou com você!

Ri baixinho.

– Do que você gosta no café da manhã?

– Nossa, eu sei lá!

– Diga!

– Eu geralmente não tomo café da manhã.

– Bem, e o que gostaria de comer amanhã cedo?

– Você! – disse ele.

Ele se levantou de repente, levando-me consigo, e então me jogou de volta na cama.

– Chega de ir devagar – disse ele, os olhos sombrios e sérios.

Um pulso de desejo, luxúria e necessidade me invadiu.

Sentei-me lentamente, enganchando meus dedos nos passadores de cinto, e puxei-o para mim. Ele estremeceu enquanto eu deslizava as pontas dos dedos sob a cintura da calça. Com mãos atrevidas, acompanhei o contorno de sua ereção através do jeans. Ele prendeu a respiração.

Observando o rosto dele o tempo todo, abri sua calça, um botão de cada vez, e puxei-a pelas suas pernas compridas, fortes e bronzeadas. Suas pálpebras se fecharam e ele respirou fundo enquanto eu empurrava seu jeans para baixo dos joelhos.

A calça se enrolou ao redor de seus tornozelos e ele quase caiu tentando tirá-la. Eu contive uma risada. Sebastian não tinha nenhum traço de arrogância, mas era um homem, e todos os homens têm lá seu orgulho.

– Venha e deite-se comigo – falei, ainda sorrindo.

Rebolei para tirar minha saia e joguei-a no chão. Hoje não era uma noite para me preocupar com roupas amassadas.

Deitamos de frente um para o outro: ele de cueca, eu de camiseta e calcinha. Ele desceu pela cama até que nossos rostos estivessem alinhados e sorriu para mim.

– Oi.

– Oi para você também.

– Qual é a *sua* cor preferida? – perguntou ele.

– Eu não tenho a menor ideia.

Ele riu, feliz, e desceu os dedos quentes pelo meu braço.

– Você é tão linda – suspirou ele.

– Você também – retruquei –, e tão meigo.

Ele franziu o cenho de leve e deixou sua mão vagar pelo meu corpo até espalmar minha bunda. Ele apertou gentilmente e eu respondi enganchando minha perna sobre seu quadril.

Ele flexionou o quadril automaticamente, pressionando-se contra mim, e outro arrepio delicioso percorreu toda a extensão do meu corpo.

Sebastian rolou com gentileza e me deitou de costas, com ele pairando sobre mim.

– Você ainda quer ir devagar?

Assenti, contendo uma risada.

Ele sorriu, hesitante.

– Certo, vou tentar.

Ele deslizou para baixo e usou os dentes para afastar a camiseta da minha barriga. Passou então o nariz sobre meu corpo e beijou lentamente cada centímetro de pele exposta, enquanto se apoiava em seus braços.

Eu passei os dedos sobre a frente de sua cueca e ele gemeu.

– Eu não vou conseguir ir devagar se você fizer isso de novo – disse ele, com um alerta na voz.

Ri baixinho, sem saber se eu queria ou não que essa tortura lenta e deliciosa continuasse.

– Quero tirar essa camiseta de você.

Eu me sentei brevemente para ele poder tirá-la pela minha cabeça. Quando me deitei de novo, ele beijou meus seios, deslizando a ponta da língua na junção entre minha pele e o tecido do sutiã.

Afaguei os músculos contraídos de seus bíceps, desfrutando de sua tensão.

Cuidadosamente, ele mordeu o tecido do meu sutiã e puxou-o para baixo, passando então a língua sobre meu mamilo, sugando com força. A sensação foi requintada, quase dolorosa.

Empurrei a cintura da cueca para baixo, indo além dos quadris. Ele rolou de lado para se livrar dela e eu me sentei para abrir meu sutiã.

– Não, eu faço isso – disse ele, confiante.

Por vários segundos, ele puxou as faixas elásticas em vão.

– Cacete! Vire-se, eu não consigo ver o que estou fazendo.

Sorrindo para mim mesma, virei-me de costas para ele. Um instante depois, meu sutiã foi jogado no chão e eu tirei a calcinha, lançando-a junto com o resto de nossas roupas.

– Quão devagar? – sussurrou ele, enquanto seu corpo voltava a ficar sobre o meu, pressionando-me de leve no colchão.

– O quão devagar você consegue ir? – falei, provocando.

Ergui meus joelhos e deslizei minha mão ao longo de sua ereção. Ele estremeceu e mordeu o lábio.

– Você não está ajudando! – disse ele, acusatório.

No entanto, eu não me importava mais: queria senti-lo dentro de mim por inteiro.

Puxei-o para mim e senti o colchão se mover conforme seu peso se mexeu na cama. Ele usou os joelhos para me abrir mais e então, com uma lentidão excruciante, afundou dentro de mim, retirou-se, depois mergulhou de novo, girando os quadris, estimulando-me em todo lugar ao mesmo tempo.

Inclinei meus quadris para cima para ir de encontro aos movimentos dele, e isso pareceu levá-lo longe demais.

– Eu não consigo! Não consigo! – ofegou ele de súbito, começando a se mover mais rápido.

Enlacei sua cintura com minhas pernas e agarrei-me em seus braços com as mãos.

Os olhos dele estavam fechados com força e senti o corpo dele se enrijecer. Em seguida, ele desabou sobre mim com um gemido suave.

– Desculpe – resmungou ele no meu pescoço, um longo momento mais tarde.

Afaguei seu cabelo, sorrindo para mim mesma.

– Tudo bem. A prática leva à perfeição. E nós temos a noite toda.

Ele se ergueu e beijou-me com suavidade e doçura. Depois retirou-se de meu corpo gentilmente e rolou de lado.

– Ah, uau! – disse ele, olhando para o sangue em seu pênis. – Isso não te machucou mesmo?

Balancei a cabeça, reprimindo um sorriso.

– Quer tomar um banho?

– Hum, sim, se você não se importa.

Ele parecia atordoado.

– Eu não ligo. Desde que você me deixe lavar suas costas.

Ele sorriu e olhou para mim.

– Ah, eu definitivamente aceito isso.

Eu liguei a água quente e levei-o até o chuveiro.

– Teve um dia longo no escritório, querido? – falei, passando uma esponja ensaboada pelas costas dele.

Ele riu, espreguiçando os braços.

– Deus, como isso é gostoso! – suspirou ele.

Sebastian pousou as mãos na parede azulejada e deixou a água escorrer por sua cabeça e suas costas. Quando eu estendi a mão e passei a esponja pela frente do seu corpo, ele deu um pulo. Gentilmente, esfreguei a esponja sobre sua barriga e suas coxas e tudo entre essas partes; ele gemeu alto.

Senti sua ereção ressurgir. Adivinhei que era isso o que chamavam de recarregar rápido. Fiquei impressionada – e um pouco chocada.

Ele se virou e me beijou intensamente, sua língua exigindo acesso à minha boca. Empurrou-me contra os azulejos gelados e eu quase escorreguei.

– Cuidado!

– Desculpe! Deus, desculpe-me – resmungou ele, mal levantando a boca dos meus lábios.

Eu estava escorregando e deslizando para todo lado – de repente, sexo no chuveiro não me parecia uma ideia tão boa.

Deixei a água quente correndo e puxei-o atrás de mim. Ele pareceu confuso quando eu me inclinei sobre a pia e segurei a borda com as duas mãos.

– Por trás – murmurei.

Ouvi o fôlego ficar preso em sua garganta e, um segundo depois, suas mãos agarravam meus quadris. Quando ele me penetrou, pareceu incrivelmente profundo. Na verdade, eu nunca tinha sentido nada parecido antes.

– Ah, cacete – sibilou ele.

Olhei para o espelho – os olhos dele estavam arregalados e maravilhados, os lábios partidos. Nossos olhos se encontraram e travaram um no outro.

Eu me contraí ao redor dele e observei seu rosto enquanto ele praguejava de novo.

Ele girou os quadris lentamente e dessa vez fui eu quem gritou.

– Mão!

– O quê? – ele falou entredentes.

– Me dê sua mão! – eu meio ofeguei, meio gritei para ele.

Sebastian inclinou-se sobre mim, seu peso me pressionando na porcelana dura e fria, e eu gemi, mas ele me deu sua mão. Eu a empurrei entre minhas pernas, contra meu clitóris. Ele aprendia rápido: passou pela minha mente que ele devia tirar notas boas na escola. Meu orgasmo começou a se aproximar e eu senti um delicioso tremor por dentro.

Sei que Sebastian sentiu também, pois ele xingou de novo e começou a se mover com mais rapidez, a mão no mesmo ritmo das arremetidas.

Gritei o nome dele. O puro alívio de poder ser tão ruidosa quanto eu quisesse, de mostrar vocalmente o quanto ele estava me agradando, era sensacional.

Ele continuou se movendo, seus quadris batendo nos meus. Eu mal conseguia parar de pé; minhas pernas subitamente tremiam com o esforço de me manter.

O quê? Não! Não podia ser! Eu não podia acreditar! Meus olhos se arregalaram quando um segundo orgasmo se aproximou. Fiquei profundamente chocada – eu nem sabia que *conseguia* ter dois orgasmos tão perto um do outro. E então perdi qualquer linha de raciocínio quando meu corpo se tornou nada além de sensações.

Estava vagamente ciente de que Sebastian tinha parado de se mover e que ambos jazíamos no chão, arquejantes.

Eu estava desesperadamente desconfortável na superfície dura, mas sentia-me fraca demais para me mexer. Uma gargalhada me escapou – eu estava, literalmente, bem comida. Essa expressão nunca mais teria a mesma nota para mim, agora que eu a experimentara de fato.

Comecei a rir.

– O que é tão engraçado?

Mas eu não conseguia responder, estava rindo demais. Consegui me levantar sobre as mãos e os joelhos, vagamente ciente de haver sangue no piso do banheiro.

— Do que você está rindo? — disse Sebastian, parecendo irritado.

Eu me arrastei para o chuveiro, levemente histérica.

— Que foi?! — disse ele, começando a rir apesar de si mesmo.

— Eu. Estou. Completamente. Bem. Comida! — consegui finalmente expelir.

Sebastian também estava rindo quando veio se juntar a mim no chuveiro.

Nós nos sentamos no jato de água e eu me recostei entre suas pernas, deixando a água quente nos acalmar e recuperar.

Por fim, consegui parar de rir, mas sentia-me fraca demais para ficar de pé.

— Isso foi incrível — murmurou Sebastian junto ao meu cabelo.

Ele parecia levemente assombrado.

— Foi mesmo. Mas eu não consigo ficar de pé, você vai ter que me ajudar a me levantar!

Sebastian riu e se levantou com facilidade, puxando-me para cima pelas mãos.

Consegui desligar o chuveiro e sair aos tropeções. Agarrei uma toalha limpa e joguei outra para ele. Passei a toalha algumas vezes e, ainda meio ensopada, desabei de cara na cama.

— Ei — disse Sebastian, seguindo-me para o quarto. — Você está toda molhada.

Gentil e amorosamente, ele me secou com a toalha, fazendo o melhor que podia para também tirar a umidade do meu cabelo.

— Estou tão cansada. Mal consigo manter os olhos abertos — resmunguei.

— Vá dormir, meu bem — disse ele com suavidade.

Rolei de lado e senti o corpo quente e levemente úmido de Sebastian se aconchegar atrás do meu. Ele passou o braço ao redor da minha cintura e eu adormeci em segundos.

CAPÍTULO 11

EM ALGUM MOMENTO não muito depois da alvorada, eu acordei.

O braço de Sebastian ainda estava jogado sobre minha cintura, mas devo ter me virado durante a noite, porque agora estava de frente pare ele. Seus lábios estavam levemente separados e ele respirava suavemente. Achei que ele estava sonhando, porque suas pálpebras estremeceram e ele franziu a testa.

Uma sombra dourada de barba cobria suas bochechas, lábio superior e queixo. Era macia, nada parecida com o que eu conhecia, e ele estava muito jovem e muito lindo.

Seu bronzeado era profundo nos braços, nas costas e no peito, e então desaparecia completamente, deixando seus quadris e nádegas de um branco leitoso que voltava ao dourado em suas pernas.

O ângulo baixo do sol lançava sombras longas que destacavam a definição de seu peito e estômago musculosos e eu me regozijei no pensamento de que por mais algumas horas – e durante outra noite inteira – ele era meu.

Eu mal ousava imaginar como seria acordar assim todas as manhãs, sentindo tanta alegria e paz. E recusava-me a pensar no que aconteceria quando nosso final de semana terminasse.

Passei outro minuto absorvendo sua beleza antes de me arrancar dali para usar o banheiro.

– Aonde você vai? – perguntou ele, sonolento, piscando para mim.

– Fazer xixi – murmurei. – Volte a dormir.

Mas quando eu voltei para o quarto, a cama estava vazia. Por um instante meu coração parou, pensando que ele havia partido. E então eu vi os tênis dele, sua camiseta e a cueca, tudo ainda espalhado pelo chão. Apenas sua calça jeans estava faltando.

Olhei com certo nojo para o sangue nos lençóis. Pelo menos eu não tinha um fluxo pesado ou demorado. Ainda assim...

Escutei passos leves atrás de mim e voltei-me para olhar. Sebastian carregava dois copos de suco de laranja e vestia, digo, quase vestia seu jeans.

Ele puxara a calça sobre os quadris, mas fechara apenas metade dos botões. Ele era para lá de sexy; senti meu rosto ficando quente – e então me lembrei que estava ali, de pé, nua – e corei por inteiro.

Corri de volta para a cama e para debaixo dos lençóis.

Sebastian me olhou como se eu fosse meio louca.

– Eu queria fazer café para você – disse ele, encolhendo os ombros –, mas não sei cozinhar. Posso, no entanto, servir um belo copo de suco.

Ele me passou um copo e eu tomei um longo gole.

– Ora, sr. Hunter, você pode mesmo servir um suco de laranja incrível.

Ele sorriu e despejou o resto da bebida garganta abaixo em um gole só. *Como diabos os homens fazem isso?* Era um mistério total para mim.

– Bem, deixe-me fazer o café da manhã para você. O que você quer? Ovos, panqueca, bacon, omelete?

– Eu já te falei ontem – disse ele.

Franzi o cenho.

– Você. Eu quero você de café da manhã.

Ele depositou o copo no criado-mudo e lentamente se aproximou, seus olhos jamais deixando meu rosto. Sua expressão tirou meu fôlego.

– Sexo em vez de comida hoje?

– Sim, senhora.

Olhei para o despertador. Eram 6h45.

– Temos cerca de três horas antes que eu precise te deixar em casa. Acha que é tempo suficiente?

Ele balançou a cabeça.

— Na verdade, não.

E então ele pulou na cama, fazendo-me gritar de susto. Eu derramei suco de laranja sobre meu peito e nos lençóis.

— Sebastian!

Ele me ignorou e começou a lamber minha pele nua. Eu quase derreti com o calor de seu toque, porém consegui de alguma forma colocar meu copo um pouco mais vazio no criado-mudo.

Corri para tirar o jeans dele, mas Sebastian estava concentrado demais em marcar sua passagem pelo meu corpo. Era um páreo duro para saber quem conseguiria satisfazer sua vontade primeiro.

Algum tempo depois, ou melhor, um tempo *considerável* depois, o despertador tocou.

Estávamos ambos deitados de barriga para cima, sem fôlego. De novo. Eu me sentia como se tivesse acabado de passar por dez rounds com Mike Tyson: todos os músculos doíam e eu estava banhada em suor. Sebastian vinha me jogando pelo quarto por quase duas horas. Ele jazia com os olhos fechados e uma expressão feliz no rosto.

O despertador havia, convenientemente, sido jogado para fora de nosso alcance. Lutei para me sentar, rastejando ao longo da cama e remexendo no chão para encontrar a caixinha eletrônica insuportável.

Sebastian tentou morder minha bunda, o que não ajudou muito na minha coordenação.

— Nós precisamos nos levantar! — gemi.

Ele não respondeu.

— Levanta!

— Já estou de pé — resmungou ele contra a minha pele.

De novo? Ah, meu Deus!

— Hora do banho. Vai! Agora!

Ele reclamou mais um pouco, mas acabou saindo da cama, permitindo que eu me levantasse e colocasse meu robe. Olhei ao redor e o vi tropeçar na direção do banheiro. Era verdade: ele estava levantado.

Sorrindo para mim mesma, fui até a cozinha e vasculhei o refrigerador. Como ele não havia declarado uma preferência, decidi fazer uma omelete de queijo com bacon à parte.

Eu ainda estava grelhando o bacon quando o ouvi descendo as escadas. Houve um impacto alto e eu adivinhei que ele tinha pulado os últimos três ou quatro degraus. Sua exuberância me fez sorrir. *E de onde diabos ele tirava toda aquela energia?*

Ele passou os braços ao redor da minha cintura sem hesitar e mordiscou meu pescoço. Eu quase derrubei a espátula.

— O que eu posso fazer? — disse ele.

Fiquei surpresa. Nenhum homem havia me dito isso antes em minha cozinha. Virei-me e sorri para ele.

— Apenas sente-se ali e pareça decorativo.

Ele me lançou um olhar divertido e estendeu suas pernas compridas sob a mesa da cozinha, balançando a cadeira sobre as duas pernas traseiras, exatamente como tinha feito na noite passada.

Tê-lo sentado na minha mesa de café da manhã era maravilhosamente novo e maravilhosamente natural, tudo ao mesmo tempo.

Quando servi a comida, coloquei a maior parte da omelete no prato dele, junto com quatro das cinco fatias de bacon. Ele pareceu nem reparar na distribuição desigual; estava concentrado demais em colocar a comida em sua barriga no menor tempo possível.

Eu ainda estava mastigando quando ele afastou seu prato. E olhou ao redor para ver se havia mais alguma coisa para comer. Seus apetites eram enormes em todos os sentidos, na verdade. As últimas dez horas tinham sido uma revelação.

— Torradas?

— Por favor! — disse ele, feliz.

Cortei quatro fatias de um pão e enfiei todas na torradeira.

— Quer geleia?

Ele fez uma careta.

— Não, só manteiga, por favor.

— Você não gosta de doces?

— Só de você.

Rolei os olhos.

— Qual sua posição sobre chocolate? Estou falando sério! É uma pergunta importante!

— Você gosta de chocolate, Caro? Que tipo?

Eu percebi o que ele estava pensando; às vezes ele era fácil demais de se ler.

— Eu não quero que você me compre nada, Sebastian.

— Por que não?

Ele fez biquinho e eu quis rir.

— Porque estamos poupando nosso dinheiro para coisas mais importantes.

Ele suspirou.

— Por outro lado — acrescentei, maliciosa —, eu não me incomodaria em lamber chocolate derretido de você. Aposto que o gosto seria ótimo.

Por um momento ele pareceu um pouco chocado, em seguida um sorriso gigante espalhou-se por seu rosto.

— É! Isso parece uma *delícia!*

— Vejamos o que eu consigo fazer para hoje à noite.

Ele gemeu.

— Que foi?

— Agora vou ficar com essa imagem na cabeça o dia todo! Vou ser uma ereção ambulante!

— É um jeito de aumentar as gorjetas no trabalho — falei, rindo.

Ele balançou a cabeça e pareceu embaraçado. Era tão fácil provocá-lo! Eu não estava sendo muito justa.

Olhei para meu relógio. Eram quase 10 hs.

— Hora de ir — falei, tentando não soar muito abandonada.

Ele fechou a cara.

— Vou ligar dizendo que estou doente.

— Você não pode fazer isso — falei, paciente. — Para começar, Ches vai bater na sua porta em cerca de 20 minutos; e, depois, certamente sua mãe vai ficar sabendo. Você *quer mesmo* que ela faça perguntas desconfortáveis sobre onde você estava?

Ele suspirou.

— Acho que não.

— Vamos lá. Vá ser um salva-vidas.

Eu maldisse o dia que deixei aquelas caixas vazias da mudança na garagem. Em vez de poder guardar meu carro lá dentro, para que Sebastian pudesse sair discretamente da casa, eu tive que dar ré até a porta da frente para ele poder entrar do lado do passageiro e reduzir a chance de ser visto. Agora já era plena luz do dia e eu estava ansiosa. Tentei inventar algumas desculpas caso fosse necessário – alguma razão para Sebastian estar na minha casa a essa hora da manhã. Nada soou convincente. Eu simplesmente cruzei os dedos. Que maduro.

Por sorte, muita sorte, chegamos ao parque sem nenhum incidente.

– Pode me mandar uma mensagem de texto mais tarde?

– Tudo bem – prometeu ele. – Te vejo hoje à noite. Te amo!

Ele bateu a porta e acenou um adeus. Eu observei-o atravessar o parque correndo e, com uma última espiadela, fiz um retorno ilegal e parti para o mercado. Queria fazer algo especial para nossa última noite juntos. E comprar um pouco de chocolate.

Eu havia acabado de estacionar do lado de fora do mercado quando meu fone bipou. Sebastian não perdeu tempo para me mandar uma mensagem. Entretanto, quando conferi, a mensagem era de David.

[Voo aterrissa 2115. Preciso do uniforme de gala lavado a seco para formal na segunda.]

E olá para você também.

A mensagem me deixou de mau humor, relembrando que na noite de amanhã eu teria que ser *aquela pessoa* de novo – esposa leal, factótum sem vontade própria. Eu não sabia como, diabos, faria isso.

– Olá, Caroline. Como vai? Você parece um pouco cansada.

Donna estava atrás de mim com um carrinho cheio e um sorriso gentil no rosto. Ela afagou meu braço enquanto meu cérebro tentava voltar à posição "ligado".

– Eu sei, querida – disse ela. – Eu também nunca durmo bem quando Johan está fora. Acho que sinto falta do ronco dele!

Tentei sorrir e o rosto dela se franziu de preocupação.

– Você está bem?

– Estou bem, obrigada, Donna. Acabo de receber uma mensagem do David. Ele quer seu uniforme de gala lavado a seco para a segunda-feira. Agora preciso voltar para casa para pegá-lo.

– Ah, minha nossa! Você esqueceu de olhar a agenda de novo? – ela me provocou.

Não pude evitar uma risada.

– Sim! Era de se imaginar que eu já tivesse aprendido a essa altura.

– Bem, fico feliz por ter esbarrado em você. Eu estava pensando se podia lhe pedir para levar algo ao piquenique amanhã. Talvez um pouco da sua massa fria? Só para o nosso grupo.

– Ah, é claro! Eu ia levar alguns sanduíches também, o que você acha?

– Maravilhoso! Sim, por favor. Acho que vai ser um dia divertido, e parece que teremos sorte com o clima. Você quer que eu a busque? Não há muito espaço para estacionar e o comitê organizador pediu para dividirmos os carros. Além disso, você ainda não conheceu meus filhos. Eles estão de volta da faculdade agora.

– Ah, sim, isso seria adorável – gaguejei, sentindo-me pressionada. – Obrigada!

– Eu apanho você às 11 hs então. E tente dormir um pouco essa noite, querida. Você é jovem demais para parecer tão cansada. Não quer acabar com bolsas sob os olhos, como eu. Bem, eu tenho malas, em vez de bolsas.

Na verdade, eu não planejava dormir muito durante a noite, mas talvez pudesse tirar uma soneca mais tarde. Imaginei brevemente se eu devia deixar Sebastian dormir um pouco mais – era provável que ele só tivesse conseguido quatro horas de sono na noite de ontem, e estava trabalhando o dia todo hoje. Por outro lado, ele era jovem – e eu não podia imaginá-lo concordando em dormir quando ele certamente tinha outras coisas em mente. O pensamento me fez sorrir.

Droga! Eu esqueci de perguntar para Donna quantas pessoas faziam parte do "grupo" que ela mencionou.

Movendo-me lentamente para cima e para baixo nos corredores do mercado, enchi o carrinho com pães *focaccia*, frios e um pouco de macarrão fresco. Senti um pouco de culpa por comprar macarrão já pronto, mas imaginei que ninguém além de mim perceberia. Também comprei costeletas de cordeiro, batatas e salada para Sebastian. E um pote de cobertura de chocolate. Embora isso tenha sido mais para mim.

Em uma reflexão tardia, também peguei algumas das comidas favoritas de David. Ele era sempre mais agradável de barriga cheia.

Ficava cada vez mais difícil comprar filme de 35 mm, especialmente em preto e branco, mas consegui encontrar alguns rolos. Perguntei-me se eu conseguiria comprar uma câmera digital quando nos mudássemos para Nova York. Eu não fazia ideia de quanto elas custavam. Eu sentiria muito por deixar de usar a SLR do meu pai, mas o preço para comprar e revelar filmes era um custo adicional que eu podia muito bem dispensar. Um custo que *nós* podíamos dispensar.

Enquanto eu fantasiava alegremente sobre uma nova vida em uma nova cidade, meu celular tocou.

– Oi, Carolina! Aqui é Carl Winters. Como vai?

– Bem, obrigada, Carl. E você?

– Bem, bem. Olha, eu ouvi falar que o pessoal da Base vai ter um dia de diversão familiar na praia amanhã. Você vai?

– Vou, sim.

– Ótimo! Eu estava imaginando se você poderia tirar algumas fotos para o jornal. Nós precisamos dela aqui na noite de domingo.

– Ah, eu adoraria fazer isso, mas acho que mencionei para você: eu não tenho uma câmera digital. Não conseguiria revelar o filme tão rápido.

– Sem problema. Temos um laboratório aqui; é só deixar o filme e eu peço para um dos nossos técnicos revelar.

Fiquei em silêncio.

– Carolina! Ainda está aí?

– Ah, sim. Estou aqui.

– Algum problema?

– É só que... e se elas não ficarem boas o bastante? Eu odiaria que você dependesse de mim e...

Ele riu.

– Carolina, é um dia de diversão em família. Tenho certeza que seus disparos serão ótimos. Vamos conseguir algo utilizável – podemos fazer muita coisa com imagens recortadas. Não se preocupe com isso.

– Bem, então tudo certo. Obrigada! Fico muito lisonjeada mesmo.

– Bom, está combinado. Vejo você amanhã.

Ele desligou, deixando-me confusa. Ele era o editor de um jornal semanal e estaria lá em uma noite de domingo? Vai entender...

Sacolas de compras encheram o porta-malas do meu carro, inclusive um pote de cobertura de chocolate, e eu voltei para casa com um sorriso inabitual no rosto. Levou algum tempo para descarregar toda a comida extra que eu comprara para o piquenique.

Todavia, quando entrei no quarto, parecia que uma bomba havia caído ali. Com um suspiro, juntei os lençóis caídos em uma pilha no chão e cuidadosamente despi a cama. Em seguida desci as escadas e enfiei tudo na máquina de lavar. Eu não sabia que ter um caso significava mais tarefas de casa.

E então me lembrei do uniforme de gala de David. Resmungando, mal-humorada, enfiei-o numa sacola plástica e dirigi até a lavanderia.

Quase peguei no sono ao volante na volta e, quando tropecei para dentro da sala de estar, não pude evitar notar que o sofá parecia convidativo. Talvez só por cinco minutos...

Meu celular me alertou de que eu tinha uma mensagem, despertando-me de um sonho muito interessante envolvendo um chuveiro de chocolate em vez de água... e um Sebastian nu.

[Parece um dia comprido. Sinto sua falta. Mal posso esperar até mais tarde. Comprou chocolate? Sxx]

Sorri e respondi com outra mensagem.

[Sim para o chocolate.
Mas quão devagar você consegue ir?]

Ele respondeu de imediato.

[Vamos descobrir. Xx]

Eu tinha um sorriso enorme no rosto quando desliguei meu telefone. Mas quando vi a hora, fiquei horrorizada ao perceber que havia dormido por mais de três horas. Eu tinha uma montanha de comida para preparar para o piquenique de amanhã e com certeza não iria desperdiçar meu tempo com isso enquanto Sebastian estivesse ali.

Apesar do despertar rude, senti-me melhor após minha soneca estendida e comecei a trabalhar com vontade. Eu tinha tanta comida que precisei arrastar algumas das caixas de papelão da garagem para guardá-la.

Inevitável a lembrança do dia em que Sebastian veio me ajudar a esvaziar as caixas da mudança. Parecia ter ocorrido há uma vida – imaginei como parecia para ele.

Cacei algumas velas pelos armários da cozinha. Eu as comprara para o caso de falta de energia – elas certamente nunca tinham sido usadas para um episódio romântico com David. Eu queria o que nunca havia tido: queria que essa noite fosse perfeita.

A mesa estava tão bonita, arrumada com guardanapos de linho e decorada com velas e um pequeno buquê de flores que eu apanhara no quintal. Subi para colocar o vestidinho preto que Sebastian me ajudou a escolher e combinei com um elegante par de sapatos de camurça de salto alto – eu queria ficar linda para ele.

Depois de destrancar a porta da cozinha, eu me aninhei no sofá com um livro. Devo ter pegado no sono de novo, porque estava escuro quando voltei a olhar ao redor. Fiquei chocada ao ver que já era quase uma da manhã. *Onde estava ele?*

A primeira coisa que fiz foi olhar meu celular, mas não havia nenhuma mensagem nem chamada perdida. A incerteza disputava lugar com o pânico – será que tinha acontecido alguma coisa com ele ou ele simplesmente tinha se cansado de mim? Imaginei se deveria arriscar ligar para ele. No final, resolvi enviar uma mensagem de texto, só para prevenir. E também por ser nosso meio costumeiro de comunicação.

[Vc tá ok? Tô preocupada.]

Sentei-me na beirada do sofá, aguardando ansiosamente por uma resposta. Quando não suportei mais a tensão, levantei-me e comecei a andar de um lado para o outro.

Mais meia hora se passou e eu ainda não tinha notícias dele. Estava cogitando a sabedoria de entrar em meu carro e sair procurando por ele quando finalmente, *finalmente* escutei uma batida suave na porta.

Voei para a cozinha, escancarei a porta e, para minha consternação, explodi em lágrimas quando o vi parado ali, sorrindo para mim.

– Ei! Qual o problema? Desculpe-me pelo atraso. Não chore, Caro. Por favor, não chore, querida!

Ele me segurou em seus braços, afagando meu cabelo, deixando que eu chorasse até me acalmar; todo o medo e a ansiedade irracional, o estresse de me dividir ao meio, a intensidade das últimas três semanas, a esperança por algo mais, tão tenra e tão frágil – tudo derramou-se para fora de mim.

– Desculpe-me – consegui dizer, sufocando. – Eu fiquei tão preocupada. Você não atendia ao telefone e eu não sabia como entrar em contato.

– O pneu furou no caminho para casa – disse ele, tranquilizador. – Ches e eu levamos uma eternidade para conseguir enfiar o novo pneu no lugar nessa escuridão. Nós não tínhamos nem uma lanterna.

– Eu mandei uma mensagem de texto!

– Eu não consegui recarregar meu telefone ontem – a bateria morreu há algumas horas. Eu não achei que fosse importar. Você ficou mesmo preocupada comigo?

Eu assenti, infeliz. Sentia-me tão boba por chegar nesse estado por causa de uma bateria descarregada e um pneu furado. Eu queria gritar: *mantenha seu celular carregado, seu idiota!* Mas não gritei – eu estava simplesmente contente por ele estar ali, são e salvo, comigo.

Sebastian enxugou minhas lágrimas com os dedos.

– Eu gosto de você se preocupar comigo – disse ele, suavemente.

Ele olhou por cima do meu ombro para a mesa da cozinha.

– Isso também é para mim?

Eu assenti de novo e tentei sorrir.

– Surpresa! – murmurei.

Ele riu baixinho.

– Amei. Obrigado. E... você está linda, Caro.

– Com os olhos vermelhos e horrorosa, mais provavelmente, mas obrigada por dizer isso.

– Você sempre está linda para mim.

– Sim, bem, deve ser porque você está usando esses óculos com lente cor de rosa outra vez.

Ele suspirou e balançou a cabeça. Eu não sabia dizer se ele estava irritado ou achando graça – talvez um pouco dos dois.

– Está com fome?

– Deus do céu, sim! Nesse momento, meu estômago está pensando que alguém cortou minha garganta.

— Eles realmente deviam te alimentar no trabalho — resmunguei.

Ele deu de ombros.

— Estávamos ocupados. Mas amanhã estou de folga.

Sebastian me olhou cheio de expectativa, mas quando viu minha reação consternada, sua empolgação desapareceu.

— Pensei... eu só pensei que podíamos passar o dia juntos, mas... tudo bem... se você estiver ocupada.

Xinguei. Ele pareceu surpreso; eu nunca fui muito dada a palavrões.

— Ah, eu queria ter sabido antes! Eu disse a Donna que iria para o dia de diversão em família na praia — o grande piquenique, sabe?

Ele fechou a cara.

— Não pode dizer que mudou de ideia?

— Bem que eu queria! Mas também concordei em tirar fotos para o *City Beat*. Eles estão contando comigo. Ah, Sebastian, eu sinto tanto! Se eu soubesse que você teria o dia de folga...

— Foi coisa de última hora — murmurou ele. — Eles também deram o dia de folga para Ches. Provavelmente porque tanta gente vai estar no passeio.

As possibilidades apresentadas ao passar um dia todo sozinha com Sebastian agora flutuavam pela minha mente, tão vagas e incertas como a névoa.

Passei os braços em volta da cintura dele e pousei minha cabeça em seu peito outra vez.

— Haverá outros dias — falei, a voz triste.

— É, eu sei. É só que todo dia... todo momento com você...

— ... é precioso — completei a frase dele.

— Muito.

Beijei-o de leve.

— Vou preparar o jantar.

— Eu acendo as velas.

Fiquei surpresa quando ele tirou um isqueiro do bolso; eu nunca tinha visto Sebastian fumar e certamente nunca sentira cheiro de tabaco nele. Esquisito.

Apaguei as lâmpadas para que a única iluminação na cozinha viesse das velas. As luzes tremulantes lançavam imagens estranhas nas paredes, como um jogo de sombras exótico. Um tremor me percorreu — alguém devia ter caminhado sobre minha sepultura. Afastei a ideia supersticiosa e me concentrei em vez disso no modo como a luz das velas se refletiam no rosto de Sebastian, acentuando seus malares e fazendo seus olhos cintilarem. Ele sorriu para mim e, na luz suave, suas íris pareciam negras como carvão. Eu podia perder o rumo dos pensamentos só de olhar para ele.

Servi as costeletas de cordeiro grelhadas e Sebastian comeu entusiasticamente; eu mal toquei na comida. Estava ressentida pela oportunidade desperdiçada do dia seguinte e, estupidamente, comecei a permitir que isso estragasse também aquela noite. Fiz um esforço para me acalmar.

– Como foi no trabalho hoje?

– Corrido. Havia um grande torneio de golfe, com várias pessoas de fora da cidade.

– Algum incidente na área da piscina?

Ele riu ao se lembrar de algo.

– Sim! Uma das convidadas derrubou seu celular na parte mais funda. Eu mergulhei para buscá-lo para ela.

– Ela ficou agradecida?

– Acho que ficou mais furiosa mesmo, mas me deu dez pratas... e o número do celular.

– Está brincando comigo! – *Como ela ousa? Ela era bonita? Qual a idade dela?*

Essas eram as perguntas que eu não podia fazer.

– Digo, precisa ser muito burra – prosseguiu Sebastian. – Ela simplesmente largou a porcaria do telefone na piscina e esse é o número que ela me dá!

– Sebastian – falei, declarando o óbvio ululante, ao menos para mim. – O número ainda funciona, ela só precisa comprar outro aparelho.

Ele olhou para mim.

– É mesmo?

– Sim!

Ele chacoalhou a cabeça.

– Bem, não faz diferença nenhuma. Eu joguei o número fora.

– Jogou?

– Claro que sim!

Ele parecia aborrecido.

– Eu não te trairia, Caro!

Eu não suportaria apontar a ironia naquela declaração. Em vez disso, mudei de assunto.

– Quer sobremesa?

A expressão dele mudou em um instante – de indignação virtuosa para o mais abrasador olhar de luxúria.

– Chocolate? – A voz dele soou grave e sedutora.

– Eu... eu fiz bolo de polenta... mas também comprei chocolate.

Ele não tirou os olhos de mim e sua voz não vacilou.

– Só o chocolate.

Sebastian se levantou, a cadeira arrastando no piso da cozinha, e estendeu a mão para mim. Tomei-a sem dizer nada e ele me puxou para seus braços, beijando-me até eu parar de respirar.

– Quero fazer amor com você – disse ele, a voz rouca. – Pensei nisso o dia todo. Porra! Eu não conseguia pensar em mais nada. – Ele piscou e seus olhos dançavam, divertidos. – As pessoas podiam estar se afogando naquela piscina e eu acho que não teria notado.

– Vamos para a cama.

– Ah, é isso aí, querida!

De súbito, ele me tirou do chão e jogou-me por cima do ombro; a surpresa me fez soltar um grito. Ele praticamente correu escada acima e me jogou na cama. Eu não contive uma risada ante seu ímpeto e a pura alegria que vi em seu rosto.

– Droga! Esquecemos o chocolate.

– Não esquecemos, não. – Eu apontei para o pote de cobertura de chocolate junto ao despertador e vi seus olhos se acenderem.

Ele girou a tampa e o pote soltou um estalo ao abrir. Ele enfiou o indicador lá dentro e retirou-o coberto de chocolate. Estendeu-o para mim.

– Chupa – disse.

E foi o que eu fiz.

★ ★ ★ ★

Em algum momento da noite nós pegamos no sono. Não foi uma decisão consciente; foi mais como um reconhecimento de pura exaustão.

Acordar foi uma luta. Meus olhos ardiam de cansaço e meu corpo doía tanto que eu não sabia que músculo aliviar primeiro. *E havia chocolate por todo canto!*

Ah, o chocolate! Humm, isso tinha sido bom. Não, tinha sido ótimo. Tinha sido *divertido*.

Nós rimos tanto. Eu não conseguia me lembrar de rir tanto, nunca.

E o jeito como exploramos o corpo um do outro. Relembrei o toque dos dedos dele; o modo como sua pele se aquecia contra a minha; o calor úmido e suave de seus lábios em todo lugar. A paixão que ardera por horas, explodindo subitamente em chamas abrasadoras.

Rolei e descobri seus olhos já abertos, um sorriso maravilhado em seu rosto.

Não falamos; apenas olhamos um para o outro. Acho que eu também sorria.

Seus dedos afagaram meu braço lenta e compassadamente.

Estendi a mão para o rosto dele, mas ele puxou-a para seus lábios e beijou a palma. Aninhei-me em seu corpo e sua mão desceu para afagar minhas costas nuas.

Escutei a batida constante e baixa de seu coração.

– Temos que nos levantar – falei, triste.

Ele assentiu devagar; no entanto, nenhum de nós se moveu.

– Quando eu vou te ver de novo? – murmurou ele.

– Hoje, no piquenique – falei, tentando soar animada.

– Você sabe o que eu quero dizer.

Suspirei. Eu sabia o que ele estava dizendo; apenas não tinha uma resposta. Não havia um amanhã para nós.

– Vamos dar um jeito – falei, tentando reassegurá-lo.

– Odeio isso – disse ele, emburrado. – Ficar nos esgueirando por aí, todas essas mentiras. Quero que todos saibam que estamos juntos.

– Ótimo! – disparei. – Vá em frente! Conte a todo mundo! Daí eu posso passar sabe lá quanto tempo na prisão, ou amarrada no registro de criminosos sexuais e incapaz de arranjar um emprego.

Eu sabia que estava me comportando mal e de maneira pueril, porém não conseguia parar.

Ele ofegou, chocado.

— Eu não queria dizer isso — resmungou ele.

— Então queria dizer o quê? — falei, o volume de minha voz começando a aumentar. — Você pensa que é fácil para mim? Acha que eu gosto de trair as pessoas, mentir para gente decente como Donna e Shirley? Enganar todo mundo? Acha que isso não é difícil para *mim?* Isso não é uma brincadeira, Sebastian!

— Eu sei disso! — gritou ele de volta. — É a minha vida também!

Fechei os olhos e respirei fundo.

— Desculpe-me. Eu só estou... um pouco cansada. Você me esgotou.

Aquilo trouxe um leve sorriso aos lábios dele, mas seus olhos ainda estavam magoados e zangados.

Eu sabia que não devia descontar minha ansiedade constante nele.

— Desculpe-me. É frustrante para mim também.

— Eu não quero brigar com você, Caro. Só quero ficar com você o tempo todo. Você é tudo em que eu penso.

Ficamos deitados ali por mais alguns minutos, desejando que os ponteiros do relógio ficassem mais lentos por compaixão.

— Donna estará aqui em uma hora — falei, baixinho. — Temos que nos levantar.

Nossa ducha terminou rápido demais e minhas mãos relutantemente deixaram que ele se fosse. Nos vestimos em silêncio, a dor da separação já crescendo entre nós.

Olhei para a cama onde ele tinha feito amor tão doce comigo, os lençóis cheios de chocolate uma lembrança de uma noite despreocupada.

— Eles têm outros sabores? — perguntou Sebastian, seguindo a direção do meu olhar.

— Não sei. Provavelmente. Talvez devêssemos investigar...

— Eu gosto de manteiga de amendoim — falou ele, nostalgicamente.

Ergui as sobrancelhas.

— Crocante ou lisa?

Ele riu, um pouco triste, e me puxou para um abraço.

— É melhor eu ir.

— Não quer tomar café? — Fiquei surpresa.

— Você não pode arriscar me levar até o parque hoje. Metade dos vizinhos estarão do lado de fora, nos quintais. Vou sair pelos fundos.

Pelo menos um de nós estava pensando com clareza.

– Te vejo mais tarde? – disse ele, vacilante.

– Sim – respondi simplesmente.

Ele sorriu.

Nós descemos as escadas em silêncio.

Na cozinha, puxei-o para mim e nos beijamos vorazmente. Eu o segurei por tanto tempo quanto pude, mas logo era a hora de ele ir. Ele me beijou de leve na testa e então saiu pela porta da cozinha.

Eu me esqueci de lembrá-lo de recarregar o celular.

Sentindo-me infeliz, joguei os lençóis cheios de chocolate na máquina de lavar e arrumei a cama com outros, limpos. Removi cada pedaço de evidência, cada traço de que houvera alguém na casa além de mim – a esposa capacho de um valentão.

Eu estava cheia de desgosto por mim mesma, e a lista de motivos era infinita.

CAPÍTULO 12

DONNA CHEGOU PONTUALMENTE. É claro.

— Bom dia, Caroline. Como você está hoje?

— Ótima, obrigada, Donna. Esses são os seus filhos?

Dois homens atraentes na casa dos 20 anos, com a aparência nórdica de Johan, estavam saindo da perua de Donna.

— Kurt, Stefan, esta é Caroline Wilson.

— Olá, prazer em conhecê-los. Ouvi falar que vocês vieram da faculdade para as férias de verão?

Conversamos tranquilamente enquanto os meninos carregavam o porta-malas de Donna com as caixas de comida armazenadas na minha cozinha.

— Minha nossa — disse ela. — Tem comida suficiente aqui para alimentar cinco mil pessoas!

— Foi demais? — perguntei, ansiosa.

Ela riu.

— Tenho certeza de que será tudo devorado: parece delicioso.

Agarrei meu bloquinho de notas e a câmera, enfiei os filmes reserva nos bolsos de meu shorts e partimos.

— Quantas pessoas você acha que estarão lá hoje?

– Ah, bem, provavelmente umas duas mil no total – na maioria, o pessoal do Centro Médico Naval, mas algumas famílias da Marinha também vêm. Os Peters estarão lá, e acho que Shirley disse que os meninos receberam o dia de folga no trabalho, então creio que eles também irão... especialmente se souberem que você estará lá, e com comida.

Olhei pela janela, torcendo para meu rosto corado não me denunciar.

Eu não havia me dado conta de que o piquenique era algo tão sério. Obviamente, se eu não estivesse tão preocupada, talvez me mantivesse um pouquinho mais atenta. Por outro lado, eu nunca tinha me esforçado para me envolver com a vida familiar na Base, já que não possuía uma família.

Eu visitara Harbor Beach apenas uma vez antes. Era uma esplanada ampla e plana de areia fina, perfeita para famílias. Torres de salva-vidas ocupavam toda a extensão da praia entre os píeres onde alguns surfistas pegavam ondas pequenas. Um parquinho de diversão na areia era uma das principais atrações para as crianças mais novas e Donna me informou que algumas das mais velhas, junto com os pais, usariam as quadras de vôlei. Era só levar sua própria rede e a bola.

A praia já estava ficando lotada; o pessoal militar se estendia por 1,5 quilômetro com seus cabelos curtinhos e quadrados. O estacionamento era uma multidão alegre e caótica com montanhas de comida sendo transferidas até as churrasqueiras que contornavam a praia.

A maré estava bem baixa; seria uma bela caminhada caso alguém quisesse ir nadar. Contudo, a maioria estava contente em brincar e comer para passar o dia.

Vi bolas de vôlei, de futebol, de futebol americano, *frisbees*, várias pranchas de *body board*, e uma imensidão de crianças carregando pipas coloridas, diversas delas no formato de aviões. Um grupo de mães organizava uma competição de construção de castelos de areia para as crianças – e quaisquer adultos que tivessem vontade de participar. Um grupo de Marines planejava uma competição para ver quem comia mais torta, algo que eu, pessoalmente, achava um tanto nojento – assistir homens adultos enfiando a maior quantidade possível de torta em suas bocas era desagradável, para dizer o mínimo. Eu não conseguia entender por que alguém iria querer fazer isso. Parecia um desperdício de boa comida.

Apesar do fato de álcool não ser permitido na praia, vi vários homens carregando pacotes de seis latas de cerveja. Não era um risco muito grande – eu sabia que seria difícil encontrar um oficial de polícia disposto a dar uma multa para alguém do serviço militar. Suponho que se poderia chamar isso de um tipo de irmandade. Eu perdi a conta de quantas multas David se livrou por causa de sua placa "Voe Marinha" e seus adesivos de serviço militar nos vidros.

Havia uma sensação real de feriado no ar – eu me senti sem alegria em comparação, apesar de saber que veria Sebastian mais tarde. Entretanto, eu tinha um trabalho a fazer, mesmo assim. Peguei minha câmera e comecei a tirar fotos espontâneas dos militares brincando. Para minha surpresa, comecei a gostar de capturar as várias cenas de felicidade: jogos de futebol que pareciam não ter regra alguma; crianças pequenas perseguindo seus robustos pais; crianças correndo em roupas de praia; e comida suficiente para alimentar um exército – que era do que se tratava, é claro.

Embora isso tivesse sido divulgado como um dia de diversão "familiar", havia vários solteiros por ali também, homens (e algumas mulheres) adotados pelas famílias da unidade junto à qual serviam. Não havia dúvida de que colocar a sua vida nas mãos de outros homens da sua unidade criava um belo vínculo.

Dei-me conta de que eu era uma das "avulsas" e que Donna me adotara em sua família para aquele dia. Havia modos piores de ser tratada.

Escutei a van de Ches antes de vê-la, mas mantive meus olhos de maneira estudada nas caixas de comida que Kurt e Stefan estavam carregando para o ponto em que Donna declarou como seu.

Ela olhou para a fonte do ruído e acenou furiosamente para atrair a atenção deles. A van parou perto dali e eu vi que Mitch dirigia, com Bill e Shirley dividindo o banco da frente.

Meu coração começou a bater um pouco mais rápido porque eu sabia que Sebastian estava agora a apenas alguns metros de mim; contudo, ele podia muito bem estar na lua, porque eu não poderia tocá-lo. Mal ousava olhar para ele.

Eu não sabia o que era pior – vê-lo e não tocá-lo, ou nem mesmo vê-lo.

Shirley desceu primeiro, seguida por Bill, que piscou para mim, para grande diversão de Donna. Mitch deu a volta para abrir a traseira da van. Mantive meus olhos no porta-malas do carro de Donna e continuei descarregando.

— Posso ajudar com isso?

A voz suave de Sebastian me fez dar um pulo. Ele vestia uma camiseta branca fresquinha e bermuda de surfe colorida, com um par de óculos de sol empurrado para cima, sobre o cabelo curto. Ele também havia se barbeado. Eu fiquei tonta só de vê-lo, mas rapidamente baixei os olhos.

— Ah, obrigada! — consegui resmungar.

Ele sorriu para mim e pegou a caixa das minhas mãos moles, seguindo o comboio dos filhos de Donna, Bill e Mitch. Apanhei o bolo de polenta, ainda intocado da noite anterior, e cautelosamente me juntei à fila.

— Eu gostei muito do seu artigo, sra. Wilson.

Virei-me e vi Fido sorrindo para mim. Fiquei surpresa; nunca antes o ouvira falar.

— Obrigada! Fico contente que tenha gostado. E, por favor, é Caroline.

Sebastian deve ter escutado porque ele se virou e franziu a testa, lançando um olhar zangado para Fido. Fido apenas sorriu de volta e insistiu em carregar o bolo de polenta. Eu tentei manter o sorriso brilhante, mas por dentro estava morrendo — esse dia já seria duro o bastante sem ter que me preocupar se Sebastian ficaria com ciúmes de qualquer um que falasse comigo.

Eu não acho que tenha sido coincidência que Sebastian escolheu aquele momento para tirar sua camiseta, exibindo sua pele dourada, desnudando seu peito para a luz do sol. Ele sabia que eu não conseguiria me impedir de dar uma admirada rápida. É claro que os outros homens imediatamente o imitaram, e logo eu estava cercada por uma abundância de carne retesada, bronzeada e tonificada. Puxei os óculos escuros sobre os olhos e tentei focar em pensamentos frios.

Ajeitamo-nos em um grupo frouxo ao redor de nossa churrasqueira, Sebastian assegurando para si um lugar diante do meu, mas a cada vez que eu me levantava para pegar mais um pouco de comida, ou passar algo adiante, ele também se levantava e "ajudava". Então roçava em mim, apenas toques aparentemente inocentes. A cada vez, minha pele ardia de desejo e eu queria gritar para ele parar — ou para não parar, mas fazer algo sobre o calor que se levantava dentro de mim. De algum jeito, consegui seguir uma conversa com Shirley sobre a ideia dela de criar galinhas como forma de ganhar um dinheiro extra. Eu não sabia nada sobre aves, portanto foi uma discussão bastante unilateral.

Bill e Mitch mantinham uma troca amigável de profanidades enquanto tostavam vastas quantidades de carne. Resolvi me ater a frios e saladas enquanto ajudava a arrumar o resto das provisões.

Vários Marines da unidade de Mitch e Bill se aproximaram para passar o tempo e ajudar a reduzir a montanha de comida. Todos os homens comiam como se suas vidas dependessem disso, e minha preocupação de que tivesse levado demais rapidamente desapareceu.

Donna me apresentou a todos os visitantes e eu pude ver surpresa no rosto de vários deles quando ela explicou que eu era a esposa do tenente-comandante Wilson. Claramente, a reputação de David me precedera.

Kurt e Stefan nos regalaram com histórias da vida universitária, um tentando superar o outro. Eles eram jovens atraentes e inteligentes, boa companhia, divertidos. Stefan seguia os passos do pai e estudava Medicina na UCLA; Kurt tinha escolhido engenharia civil e estudava na McCormick, em Chicago. Infelizmente, os irmãos pareciam ter uma rivalidade muito desenvolvida e, nessa ocasião, estavam usando-a revezando-se para flertar comigo. Era muito embaraçoso, em especial porque eu podia ver os olhares assassinos de Sebastian do outro lado da churrasqueira e a expressão divertida de Ches. Fido apenas me encarava, o que era mais do que levemente inquietante.

Ao longo da tarde, Sebastian foi ficando cada vez mais quieto, e eu senti que sua paciência começava a se desgastar. Ainda pior, a devoção canina de Fido a mim também se tornava mais aparente. Cada vez que eu tentava pegar algo, ele saltava para entregá-lo para mim. Eu nunca tinha sido tão popular – e isso não poderia ter ocorrido em um momento pior.

Era de se imaginar se todo o sexo que eu andava fazendo estava enviando algum tipo de sinal invisível; algum tipo de cheiro, um feromônio, talvez. Será que isso podia acontecer? Eu nunca havia estado em posição de precisar fazer essa pergunta.

Tão discretamente quanto pude, me levantei, determinada a me afastar por algum tempo.

– Você está bem, Caroline? – perguntou Donna.

Eu me encolhi quando todos os olhos se voltaram para mim.

– Ah, vou só sair para tirar algumas fotos do jogo de vôlei e da competição de castelos de areia – falei, em tom leve.

– Eu vou com você – disse Sebastian de imediato.

— Não, não! Estou bem. Fique e divirta-se — falei, apenas um tom mais forte do que deveria.

Os olhos dele se escureceram de raiva e ele desabou de volta na areia, uma expressão carrancuda.

Francamente! Ele quer deixar tudo tão óbvio?

Apressei-me para tirar algumas fotos, incluindo a medonha competição de tortas. Embora eu ansiasse pela companhia de Sebastian, havia olhos demais, em todo lugar. Voltei meia hora depois, quando minha pressão sanguínea retornou ao normal, e evitei enfrentar seu olhar ardente demais. No entanto, pude ver Donna erguer as sobrancelhas e sorrir. A mulher era observadora demais. Ela me deixava nervosa.

Ches estava interessado na minha velha SLR, por isso eu mostrei a ele como mudar o foco e como ler o medidor de luz embutido. Deixei que ele tirasse algumas fotos de nosso grupo. Bill, é claro, invadiu a fotografia, apanhando-me em um abraço enorme, que lhe valeu um olhar furioso de Sebastian. Em seguida Ches insistiu em tirar uma de mim. Não me importei — não era como se eu tivesse que olhar para ela — todas as fotos seriam reveladas no *City Beat*.

— Eu tive uma velha SLR uma vez — disse Bill. — Pergunto-me o que aconteceu com ela. Eu adorava tirar fotos.

— É a primeira vez que ouço falar nisso — disse Mitch, erguendo as sobrancelhas.

— Ei! Eu tenho um ou dois segredos, colega! — retrucou Bill, erguendo uma garrafa de cerveja em saudação. — E então, o que mais você gosta de fotografar, Caroline?

— Você diz, além de fotos de belos espécimes masculinos como você, Bill? — zombou Shirley.

— Certíssima! — disse Bill, flexionando os bíceps. — Quer tirar algumas fotos minhas, Caroline? Fotos *privativas*? Quando quiser, meu bem — mas você vai precisar de uma lente de longo alcance!

Eu ri, tentando aparentar ter gostado da piada. Era meio difícil, já que Sebastian parecia prestes a esmurrar Bill.

— Eu gosto, sim, de fotografar pessoas — falei, tentando mudar a direção da conversa embaraçosa —, mas só quando elas não estão cientes de que eu estou olhando. Apenas imagens espontâneas de pessoas seguindo suas vidas.

Não gosto muito de paisagens – eu sempre admirei gente como Robert Capa e Cartier-Bresson e...

– Ah, eu adoro quando você fala francês comigo, Caroline! – disse Bill, piscando para mim.

Isso estava ultrapassando o embaraçoso.

A cabeça de Ches ia de Bill para Sebastian como se assistisse a uma partida de tênis.

Vi Shirley lançar a Bill um olhar de alerta. A única resposta dele foi sorrir sarcasticamente para ela e tomar outro gole de cerveja.

Imaginei se ele tentava irritar Sebastian de propósito. Que Deus me ajude, mas parecia ser um segredo conhecido o fato de que Sebastian gostava de mim. Era óbvio pelo modo como os olhos de todos eram atraídos para ele sempre que eu me tornava o assunto da conversa que eles sabiam de *alguma coisa*. Graças aos céus, ninguém adivinhara que os sentimentos dele eram mais do que correspondidos.

Eu queria dar um chacoalhão nele ou enviá-lo para aulas de atuação, qualquer coisa que deixasse menos óbvio como ele se sentia a meu respeito.

Não apenas isso me deixava ansiosa, como também me fazia questionar o quanto eu era bem-sucedida em minhas tentativas de agir como se não o notasse ou não me importasse. A coisa toda estava me dando dor de cabeça e eu desejei que o piquenique acabasse. Ele realmente não estava cumprindo sua promessa de um "dia divertido".

Comecei a ter pensamentos bastante violentos em relação a Donna – desejei mais do que qualquer coisa que eu não tivesse aceitado sua gentileza equivocada e, em vez disso, tivesse vindo em meu próprio carro.

A montanha de comida continuava diminuindo e Donna tinha acabado de me encorajar a servir o bolo de polenta e limão quando eu percebi que os olhos de todos os homens do grupo tinham se voltado para um ponto atrás do meu ombro direito.

– Oi, gente – disse uma voz feminina.

– Oi, Brenda – disse Ches em tom amigável, mas cauteloso.

Eu o vi olhar de relance para Sebastian.

Ah. A ex-namorada.

Brenda Wiseman era inegavelmente adorável: uma figura esguia e perfeita, cabelo loiro superliso que ela jogava por cima dos ombros de maneira inquieta, olhos azul-claro e o menor biquíni que eu já tinha visto fora de uma revista masculina. Irritantemente, ela com certeza tinha o corpo para vesti-lo em toda a sua glória.

Enquanto todos encaravam Brenda, os olhos de Bill quase a ponto de saltarem para fora de sua cabeça e os lábios de Donna espremidos em aparente repugnância, vi Sebastian olhar para mim com nervosismo. Baixei os olhos para o bolo de polenta e continuei a cortá-lo, segurando o cabo da faca com força. Era uma sincronia ruim da parte de Brenda que eu, por acaso, tivesse uma arma convenientemente à mão.

– Oi, Sebastian – disse ela.

– Oi.

A resposta dele foi curta e sem entusiasmo.

Foi inevitável pensar se aquilo era apenas para me agradar.

Ela hesitou por um momento, como se aguardasse um convite. Quando nenhum foi feito, ela se sentou perto dele de qualquer forma, estendendo as longas pernas bronzeadas e reclinando-se apoiada nas mãos.

– Eu não te vejo desde a formatura.

Sebastian fitou fixamente a areia. Estava claro que ele não fazia ideia de como lidar com isso.

Era bem divertido – se você não fosse eu.

– Onde você tem andado? – persistiu ela, a voz falsamente alegre.

Imaginei se ela teria ensaiado.

– Ando ocupado.

– Ches disse que vocês conseguiram empregos no Country Club – pressionou ela.

Sebastian olhou feio para Ches, que deu de ombros, culpado.

– E então, o que você faz lá?

– Salva-vidas – respondeu Ches rapidamente –, e às vezes servimos as mesas quando eles estão sem pessoal.

– Legal! – disse Brenda, jogando o cabelo por cima dos ombros *de novo*.

Eu queria pular por cima da churrasqueira e fazê-la comer areia.

Os homens pareciam achar graça conforme Sebastian ficava cada vez mais obviamente desconfortável, as bochechas corando mais a cada segundo desastroso. Shirley e Donna pareceram se compadecer e polidamente tentaram manter uma conversa separada. Eu odiei pensar que expressão estava vazando por meu rosto.

— Ei, você cortou seu cabelo — disse Brenda, estendendo a mão para deslizá-la na nuca de Sebastian.

Eu quis arrancar seus dedos a partir do pulso.

Sebastian se afastou com uma careta, parecendo aborrecido. Esperei que Brenda captasse a dica, mas ela não havia empregado suas armas principais ainda.

— Bem, combina com você — disse ela, ajeitando a parte de cima do biquíni.

Eu poderia jurar que os peitos dela tinham ímãs acoplados, a julgar pelo modo como os olhos dos homens pareciam ser atraídos para seu decote impressionante. Até mesmo os de Sebastian.

— Embora eu sempre tenha gostado do seu cabelo comprido; mas você já sabia disso, não é?

— Eu também cortei o cabelo — disse Ches, em uma tentativa farsesca de proteger o amigo do ataque incessante de Brenda.

Ela olhou para ele com uma brevidade humilhante.

— Legal.

— Você já decidiu se vai para a faculdade no outono? — disse Stefan, tentando atrair a atenção dela.

— Fui aceita na UCLA e na UCSD — disse ela, os olhos fixos em Sebastian.

— Você deveria ir para a UCLA — disse Stefan. — É uma ótima escola. Qual é a sua área?

Contudo, ela ignorou-o por completo e ele ficou sem resposta, para grande diversão do irmão. Brenda dobrou os joelhos e cutucou o braço de Sebastian com a coxa.

— Podemos conversar? — disse ela, suavemente.

— Pensei que você estivesse *conversando* com Jack — respondeu ele, frio.

Ela corou.

— Por favor, Sebastian. Em particular.

A súbita timidez na voz dela me fez erguer o olhar. Ela encarava Sebastian, um vinco preocupado entre suas sobrancelhas. Eu tinha que dar a mão à palmatória: ela era boa. E tinha coragem. Ela estava fazendo uma declaração muito pública que ainda tinha sentimentos por ele. De fato, falando por minha experiência recente, eu diria que ela era louca por ele.

O ardor do ciúme na minha garganta piorou, descendo até meu estômago. Ela era linda, meiga, bastante corajosa, *extremamente* determinada, e de olho no prêmio. Ah, e eles tinham a mesma idade. Ela era perfeita para ele; era o tipo de garota com quem ele deveria estar – presumindo que ela não fosse de fato a devoradora de homens que parecia estar encarnando.

Era injusto de minha parte me agarrar a ele; era errado.

Senti meus olhos se enchendo de lágrimas; torci para estar perto o bastante da fumaça do churrasco para ter uma desculpa crível.

Esperei que Sebastian dissesse a ela que não havia nada para conversar.

Contudo, ele não disse.

E ficou de pé em um movimento gracioso.

– Tudo bem – resmungou ele.

Não sei se ele olhou para mim, porque meu olhar estava preso naquele maldito bolo – eu nunca mais seria capaz de comer bolo de polenta com limão.

– Ela é uma boa garota – disse Shirley, simpática, enquanto Brenda se afastava com Sebastian. – Fiquei muito surpresa quando eles se separaram. – Ela olhou para Ches, que não sustentou seu olhar. – Não sei o que aconteceu entre eles.

Esfaqueei o bolo com violência.

– Ela é gostosa! – declarou Stefan.

– Eu me lembro quando ela era magricela e usava aparelho – disse Kurt. – Agora olha só o tamanho daqueles melões!

– Kurt! – disse Donna, um aviso na voz.

Mitch e Bill riram.

Servi o bolo, um sorriso doloroso congelado em meu rosto. Disse a mim mesma que era errado observar Sebastian e Brenda e que eu não tentaria ver o que estava acontecendo – foi apenas coincidência que, quando voltei a me sentar depois de entregar bolo a todos, eu tinha uma vista desimpedida.

Pelo que eu pude entender, ela estava usando todos os truques em seu manual muito estudado. Boa garota o cacete!

Ela fingiu tropeçar de leve, perdendo o equilíbrio para poder trombar contra ele e pegar seu braço; brincou com a alça do biquíni para atrair o olhar dele e mostrar o que ele não precisava continuar sem. Em seguida, jogou o cabelo por cima do ombro e prendeu uma mecha atrás da orelha. Eu estava desesperada para saber o que eles diziam. Sebastian balançava a cabeça e ela estava próxima demais, afagando o braço dele. Então eles pareceram discutir. Ela estava implorando, os braços estendidos; ele balançava a cabeça com veemência, as mãos nos quadris. Eu não sei como ocorreu, porém logo depois ela estava com os braços em torno do pescoço dele, o rosto em seu peito nu, e ele a abraçava, balançando gentilmente, do mesmo jeito que havia me abraçado na noite passada.

– Aposto dez pratas que não vamos ver Seb até amanhã cedo – disse Stefan, fazendo um gesto obsceno com as mãos.

– Ninguém vai apostar contra isso! – riu Kurt. – Ela está se jogando em cima dele!

Ches pareceu desgostoso e jogou o resto de seu sanduíche na churrasqueira.

– Meninos! – disse Donna, censurando.

Eu já tinha visto o bastante. Visto o bastante e ouvido o bastante.

– Caroline? Vai a algum lugar?

A atenção de Donna voltou-se para mim.

Sorri rigidamente, forçando as palavras a saírem.

– Vou só sair e tirar mais algumas fotos antes que a luz se vá. Quero ter certeza de que cobri tudo. – *E ir pra bem longe de toda essa merda.*

Vaguei pela praia, sentindo-me anestesiada, apesar de lágrimas traidoras vazarem de meus olhos. Tirei fotos a esmo, mal consciente do que estava vendo. Havia apenas uma imagem em minha mente – aquela em que Sebastian abraçava sua ex-namorada. Sua linda, sexy, *jovem* ex-namorada.

Eu estava zangada, droga! Era como se a minha hipocrisia não tivesse limites. Eu estava com raiva porque Sebastian tinha me deixado e saído com Brenda – a vadia que dormira com seu amigo Jack. Sim, eu traía meu marido; sim, eu era uma esposa infiel. No entanto, eu arriscara tudo por Sebastian. Tudo. A vida que eu conhecia, tempo na cadeia, uma ficha criminal – pelo amor de Deus.

Eu tinha que vê-lo ir embora e sorrir e sorrir enquanto ele bancava o vilão. Estava sufocando de ciúme e raiva e mais mágoa do que eu conseguia absorver facilmente.

Dei por mim na beira do mar. A maré havia virado e começava sua lenta jornada de volta através de areia aquecida pelo sol. A gentil batida da água nos meus pés era calmante. Deixei minha mente passear entre as memórias estonteantes das últimas três semanas – uma extensão ridiculamente curta de tempo, comparada ao curso de uma vida. E ainda assim... ainda assim, eu nunca me sentira tão viva: medo – tanto quanto esperança – coloriram essas semanas; contudo, eu percebi que não precisava prosseguir assim.

Eu tinha esperado demais de Sebastian. Não era justo. Ele era tão jovem... jovem demais para assumir tudo o que eu representava, com todas as minhas ridículas inseguranças e bagagem emocional. Se eu gostasse mesmo dele, facilitaria sua partida. É claro, ele não parecia precisar das minhas bênçãos, pela forma como Brenda se agarrara a ele e como ele a abraçara também.

Por mais que meu corpo e todo o meu ser doessem por seu toque, eu tive uma revelação: eu era forte o suficiente para prosseguir sozinha. Ele havia me mostrado como ser forte. Talvez tivesse me dado sua própria força, eu não sei. Uma coisa era certa: eu não podia mais ficar com David. E se Sebastian não me quisesse, não havia motivos para eu ficar.

No entanto, doía. Doía muito. Eu me abrira para a possibilidade do amor e agora o amor havia me decepcionado. Decepcionado, mas não me expulsado; ainda não.

Senti uma dor surda no peito. Uma parte de meu coração estava se partindo, sabendo que era muito provável que eu não tornasse a ver Sebastian. Respirei fundo e encarei o horizonte: era hora de eu crescer, finalmente.

Olhei para meu relógio. Torci para que Donna estivesse pronta para partir, porque eu precisava passar no *City Beat* e deixar os filmes lá. Ah, e apanhar o uniforme de David na lavanderia. Tremi ao pensar em enfrentá-lo, ou melhor, dizer a ele que eu estava partindo. Eu precisava clarear minha mente e descobrir como faria isso. Só de imaginar, já ficava enjoada. Bela força eu tinha! Eu teria que me preparar para isso. De algum jeito.

Quando retornei à churrasqueira, Donna e Shirley estavam sozinhas, lentamente embalando os restos de comida – parecia ser um trabalho feminino. Eu me apressei para ajudá-las.

– Conseguiu todas as fotos? – perguntou Donna.

– Acho que sim. Está voltando agora? É que eu preciso deixar esses filmes no *City Beat*.

– Hoje à noite? – surpreendeu-se Donna. – O jornal só sai na quinta.

– Eu sei, mas o editor pediu que eu os levasse, então...

– Bem, Shirley e eu vamos voltar agora. Os rapazes vão pegar uma carona com Mitch. Acho que vão chegar bem mais tarde.

Ela ergueu as sobrancelhas e balançou a cabeça de um jeito que sugeria que *garotos são assim mesmo*.

Com tudo empilhado na perua de Donna, nós nos afastamos da praia. Olhei para trás; o sol começara sua lenta descida para o horizonte. Eu não sabia o que procurava; um sibilo suave de vapor onde o sol tocava o mar, ou talvez um vislumbre da silhueta de alguém na areia. Claro, não vi nenhum dos dois.

Sentia que era o fim de algo, mas talvez também fosse um começo.

– Foi tudo bem, não? – disse Donna, alegremente.

Por um instante não consegui identificar do que ela estava falando. Ah, o dia de diversão. Certo. Tão divertido.

Meus pensamentos solitários queimavam como ácido. Eu fui tão estúpida, esperando algo diferente.

Shirley sorriu.

– Sim, acho que todos se divertiram. É claro, os meninos estão planejando estender a diversão. Espero que Mitch fique de olho neles.

Eu não queria pensar em como Sebastian podia estar estendendo a diversão nesse exato momento.

Donna sorriu.

– Tenho certeza de que ele ficará.

Por um momento, eu não sabia se ela estava respondendo aos meus pensamentos não ditos.

– Humm, bem, ele não permitirá que eles bebam demais, mas ouso dizer que haverá algumas cabeças doloridas de manhã. Mitch falou que havia a possibilidade de eles dormirem na van hoje à noite se não conseguissem voltar; embora eu não saiba como todos caberão, agora que Stefan e Kurt se juntaram.

Donna balançou a cabeça.

– Duvido que eles vão se importar. Você sabe como eles são quando se juntam. – Depois seu olhar sério retornou. – Mas eles realmente não deveriam beber na praia. Chester ainda é menor de idade. E Sebastian. E aquele outro rapaz, o Fido.

Shirley riu.

– Você não se lembra de quando tinha essa idade, Donna? Você já me contou como costumava driblar algumas regras na sua época. Na verdade, eu me lembro claramente de você dizer que Johan subia ao seu dormitório naquela sua escola particular para meninas.

Lancei um olhar de surpresa para Donna. Ela era uma dama adorável, mas sempre me soara um tanto formal.

– Ah, sim – disse Shirley, sorrindo para mim. – Donna tem um belo arsenal de segredos, não é?

– Você vai dar a Caroline uma impressão errada de mim.

– Ou a impressão certa – riu Shirley. – Sim, Johan subia no dormitório dela escondido para roubar um ou dois beijinhos. Ela quase foi expulsa, não foi, Donna?

– Sim, eu confesso tudo – sorriu Donna.

– Bem, agora você sabe de onde seus filhos puxaram a tendência selvagem – disse Shirley, piscando.

– Sim, bem... e a quem você diria que Chester puxou?

– O pai dele! – asseverou Shirley. Depois suspirou. – Eu não sei a quem Sebastian puxou. Por sorte, o pobre menino não parece nenhum dos dois. Às vezes me pergunto se Donald é mesmo o pai dele.

– Shirley! – disse Donna, chocada.

– Bem, você mesma disse que ele não puxou a nenhum deles. Ele certamente não *se parece* com nenhum dos dois. E ainda temos que pensar na *reputação* de Estelle. E isso explicaria porque eles são tão terríveis com ele.

– Bem – disse Donna, baixinho –, eu não acho que deveríamos especular sobre isso. Não sem fatos.

Shirley deu de ombros e, por um momento, houve um silêncio desconfortável no carro.

– Você está muito quieta, Caroline. Está bem? – perguntou Donna, os olhos inquisitivos.

– Só pensando na semana que me espera – respondi, as palavras deliberadamente insossas.

A semana. O mês. O resto da minha vida.

Na verdade, eu estava fascinada ao ouvir a especulação de Shirley sobre as origens de Sebastian. Imaginei se havia algum fiapo de verdade naquilo, ou se era apenas a fofoca inútil e sem base alguma que permeava tantas instalações militares.

Com um choque doloroso, lembrei-me de que, no final, não era da minha conta; Sebastian não era da minha conta. Mas não pude resistir a me torturar um pouco mais.

– O que aconteceu com Sebastian agora à noite? – perguntei, inocente, enquanto quase sufocava nas palavras. – Todos tinham desaparecido quando voltei.

– Acho que ele foi embora com Brenda – disse Shirley, confirmando o pensamento que me atormentava.

– Ah, não sei não – discordou Donna. – Ele estava conversando com o Chester por algum tempo, não estava? Ou isso foi antes da garota chegar? Eu achei que ela estava... com muito pouca roupa.

Eu definitivamente concordava. Vadia.

Shirley sorriu.

– Todas as jovens se vestem daquele jeito, Donna. E francamente, se ela queria chamar a atenção de Sebastian, o que obviamente queria, com certeza encontrou o jeito certo! – Ela fez uma pausa. – Embora, para ser justa, fiquei um pouco surpresa; ela sempre pareceu muito meiga quando eles estavam namorando, nada parecida com a sereia do showzinho de hoje. Mas quem é que sabe? Eles provavelmente estão fazendo sexo louco e apaixonado atrás do píer.

Eu podia bater com a cabeça de Shirley na porta do passageiro várias vezes, e com alegria. Não que ela estivesse dizendo algo que eu mesma não pensasse, mas ouvir isso confirmado por terceiros era uma nova fonte de mágoa e humilhação.

– Espero que não! – disse Donna, severamente.

– Ah, o que é isso, Donna. Você já foi jovem. Você tem dois filhos; sabe como são rapazes adolescentes. Eles pensam em sexo uma vez a cada dois segundos, se não mais. Você viu a cara deles quando Brenda chegou – e o que ela praticamente não estava vestindo. Eu não ficaria surpresa se todos os pênis em uma centena de metros não saltaram em atenção e saudação quando ela mexeu com a alça do biquíni. Qual deles diria não quando a coisa está em oferta daquele jeito?

Digo, eu tentei conversar com Ches sobre esperar até que ele esteja apaixonado e sobre respeitar as mulheres e tudo mais, mas estou definitivamente remando contra a maré aqui. E provavelmente cheguei tarde demais, de qualquer maneira. Mas espero, principalmente, que ele esteja se protegendo; não gosto da ideia de ser avó tão já.

Donna balançou a cabeça, mas estava claro que ela não concordava com o ponto de vista mais liberal de Shirley.

– Acho que eu seria uma pilha de nervos se tivesse filhas em vez de filhos. E o pai delas as manteria trancadas até se formarem na faculdade... ou talvez por mais tempo.

Nesse momento, meu celular bipou. Decidi ignorá-lo. Donna olhou para mim, uma expressão intrigada no rosto.

– Provavelmente é o David, querendo se certificar de que eu passei na lavanderia – falei, tentando, e fracassando, em manter minha voz sem amargura.

Ela sorriu.

– Sim, Johan disse algo sobre um jantar formal no refeitório amanhã. Não acho que ele estivesse muito contente, depois de ter ficado fora por duas noites. Mas quem espera que os militares tenham compaixão por nós, pobres esposas?

Shirley assentiu, concordando, e o assunto passou para outras esposas e parceiros que haviam passado para dar oi durante a tarde.

– Acho que Bill se divertiu hoje – disse Shirley. – Eu não o via assim desde antes do seu divórcio com Denise.

– Há quanto tempo ele e Mitch são amigos?

– Ah, desde que viemos para San Diego. Deve fazer pelo menos quatro anos. Nós queríamos que Ches tivesse um pouco de consistência durante o segundo grau.

Recostei-me no assento enquanto a conversa prosseguia, deixando o cansaço me invadir. Estava quase dormindo quando Donna estacionou junto à minha casa.

– David mencionou que eu vou buscar os dois no aeroporto? – disse ela.

– Ah, acho que eu deveria ter lido a mensagem de David – falei, culpada.

– Deixe para lá – disse ela, sorrindo para mim. – Você já tem muita coisa na cabeça, tendo que lembrar da lavanderia.

Eu ri, embora soubesse que meu tom estivesse um pouco estranho.

– E tenho que ir até a cidade. Bem, obrigada por um dia delicioso, vocês duas. E obrigada pela carona, e por cuidar de mim.

Dei um rápido abraço em Donna e soprei um beijo para Shirley.

– O prazer foi nosso, Caroline – disse Donna.

– Temos que nos reunir para outro café em breve – concordou Shirley. – Talvez no Country Club?

Eu não tinha intenção alguma de chegar perto daquele lugar outra vez, mas sorri debilmente. Acenei um adeus para elas e assisti enquanto se afastavam até sumirem de vista. Elas tinham mesmo sido muito gentis comigo. Eu sentiria muito deixá-las para trás.

Cansada, entrei no meu próprio carro e fui para a lavanderia. Meu fone bipou pela segunda vez, mas eu o ignorei.

O uniforme de David estava pronto; a mulher na lavanderia informou-me que era seu dever patriótico dar precedência aos militares. Sorri vagamente e agradeci, jogando o uniforme embrulhado em plástico no porta-malas. Eu estava tão cansada que me sentia prestes a pegar no sono ao volante.

Estacionei tão próximo ao *City Beat* quanto pude e corri pelo quarteirão e meio até o escritório.

A recepção estava escura e a porta, trancada. Toquei a campainha do interfone e estava cogitando a possibilidade de colocar os filmes na caixa de correio quando vi Carl aproximando-se da porta.

– Carolina, oi! Que bom te ver! Você está ótima – pegou um pouco de cor com seu dia na praia.

Percebi, tarde demais, que aparecer de shorts e uma camisetinha curta não era o traje mais profissional.

– Ah, sim – concordei, sem jeito. – Foi um dia adorável, todo mundo se divertiu muito.

– Seu marido se divertiu?

A pergunta dele me abalou.

– Hum, bem, não. Ele está fora no momento, em um simpósio médico.

– Ah, que pena – disse Carl, muito embora, a julgar por sua expressão, isso era o contrário de como ele se sentia. – Bem, talvez você queira se juntar

juntar a mim para um drinque rápido? Eu já estava terminando aqui, de qualquer modo.

Eu definitivamente dei a impressão errada com meu shorts de praia.

— Isso é muito gentil, Carl — respondi rapidamente —, mas na verdade eu preciso apanhá-lo no aeroporto agora.

Ele pareceu desapontado.

— Tem certeza de que não tem tempo para um drinque rápido?

— Não, desculpe. Eu tenho mesmo que ir.

— Certo, bem... Acho que te vejo por aí, então.

— Claro. Tenha uma boa noite. Eu gostaria de ver como as fotos saíram.

— Passe por aqui a qualquer hora.

Acenei, apressada, e escapei. Meu velho e surrado Ford fez as vezes de santuário com sucesso.

Resolvi que era melhor conferir meu telefone para ver o que David me ordenava dessa vez, do alto de sua sabedoria.

Mas as mensagens não eram de David, e sim de Sebastian. Meu coração estremeceu em uma mistura intensa de dor e prazer. Com mãos trêmulas, abri meu celular. Para minha surpresa, havia três mensagens, uma mais urgente do que a outra.

[Onde você está?]

[Preciso falar com você. Onde você está?]

E a última.

[Estou indo para a sua casa AGORA]

Ofeguei e, embora tentasse contê-la, a esperança ressurgiu de súbito, brilhante. Era tão confuso — eu ainda ardia de raiva e ciúme. *Ele me deixou no piquenique para ficar com aquela garota.*

Olhei para meu relógio — era um pouco depois das 21 hs. Donna estaria no aeroporto agora. Mais 30 minutos e David estaria entrando pela porta da frente. Eu levaria mais de 20 minutos para chegar em casa. Fiz as contas.

Cacete.

Nesse ponto, minhas mãos tremiam tanto que precisei de três tentativas para encontrar o número de Sebastian no meu celular.

O telefone tocou e tocou e tocou. E então caiu na caixa postal.

Desliguei e tentei de novo. Dessa vez, caiu imediatamente na caixa postal. Dessa vez, eu deixei uma mensagem.

– Sebastian, não vá, eu repito, NÃO VÁ até a minha casa. Estou no centro da cidade e David estará em casa a qualquer minuto. Por favor, por favor, não vá.

Eu não sabia se ele receberia a mensagem ou, caso recebesse, se ele faria o que eu pedi. E então comecei a ficar com raiva – realmente zangada. Era *ele* quem tinha saído com a ex-namorada; era *ele* que estava ameaçando ir para a minha casa exatamente quando David devia estar de volta.

Talvez minha raiva fosse irracional, mas não parecia assim, e naquele momento, eu precisava dela.

Dirigi para casa tão rápido quanto me atrevia. Eu não tinha aquelas placas militares para me livrar de multas, e não podia me arriscar a ser parada por ultrapassar a velocidade agora.

Freei na entrada de casa cantando pneu, aliviada por ver tudo ainda escuro e silencioso. Eu tinha chegado antes de David, pelo menos.

Quase morri de susto quando ouvi a voz de Sebastian na escuridão.

– Onde você estava?

– Sebastian! – sibilei. – Você não pode ficar aqui! David vai chegar a qualquer instante!

– Eu não vou a lugar nenhum antes de você *conversar comigo.*

A voz dele estava tensa de raiva.

Bem, ele que se foda! Eu também estava furiosa!

Empurrei a chave na fechadura e abri a porta da frente.

– Entre! – rosnei. – Antes que alguém te veja!

Ele passou por mim e eu fechei a porta com estrondo.

– Você não pode ficar aqui! – repeti.

Ele não respondeu; em vez disso, agarrou subitamente minha cintura e me puxou para si. Sem aviso, ele me beijou com voracidade, forçando seus lábios contra os meus.

Meu corpo começou a corresponder, mas raiva e medo venceram. Eu o empurrei com força no peito. Ele me soltou, as mãos caindo nas laterais do corpo, o rosto chocado.

– Caro!

– Estou falando sério, Sebastian. Quero que você vá embora. Agora!

A voz dele tornou-se implorante, as palavras tropeçando umas sobre as outras.

– Preciso conversar com você, Caro. Você simplesmente desapareceu. Eu não sabia para onde tinha ido. Eu sei como deve ter parecido... com Brenda... mas não foi *nada*. Eu juro. Ela estava chateada e eu não podia ignorá-la, podia?

Podia, sim! Quis gritar com ele.

– Por que você simplesmente foi embora? Por que não falou comigo? Você podia ter me ligado! Por favor! Eu te amo!

Eu não sabia em que acreditar. Sabia o que eu tinha *visto*.

Faróis branco-azulados inundaram de repente o corredor e eu ouvi o som da perua de Donna estacionando lá fora.

– Pelo amor de Deus, Sebastian! Vá embora!

– Quando eu vou te ver? Caro, por favor!

– Eu não sei. Vá. Vá embora! – gritei.

Ele me deu um último olhar torturado, depois virou-se e correu para a cozinha. Escutei-o mexendo na fechadura da porta dos fundos enquanto me movia rapidamente pela casa, acendendo as luzes.

Meu coração batia tão alto no peito que eu mal ouvi a batida na porta da frente.

Sem fôlego, abri a porta.

– Então você *está em casa*, Caroline. Eu estava começando a me perguntar.

O tom dele era brusco. Era exatamente o que eu precisava ouvir, e saí da minha depressão.

– Não faz muito tempo que cheguei. Tive que deixar no *City Beat* alguns filmes das fotos que tirei hoje. Como foi o seu voo? Quer um café?

– Você sabe que eu não tomo cafeína a essa hora da noite, Caroline.

– Uma taça de vinho, então?

– Eu não preciso beber todos os dias, ao contrário de você.

Pisquei. Esse era um desenrolar novo e interessante. Agora eu era uma alcoólatra? Quase ri. E então tive uma epifania. Eu já não sentia mais medo dele.

– Bem, fico feliz em ver que o voo não afetou seu bom humor, David. Vou tomar uma taça de vinho. Avise-me se precisar de alguma coisa.

Deixei-o boquiaberto no corredor.

Eventualmente, escutei-o subindo as escadas com suas malas, pisando duro. Depois de meu fluxo de adrenalina, eu me sentia meio trêmula. Não tinha comido muito no piquenique, mas agora estava faminta.

Vasculhando a geladeira, encontrei um pote de manteiga de amendoim. Eu a comprara para David, pois não era muito fã; contudo, nesse momento era exatamente do que eu precisava. Encontrei uma colher de sobremesa e ataquei.

Lembrei-me que ainda hoje de manhã Sebastian me contara que gostava de manteiga de amendoim. Tinha sido mesmo hoje cedo? Parecia uma vida atrás. De alguma maneira, era mesmo.

Comecei a me sentir mal pelo jeito como havia falado com ele. Pensei que ele estava se comportando de maneira irresponsável ao insistir em vir para minha casa, correndo um risco tão grande. Sim, tinha sido tolo, mas na verdade, era eu quem havia me comportado mal. Ele parecia tão magoado ao sair. *Não, droga! Eu estava certa em ficar brava.*

Minhas emoções giravam, indo da tristeza à raiva e voltando ao começo. Algum tempo depois, percebi que David estava estranhamente quieto.

Subi as escadas e encontrei-o já debaixo dos lençóis, suas roupas sujas espalhadas do *meu* lado da cama.

No final, eu tinha que admitir que David superava Sebastian, e de longe, no quesito comportamento infantil.

Fui para o quarto de hóspedes. Era frio, calmo e imaculado por qualquer associação com David ou lembrança de Sebastian. Antes de colocar o despertador do celular para me acordar de manhã, perguntei-me brevemente se devia mandar uma mensagem de texto para Sebastian, mas não sabia o que queria dizer.

Peguei no sono com a dor em seu rosto queimando em meus olhos.

CAPÍTULO 13

DAVID ESTAVA EMBURRADO no café da manhã. Que surpresa.

Sem comentários, eu servi-lhe bacon, panquecas e ovos, apontei para seu uniforme limpo e calmamente me sentei com uma torrada na frente de meu laptop.

Podia sentir seus olhos sobre mim, um castigo silencioso. Bem, desde que permanecesse silencioso, por mim estava tudo bem.

Mantendo o hábito, ele saiu de casa sem falar comigo. Notei que ele pegou seu uniforme de gala, portanto, com um pouco de sorte, eu não o veria até o dia seguinte. Um descanso de 24 horas que eu podia, definitivamente, usar.

Antes de enfrentar David, estava na hora de juntar coragem e enfrentar Sebastian. Eu com certeza não ia me desculpar pelo que dissera na noite passada, mas nós precisávamos conversar. Pelo menos, era o que eu achava. O que quer que tivesse acontecido entre ele e Brenda, ou não tivesse acontecido, como ele insistia… fossem quais fossem os erros e acertos de ele ter arriscado sua exposição ao vir aqui na noite passada, eu devia ser o adulto nesse relacionamento. Decidi que o deixaria ir com alguns fiapos de minha dignidade intactos.

Peguei meu celular para mandar-lhe uma mensagem.

Torpedos eram um meio de comunicação tão útil: eles podiam dizer tanto, ou tão pouco – e mesmo assim, contornavam todas as emoções confusas de um encontro cara a cara. Eu podia ver porque era tão popular dar um pé na bunda de alguém por torpedo; era o método de correspondência preferido pelos covardes. Bem... perfeito para mim, então.

Eu estava prestes a digitar uma mensagem quando ouvi uma batida suave na porta dos fundos. Parecia que Sebastian tinha sido mais rápido que eu. Pelo menos ele não iria me dispensar por torpedo. Acho que isso já era um ponto positivo.

Deus, ele era tão lindo. Não pude evitar um último olhar longo e devorador.

Apesar de saber que isso era uma despedida, senti-me com sorte por tê-lo tido em minha vida. Conscientemente ou não, ele fora o catalisador da minha mudança. Eu sempre lhe seria grata.

– Oi. Quer entrar?

Ele assentiu em silêncio e eu abri a porta para deixá-lo passar.

– Estou tomando café. Quer?

– Por que você está agindo assim? – murmurou ele.

– Agindo como? – falei, friamente.

– *Desse jeito!* – gesticulou ele, indefeso.

Sua voz quebrou minha fachada cuidadosamente construída – ele soou tão ferido. Sentei-me à mesa, aquecendo minhas mãos frias na caneca de café. Comecei meu discurso pré-fabricado.

– Sinto muito ter sumido sem dizer adeus. Eu não pretendia deixá-lo preocupado. Eu vi você e Brenda e... pensei que era melhor ir embora.

– Eu sabia! Sabia que era por causa disso! Porra, Caro!

Ele se sentou à minha frente e esfregou as mãos no rosto.

– Aquilo com a Brenda não foi nada. Nada! Por que você está sendo assim?

Ah, não, ele não podia agir como se fosse ele o magoado.

– Não parecia não ser nada – sibilei, meu controle cuidadoso me fugindo. – Você diz que *me ama* e então simplesmente sai com a Brenda? Tem a mais vaga ideia do quanto isso magoa? Tem? Você entrou em uma relação comigo sabendo que eu sou uma mulher casada. Mas para você, tudo bem ficar bravo com meu marido, e tudo bem ficar emburrado quando Bill finge flertar comigo, e você me diz como fica chateado por não poder estar comigo em público na porcaria do dia divertido... mas sabe do que mais, Sebastian? Foi nisso que você sabia estar se metendo. Comigo. Eu com certeza não aceitei ver você saindo com alguma garota. Você achou mesmo que seria certo você dar um passeio romântico pela praia com sua ex-namorada, que obviamente ainda tem sentimentos por você? Achou? Porque não é certo. Não, mesmo.

– Uau. Você... você está brava mesmo. Caro...

Não brinca!

Olhei para ele, expressão fechada, e ele baixou os olhos para a mesa, suspirando pesadamente.

– Sinto muito. Muito, mesmo. É só que... Brenda está... estava... eu acho que eu sabia que ela podia estar lá ontem. O pai dela é amigo do Mitch. Eu deveria ter dito algo... percebo isso agora... mas não sabia o que dizer... digo, eu terminei com ela meses atrás, antes até de te reencontrar, então não pensei que importaria se ela fosse... mas eu não sabia que ela iria... eu não estou interessado nela, então não... como você pode...

Ele respirou fundo.

– Caro, eu já te falei várias vezes que te amo. Você nunca diz... por que não acredita em mim? Por que não confia em mim? Eu nunca, *jamais* faria algo para te magoar. Eu te amo.

– Você me magoou, Sebastian – falei, sombria. – Você me magoou bastante. Você diz que nunca faria nada para me magoar, mas depois vai e faz algo assim.

Achei que ele estenderia a mão para mim, porém ele apenas fechou os olhos, balançando a cabeça devagar.

– Deus, Caro, me desculpe. Eu não queria te ferir. Eu só... eu não sabia o que Brenda ia dizer e não queria que você ficasse lá sentada, ouvindo tudo. Eu pensei... pensei que estava fazendo a coisa certa – tirando-a do caminho. E... ela estava chateada e eu acho... eu senti que devia algo a ela. Ela está sofrendo bastante desde que...

Ele parou. Provavelmente foi a expressão no meu rosto. Definitivamente, eu *não queria* ouvir seu relato de como ele devia algo à vadia de sua ex-namorada e que ele ainda se importava o bastante com ela para não querer aborrecê-la. Mas tudo bem me aborrecer.

Suspirei. Eu sabia que não era o que ele pretendia. Ele obviamente pensou que tirá-la de perto de mim era a melhor solução, se ela ia começar a choramingar sobre querer voltar para ele. Às vezes ele era bonzinho demais para seu próprio bem.

– Caro, desculpe. Por favor, por favor, não fique brava comigo. Eu te amo.

A voz dele tremeu e seus olhos me imploravam para acreditar nele. E eu acreditei. Eu só não sabia se acreditava em nós.

Estendi a mão e peguei a dele, minha resolução um pouco abalada por sua declaração renovada.

Todavia, foi um erro: o calor de sua pele, o toque direto – meu corpo todo se encheu de desejo. O discurso pré-fabricado morreu em meus lábios.

– Vocês ficam tão bem juntos. – A admissão me sufocou.

Ele balançou a cabeça devagar, os olhos temerosos fixos nos meus.

– E daí... os outros ficaram dizendo como ela era legal, e bonita, e que vocês formavam um ótimo casal e... eu não pude evitar concordar com eles. E eu *vi* o jeito como ela agiu com você. Ela deixou bem óbvio que quer voltar com você. Acho que não posso culpá-la. Nem a você. E... você não precisa de... toda a minha bagagem emocional. Você *deveria* estar com Brenda – ou com alguém como ela. Alguém da sua idade. E... eu *vi você!* Eu *te vi* com ela – como você agiu com ela – abraçando-a daquele jeito.

Ele levou minhas mãos até seu rosto e beijou as palmas.

Depois, lenta e deliberadamente, sugou a ponta de cada dedo. Ele podia ver no meu rosto o que estava fazendo comigo.

– Quero fazer amor com você – sussurrou ele.

Tentei puxar minhas mãos, mas ele as segurou.

– Não desista de nós, Caro. Porque eu não desisti.

Libertei minhas mãos e, dessa vez, ele permitiu.

– Sebastian, vou ser honesta com você: não sei o que fazer, o que é melhor, então estou meio que inventando enquanto prosseguimos. Mas... toda essa... essa loucura – estamos sendo dominados por isso. Fazer amor com você é extraordinário: eu nunca, *nunca* senti nada assim em toda a minha vida. Mas foi errado de minha parte... começar esse relacionamento com você. E não digo isso por causa do que diz a lei, embora isso certamente seja um problema... mas porque não é justo com você.

Ele tentou me interromper, porém eu estava determinada a terminar.

– Por favor, eu preciso dizer isso. Passei muitos anos me sentindo inadequada, como se não fosse boa o bastante. Eu não preciso desenhar, tenho certeza de que você pode adivinhar o motivo. E toda vez, *toda vez* que eu te vejo com uma mulher mais jovem, sejam quais forem as circunstâncias, isso vai acabar comigo. Não quero ver a melhor coisa que eu já conheci estragada por minhas inseguranças; eu não suportaria isso. Você me trouxe à vida, e jamais vai saber o quanto eu te devo por causa disso. Mas você está apenas começando sua vida. Não é justo lançar meu peso sobre você. Você merece mais que isso. Eu *tenho* que abrir mão de você.

Ele me olhou em silêncio por alguns segundos, como se certificando de que eu tinha terminado mesmo. Respirou fundo – e eu prendi o fôlego.

– Quer honestidade? Bem, responda a isso: se eu tivesse 25 anos e você, 38, nós ainda estaríamos tendo essa conversa?

Dei de ombros, impotente.

– Sobre você sair com sua ex-namorada? Sim, definitivamente.

Ele balançou a cabeça, impaciente.

– Não, esse negócio da idade.

– Talvez – falei, cautelosa.

– Eu acho que não, e você também, não de verdade. É isso o que estou falando, Caro. Ninguém olharia duas vezes. Não importaria. Não *importa*. Você acha que eu também não me sinto assim, como se não fosse bom o bastante para você? Diabos, o que eu posso te dar? Um apartamento de merda e trabalhar em dois empregos, enquanto você tenta pagar pela minha faculdade. Você acha que me sinto bem com isso? Porque isso me mata! Eu quero cuidar de você, não... Eu não ligo para a faculdade; não ligo para sair de San Diego. Só quero saber de estar com você. E nós temos essa mesma discussão, várias vezes. Você me deixa maluco! Eu te amo! Se você me deixasse agora...

Contudo, ele não conseguiu terminar a frase. Enxugando lágrimas do rosto, baixou o olhar.

– Toda vez que alguma coisa dá errado, você desiste de nós. Você está me matando, Caro.

Sentei ali com a mão sobre a boca, incapaz de me mexer ou falar, apavorada com o que havia feito a ele.

Ele olhou para cima.

— Quer honestidade? Bem, eu não sei o que vai acontecer... mas você também não sabe. Talvez nós consigamos... e talvez não. Mas você está desistindo antes mesmo de tentar. Eu não entendo. Por que você não dá uma chance?

Era isso o que eu estava fazendo? Teria eu encontrado outro jeito de ser covarde? Eu pensei que o estava libertando, porém ele via isso como minha recusa a dar uma chance... para ele, para nós, para o amor. Talvez até para mim mesma.

— O que você quer fazer? — perguntei suavemente.

— Tentar. Apenas tentar.

Sim. Eu podia fazer isso.

— Certo.

— Certo?

— Sim, eu vou tentar.

— Você tem que falar sério, Caro. *Prometa* para mim.

— Prometo que vou tentar.

Os ombros dele descaíram de alívio.

— Senti sua falta ontem à noite — disse ele.

Tentei sorrir, mas meu rosto ainda estava rígido devido à nossa briga recente.

— Vamos para nossa cafeteria favorita? — sugeri, pensando que um terreno neutro seria uma boa ideia.

Ele balançou a cabeça, recusando.

— Não quero dividir você.

Nos fitamos por cima da mesa da cozinha.

— Podemos ir para a cama? — perguntou ele. — Eu... eu preciso muito de você, Caro. Tocar você... mostrar o quanto eu te amo. Por favor.

Eu estava quebrando todas as minhas regras cuidadosamente planejadas. E se alguém visse meu carro na entrada e batesse na porta? E se alguém tivesse visto Sebastian entrar? E se o vissem sair mais tarde? E se? E se? No entanto, eu estava cansada de ter medo, e naquele momento, eu não dava a mínima. Também precisava dele.

Eu me levantei e ofereci minha mão. Por um segundo, ele continuou me olhando, e então um sorriso iluminou seus olhos.

Subimos as escadas de mãos dadas, cada passo medindo a distância de nossa discussão.

Ele ficou surpreso quando eu virei à esquerda, para o quarto de hóspedes. Lançou-me um olhar inquisitivo.

– Eu durmo aqui agora – falei simplesmente.

Vi quando ele tentou reprimir um sorriso triunfante. Quase conseguiu.

Despimos um ao outro devagar, levando todo o tempo do mundo, reatando nossa conexão.

Ele desabotoou minha camisa, parando para beijar meu peito, um pouco mais baixo a cada vez. Soltou os punhos e beijou meus pulsos, depois deixou o tecido escorregar pelos meus ombros. Passei minhas mãos pelo peito dele, descendo, puxando em seguida a barra da camiseta, puxando-a por cima da cabeça dele. Deslizei as mãos sobre sua pele, enterrando meu rosto em seu peito, absorvendo-o. Ele cheirava a luz do sol e mar.

Sebastian me observou, os olhos escuros e cheios de desejo, enquanto eu lentamente abri o zíper de seu jeans. Ele empurrou a calça pelas pernas, tirando-a, e rapidamente tirou a cueca, de modo que encontrava-se nu diante de mim, seu amor exposto.

Ele desabou de joelhos à minha frente e pousou as mãos na minha cintura, os olhos ainda fixos nos meus. Em seguida seus olhos se fecharam e ele beijou minha barriga, esfregando o rosto de leve.

Coloquei uma das mãos em seu ombro e, com a outra, afaguei sua cabeça.

Ele sorriu para mim e voltou sua atenção para meu zíper. Com cuidado, ele me ajudou a tirar a calça jeans e a calcinha. Beijou meu corpo brevemente, então se levantou e me puxou para si em um abraço terno.

– Você sabe o quanto você significa para mim, o quanto eu te amo? – murmurou ele junto ao meu cabelo. – Odeio brigar com você.

– Eu também odeio. Me beije.

Sua boca desceu gentilmente sobre a minha e eu senti a suavidade de seus lábios movendo-se contra os meus. Seus dedos desceram pelos meus ombros e minha coluna até as duas mãos se encaixarem em minhas nádegas.

Minhas mãos escalaram suas costelas até se encontrarem atrás de seu pescoço, puxando sua cabeça em minha direção para aprofundar nosso beijo.

Aqui nesse quarto, com nossos corpos entrelaçados, eu sentia que podia confiar nesse amor feroz que havia despedaçado e reconstruído minha vida. Contudo, lá fora, o mundo era um lugar frio e perigoso. Eu não sabia se o amor bastaria, mas havia prometido tentar.

Ele se abaixou de súbito e literalmente tirou meus pés do chão, fazendo-me ofegar. Aninhando-me em seus braços, beijou-me outra vez.

– Eu tenho vontade de fazer isso há séculos – disse ele, a voz em um murmúrio suave.

– Sebastian, você me tirou do chão na nossa primeira noite juntos.

Ele sorriu.

– Sim, mas tinha vontade de fazer isso do jeito certo desde então.

Gentilmente, ele me depositou na cama e permaneceu de pé, olhando para mim com uma expressão suave e amorosa.

– Quero beijar cada milímetro seu – disse ele.

– Isso parece bom: por qual lado você vai começar?

Ele riu.

– Humm... escolhas, escolhas. Hoje, acho que vou começar com os dedos dos pés.

– Meus pés?!

– Claro, por que não? Você tem lindos pés.

E, para pontuar sua declaração, ele apanhou meu pé esquerdo e sugou meu dedão, mordendo a ponta, brincalhão.

Por que isso era tão erótico, eu não saberia dizer; no entanto, me deixou desesperada para senti-lo dentro de mim. Estendi a mão para ele, que se afastou.

– Não! Você está sempre dizendo que quer que eu vá devagar... seu desejo é uma ordem.

– Mas...!

– Não. Devagar.

Ele beijou a parte de cima do meu pé e deslizou a língua até minha canela. Sugou meu joelho, olhando para mim por entre os cílios, um brilho malicioso nos olhos. Quando eu pensei que ele subiria pela minha coxa, ele colocou meu pé de volta na cama e recomeçou no meu pé direito.

Por que diabos eu pedi "devagar"? Isso era tortura. Uma tortura lenta, deliciosa, inacreditável. Rapaz, ele era um bom aluno.

Dessa vez ele não parou no meu joelho; em vez disso, enganchou minha perna sobre seu ombro e seguiu em frente. E mais em frente.

Minhas costas se arquearam e eu arquejei quando sua língua roçou meu ponto mais sensível, depois circulou em volta várias vezes.

Gemi seu nome e agarrei-me a seus ombros, mas ele apenas pressionou mais e eu senti um orgasmo se aproximar.

– Sebastian – gemi novamente. – Por favor!

Eu nem sabia pelo que estava pedindo: eu, ele, nós.

E então ele começou a me provocar com seus dedos, lentamente circulando, massageando-me por dentro e por fora. Eu não sabia se podia suportar muito mais e tentei afastar suas mãos, mas ele era incansável. Meu corpo estremeceu e ele se sentou. Vislumbrei uma expressão satisfeita em seu rosto entre meus ofegos frenéticos.

– Devagar o bastante para você? – murmurou ele, enquanto continuava subindo pelo corpo, beijando, alcançando finalmente meus seios, que ele sugou e atiçou com mordidas brincalhonas.

Levantei meus joelhos e senti sua ereção empurrando contra minhas coxas, mas ele não tentou entrar em mim. Passei minhas mãos por ele, para cima e para baixo, e ele fechou os olhos com força, momentaneamente perdendo a concentração.

– Não – disse ele.

– Mas eu...

– Você precisa esperar, Caro.

– Por quê?!

– Você queria devagar. Estou fazendo devagar.

– Mudei de ideia – choraminguei. – Quero rápido. Por favor. Agora.

Ele arqueou-se para longe de mim e sorriu.

– Não. Eu gosto de ir devagar. Quem imaginaria?

E para provar seu ponto, ele agarrou minhas mãos e segurou-as acima da minha cabeça para que eu não pudesse tocá-lo e continuou beijando meus seios.

Aquilo me deixou louca. Eu não gostava de não poder tocá-lo.

– Solte minhas mãos!

Ele me ignorou, então mordi seu pescoço e o empurrei com os pés.

– Uau, você quer lutar comigo? Eu gostei!

— Pare de me provocar!

— Achei que você quisesse ir devagar...

— Não! — falei, resoluta, e ele riu.

— O que você quer, então?

Consegui me soltar e agarrei sua ereção, colocando-a à minha entrada. *Se isso não fosse pista suficiente, eu realmente não sabia o que seria!*

Felizmente, ele entendeu a dica e permitiu-se deslizar para dentro de mim. Eu estava tão excitada que foi uma mistura de alívio, dor e prazer quando ele finalmente me penetrou. E foi aí que os planos dele de ir devagar se desmancharam por completo.

— Ah, cacete! — sibilou ele. — Você é gostosa demais! Ah, Caro!

Ergui meus quadris e ele começou a se mover de verdade — investidas longas e fortes que balançaram a cama toda e fizeram a cabeceira bater contra a parede.

Eu me contraí em volta dele e aquilo o fez perder a cabeça. Ele arremeteu uma última vez, os músculos rígidos, a respiração quente e rápida no meu pescoço. Sebastian então pousou a cabeça no meu ombro e gentilmente saiu de meu corpo, desabando de lado.

Sem fôlego, eu desci um pouco na cama e me aninhei junto a ele. Ele passou o braço ao meu redor e nós ficamos deitados, sem palavras.

Finalmente, descansávamos em paz. Minha cabeça estava sobre o peito dele, ouvindo seu coração bater, o peito subindo e descendo com a respiração, e os sons distantes do mundo fora da nossa janela. Seus dedos vagavam pelas minhas costas ritmicamente, para cima e para baixo.

Eu me sentia tão contente que comecei a pegar no sono. E então Sebastian me trouxe de volta para o presente imediato com uma pancada.

— David te falou alguma coisa quando voltou para casa?

Suspirei. Eu não queria mesmo falar sobre ele.

— Não muito.

— Ele deve ter dito alguma coisa.

— Ele insinuou que eu bebo demais.

— O quê? Por quê?

Ri, sem humor algum.

— Acho que porque eu ofereci a ele uma taça de vinho. Estava tentando ser... civilizada.

Sebastian praguejou em voz baixa.

Bem, agora que ele tinha começado essa linha de interrogatório... aqui ia minha pergunta inicial.

— Como você voltou para casa ontem à noite? Pelo que Shirley disse, eu entendi que todo mundo ia dormir na van.

— Carona — disse ele, curto.

E agora, a pergunta de seis milhões de dólares.

— O que a Brenda te disse quando você se afastou com ela?

Ele sugou ar entredentes. *É, você devia ter previsto essa.*

— Ela queria que nós começássemos a namorar de novo.

Eu havia adivinhado isso. Diabos, ela não tinha como ser mais óbvia se tivesse escrito no céu com letras escarlates, depois arrancado as roupas dele e o cavalgado na areia na frente de todo mundo.

— E o que você disse?

— Que não sentia o mesmo... Eu disse a ela que tinha conhecido outra pessoa.

Respirei fundo.

— Isso foi inteligente?

Ele deu de ombros.

— Achei que isso a faria recuar.

— Mas não fez.

Ele balançou a cabeça.

— A princípio, não. Ela ficou me perguntando, insistindo para saber quem era.

— E...?

— Ela ficou chutando o nome de todas essas garotas que nós conhecíamos da escola... — Ele suspirou. — Daí ela disse que a coisa com o Jack tinha sido um erro... e começou a chorar.

Todas essas garotas...

Senti que ele não estava me contando toda a história. Eu queria mesmo saber? Se ele não me contasse, provavelmente eu imaginaria coisa pior.

— Como você deixou as coisas com ela?

— Como assim?

— Bem, quando ela começou a chorar, o que você fez?

— Você *viu* o que eu fiz — disse ele, aborrecido.

— Sim, mas depois disso: Shirley e Donna disseram que você tinha ficado longe muito tempo.

Ele não respondeu de imediato.

— Nós fomos dar uma volta — disse ele, finalmente. — Brenda estava... envergonhada. Ela não queria voltar para suas amigas com cara de quem andou chorando.

— Ela é muito bonita.

Ele pareceu desconfortável.

— É, acho que sim.

— O que houve depois?

— Só isso. Eu a levei de volta para as amigas. Ela pareceu estar bem. Eu voltei para a churrasqueira, mas você já havia guardado tudo e ido embora. Eu mandei mensagens para você — disse ele, acusador.

— Eu não olhei meu telefone.

Eu podia ver que ele não estava totalmente convencido, mas também não me pressionou. Fiquei grata por isso.

— Por que você foi ao centro da cidade tão tarde?

— Eu fui deixar os filmes das fotos que tirei.

— Em pleno domingo?

— Sim, o editor queria recebê-los logo. Não sei por quê. — *Embora tenha uma suspeita muito boa.*

Ele fez uma pausa. Fiquei feliz por ele deixar isso para lá.

— Bill é um cretino.

Ugh. Ele não estava deixando *tudo* para lá. Agora era eu que devia ter previsto essa.

— Você não deveria permitir que ele te irritasse tão facilmente.

— Eu odiei o modo como ele falou com você!

— Sei como é — falei, calmamente.

Ficamos quietos por alguns minutos, deixando os espectros de nosso ciúme vagarem para longe.

Acho que Sebastian deve ter finalmente resolvido tentar deixar o dia de ontem para trás, porque de repente ele disse:

— Eu nem perguntei: você já esteve em Nova York?

— Sim, duas vezes. E você?

— Nunca. Meu pai e minha mãe iam às vezes, mas sempre me deixavam com um vizinho.

Sua voz era amarga. Perguntei-me de novo se a especulação de Shirley sobre suas origens eram acuradas.

— O que te fez querer que fôssemos para lá, então?

Ele encolheu os ombros.

— A mesma razão pela qual você quer ir para o Leste: para ir o mais longe possível daqui.

— O que vamos fazer quando estivermos lá? — falei, feliz de tentar imaginar nosso futuro. — Digo, tem algo em especial que você queira fazer?

— Sexo. Um monte.

Rolei os olhos.

— Isso já está subentendido. Alguma outra coisa? Talvez ao ar livre?

— Sexo ao ar livre.

Eu ri.

— Não creio que haja muitas praias na cidade Nova York.

— Tem, sim! Eu conferi. Bem, não na cidade em si, mas há uma comunidade surfista na Rockaway Beach. Se morássemos no Brooklyn ou no Queens, estaríamos a menos de 16 quilômetros de lá.

Tive que sorrir.

— Você andou pesquisando.

— Claro! E um cara que eu conheço e que surfava em Long Beach disse que o mar ali pode ficar bem bravo.

— Acho que você devia escrever um glossário de termos de surfe para eu saber do que você está falando.

— Bem, você tem que saber sobre a Sex Wax, meu bem.

— O quê?!

— É, você esfrega na base.

— Certo, você tem cinco segundos para explicar isso ou...

— Ou o quê?

— Sem manteiga de amendoim para você!

— Uau! Você joga duro mesmo!

— E é bom você acreditar.

Ele riu e puxou meu cabelo de leve.

– Sex Wax é uma marca de parafina que você passa na prancha – a base. Ela ajuda a dar tração. Não é tão divertido quanto soa.

– *Preferisci una inceratura a caldo... o a freddo?*

– O que isso quer dizer? Porque soou como algo muito sujo!

– Eu disse: Você gosta de cobertura com cera quente... ou fria?

– Ah, cara! Isso soa tão gostoso!

– *Si è alzata l'onda, o sei proprio contento di vedermi?*

– Hein?

– As ondas estão altas ou você só está feliz em me ver?

– Porra! Você me deixa com tesão quando fala coisas assim.

– Sebastian, eu podia ler o horário dos ônibus e você diria que isso te deixa com tesão!

Ele sorriu.

– É verdade. Eu tenho uma tabela com as marés no bolso da minha calça. Você lê para mim?

– Você quer uma história para dormir? Isso parece bom?

– *Supra la luna!*

– Está aprendendo!

– Você é uma boa professora – murmurou ele junto ao meu cabelo.

O estômago dele roncou alto, interrompendo um pouco o clima.

– Está com fome?

– Faminto por você.

– Essa cantada foi *muito* brega, Sebastian!

– É, mas é verdade mesmo assim.

Chutei os lençóis para longe e o empurrei, pegando meu robe.

– Vamos lá. Vou te alimentar. Uma aulinha de cozinha italiana.

– Pizza? – perguntou ele, esperançoso.

– Isso não é comida italiana de verdade. Papa se reviraria no túmulo! Não, vamos fazer tortellini fresco.

– Vai demorar?

– Pode ser meio complicado.

Ele se sentou, usando um travesseiro para se apoiar.

– Não temos tanto tempo assim – disse ele, solene. – Tenho que estar no trabalho às 14 hs.

Contive um suspiro, vestindo o robe.

– Ah, droga. Algo rápido, então. Como você vai para lá? Ches?

Quando Sebastian não respondeu, eu olhei para ele.

– Qual o problema?

– Eu ia pedir para minha mãe me levar.

– Ah, por quê?

Ele soltou uma lufada de ar e remexeu no lençol.

– Ches está meio que bravo comigo.

– Não consigo imaginar isso. Ele parece tão tranquilo.

Sebastian pareceu desconfortável.

– Acho que sim. Mas... ele não entende por que eu não conto a ele com quem estou... namorando.

Não pude conter um risinho.

– Desculpe, de verdade. É só que... namorando?

Ele deu um meio sorriso e passou a mão pelo cabelo.

– Enfim. Ele disse que eu não deveria esperar que ele mentisse para meus pais para disfarçar por mim se não vou confiar e contar a verdade a ele.

Senti um arrepio me percorrer.

– Ele precisou mentir por você?

Ele não respondeu.

– Diga!

Ele fez um careta.

– Minha mãe... ela reparou que eu passei duas noites fora. Ela... meio que fez um escarcéu por isso.

Eu gemi.

– Eu sabia!

– Ela ligou para a mãe de Ches e ele disse que eu tinha dormido lá. Acho que a sra. Peters também está mentindo por mim. Ela sabia que eu não tinha estado lá.

– Precisamos ser mais cuidadosos – murmurei.

– Talvez... talvez eu pudesse contar a Ches. Ele manteria isso em segredo, eu sei que manteria.

Fiquei assustada. Eu compreendia por que ele queria contar a seu amigo, porém não podia deixar isso acontecer.

– Não podemos arriscar, Sebastian. *Eu* não posso arriscar. E... se alguém descobrir, ele seria cúmplice em... em um crime. Você entende, não é?

Ele deu de ombros e olhou para baixo.

— Sim, acho que sim.

Obviamente Sebastian não ficou contente com minha resposta.

Suspirei.

— Você quer que eu o leve até o Country Club? Posso te deixar na entrada e chegar lá antes de você. Ninguém perceberia nada.

— Certo — sussurrou ele. — Obrigado.

Uma batida trovejante na porta me fez dar um pulo.

— Cacete!

Ouvi o palavrão de Sebastian como se viesse de uma distância muito grande, mas não consegui me mexer.

A batida na porta recomeçou.

— Caro!

A voz apavorada de Sebastian me descongelou. Ele estava correndo, vestindo-se tão rapidamente quanto possível. Não havia lugar nenhum onde se esconder. Ele não podia descer as escadas e sair pelos fundos sem ser visto. Isso era todos os pesadelos que eu imaginara, acontecendo em movimento acelerado.

Puxei meu robe um pouco mais apertado ao redor do corpo.

A batida recomeçou.

— Caro! Atenda a porra da porta! — sussurrou Sebastian.

Eu desci as escadas correndo e parei, tropeçando. Respirei fundo e abri a porta.

— Entrega, senhora — disse um sujeito em uniforme vermelho e amarelo da DHL, entregando-me um pacote grande. — Assine aqui, por favor.

Eu comecei a rir; não pude me conter.

— A senhora está bem?

— Sim! — solucei, enxugando lágrimas de alívio do meu rosto.

Ele me deu um olhar estranho e voltou para a van balançando a cabeça. *Alerta de mulher histérica: simplesmente afaste-se.*

Afundei no chão e comecei a chorar intensamente, mais de choque do que por qualquer outra coisa. Sebastian desceu as escadas e sentou-se no chão perto de mim.

— Cacete! Isso me deu um susto dos infernos! Não chore, Caro. Está tudo bem.

Ele passou os braços em redor dos meus ombros com força e me balançou lentamente.

Em dado momento, ele me ajudou a levantar.

— Venha. Vamos tomar café. Vou fazer para você um dos meus omeletes especiais.

— Pensei que você não soubesse cozinhar — falei, minha voz ainda trêmula pela injeção de adrenalina.

— E não sei, por isso mesmo é especial.

Ele me sentou na mesa da cozinha e começou a revirar a geladeira.

— De quantos ovos eu preciso?

— Com quanta fome você está?

— Morrendo!

É claro.

— Então pegue seis. E vai precisar acrescentar um pouquinho de leite na mistura.

Ele olhou para mim com a porta aberta.

— É mesmo? Leite? Tudo bem.

Ele franziu o cenho e desapareceu de novo dentro da geladeira.

Eu me levantei para pegar a frigideira e a tigela, mas ele acenou para que eu voltasse para a mesa.

— Eu me viro — disse ele, confiante, enquanto acendia o fogão e colocava a frigideira por cima.

Esperei um instante, remexendo-me na cadeira. Eu tinha que falar.

— Humm, Sebastian?

— O que foi? — disse ele, olhando para os ovos, concentrado, enquanto os batia sem muito jeito.

— A frigideira está ficando quente demais e você ainda não colocou nenhum óleo nela...

— Ah, merda!

Ele tirou a frigideira do fogo e xingou quando o metal quente queimou seu pulso.

— Rápido! Coloque a mão debaixo da torneira!

Ele ficou com a mão sob a água corrente, xingando baixinho. Era realmente adorável e eu não contive um sorriso.

— Que foi?

— Vai me deixar ajudar agora?

— Certo — disse ele, relutante. — Pode ajudar.

De maneira mais calma e organizada, eu mostrei a ele como fazer um omelete simples, temperando com pimenta do reino e um pouco de sal; fritei um pouco de tomate para acompanhar, passei café e o café da manhã, ou melhor, o brunch estava servido.

— Aliás — falei, um pensamento me ocorrendo —, o que você planejava fazer se... sabe como é, se fosse outra pessoa à porta?

— Não tenho a mais remota ideia — respondeu ele, sincero. — Escapar pela janela? Me esconder embaixo da cama? Alguma sugestão?

— A janela não, você poderia cair e se machucar. Além do mais, aquela janela fica bem acima da porta da frente; teria sido meio óbvio.

— Eu teria amassado o desgraçado — disse Sebastian, calmamente.

Quando voltei lá em cima para tomar banho, Sebastian insistiu em limpar os pratos, o que foi uma novidade para mim. Torci para que ele conseguisse não quebrar nada.

Eu tinha terminado de enxaguar o condicionador do meu cabelo quando a porta do box se abriu e Sebastian pressionou o peito contra minhas costas.

— Humm, você está com um cheiro ótimo — disse ele, aprovando.

— Sebastian! — falei, um alerta em minha voz enquanto ele passava as mãos sobre meus seios e beijava meu pescoço. — Não temos tempo para isso.

— Eu serei rápido — resmungou ele contra minha pele.

Eu nem tentei resistir.

O que nos atrasou terrivelmente.

— Eu te avisei! — falei, irritada, enquanto o tráfego da estrada parava à nossa frente. — Você vai chegar atrasado *e* ser demitido!

— Valeu a pena — sorriu ele, reclinando seu banco até o final e colocando os óculos escuros sobre os olhos.

Ele agia como se não tivesse nenhuma preocupação no mundo. *Como ele fazia isso?*

— Olha, eu vou te deixar nos fundos do Country Club; você não tem tempo para ir pela entrada.

— Pode ser — disse ele, despreocupado.

Balancei a cabeça, um tanto irritada, apesar de ser tão culpada quanto ele.

Eu dirigi rápido demais pela avenida que levava ao clube e parei derrapando no meu estacionamento preferido, nos fundos.

– Quando posso te ver de novo? – disse ele, curvando os dedos no meio do meu cabelo.

– Amanhã cedo?

– Está longe demais. Você não consegue escapar hoje à noite? Digo, você está no quarto de hóspedes, ele nem vai saber, certo?

– Sebastian, acho melhor não. É arriscado demais. Temos que ser cuidadosos só por mais três meses, e acabou. Depois disso, você vai me ver todos os dias e logo vai enjoar de mim.

– Não tem graça – disse ele, franzindo a testa.

– Desculpe, piada ruim.

Ele suspirou.

– Certo, amanhã, então.

Em vez de descer do carro, ele me puxou para si e me beijou com o desespero de nossa separação iminente.

Por um momento, ele inclinou a testa contra a minha, e então abriu a porta do passageiro. E congelou.

Ches estava olhando diretamente para nós – e, pelo choque em seu rosto, era óbvio que tinha visto tudo.

O chão desapareceu sob meus pés e eu o encarei, horrorizada.

– Que porcaria de sorte – disse Sebastian, amargamente. – Deixe-me conversar com ele. Vai dar tudo certo, Caro, eu prometo.

Minhas mãos travaram no volante enquanto Sebastian ia até seu amigo. Durante os três minutos mais compridos da minha vida, assisti enquanto eles conversavam. Bem, Sebastian parecia dar conta da maior parte da conversa; na verdade, parecia estar implorando a Ches. Era uma repetição distorcida da cena de ontem com Brenda, exceto que dessa vez era Sebastian quem implorava.

A linguagem corporal de Ches era hostil, seus braços cruzados sobre o peito, o rosto rígido e raivoso. Finalmente, vi quando ele assentiu, de modo breve, depois saiu na direção do clube.

Sebastian parecia chateado ao voltar para o carro e fechar a porta.

– Está tudo bem – disse ele, uma expressão de dor em seu rosto.

– O que ele disse? – sussurrei.

– Ele prometeu não falar nada.

– Não pareceu muito contente com isso.

Sebastian suspirou.

– E não ficou.

– O que ele disse?

Sebastian balançou a cabeça.

– Por favor, me diga – falei, baixinho. – Eu prefiro saber.

– Não importa. O importante é que ele não vai contar a ninguém.

– Por favor, me diga – repeti.

– Por quê? – perguntou Sebastian, com raiva. – Ele só está furioso comigo, de modo geral.

– Pensei que você queria que fôssemos honestos um com o outro – lembrei, gentilmente.

Ele explodiu.

– Por que você faz isso, Caro? Por que precisa arrancar até a última palavra infeliz? Por que não pode simplesmente deixar para lá?

– Como diabos vou deixar para lá? – rosnei, o medo e a raiva levando a melhor sobre mim. – Sou eu quem vai ser condenada se Ches contar a alguém!

– Ele não vai contar! – gritou Sebastian.

– Bem, fico contente que confie tanto nele! – gritei de volta. – Porque ele é o idiota boca aberta que contou para Brenda que você arranjou emprego aqui!

– E que porra a Brenda tem a ver com isso?

– Nada! Tudo! Eu não sei! Só me conte o que Ches disse – eu *preciso* saber!

– Ele disse que eu sou um cretino estúpido por trepar com uma mulher casada que provavelmente só queria uma diversão de verão, e que ele esperava que as trepadas valessem a pena, porque meu pai iria me espancar quando descobrisse. Feliz agora?

Ele desviou o olhar do meu e bateu o punho na porta do carro.

Enterrei as unhas nas palmas das mãos; recusava-me absolutamente a chorar.

Sentamos assim em silêncio por vários minutos, a atmosfera tensa e raivosa.

— É melhor você ir trabalhar — falei, finalmente, em voz baixa.

Ele me encarou friamente, depois abriu a porta e saiu.

Eu fiquei esperando que ele voltasse ou se virasse para olhar para mim — qualquer sinal de reconhecimento. Mas ele não o fez.

A bile subiu em minha garganta e eu rapidamente me inclinei para fora do carro e vomitei, vendo meu brunch afundar devagarinho no cascalho.

Voltei para casa me sentindo fraca e trêmula.

A tarde toda eu esperei que Sebastian me enviasse uma mensagem de texto, mas ele não mandou. Peguei meu celular uma dúzia de vezes para escrever para ele, mas não escrevi.

Quando não aguentei mais, digitei oito letras.

[Desculpe]

Por que eu tinha forçado Sebastian a repetir as palavras furiosas de Ches? Por que eu continuava a permitir que minhas inseguranças patéticas estragassem a melhor coisa que já tinha me acontecido? Seria algum tipo de autodestruição deliberada, algum jeito de provar que eu não merecia o amor de Sebastian? E devia ser amor — por que outro motivo ele aguentaria minhas explosões ridículas e bagagem emocional pesada como chumbo? Porque certamente não era pela *diversão*.

Sentindo-me horrível, arrumei o quarto de hóspedes, *meu quarto*, e contemplei o estado lamentável da minha vida. Eu tinha mesmo um talento incrível para transformar tudo em merda. Se o exército conseguisse engarrafar essa energia negativa, teria uma belíssima arma de destruição em massa.

Enquanto pendurava meu robe, me ocorreu uma coisa, algo que eu me esquecera no turbilhão das últimas três semanas. Enfiei a mão no bolso e tirei de lá o cacho de cabelo de Sebastian que eu tinha retirado do piso do banheiro na noite em que eu o encontrara no parque, a noite em que fizemos amor pela primeira vez. Seu cabelo era castanho claro perto da raiz, clareado pelo sol para um loiro dourado nas pontas — o surfista que ele era quando o conheci.

Peguei um envelope no escritório de David e selei cuidadosamente o cacho lá dentro, escrevendo simplesmente o nome de Sebastian e a data no canto. Depois guardei-o entre as páginas do meu exemplar de *Lolita* — um livro tão profano que eu sabia que David jamais tocaria sequer sua sobrecapa; era também minha piada particular, não que eu sentisse vontade de rir. Na verdade, eu me esforçava ao máximo para conter o choro.

E eu sabia que meu tempo com David já tinha passado do limite – ele não aceitaria outra noite comigo dormindo no quarto de hóspedes sem algum tipo de explicação.

Eu tinha duas opções. Podia mentir:

"Estou bem, só preciso de um pouco de espaço."

Ou podia dizer parte da verdade:

"Nosso casamento acabou e eu quero o divórcio. Não, não tem mais ninguém."

De qualquer forma, eu tinha medo do que ele faria. Seu temperamento era tão imprevisível que eu não sabia o que aconteceria se eu o levasse a extremos. Discutir o divórcio certamente constituía "extremos" para qualquer um.

Vaguei até a cozinha para fazer algo para o jantar dele. Mesmo sem estar ciente de meus movimentos, montei uma lasanha e coloquei-a no forno.

Eram 18:15 hs e eu começava a imaginar onde David estaria quando subitamente me lembrei de seu jantar formal no refeitório dos oficiais. Ele tinha razão: eu deveria olhar a agenda com mais frequência.

Tirei a lasanha do forno e deixei-a de lado. Pensei em jogá-la fora, mas odiava desperdiçar comida. David poderia esquentá-la no micro-ondas amanhã. Ele teria que se habituar a refeições no micro-ondas depois que nos separássemos – imaginei que ele podia muito bem começar a praticar desde agora.

O pensamento me fez sentir um pouco melhor. Decidi arriscar uma olhada no telefone. Talvez houvesse alguma mensagem de Sebastian, ou talvez eu podia me torturar um pouco mais ao ver que ele não tinha respondido.

Mas ele tinha.

[Eu tbm]

Deus, eu amava esse homem.

Rapidamente, enviei outra mensagem.

[Posso te ver à noite?
Posso sair um pouquinho, se vc puder.
A que hs vc sai? Te busco?]

A resposta dele foi imediata.

[10]

[Estarei lá]

[☺]

Com aquelas poucas palavras em uma tela de plástico, a felicidade me inundou.

E então me lembrei de Ches – e torci para não precisar enfrentá-lo de novo hoje. Tinha sido ruim o bastante ver a expressão no rosto dele essa manhã; tinha sido mais do que horrível brigar com Sebastian. Eu só queria poder vê-lo e tocá-lo e que ele me abraçasse e dissesse a doce mentira de que ia dar tudo certo.

Realmente não era o meu dia.

Ele esperava por mim: "ele" sendo Ches, não Sebastian.

Ele estava recostado contra sua van no estacionamento dos fundos em que ele nos vira mais cedo. Ele cruzou os braços quando eu cheguei e me lançou um olhar de tamanho desprezo que meu estômago deu um pulo, infeliz. Eu só queria pisar no acelerador e dirigir na direção oposta, dando no pé.

Reunindo forças de algum lugar desconhecido e escondido há muito tempo, respirei fundo e saí do carro para enfrentá-lo.

– Olá, Ches.

– Sra. Wilson – disse ele, frisando o "sra.".

Ele me olhou de cara feia, desafiando-me a falar.

– Eu posso adivinhar o que você pensa de mim – falei suavemente.

– Pode? – disse ele friamente, erguendo uma sobrancelha em descrença e desgosto.

– Você acha que eu estou só usando Sebastian, mas não é assim.

– Então me diga como é – zombou ele –, porque eu realmente gostaria de saber. Seb é meu amigo e você...

– Eu não quero magoá-lo – falei, forçando as palavras para fora da minha garganta, que começava a se trancar.

– Ah, é? Bem, está fazendo um belo trabalho nisso! A cabeça dele está completamente virada; ele não sabe que porra está fazendo. Você o bagunçou de jeito.

Eu me engasguei com minha resposta, mas ele não deu tempo para eu me recuperar.

– Você já conheceu o pai dele. Sabe quantas vezes ele o espancou? Tem alguma ideia do que ele vai fazer com Sebastian quando descobrir isso? – A voz dele era amarga. – É, o herói militar vai surtar de verdade, o filho dele envergonhando o bom nome da família Hunter e toda aquela merda, por trepar com uma mulher casada.

Eu não tinha palavras.

Ele me encarou.

– E quando seu marido descobrir? Suponho que você vá abandonar o Sebastian tão rápido que...

– Estou deixando o David.

Falei tão baixo que não tinha certeza se ele havia me escutado.

– Como é?

Olhei para ele.

– Vou pedir o divórcio para David.

Ele me encarou, depois balançou a cabeça.

– Não acredito em você.

– É verdade. Nós... eu... assim que Sebastian fizer 18 anos.

– Você está inventando merda.

– Não está, não.

A voz de Sebastian veio da escuridão e eu fechei os olhos de alívio. Ele se aproximou e pôs o braço ao redor de meus ombros, beijando-me rapidamente nos lábios.

– Oi, meu bem.

Então ele voltou-se para seu amigo.

– Estamos só esperando eu fazer 18 e então estou legalmente livre da minha família. Vamos para Nova York. – Ele me puxou mais para perto e cheirou meu cabelo. – Eu encontrei um apartamento para nós. Fica em Bensonhurst – diz no website que eles chamam a área de Little Italy do Brooklyn. Pensei que você gostaria disso.

Ele sorriu para mim, depois voltou a olhar para Ches, que nos fitava fixamente com ultraje e assombro.

– De que porra você está falando, cara? Nova York?

– Sim, assim que pudermos, e tão longe quanto pudermos ir.

– Mas... *Nova York?*

– Caro vai trabalhar enquanto eu vou para a faculdade. E eu vou arranjar um emprego também. Já resolvemos tudo.

– Está maluco, cara?

Pensei que Sebastian perderia a paciência, mas ele seguiu em frente, a voz impassível.

– Nós sabemos que não vai ser fácil, mas queremos ficar juntos. É o único jeito.

Ches piscou, abrindo e fechando a boca várias vezes.

– Por que você não me contou, cara? – Ele pareceu magoado.

– Não queríamos contar para ninguém porque... não podíamos. Caro está indo contra a lei só por estar comigo.

Ficou claro que Ches estava em choque. Ele se levantou e olhou para nós, boquiaberto.

– Sou menor de idade – prosseguiu Sebastian, calmamente. – Se alguém descobrir... se alguém nos delatar, é uma contravenção... por causa da diferença de idade. – Ele deu de ombros. – Caro poderia ser presa. É por isso que eu não podia te contar.

– Uau, desculpe, cara. Eu não sabia! – disse Ches, impotente.

– Ela está assumindo um risco enorme. Ela queria esperar mas... eu não conseguia ficar longe dela. Então, se há um culpado, esse alguém sou eu. – Ele sustentou o olhar de Ches. – Acho que você deve a ela um pedido de desculpas.

Eu toquei seu braço.

– Está tudo bem, Sebastian. Ele só estava te protegendo. Eu entendo.

Ches pareceu mortificado.

– Eu não sabia! Pensei que... é sério assim? Digo, o que poderia acontecer com ela?

Ele parecia estar com dificuldade para absorver tudo. Eu não podia culpá-lo – eu ainda sentia dificuldade com o conceito de ser tão amada, de estar tão apaixonada que doía.

Sebastian assentiu e eu olhei para o chão, sentindo uma mistura de orgulho e vergonha por nossa confissão.

– Eu... desculpe-me, Caroline – disse Ches, balançando a cabeça. – Vocês... uau... eu...

– Obrigada – falei, baixinho. Olhei para Sebastian. – Vou esperar no carro.

Eles conversaram por mais alguns minutos enquanto eu me sentava e esperava, observando. Em certo ponto, Ches puxou Sebastian para um abraço apertado e então deu tapinhas em seu braço. Acho que estava dizendo a ele que daria tudo certo.

Sebastian abriu a porta do passageiro e desabou no assento.

– Tudo bem? – perguntei, hesitante.

– Acho que sim – disse Sebastian, cauteloso, esfregando os olhos. – Ele entende o quanto você significa para mim, mas...

Mas?

– Ele ainda acha que é meio louco isso. Mas está tudo bem. Ele não vai contar para ninguém.

Eu torci para que ele tivesse razão.

Sebastian ergueu a mão até meu rosto.

– Não se preocupe: Ches é meu melhor amigo – ele é meu irmão – disse ele, simplesmente.

Eu me recostei contra ele, sentindo o calor de seu corpo através da camiseta fina. Olhei para as estrelas do céu noturno, perguntando-me se uma delas seria nossa estrela da sorte.

Tracei a silhueta de Sebastian na escuridão, seu nariz reto, seus lábios cheios e sensuais, seu queixo forte, seu perfil gracioso.

Ele recostou-se no banco e voltou-se para sorrir para mim.

A sensação mais incrível de amor cresceu dentro de mim. Eu tinha tanta sorte. Ele era bom e atencioso e terno. Ele era divertido de se estar junto; lindo, por dentro e por fora. Eu não sabia que um amante também podia ser um amigo. E ele me amava.

A mim.

Contudo, eu seria forte o bastante para seguir meu coração e mandar as consequências para o inferno? Podia esperar que um menino... um homem... de 17 anos fosse forte o suficiente para isso? Não, isso não estava certo. Era eu quem precisava ser forte, por nós dois.

E naquele momento, eu sabia qual era a questão e qual era a resposta. Seria eu forte o bastante? Sim, eu era.

CAPÍTULO 14

— PRECISO TE ABRAÇAR — disse Sebastian suavemente.

Eu me levantei sobre um dos joelhos e nós nos agarramos um ao outro na escuridão do estacionamento do Country Club.

Todas as nossas esperanças e sonhos tinham sido explorados nesses poucos minutos tensos com Ches. Sebastian era forte em vários sentidos, mas também era tão jovem! E agora ele precisava de mim, e eu queria lhe dar conforto, reassegurá-lo, protegê-lo do mundo. Ele precisava de mim e eu precisava dele.

Abracei-o forte, puxando-o mais para perto. Aos poucos seu corpo começou a relaxar, a tensão escapando.

— Então — falei, quebrando o silêncio pesado —, você encontrou um apartamento em Little Italy?

Senti o sorriso dele contra meu pescoço.

— Sim, achei que você gostaria disso.

— Eu gosto. Conte-me sobre ele.

Ele exalou devagar e ajeitou-me mais confortavelmente em seus braços.

— Ele tem um dormitório e um banheiro e fica no quarto andar de um prédio residencial na 82nd Street. Temos até um elevador.

Sorri. Eu não me importava quantos elevadores tinha; só queria que tudo fosse real.

– Do topo do prédio, dá para ver Staten Island e a Estátua da Liberdade. Podemos andar pela alameda Belt Parkway, ou andar de bicicleta – as pessoas soltam pipas por lá também... – Ele fez uma pausa. – E o aluguel é só 1.250 por mês, mas isso sem os móveis, e nós temos 81 m².

– Quanto espaço!

Eu não podia suportar dizer a ele que, apesar do tamanho minúsculo do apartamento, o aluguel ainda era duas vezes mais do que eu tinha no momento em minha conta corrente.

– Sim, bem... – prosseguiu ele. – Mas diz que é perto do metrô e nós podemos ir a pé até Coney Island em cerca de 30 minutos. Ah, e fica a apenas quatro quarteirões do parque.

– Parece perfeito.

Ele suspirou.

– Eu quase liguei para a imobiliária, mas...

– É cedo demais.

– Eu sei – suspirou ele outra vez. – Jesus, Caro. Como diabos vamos suportar mais três meses assim?

– Porque precisamos – falei, a voz firme. – E vamos conseguir.

Uma expressão de admiração passou pelo rosto dele.

– Deus, eu te amo! – disse ele.

Sebastian me beijou de leve nos lábios, mas seu toque era como uma bomba incendiária disparando dentro de mim. Eu o beijei profundamente, despejando toda a angústia, medo e paixão que conseguia naquele momento único, mostrando a ele o quanto o amava e precisava dele.

Seu corpo correspondeu de imediato e senti seus braços se retesando ao meu redor.

– Vamos para algum lugar – disse ele, a voz grave e áspera.

– Eu não quero ir para a minha casa – falei, um arrepio percorrendo minha coluna. – Não sei em quanto tempo David vai estar de volta. Não podemos correr esse risco.

– Onde o desgraçado está? – Sebastian praticamente cuspiu as palavras.

– Em um jantar na caserna.

– Ah, sim. Eu me esqueci disso. Meu pai também foi. Mas eles geralmente chegam bem tarde – disse ele, pensativo.

Balancei a cabeça.

– Não, eu prefiro ir para a praia. Qualquer lugar, menos no *meu lar*.

A palavra soava como uma mentira em meus lábios. Não era o meu lar; não mais.

– Podíamos ir para a praia... Mas está bem frio hoje, e sem nenhuma nuvem para disfarçar a luz. Acho que podíamos ficar no carro.

Ele suspirou. Eu sabia o que ele estava pensando. Depois do luxo de uma cama, nenhum de nós queria de verdade voltar a uma corrida desajeitada no banco de trás.

– Podemos encontrar um motel barato – disse ele, incerto.

– Não podemos bancar um – relembrei. – Vamos só dirigir até a praia e...

– Podíamos ir até a minha casa – disse Sebastian, de repente.

– Como é? – *Eu tinha ouvido direito?*

– Sim! Meu pai está naquele jantar com os oficiais na caserna, junto com o cretino. Ele sempre passa a noite toda fora – geralmente desmaia em um quarto de solteiro – disse ele, o nojo evidente em sua voz.

– E a sua mãe?

Ele apontou para a sede do clube com o queixo.

– Bebendo.

– Como ela vai voltar para casa?

– E eu ligo? Táxi, provavelmente. Mas ela não vai entrar no meu quarto. Ela nunca entra. Parou de visitar o meu quarto quando eu tinha dez anos. – Ele parou, os lábios se retorcendo com desprezo. – De qualquer forma, em geral ela não consegue nem chegar até o quarto deles, simplesmente dorme no sofá da sala.

– Não sei não, Sebastian...

Eu me sentia estranha pensando em entrar na casa de Donald e Estelle, mas agora que Sebastian sugerira, eu ardia de curiosidade para ver seu quarto.

– Como eu vou entrar sem ser vista?

– Tem um terreno vazio logo ao lado e vamos entrar por lá, pelo quintal. Ninguém vai nos ver.

Ele parecia empolgado.

– Tudo bem – falei, balançando a cabeça, espantada ao pensar no que eu havia concordado em fazer.

Ele sorriu para mim, um sorriso lindo, amplo, brilhante.

Nós dirigimos de volta ouvindo *Lucia di Lammermoor* – a história de uma garota presa em uma disputa entre sua própria família e a de outro clã poderoso. E aí ela enlouquece. Eu esperava que isso não fosse um mau agouro.

Estacionei o carro atrás do lote vago, certificando-me de estar tão bem escondida quanto era possível em uma rua pública.

– Tudo bem? – disse Sebastian, apertando minha mão.

Eu ri de nervosismo, frente à minha própria impetuosidade.

Ele me guiou pela escuridão, seguindo a linha de uma cerca alta. Quando chegamos a um grande e belo bordo japonês que crescia perto dali, ele parou. A árvore obscurecia parcialmente a cerca.

– Como você é de escalada? – ele me perguntou, sorrindo.

– Está brincando?

Ele apenas continuou sorrindo.

– Você não está brincando?!

– Eu te ajudo.

Ele subiu na cerca com facilidade, seus braços fortes levando-o para cima e para o outro lado. Ele obviamente já tinha feito isso várias vezes. Por um breve tempo, ele sumiu de vista, depois voltou, equilibrando o tronco na cerca enquanto estendia os braços para mim, lá embaixo.

– Pule! Eu te puxo para cima!

Respirei fundo e corri para a cerca, pulando tão alto quanto conseguia. Sebastian agarrou meus pulsos e meu puxou, mas nosso ímpeto combinado foi demais e caímos por sobre a cerca, desabando na relva sob ela.

O ar foi expulso de meus pulmões e eu fiquei ali caída, sem fôlego por vários segundos. Sebastian lutou para se sentar, o que não foi fácil, já que eu tinha caído na maior parte por cima dele.

– Caro! Você está bem?

Eu não consegui responder.

– Caro!

Ofeguei por ar e comecei a rir.

– Merda! Você me deixou preocupado por um instante. Sério, você está bem?

– Ai! – Eu me sentei lentamente, ainda um pouco histérica. – Se eu tiver que entrar pelo seu quintal de novo, vou comprar uma escada.

De repente ele me puxou para seu peito e me beijou com ferocidade.

– Por que... por que isso? – arfei.

– Você é tão... corajosa! – disse ele, maravilhado.

Eu tinha uma certeza razoável de que ele estava me confundindo com outra pessoa.

– É, sim! – insistiu ele. – Você sempre dá aquele passo além, seja qual for. Deus! Eu amo isso em você!

Enrubesci com o elogio inesperado – eu realmente não achava justificado, mas amava que ele pensasse assim, e amava ainda mais que ele o dissesse.

– Venha – sussurrei. – Quero dar uns amassos no seu quarto.

– Definitivamente, eu topo – concordou ele, rindo baixinho.

Ele me puxou até ficar de pé.

– Espere aqui um segundo. Vou garantir que não há ninguém por perto.

Observei enquanto ele subiu em um barril de água do lado de fora de um dos quartos e entrou por uma janela estreita. Tive a distinta impressão de que ele estava se divertindo.

Fiquei sozinha no escuro, sabendo que estava sendo levada de roldão pela loucura; ou talvez, finalmente, simplesmente estivesse mergulhando e deixando de lutar contra ela.

Vi uma luz se acender no andar de cima e, um momento depois, Sebastian estava abrindo a porta dos fundos.

– A barra está limpa – disse ele, sorrindo. – Não tem ninguém.

Pelo que eu pude ver nas sombras, a cozinha dos Hunter era polida, moderna e bem-equipada. Mas tudo tinha uma aparência intocada, como se a maioria nunca tivesse sido usada. Lembrei que Sebastian havia dito que sua mãe nunca cozinhava. Eu poderia ter feito a festa com uma cozinha como aquela – era quase de nível profissional. Perguntei-me por que uma mulher, ou qualquer um, iria querer possuir uma cozinha show como aquela e não ficar tentada a usá-la. Talvez a resposta estivesse na própria descrição – era uma cozinha show: algo a ser exibido, como tudo o mais na vida de Estelle Hunter. Apesar da opulência excessiva do design, o cômodo tinha um ar de negligência: a lata de lixo transbordava de caixas de pizza e um número surpreendentemente grande de garrafas vazias de vinho, latas de cerveja e garrafas de bebidas mais fortes tinham sido jogadas de qualquer jeito na caixa de reciclagem.

Sebastian me rebocou rapidamente pelo corredor e subindo as escadas, ansioso para me mostrar seu quarto. Um pensamento desagradável passou pela minha cabeça: quantas vezes ele tinha trazido Brenda aqui, talvez para uns amassos no quarto?

Tentei ignorar a ideia, mas era como uma caraminhola na minha cabeça, remexendo, remexendo, enterrando-se cada vez mais fundo.

No andar superior, passamos por vários quartos vazios que pareciam suítes para hóspedes antes de Sebastian abrir uma porta no final do corredor. Pelo desenho da casa, adivinhei que esse quarto, o quarto dele, devia ter a janela voltada para o quintal dos fundos. O fato de seus pais o terem colocado tão longe quanto era possível do quarto deles tinha funcionado bem para Sebastian no final.

Ele tinha acendido o abajur ao lado da cama e fechado as cortinas; eu podia sentir a empolgação reprimida correndo dentro dele.

Seu quarto era pequeno, pouco maior do que um quarto de empregada, com uma cama estreita de solteiro espremida contra uma parede. Vários cartazes antigos de surfe estavam colados à única área de parede livre; o resto era coberto de prateleiras descombinadas de livros, entupidas com uma mistura de CDs, livros em brochura e uns poucos encadernados e o que parecia ser troféus de surfe enfiados no meio.

Havia uma cômoda grande com uma das gavetas parcialmente aberta e duas camisetas penduradas para fora.

Meus olhos foram atraídos para a cama, no momento coberta por uma calça jeans, camisetas e a bermuda que ele usou na praia ontem. Os lençóis e a manta, contudo, estavam bem dobrados e arrumados, quase com precisão militar. Estremeci ao imaginar David "ensinando" seu filho a fazer aquilo.

Sebastian retirou as roupas apressadamente, jogando-as em cima de uma cadeira pequena de madeira que estava cheia de camisetas.

– É bem pequeno – ele disse, meio envergonhado.

– É a sua cara – falei, observando-o jogar mais roupas na cadeira. Virei-me para examinar alguns dos livros. Eu sempre pensei que se pode aprender muito sobre alguém pelo tipo de livro que ele tem em suas estantes. David não tinha livro nenhum; ele só lia o jornal e, de vez em quando, revistas médicas.

Sebastian tinha uma prateleira inteira de Conrad, vários livros em brochura de Allan Quatermain, *A Estrada,* de Jack London, inúmeros livros de viagem e *The Red Horse,* de Conti, traduzido, chamou minha atenção.

– Espere, o que é isso? – Puxei um livro pesado, encadernado em tecido, e passei a mão pela capa. Olhei para ele, incrédula. – Você ainda tem isso?

Ele assentiu, o rosto sério.

Folheei as páginas descrevendo João e Maria, Rumpelstiltskin, Rapunzel... todas as histórias violentas dos Irmãos Grimm.

Fui até a página de rosto, sabendo o que encontraria lá.

Para Sebastian, de Caroline.

E uma data, nove anos no passado.

– Você o guardou.

– É claro – ele disse, simplesmente. – Você que me deu.

Eu não sabia como me sentir, ali de pé com a evidência da infância dele em minhas mãos, o homem crescido diante de mim.

– Sempre foi você, Caro.

Continuei fitando o livro, minha letra, evidência em preto e branco da nossa amizade inocente e pueril.

A voz dele tornou-se ansiosa.

– Não significa nada, Caro. Não desse jeito.

Mas significava, sim, ao menos para mim. Tinha sido um erro horrível vir até aqui.

– Acho que é melhor eu ir embora agora – falei, baixinho.

– É só um livro, Caro, só um maldito livro. Por favor, não vá!

Ele me agarrou pelos ombros e forçou-me a olhar para ele.

– Caro! Pare! – disse ele, quase rude. – Eu era uma criança; nós éramos amigos. Isso é tudo. Você não fez nada de errado. – Ele me chacoalhou, fazendo-me segurar em seus braços. – Sou mais novo que você, e daí? Isso não significa nada.

Subitamente, meus joelhos cederam e eu me sentei na cama com força. Estava nauseada. Não tinha comido nada desde o omelete, e aquilo tinha acabado no cascalho do estacionamento do Country Club.

– Caro?

– Posso tomar um copo de água, por favor? – Minha voz soou trêmula.

– Claro, claro!

Escutei-o descer correndo as escadas. Abaixei a cabeça e tentei respirar fundo.

Ele estava de volta um instante depois com um copo grande de água fria. Peguei o copo de sua mão e bebi alguns goles, agradecida.

– Você está bem? – perguntou ele, ansioso.

– Sim, estou bem. Desculpe. Foi só... um pouco... – *Perturbador? Chocante? Um lembrete devastador?*

Minhas mãos ainda tremiam e eu arriscava derrubar o resto da água nos travesseiros dele. Sebastian tirou o copo de minhas mãos e colocou-o na minúscula mesinha de cabeceira.

– Venha se deitar comigo – disse ele, puxando minha mão gentilmente. – Só deitar. Não vou fazer nada que você não queira, você sabe disso.

Ele me puxou para baixo e me segurou em seus braços, afagando de leve meu cabelo. Ficamos repousando ali, pacificamente. Em algum ponto do quarto eu podia ouvir um relógio tiquetaqueando – minha vida passando com cada segundo.

Ele continuou me acalmando, beijando meu cabelo, acariciando minhas costas e meus braços, enlaçando suas pernas compridas nas minhas.

– Quer ouvir uma história de ninar – disse ele, com humor na voz.

– Não tem graça – resmunguei junto a seu peito.

Ele riu gentilmente.

– Você vai gostar dessa. Começa com uma menina e um menino... uma moto e um tanque cheio de gasolina.

– Muito romântico.

– Falei que você ia gostar. Bem, o menino diz para a menina: "Ei, benzinho, vamos ver o mundo". E sabe o que a menina diz?

– "Estou lavando meu cabelo"?

– Hã! Não exatamente. Ela diz: "Vamos ver a Itália, porque o mundo todo começa lá".

– Ela parece uma idiota.

– Ei! Essa é a *minha* história de ninar.

– Certo, vou ficar quieta.

– E isso é possível?

Eu o soquei de leve no braço e ele riu.

— Certo, então o menino diz: "Eu tenho uma ideia. Vamos voar para a Suíça..."

— Em uma moto? Porque eu preciso explicar para você...

Ele cobriu minha boca com a mão, então eu beijei a palma e me ajeitei mais para perto dele.

—Vamos voar para a Suíça, dirigir pelos Alpes e em seguida ir para Milão, ver o *Il Trovatore* no La Scala.

— Essa é a ópera em que todo mundo acaba morrendo.

—Você disse que ia ficar quieta.

— Desculpe.

— Aí eles ficam nesse hotel incrível, onde tomam café na cama, servido em bandejas de prata...

— E eles *scappati* de manhã porque não podem pagar a conta?

— É! Depois eles disparam em sua moto de confiança e vão até Verona, uma das cidades mais românticas do mundo...

— Não é romântico, é onde Romeu se envenena e Julieta se mata com um punhal.

— Shh! E então eles dirigem seguindo a coluna da Itália, parando para comer massa... e fazer *muito* sexo...

— Essa história é proibida para menores.

— Sim, porque é a *minha* história de ninar. Em seguida eles vão até Salerno e pegam uma estradinha de montanha para um vilarejo minúsculo chamado Capezzano Inferiore e conhecem pessoas maravilhosas e malucas que acabam se revelando primos e tias e tios da menina, porque ela também é meio maluca...

— E depois?

— Eles vivem felizes para sempre.

Suspirei.

— Certo, essa foi uma história muito boa, no final.

— Eu te disse que você ia gostar.

Senti-me muito confortável deitada nos braços dele e meu ataque de culpa e desgosto estava lentamente passando.

Ele não falou depois disso e eu também não. Pegamos no sono, envoltos um no outro.

O ruído de algo caindo me acordou de súbito. Sentei-me, desorientada e em pânico no quarto escuro.

— Ah, cacete. Minha mãe chegou — disse Sebastian, rabugento. — Você está bem, Caro? Não se preocupe; ela não vai subir aqui.

Meu coração martelava; era tão alto que eu tinha certeza que ele podia ouvi-lo batendo contra as minhas costelas.

— Tem certeza? Sua porta está trancada?

— Eu não tenho uma tranca, mas coloco a cadeira contra ela quando quero um pouco de privacidade.

Eu não podia acreditar como ele soava casual. Eu quase pulei para fora da minha pele quando ele estendeu a mão para afagar meu cabelo.

— Vou ver se ela apagou — disse ele, percebendo meu humor.

Assenti, girando nervosamente minha aliança no dedo.

Ele franziu o cenho, saindo da cama em seguida e abrindo a porta do quarto com calma. Ele ficou fora por menos de um minuto enquanto eu esperava, ansiosa.

— Como eu disse, ela desmaiou. Sem problema.

Ele colocou a cadeira apoiada contra a porta, deixando todas as roupas caírem em uma pilha e encaixando as costas da cadeira sob a maçaneta.

Depois virou-se lentamente, me encarando.

Pela expressão em seu rosto, acho que ele queria descontar o atraso da sessão de amassos que eu havia lhe prometido. Eu definitivamente não estava no mesmo pique; a descarga de adrenalina causada pelo retorno barulhento de Estelle tinha causado um surto em mim.

Tirei meu celular do bolso da calça jeans e abri para conferir a hora: passava de uma da manhã.

— Está tarde — murmurei. — Eu devia voltar.

— Fique. Por favor.

Ele se sentou perto de mim outra vez e passou as pontas dos dedos pelo meu braço.

— Não sei quando vamos ter outra noite juntos — disse ele, persuasivo, beijando meu ombro. — Que diferença faz irmos agora ou em algumas horas?

Quando não encontrou nenhuma resistência, ele me empurrou de leve para a cama e usou o corpo para pressionar-me contra o colchão fino. Pude sentir que ele já estava excitado. Rapaz, não era preciso muita coisa. Eu ainda estava abalada, porém ao mesmo tempo me entusiasmava poder fazê-lo sentir assim, fazer seu corpo responder a mim dessa forma.

– Fique – sussurrou ele, passando a língua pelo meu pescoço e mordiscando o lóbulo de minha orelha.

Sua mão direita subiu por debaixo da minha camiseta e encaixou-se sobre meu seio, circundando meu mamilo com o polegar.

– Por favor, fique.

Naquele momento, seu toque afastou todas as minhas preocupações, todas as considerações chatas de uma mente racional, e eu coloquei as mãos em volta de seu pescoço, puxando-o para mais perto.

Minha língua entrou em sua boca e eu corri as unhas pelas costas dele, fazendo-o gritar.

– Shhh, você tem que ficar quietinho, *tesoro* – relembrei.

Puxei a barra da camiseta dele e Sebastian imediatamente a arrancou por cima da cabeça, jogando-a do outro lado do quarto. A minha logo a seguiu e o metal frio do botão da calça dele pressionado contra minha barriga me fez estremecer.

Eu fiquei de lado para ele poder abrir meu sutiã; dessa vez ele não se atrapalhou. Em segundos, a peça se juntara à minha camiseta na pilha crescente. Na verdade, não havia espaço no chão que *não* estivesse coberto com roupas, dele ou minhas.

Ele se ajoelhou para assistir enquanto eu abria meu zíper e tirava o jeans e a calcinha. Em seguida, desceu as mãos pelo meu corpo, subindo com os dedos por dentro das minhas coxas. Fechei os olhos e suspirei profundamente com prazer e desejo.

O corpo dele pairou sobre o meu outra vez e eu desfrutei da sensação áspera do jeans contra minha pele nua. Puxei a cintura da calça dele para mim e enfiei minhas mãos por dentro, acompanhando sua bela bunda esculpida. Um tremor o percorreu e ele abaixou-se para me beijar de novo.

Apressadamente, abri o zíper de seu jeans, empurrando-os para baixo sobre os quadris. Quando ele se sentou para tirar a calça, eu deslizei a unha do indicador de seu peito até a barriga, observando a leve marca branca que deixei desaparecer rapidamente. Os olhos dele se fecharam e ele respirou fundo enquanto seu corpo convulsionava.

– Agora que você me tem aqui – provoquei –, o que vai fazer comigo?

Os olhos dele se arregalaram de surpresa.

– Como assim?

– Bem, o que você quer fazer?

– Quero fazer amor com você – disse ele, soando confuso.

Ri gentilmente.

– Sim, estou vendo! Mas você vai ficar por cima, ou eu? Talvez você queira fazer por trás de novo? Ou talvez eu devesse deixar minha boca cuidar do assunto? Você escolhe.

Ele lambeu os lábios, hesitando, os olhos ardentes.

– Por trás – sussurrou ele.

– Seu desejo é uma ordem.

Ajoelhei-me na cama e, com lentidão deliberada, virei-me e fiquei de quatro. Então olhei para ele por cima do ombro, jogando o cabelo para longe dos olhos.

Escutei quando ele puxou o ar entredentes e as molas da cama protestaram em alto volume a subida dele. Sebastian ajoelhou-se atrás de mim, segurando meu quadril com uma das mãos e posicionando-se com a outra. Ele mergulhou em mim devagarinho e gemeu alto.

– Porra! Ah, cacete!

Eu empurrei os quadris para trás e o corpo todo dele convulsionou.

Percebi que ele estava tentando se conter, mover-se devagar, mas seu corpo estava vencendo a batalha contra a mente. Eu nem tentava me dominar. Queria ele por inteiro. Agora.

Rebolei contra ele de novo e Sebastian perdeu totalmente o controle, segurando meus quadris com as duas mãos e arremetendo para dentro de mim. As molas do colchão gemiam a cada investida. Uma risada sem fôlego me escapou – não tinha como ficar mais óbvio o que estávamos fazendo, nem se pendurássemos uma placa de neon na porta dizendo "sexo em andamento: não entre". Embora eu estivesse gostando muito das entradas. E saídas. E entradas.

A mão dele foi até meu ponto mais sensível do modo como eu ensinara antes e, naquele ponto, perdi qualquer pensamento coerente enquanto uma sensação fantástica e incontrolável me atravessou. Ele tinha ficado muito bom em descobrir meus pontos sensíveis, tanto física quanto mentalmente. Era um aluno mais do que ótimo. Deixei meus cotovelos se dobrarem, sustentando nosso peso combinado nos antebraços para poder enfiar o rosto no travesseiro dele, tentando abafar meus gemidos cada vez mais altos. Entre nós dois, estávamos fazendo barulho suficiente para acordar os mortos – por sorte, não o bastante para acordar Estelle.

Senti Sebastian estremecer dentro de mim com uma última investida potente – ele ofegou, contendo um som estrangulado que poderia ser o meu nome.

Afundamos na cama e nos deitamos por inteiro juntos no colchão estreito. Após um instante, ele virou-se de lado e me puxou consigo, minhas costas meio pousadas contra seu peito.

– Isso foi... porra, Caro! Eu não sabia...

Ele fez uma pausa.

– Não sabia o que, *tesoro*? – perguntei, ainda sem fôlego.

– Nada.

Ele pareceu envergonhado.

– Continue, agora eu fiquei curiosa. – Parei e balancei a cabeça. – Desculpe, estou fazendo de novo, não é?

– Fazendo o quê?

– Forçando você a falar quando não quer. Desculpe.

– Cacete! Não se desculpe, Caro. Eu só... certo, mas não fique brava comigo. Eu só não sabia que garotas realmente gostavam desse jeito.

Por um momento, fiquei espantada, depois comecei a rir.

– O quê? Você pensou que só estrelas pornô gostavam de fazer por trás... de quatro?

– Bem, sim! – ele soou um tanto chocado.

Eu me virei, desajeitada, na cama estreita para poder olhar para ele. Afaguei seu rosto, mas não conseguia parar de sorrir.

– Sebastian, mulheres gostam tanto de sexo quanto os homens... se for bom.

Ele tentou sorrir, mas ainda parecia incerto, a testa franzida de preocupação.

– Eu sou...?

Ele mordeu o lábio.

Eu sabia o que ele estava tentando me perguntar.

– Sim, você é bom. Na verdade, eu diria que você é incrível, em vários sentidos. – Eu não pretendia provocá-lo. Bem, talvez um pouquinho. Ele era tão inacreditavelmente meigo! – Além do mais, todo esse negócio de orgasmo é uma dica de que a mulher está gostando bastante. Caso você esteja se perguntando.

– Sim, eu estava. Tipo. Digo, é sempre maravilhoso com você, mas eu não tinha certeza se você também achava.

– Bem, eu acho. Então pare de se preocupar. – Pensei por um instante. – Eu podia fazer um boletim se você quiser: daria notas em elementos básicos, apresentação e mérito técnico, como patinação no gelo.

Ele riu.

– Certo! E qual a nota dessa última vez?

– Três seis.

Ele não respondeu por um instante, depois, em voz baixa e tom magoado, disse:

– Só seis?

Eu quase sufoquei de tanto rir.

– A nota máxima é seis!

Ele também riu, porém o som foi um pouco envergonhado.

– Ah, então tudo bem.

Sebastian procurou no pé da cama e puxou um lençol até meus ombros. Eu estava quente e confortável em sua caminha e poderia facilmente ter adormecido.

Quando senti meus olhos fechando, cutuquei o queixo dele com meu nariz.

– Tenho que ir agora. Logo vai começar a clarear.

Ele me puxou mais para perto.

– Mais cinco minutos.

– Tudo bem, mas eu vou contar: 300, 299, 298…4

– Certo, certo! Estou indo.

Ele afastou o lençol e estremeceu de leve. Ajoelhando-se, revirou o chão tentando encontrar nossas roupas.

– Ei, posso ficar com seu sutiã?

– Como é que é?

– Eu não tenho nada seu, Caro, por favor!

— Sebastian! — Balancei a cabeça, incrédula.

— Por favor, Caro!

— Tudo bem! Mas você fica me devendo, Hunter. É o segundo sutiã que eu perco em ação com você.

Ele sorriu e me jogou minha camiseta.

Quando ambos já estávamos vestidos, ele abriu a porta e descemos as escadas nas pontas dos pés. Bem, eu desci na ponta dos pés; ele andou normalmente, olhando para mim e balançando a cabeça como se eu fosse doida. Eu nunca havia saído escondido do quarto de um rapaz antes — era mais divertido do que eu imaginava.

Assim que saímos da casa e fomos para o quintal, comecei a respirar com mais tranquilidade. Sebastian insistiu em rolar o barril de água até a cerca para facilitar minha subida.

Havia uma leve luz acinzentada surgindo no leste, e o ar estava frio e perfumado de pinho.

Apoiamo-nos contra o carro, abraçando-nos antes da inevitável separação que sempre vinha.

— Seu cabelo está crescendo — comentei, passando os dedos distraidamente pela cabeça dele.

— É, está.

Obviamente, sua mente estava em outro lugar.

— Posso ir até lá amanhã cedo antes do trabalho?

— Já é amanhã — relembrei.

— Posso?

— Acho que sim, mas deixe eu te mandar um torpedo antes. — Franzi a testa quando me ocorreu que eu teria de enfrentar David agora, ou em algum ponto muito em breve. — Só para prevenir.

Ele suspirou.

— Tudo bem. Te amo, Caro.

Eu o abracei mais apertado e então o soltei.

— Vejo você mais tarde.

— Estamos sempre nos despedindo. Odeio isso, Caro.

— Não será por muito tempo mais — falei, com o máximo de convicção que consegui reunir.

Entrar no meu carro e ir embora foi uma das coisas mais difíceis que já fiz.

★ ★ ★ ★

Alguns minutos depois eu estava em casa – ou melhor, na casa onde meu futuro-ex-marido dormia. Eu certamente torcia para que ele estivesse dormindo quando entrei de mansinho pela porta dos fundos.

E então gelei. Da cozinha, pude ver uma perna pendurada no braço do sofá; estava vestida em um uniforme de gala.

Merda!

Tirei meus sapatos e passei por ele descalça, mal ousando respirar. Seu ronco continuou profundo e regular, por isso, quando alcancei o topo das escadas sem incidentes, ofeguei, tonta de alívio.

Olhando para o nosso... *o seu* quarto, reparei que a cama não estava desfeita. Ele tinha chegado em casa tão bêbado que nem chegara às escadas.

Igualzinho a Estelle.

O relógio na minha mesinha de cabeceira informava que eram 6 hs; eu ainda tinha uma hora antes do alarme tocar. Tirei minha camiseta e o jeans e deslizei entre os lençóis frios. Senti falta do corpo quente de Sebastian junto ao meu e não consegui relaxar; em vez de dormir, peguei-me olhando para o teto, olhos secos, durante a maior parte de uma hora.

Cinco minutos antes da hora programada para despertar, eu desisti e fui para o chuveiro. A água quente me acalmou e reviveu, e então passei alguns minutos esfregando um hidratante e uma loção corporal. Era melhor começar a cuidar da minha pele com mais carinho se ia ter um namorado tão mais jovem. Era improvável que um pouco de óleo fosse fazer diferença *suficiente,* mas eu estava preparada para tentar quase qualquer coisa – qualquer coisa que eu pudesse pagar, o que não era muito.

Enquanto olhava para o espelho, examinando as finas linhas ao redor dos meus olhos e procurando cabelos brancos, notei uma marca pequena e ovalada acima do meu seio esquerdo. Ah, meu Deus! Um chupão! Eu não ficava com um desses há anos! Bem, melhor dizendo, uma década. Na verdade, eu não tinha certeza total de já ter tido um. Como era o nome daquele garoto que me convidou para sair no semestre antes de eu conhecer David? Kevin? Colin? Eu me lembro que ele tentou dar uns amassos comigo no cinema; no entanto, eu estava mais interessada em assistir ao filme.

Fiz um lembrete mental para alertar Sebastian que morder estava proibido até chegarmos em Nova York. Uma pena.

Quando terminei de secar o cabelo com a toalha, arrumei o uniforme de David para o trabalho. Eu esperava que isso fosse evitar, ou ao menos adiar, a próxima briga pelo máximo de tempo possível. Era necessário.

Ele começava a acordar quando eu dei início ao café da manhã. Fiz tanto barulho quanto pude na cozinha, descontando um pouco da minha frustração na frigideira e na pia, sentindo seus olhos amargos de uísque me encarando dolorosamente.

– Bom dia, David. Está disposto para o café da manhã? – perguntei, despreocupada.

– Só café – disse ele, rabugento, e acrescentou: – Obrigado.

Eu quase derrubei o prato que estava carregando, encarando-o, incrédula. Não conseguia me lembrar da última vez em que ele me agradecera por algo. Perguntei-me o que havia disparado aquela conflagração de civilidade. Era esquisito demais. Ainda assim, era melhor do que seus rosnados, que era em geral seu modo de comportar-se quando estava de ressaca. As maravilhas não tinham fim.

A frente polida teve uma vida razoavelmente curta. Ele deixou a casa sem falar mais nada comigo, e eu fiquei extraordinariamente agradecida por isso.

O sol havia atravessado uma fina camada de nuvens e a escuridão de San Diego em junho e o dia prometia ser novamente glorioso. Meu coração estava curiosamente leve – e eu sabia o que seria perfeito. Enviei uma mensagem para Sebastian de imediato, sabendo que ele estava à espera de notícias minhas.

[Parque em 20? Traga sua bermuda!]

A resposta dele me fez rir.

[Não está na hora de dormir?]

[Não! 20 min?]

[ok ☺]

Vesti meu biquíni e coloquei por cima um shorts e uma blusa de alcinhas, e desci correndo as escadas para fazer um piquenique *enorme*. Eu sabia que ele não tinha tomado café ou, ainda que tivesse, estaria faminto na hora do almoço.

Como lembrança tardia, apanhei meu laptop e o bloco de notas e joguei-os no porta-malas do carro. Eu ainda tinha algumas anotações para digitar e, mais do que nunca, precisava do dinheiro que o *City Beat* estava disposto a me pagar pelos artigos. Além do mais, agora que eu tinha carteirinha de sócia do Country Club, podia muito bem utilizá-la. É claro, também havia os benefícios paralelos do vestiário a serem considerados; se, por acaso, ele estivesse vazio de novo, bem, quem sabia o que poderia acontecer?

Sebastian encontrava-se sentado no meio-fio em seu lugar de sempre, meu querido e doce vagabundo.

– Vamos surfar?

A esperança e a surpresa evidenciaram-se por igual na voz dele.

– Por que não? Está um dia lindo. Talvez possa me ensinar mais algumas manobras.

– Eu gostei das manobras que você me ensinou ontem à noite.

– Sebastian!

Ele deu de ombros.

– É verdade.

– Bem, talvez. Precisamos ver se aquele vestiário vai estar vazio mais tarde.

Ele gemeu.

– Ah, cara, aquilo foi delicioso!

Eu não tinha como discordar dessa análise.

Dirigimos com as janelas abertas e Sebastian escolheu outra rádio jazz para ouvir. Eu tinha uma certeza razoável de que seu interesse em ópera era apenas para me agradar. Era muito fofo.

Estacionei perto do mesmo quiosque de surfe, ao norte de La Jolla. O nome era perfeito, visto que o lugar era tão periclitante que parecia prestes a desabar pelo penhasco a qualquer sopro de brisa.

O dono nos reconheceu de imediato – isso, ou ele usava o mesmo cumprimento para todo mundo.

– Ei, docinho, faz tempo que não te vejo! Quer alugar outra prancha?

– Sim, por favor – falei, educadamente, cutucando Sebastian nas costelas com o cotovelo quando ele fechou a cara para o sujeito. – E dois johns curtos.

– Para mim, não precisa – resmungou Sebastian. – Só um para ela.

– Uma pena – disse o dono, me olhando de cima a baixo. – Aposto que você fica ótima de biquíni.

Paguei rapidamente, deixando outra vez as chaves do carro como garantia, e empurrei Sebastian para fora da loja antes que ele decidisse começar algo. O dono sorriu para mim e deu uma piscadela. Quando ele me passou meu troco, vi que tinha escrito o número de seu telefone em uma das notas.

Classudo. Ugh.

Que tipo de cara paquera alguém quando essa pessoa está com seu namorado? Não se via uma mulher fazendo... e então pensei em Brenda. Sim, com certeza ela era o tipo de mulher que faria *exatamente* isso.

Imaginei se valia a pena guardar o telefone do cara do quiosque para passar para ela; ele era bem atraente, de um jeito tão relaxado que era quase horizontal. E eu sabia que ela gostava de surfistas. Queria muito que ele não tivesse escrito seu telefone numa nota de dez dólares. Ah, bem, eu teria que usá-la para gorjeta em algum lugar. Uma gorjeta generosa.

Sebastian carregou a prancha pesada até a praia e nadou comigo. Eu não sabia como ele conseguia aguentar a água sem um neoprene – para mim, parecia fria. Ele só riu e disse que estava acostumado.

Eu vacilei e caí mais vezes do que podia contar, mas também consegui pegar várias ondas, levando a prancha pela água verde na frente da onda que arrebentava. Sebastian foi maravilhosamente encorajador e eu me senti bastante orgulhosa de mim mesma.

Estávamos brincando na arrebentação por quase uma hora quando uma van conhecida estacionou ao lado do meu Ford surrado e Ches caminhou pela praia, sua prancha menor e mais esguia debaixo de um braço.

Cutuquei Sebastian e sua expressão feliz se desvaneceu.

–Vamos dar um oi – sugeri.

Ele encolheu os ombros, mas me acompanhou quando eu peguei uma onda para a praia.

– Oi, Ches – falei, simpática, enquanto arrastava minha prancha pesada para a areia.

– Oi, sra... Caroline – disse ele, olhando com cautela para Sebastian. – Eu não sabia que você sabia surfar.

– Sebastian está me ensinando.

– É, nós não passamos o tempo todo trepando – disse Sebastian, agressivo, cruzando os braços sobre o peito.

Eu me encolhi e senti as bochechas corarem. Se não por mais nada, era muito hipócrita da parte dele.

Ches fez uma careta e mexeu com o cordão da prancha.

– Eu ainda tenho dificuldades em fazer as voltas – falei, tentando desesperadamente aliviar a atmosfera tensa.

– Sim, bem... Você parecia estar indo muito bem – resmungou Ches.

– Por que vocês dois não vão se divertir? Eu estou pronta para descansar um pouco. Sebastian, pegue minha prancha.

Eu a ofereci para ele, dando-lhe pouca escolha sobre o assunto. Ele me encarou, teimoso, depois pegou a prancha e saiu remando.

Ches olhou por um instante, impotente, murmurou algo inaudível e o seguiu. Eu assisti por algum tempo, torcendo para que eles dessem um jeito de se entender, depois tirei o neoprene e me estiquei por cima da toalha de praia. O sol estava deliciosamente quente e logo eu dormitava em paz, cheia de pensamentos felizes. Inclusive porque não estava dormindo muito ultimamente.

Acordei abruptamente quando algo muito frio pingou em mim. Abri os olhos, espremidos por causa do sol, e vi Sebastian sorrindo para mim. Meu coração deu um salto de súbito: era tudo muito parecido com o dia em que nos conhecemos. Tanto havia acontecido desde então que eu mal era a mesma pessoa. E ele?

Pelo menos Sebastian parecia mais feliz agora.

– Ei, querida, te acordei?

– Mais ou menos. Na verdade, não. Você se divertiu?

Ele deu de ombros.

– Foi legal. As ondas não estão muito boas hoje. O vento vem de terra, então o mar está bem *flat* hoje. Estava mais divertido com você.

Estremeci quando ele se deitou perto de mim.

– Credo! Você está todo frio e pegajoso!

– Eu podia te esquentar – disse ele, sugestivo, passando a mão pela minha barriga e se debruçando sobre mim.

Eu o empurrei para longe.

– Aqui não!

Olhei para cima e vi Ches, envergonhado, tentando desesperadamente encontrar outra coisa para onde olhar em vez de seu amigo atracado com uma mulher casada.

– Comporte-se!

Ele apenas sorriu para mim com o mesmo ar irritante de despreocupação. Deus! Ele podia ser enlouquecedor.

Sentei-me e afastei seu pulso quando ele tentou pousar uma mão possessiva em minha coxa. Busquei pela minha camiseta dentro da bolsa. Pensei que Ches pudesse se sentir um pouco mais confortável se eu estivesse um pouco mais vestida, e também havia aquela porcaria de chupão. Na verdade, o nível de conforto de Ches dependia, em sua maior parte, de seu amigo parar de se comportar como um cretino.

– Ches, quer sanduíches? Eu fiz mais do que suficiente.

– Sim, seria ótimo, Caroline – respondeu ele, murmurando.

Seus olhos voltaram-se nervosamente para Sebastian, que comportava-se como um adolescente rabugento. Certo, ele não estava apenas se comportando – ele *era* um adolescente rabugento. Suspirei. Ele estava estragando nosso dia adorável; não era culpa de Ches que ele tivesse aparecido na mesma praia que nós. Deveríamos ficar agradecidos por ser Ches e não outro dos colegas de surfe de Sebastian.

Durante o almoço, as relações começaram a melhorar. Sebastian parou de tentar se mostrar e Ches começou a relaxar. A comida estava provando ser uma panaceia universal para o mau gênio dos homens. Fiquei aliviada – a última coisa que desejava era ficar entre Sebastian e seu melhor amigo. E, se as coisas terminassem mal, ele precisaria de todos os amigos que pudesse arranjar. Estremeci ao pensar nisso.

Após nosso piquenique cada vez mais agradável, Sebastian insistiu em devolver meus itens para o quiosque de surfe, e *eu* insisti que ele pegasse carona para o Country Club na van de Ches.

– Eu vou te ver lá muito em breve – destaquei, interrompendo seu protesto. – Por favor, *tesoro*!

Ele me beijou com voracidade e, dessa vez, eu sabia que não era para se exibir. Quando conseguimos parar, ele pousou a testa contra a minha.

— Adeus, Caro — falou suavemente.

Eu o beijei rapidamente nos lábios e assisti enquanto entrava na van de Ches.

Ele tinha razão em uma coisa: nós estávamos sempre nos despedindo.

Quando cheguei ao Country Club, meu humor sombrio ficou ainda pior. Uma garota em um biquíni *muito* reduzido estava deitada em uma espreguiçadeira junto à piscina.

Brenda vadia Wiseman.

CAPÍTULO 15

BRENDA OLHOU PARA CIMA e franziu o cenho enquanto eu me ajeitava sob um guarda-sol e ligava o laptop.

Ficou claro pela expressão confusa que ela me reconhecia, mas não sabia dizer de onde. Eu não planejava ajudá-la nisso – quanto menos ela me conectasse a Sebastian, mais feliz eu ficaria. De fato, o mais inteligente seria guardar minhas coisas e ir para casa, por esse mesmo motivo.

Apesar de eu ter acabado de chegar, devia ir embora. Talvez, se eu pudesse fingir ter esquecido alguma coisa, poderia partir sem chamar muita atenção.

Silenciosamente, fechei o laptop e enfiei-o na minha bolsa, apesar da pobre máquina ainda estar no meio de sua rotina murmurante de inicialização. Levantei-me para sair, mas estava dez segundos atrasada. Sebastian vinha na minha direção em seu uniforme do Country Club, um sorriso imenso no rosto. Era de se pensar que fazia dias que ele não me via, em vez de apenas alguns minutos. Eu me sentia exatamente da mesma forma.

Olhei de relance para Brenda e então para o chão, mas ele não pareceu ler minha mente, o que, naquele preciso momento, foi extremamente inconveniente para ele.

– Oi! – disse ele, feliz. E então franziu a testa. – Está indo a algum lugar?

Fiquei imóvel como um cervo travado diante dos faróis de uma jamanta que era Brenda Wiseman – e estava prestes a ser atropelada. Os olhos dela se voltaram para nós e, pela expressão no rosto dela, eu tinha certeza que *ela* tinha superpoderes, provavelmente visão de raio X, pelo jeito como devorava o corpo dele com os olhos.

– Ei, Seb! – disse ela, animada. – Ah, eu *adoro* seu uniforme! É, tipo, tão fofo!

Sua vozinha aguda e histérica de líder de torcida me deu vontade de enfiar-lhe a cabeça na piscina e assistir enquanto seus pés dançavam uma tarantela.

A expressão de Sebastian passou de feliz a irritada e depois levemente preocupada. Ele estava certo em se preocupar – suas habilidades de atuação eram ainda piores do que as minhas. Com nós dois na vizinhança da extremamente observadora Brenda, a receita para o desastre estava completa. Possivelmente o dela, já que eu podia ser forçada a arrancar sua língua e entregar para o tubarão-tigre mais próximo como isca.

Eu ainda achava que meu melhor plano era sair pela esquerda em um momento conveniente, embora isso significasse deixar Sebastian nas garras da harpia. Discretamente, afundei de volta no meu lugar e retirei o confuso laptop da minha bolsa.

– Humm, não – falei com suavidade, tentando não parecer muito confusa. – Eu só ia buscar... um café.

Por um segundo, Brenda fuzilou-me com os olhos, mas então seu olhar se tornou um tanto condescendente.

– Ah, eu achei que tinha reconhecido a senhora. A senhora estava no piquenique no domingo, senhora...?

– Caroline Wilson – ofereci, educada. – E você é?

– Brenda Wiseman – disse ela, arqueando as sobrancelhas, claramente acreditando que era inesquecível. E como ela estava certa.

Os olhos assombrados de Sebastian iam de uma para a outra.

– Bom vê-la de novo, Brenda – falei, empatando com ela no quesito falsidade.

Ela ajustou a parte de cima do biquíni, seu método testado e aprovado de atrair a atenção de Sebastian. Dessa vez, ela fracassou espetacularmente; ele ainda estava me encarando, intenso. Deus, eu torcia para que alguém se afogasse em breve. Talvez isso fosse distraí-lo, apesar de eu duvidar muito.

Os olhos de Brenda se estreitaram – ela sentiu que havia uma competidora, portanto agora ia dar seu golpe fatal. Enquanto o olhar de Sebastian ainda estava sobre mim, vi Brenda tirar um dos brincos e enfiá-lo na bolsa. O que ela estava aprontando?

Eu estava prestes a descobrir.

– Seb? – choramingou ela. – Eu perdi um brinco. Acho que caiu na parte funda da piscina. Você poderia, tipo, mergulhar e encontrá-lo para mim?

Uau, ela realmente não tinha vergonha! Usara o papel de pobre fêmea indefesa para conseguir fazer sua vontade *e* estava prestes a fazê-lo tirar a camisa, tudo com uma frase curta. Eu nunca teria pensado nisso. Tinha muito a aprender.

Sebastian franziu o cenho para ela.

– Tem certeza que perdeu o brinco na parte funda? – Ele a encarou, acusador. – Seu cabelo está seco.

Ela corou.

– Eu estou aqui há algum tempo... Estava nadando quando reparei que ele tinha sumido. Por favor, pode procurar?

– Tudo bem – disse ele, olhando para a piscina.

Vi um brilho de triunfo em sua expressão, logo transformado em luxúria quando Sebastian tirou a camiseta e os chinelos.

Era muito difícil pensar que eles tinham namorado por dez meses inteiros. Ainda mais difícil imaginar que ela não havia arrancado as roupas dele e roubado sua virgindade em algum momento desse período. Será que ela só se tornara tão obviamente desesperada depois que ele terminara com ela, ou sempre tinha sido assim? Lembrei-me do motivo pelo qual eles terminaram: ela dormiu com outra pessoa. Talvez Sebastian tivesse um autocontrole muito bom quando estava com ela – só não comigo, concluí convencida.

Do outro lado da piscina, vi duas mulheres da idade de Shirley cutucarem uma à outra e ajustarem os óculos escuros para uma visão melhor.

Gorjetas gordas de mulheres mais velhas e taradas.

O ciúme era uma emoção tão nova e estranha para mim que precisei me lembrar de que meus pensamentos homicidas eram uma reação algo exagerada. Exceto, talvez, no que dizia respeito a Brenda.

Fiquei aliviada pelos arranhões que eu fizera nele na noite passada – ou hoje de manhã bem cedo – terem desaparecido quase por completo. Sebastian não era o único que precisava tomar cuidado para não se deixar levar.

Com uma graça que tirou meu fôlego, ele mergulhou na parte funda e ficou debaixo da água por meio minuto, procurando pelo brinco que a Brenda Má fingiu ter perdido. Ele subiu em busca de ar e mergulhou de novo. Duas vezes mais ele vasculhou o fundo da piscina e, é claro, não encontrou nada.

Eventualmente ele desistiu e puxou-se para fora da piscina, bem do lado de onde Brenda estava sentada; a megera tentou parecer indefesa e agradecida. A bermuda dele colava-se ao corpo enquanto a água escorria e sua pele cintilava ao sol, gotinhas refletindo em seu peito e seus braços.

Brenda parecia ter morrido e ido para o céu. Se bem que... um pensamento me ocorreu: ela não tinha visto tudo isso antes? Ele nunca a levara para surfar? Eu precisava me lembrar de perguntar para ele. E então reneguei a ideia – eu havia prometido a mim mesma parar de infernizá-lo com perguntas que só iriam irritar nós dois.

As duas mulheres do outro lado da piscina sorriam uma para a outra e eu juro que trocaram um *high five*. Pude ver que Sebastian teria uma longa tarde, cheia de pedidos para recuperar joias de dentro da piscina. Ou talvez, se os coquetéis que aquelas mulheres estavam bebendo fossem alcoólicos, ele acabaria tendo de salvar ambas quando elas se jogassem na parte funda torcendo para que ele fizesse respiração boca a boca.

– Desculpe – disse ele, afinal. – Não consegui encontrar nada. Ele provavelmente foi sugado pelo sistema de filtros. Vou avisar o gerente e ele pode pedir ao limpador da piscina para procurar por ele. Mas isso vai ser só amanhã cedo.

Brenda deu de ombros.

– Pode ser. E então, já decidiu para que faculdade você vai? UCSD, certo? Que matérias você vai pegar?

– Estou trabalhando, Bren – disse ele, não muito sutil.

Ela fez beicinho.

– Não está *tão* cheio.

Ele franziu o cenho.

– Eu não devo conversar com os associados.

– Eu não conto nada, se você não contar – disse ela, sorrindo para ele.

Senti uma compaixão desesperada por Sebastian; ele era totalmente desajeitado em suas tentativas de dispensá-la. Ele não tinha noção alguma. Era bonzinho demais para seu próprio bem.

Imaginei se ele apreciaria uma ajuda minha – talvez se eu a atacasse com uma espreguiçadeira, batendo até ela virar pudim, Brenda se distrairia o bastante para deixá-lo em paz. Por outro lado, isso definitivamente atrairia atenção indevida.

Em vez disso, tentei me concentrar na telinha à minha frente, mas não pude evitar notar que os olhos de Sebastian relanceavam com frequência na minha direção.

Brenda estava ficando irritada por seus truques não funcionarem, e acabaria reparando que ele não parava de olhar para mim, e não para ela.

Naquele momento, Ches foi até Sebastian e falou com ele em voz baixa. Seja lá o que ele disse, Sebastian ficou imensa e obviamente aliviado. Ele apanhou sua camiseta polo do uniforme e vestiu-a sobre o corpo ainda molhado, calçou os chinelos e saiu, olhando só para mim um instante e sorrindo.

Contudo, foi o suficiente: Brenda viu o olhar.

Os olhos dela se estreitaram perigosamente e eu engoli seco, nervosa. Então aprumei as costas e decidi que não iria me deitar no chão para ela pisar em mim.

– Para onde ele foi? – disparou ela para Ches.

– Disseram para trocarmos de lugar – mentiu ele, indiferente.

Eu sabia que Sebastian deveria ficar junto à piscina durante o turno todo.

– Eles o chamaram para a academia – prosseguiu Ches, soando muito convincente.

Fiquei feliz por ele estar do nosso lado, digo, do lado de Sebastian. Nesse momento, ele olhou para mim e sorriu.

– Ei, olá, sra. Wilson! Como vai?

– Estou ótima, obrigada, Ches – falei, sorrindo para ele, agradecida. – Como vão sua mãe e seu pai?

Encaixamo-nos em nossos papéis como se tivéssemos ensaiado para isso a vida toda.

– Bem, obrigado. Está escrevendo outro artigo?

– Pensei que a equipe não pudesse conversar com os associados – resmungou Brenda, emburrada.

Ches fingiu não ouvi-la e conversou comigo por vários minutos antes de assumir seu lugar na cadeira de salva-vidas.

Eu estava totalmente desprevenida para a próxima linha de ataque de Brenda.

– Então você é, tipo, uma escritora? – disse ela, vindo postar-se perto de mim, uma das mãos no quadril.

Olhei para cima e vi o olhar passageiro de compaixão de Ches.

– Tentando ser – respondi, educada.

– Você não é, tipo, meio velha para estar começando?

Fiquei estupefata pela rudeza dela.

– Acho que nunca é tarde demais para tentar algo novo.

Ela bufou e começou a ler minhas anotações por cima do meu ombro. Para mim, já bastava.

Fechei o laptop e olhei-a nos olhos.

– Algo em que eu possa ajudá-la, Barbara?

– É *Brenda!*

– Ah, é?

– Você conheceu Seb quando ele era pequeno, certo? – disse ela, nem um pouco perturbada pela minha aberta hostilidade.

– Um pouco – admiti.

– Então você o conhece, tipo, desde sempre?

Se ela dissesse "tipo" mais uma vez, talvez eu tivesse que bater em sua cabeça com uma gramática. Ou talvez eu fizesse isso de qualquer maneira – a ideia era inegavelmente atraente.

Sorri friamente para ela e a garota pareceu um pouco confusa.

– Ah, desculpe, Barb... Brenda. Isso era uma pergunta?

Ela assentiu bruscamente.

– Não, não de verdade – respondi, curta. Não daria a ela nenhuma informação que não fosse necessária.

– Você conhece os pais dele, certo?

– Levemente – falei, sabendo que isso a irritaria mais do que qualquer coisa.

– Seb e eu namoramos desde o começo do segundo grau – mentiu ela, inexpressiva.

– Que bom – falei, cerrando os dentes. – Poxa vida! A Shirley deve ter se confundido quando me disse que vocês dois tinham terminado.

Ela jogou o cabelo louro-mel por cima do ombro.

– Estávamos dando um tempo, mas ele quer voltar comigo.

Ela falou com tanta convicção que eu tive que admirá-la. *Como* ela mentia com tanta facilidade e confiança? Eu podia ter aulas com ela – especialmente tendo mais três meses para atravessar morando com David.

O lembrete foi cortante e eu já tinha participado o suficiente dos joguinhos dela.

– Que bom para você. Bem, foi uma conversa adorável, mas se você me der licença, eu tenho prazos a cumprir.

Agora ela pareceu furiosa. Pelo visto, eu era muito melhor do que Sebastian em dispensá-la. E digo mais: *tinha sido divertido*.

Ela bufou, zangada, agarrou sua toalha e entrou. Suspeitei que ela fosse seguir Sebastian na academia. Olhei para Ches. Ele deu de ombros e balançou a cabeça, impotente. Não, ele também não sabia o que fazer com Barbara... humm... Brenda.

Decidi entrar para pegar aquele mítico café, afinal. Deixei meu laptop na mesa e Ches alegremente disse que ficaria de olho nele. Vestindo minha blusinha e o short, fui para a área do bar; porém, antes que eu chegasse lá, pude ouvir a voz brava de uma mulher.

– Não é apropriado você ficar conversando com sua namorada enquanto está trabalhando, sr. Hunter.

– Ela não é minha...

Uma mulher hispânica de meia-idade em um terninho elegante estava dando uma bronca em Sebastian. Minha reação imediata foi correr para defendê-lo. Em vez disso, assisti em silêncio, sem participar. A história da minha vida.

– Temos regras aqui por motivos muito bons. Não queremos nossos associados se machucando quando estiverem na academia. É por isso que temos alguém da equipe por perto para instruí-los no uso correto do equipamento. Se você está conversando com sua namorada, sr. Hunter, é nesse momento que acidentes acontecem. Eu tenho uma visão muito estrita sobre isso... não gosto nada, nada desse tipo de coisa.

– Ela não é minha namorada, senhora, é uma associada e...

– Bem, eu já deixei claro meu ponto de vista, sr. Hunter. E se outra de suas *amigas* resolver aparecer para uma conversa, tenho certeza que vai dissuadi-las. Estou sendo clara?

– Sim, senhora.

– E posso perguntar por que o senhor está na academia agora, e não o sr. Peters?

Sebastian enrubesceu e baixou o olhar para um ponto diretamente acima do ombro de sua gerente.

– Eu... eu pedi para trocar, senhora.

– *Eu* faço as escalas, sr. Hunter, não o senhor. Faça a gentileza de voltar para seu serviço de salva-vidas e mande o sr. Peters falar comigo, por favor.

– Mas Ches...

– *Agora,* sr. Hunter.

– Sim, srta. Perez.

Sebastian girou sobre os calcanhares e saiu para a área da piscina.

Por sorte, ele não percebeu que eu tinha ouvido a ceninha humilhante. Eu poderia ter alegremente surrado Brenda só por ter causado tanto problema.

Demorei-me pedindo um café e o jovem barista se ofereceu para levá-lo até a piscina para mim quando estivesse pronto. Agora que Sebastian tinha voltado lá para fora, esse era o único lugar onde eu queria estar.

Felizmente, Brenda parecia ter desaparecido. O que foi uma sorte para ela, pelo jeito como eu estava me sentindo.

Sebastian estava encolhido na cadeira de salva-vidas quando eu emergi na luz do sol, vindo da escuridão da sede; no entanto, sorriu para mim quando retomei meu assento sob o guarda-sol. Eu teria realmente que conversar com ele sobre disfarçar. Dei-lhe um sorriso rápido e voltei ao laptop. Agora que Brenda tinha partido, eu tinha uma chance razoável de conseguir colocar algumas palavras na página.

Foi surpreendentemente calmante ter Sebastian sentado ali enquanto eu trabalhava. Escrevi com constância por algum tempo, bebericando o café ralo que tinha sido levado à minha mesa, ficando cada vez mais absorta na descrição da vida em uma base militar, com sua mistura de disciplina e brincadeiras, regras e separação que nos marcava como diferentes do mundo além dos muros. Isso me fez perceber o quanto eu acabei me apoiando naquela noção de ordem, união, até mesmo de família. Senti-me uma estranha nesse mundo por tanto tempo que nem notei minha lenta absorção nesse estilo alternativo e isolado de vida. Perguntei-me se sentiria falta dele depois de partir. Eu achava que não, mas isso era tudo o que eu tinha conhecido por 11 anos. Agora, finalmente, Sebastian me oferecia algo diferente.

Olhei para meu relógio de pulso, estupefata por ver que já passava das 17 hs. Eu tinha que voltar para casa e encarar David. Mais doze semanas me sentindo assim, eu não sabia como conseguiria. E estaria sem o calor do corpo de Sebastian ao meu lado essa noite. Esse pensamento por si só me fez sentir abandonada.

Ergui o olhar e flagrei-o me observando, um leve franzido vincando sua testa. Sorri rapidamente e bati o indicador no relógio de maneira sutil. Os cantos dos lábios dele voltaram-se para baixo e ele assentiu.

Com um suspiro, guardei meu bloquinho e o laptop e deixei-o para trás.

★ ★ ★ ★

Às 18 hs, ouvi o carro de David estacionar. Certifiquei-me de que o jantar dele, lasanha requentada e salada, estava pronto.

Enquanto ele entrava, fixei um sorriso em meu rosto e retirei seu prato fumegante do micro-ondas, colocando-o na mesa ao lado da tigela de salada.

Porém ele não olhou para a comida – olhou diretamente para mim, sentada muito ereta na mesa, seu rosto rígido e nervoso.

– Você tem algo a me contar, Caroline?

Tenho certeza que meu rosto perdeu a cor, porque eu subitamente me senti muito tonta. Tentei falar, mas as palavras não saíam.

– Bem?

– Eu...

– Eu vi a dra. Ravel hoje – rosnou ele para mim –, que me contou que você *faltou à sua consulta!*

Senti um desejo súbito de rir. Era *isso* o que o incomodava.

– Isso mesmo – falei, sentindo-me corajosa agora que eu sabia que isso não tinha nada a ver com Sebastian.

– Gostaria de explicar isso? – sibilou ele.

– Eu não senti nenhuma necessidade de uma consulta, David. Você marcou tudo sem me perguntar. Se tivesse perguntado, eu teria lembrado que fiz um Papanicolau seis meses atrás e não havia problema algum. E eu certamente *não estou* passando por uma menopausa precoce. Tenho muita certeza disso.

O silêncio encheu o cômodo e nossos olhos se cruzaram.

— E o que diabos a dra. Ravel está fazendo discutindo meu caso, uma paciente dela, com você? Ela nunca ouviu falar de código de ética e do segredo médico?

— Se não é físico, deve ser psicológico — disse ele, ignorando friamente meu comentário. — Vou arranjar uma consulta com um psiquiatra da Base e...

— Não vai não, David — retruquei, tentando alcançar seu tom, mas com pouca sorte. — Não vou ver um psicólogo; não tem *nada* de errado comigo.

— Então por que você está dormindo no quarto de hóspedes? — berrou ele, perdendo qualquer resquício de controle. — *Isso* vai parar essa noite. Eu quero você na minha cama, que é o seu lugar!

— Não! - gritei de volta. — O *cacete* que vou voltar!

O rosto de David estava comicamente chocado.

— Vai, sim — disse ele, com muito menos veemência.

Eu o encarei e cruzei os braços em volta da cintura.

— Não.

Encaramos um ao outro por cima da mesa da cozinha.

— Mas que porra há de errado com você? — gritou ele de súbito, fazendo-me pular.

A adrenalina e uma raiva crescente afiaram meu tom.

— Nada! Não tem nada de errado comigo! Eu lavo a porra das suas roupas, eu passo a porra das suas calças, eu cozinho, eu limpo, eu...

— Esse é o seu trabalho! É para isso que você está aqui!

— Eu NÃO SOU uma porra de uma empregada!

— Você está sendo histérica, Caroline, eu acho...

— Eu não estou nem aí para o que você acha, David! Estou cansada de você me intimidar, humilhar, condescender, me tratar como se eu fosse uma idiota. Eu deveria ser uma *parceira* nessa relação. Foi por isso que eu aceitei me casar. *Não isso!*

— Você está agindo como uma criança, Caroline.

— Então pare de me tratar como uma, cacete! Eu tenho 30 anos, porra!

— E por favor, pare de usar essa linguagem imunda.

— Aaaargh! — gritei, a plenos pulmões. Por um instante, ele pareceu assustado de verdade.

E então ele se levantou de súbito e empurrou a lasanha e a salada com toda a força para longe. O prato deslizou pela mesa da cozinha e se estatelou no chão, lançando uma onda de molho e vegetais escaldantes sobre minhas pernas e meus pés nus.

Gritei e pulei para trás, tentando retirar a comida que me queimava.

– Seu desgraçado – gritei para ele. – Seu desgraçado do cacete!

Ele pareceu chocado.

– Caroline... eu... eu não pretendia... você está machucada?

Corri até a pia, tentando jogar água fria nas minhas pernas e pés queimados.

– Caroline!

Lágrimas vieram aos meus olhos e minha voz ficou estridente.

– Vá embora, David. Me deixe em paz.

Em vez disso, ele pairou por ali, culpado, enquanto eu me limpava em silêncio. A comida quente deixara marcas vermelhas de queimado pelas minhas coxas, canelas e sobre os peitos dos pés. Achei ter tirado o molho quente rápido o bastante para não ter nenhuma bolha ou dano mais sério.

David me observava, impotente. Estava claro que ele não tinha nenhuma ideia do que dizer ou fazer. Desde que ele não tentasse me tocar, tudo bem. Se tentasse, eu não seria responsável por meus atos. O grande médico nem mesmo se ofereceu para pegar o kit de primeiro socorros.

Com cuidado, esfreguei uma dose generosa de pomada antisséptica sobre minhas pernas e, sem um olhar sequer na direção dele, deixei a cozinha. A poça de lasanha ainda se espalhava pelo chão como a cena de um crime.

Subi as escadas rigidamente e me deitei na cama do meu quarto. Queria me encolher em uma bolinha, mas minha pele estava tenra demais para se esticar desse jeito. Em vez disso, deitei-me de costas e fitei o teto. David nunca havia me machucado antes – não fisicamente. Eu sabia que tinha sido um acidente, mas o ódio que senti por ele naquele momento fluía dentro de mim. Todos os anos de intimidação e humilhação, todas as vezes que ele me fizera sentir estúpida e inadequada, tudo entrou em ebulição em meu interior.

A fúria que eu senti quando Brenda flertou tão descaradamente com Sebastian não era nada, uma irritação insignificante, comparada ao modo como eu me sentia agora.

Eu fiquei *contente* por estar tendo um caso pelas costas dele. Fiquei *contente* por ter levado um homem mais jovem para a cama dele. Fiquei *deliciada* pensando na humilhação que ele sofreria quando finalmente soubesse da verdade. Queria gritar na cara dele e assistir todo o seu mundo desabar.

Mesmo depois de ouvir a porta da frente bater e seu carro sair em disparada, continuei a imaginar a alegria feroz que sentiria quando eu finalmente lhe dissesse que homenzinho patético ele era na verdade.

Fiquei deitada na cama enquanto a casa mergulhava na escuridão. Lá fora eu podia ouvir os pequenos sons do final do dia, as vidas das pessoas prosseguindo pelos mesmos caminhos determinados. Eu tinha sido assim uma vez – movendo-me de hora para hora, sonâmbula, por uma estrada que fora escolhida para mim – não desperta, não ciente.

Tudo era cinzas e pó.

★ ★ ★ ★

Eu devo ter adormecido, porque quando meu celular vibrou com uma mensagem de texto eu acordei, assustada. Lutei para me sentar, imaginando por que me sentia tão dolorida, e então as lembranças voaram de volta como gafanhotos. A pele das minhas pernas estava ardida, ou melhor, lembrava uma queimadura de sol forte, quente e esticada. Fiquei espantada de descobrir que meu rosto estava molhado. Eu não sabia que era possível chorar dormindo. Não era pela dor – ao menos, não pela dor física.

Virei-me de lado para acender a luz na cabeceira. O pequeno despertador me disse que passavam das 23 hs; eu tinha dormido por quase quatro horas.

Achei que o texto seria de Sebastian, e era. Porém, não era a mensagem de boa noite que eu antecipei.

> [Estou aqui fora. Ele está aí?
> Não tem carro nenhum?
> Posso te ver?]

Saltei da cama e me arrependi na mesma hora o movimento rápido. Mesmo sob a fraca luz da cabeceira, minhas pernas estavam horríveis. Eu precisava encontrar algo para cobri-las. Encontrei uma velha saia meio hippie no fundo do armário. Era fora de moda e levemente ridícula, mas era o único tecido que eu conseguia tolerar naquele momento. E o melhor, ia até o chão.

Movendo-me com cuidado, desci até a cozinha. Encarei com nojo a poça de lasanha, semelhante a vômito, no piso. Aquele desgraçado nem sequer tentou limpar. Hesitei, pensando que deveria limpar tudo antes de deixar Sebastian entrar – ele só iria fazer perguntas que eu gostaria de evitar. Porém era tarde demais; ele vira minha silhueta assim que eu entrei na cozinha e eu podia ver sua sombra balançando-se nas pontas dos pés, impaciente.

Seu sorriso desapareceu assim que ele viu meu rosto. Minha tentativa de enganá-lo ainda que por um segundo tinha sido obviamente em vão.

– Caro, qual o problema?

Eu só balancei a cabeça e ele me puxou para um abraço apertado. Seus jeans roçaram contra minhas pernas, esfregando o tecido da saia contra minhas queimaduras. Eu me encolhi e ele sentiu meu tremor.

– Qual o problema? Aconteceu alguma coisa? Me diga!

Suspirei no peito dele.

– David e eu brigamos – falei.

Ele congelou assim que eu disse isso.

– Ele sabe?

Balancei a cabeça devagar.

– Não. Não teve nada a ver com você, foi só uma briga estúpida.

Sebastian soltou um suspiro de algo que parecia ser alívio.

– Sobre o que foi, então?

Ele não deixaria isso passar.

– Ele estava furioso porque eu me recusei a dormir com ele. Digo, dormir na cama dele, não... Eu disse a ele que vou ficar no quarto de hóspedes.

– Aquele cretino! Porra, Caro! Eu quero muito...

Ele não terminou a frase, mas não precisava ser um gênio para descobrir o que ele estava pensando.

– Ele... saiu?

Assenti.

– Sim, saiu faz um tempo. Eu não tenho ideia de quando... ou se ele vai voltar.

– Posso entrar?

A voz dele era esperançosa.

– Certo, mas só por um minuto.

Ele franziu o cenho frente minha resposta sem entusiasmo. Eu estava tão cansada e esgotada que não conseguia lidar com Sebastian ciumento e zangado agora.

Ele parou de imediato ao ver a bagunça no piso.

– *Ele* fez isso?

Anuí em silêncio e peguei um pano para começar a limpar.

Sem falar nada, Sebastian tomou o pano da minha mão. Eu estava desgastada demais para discutir, mesmo que quisesse. Era muito errado fazer meu amante limpar a bagunça que meu marido tinha feito na nossa cozinha por causa de uma briga sobre o leito matrimonial. Meu cérebro estava cheio de nós só de tentar manter todas as peças nos lugares certos. De algum modo, tudo tinha ficado muito misturado e confuso.

Finalmente o piso estava limpo e os resquícios do jantar de David tinham sido jogados na lata de lixo. Sebastian lavou as mãos e secou-as na parte de trás da calça.

Ele sentou-se à mesa e passou o braço ao meu redor. Eu pousei a cabeça em seu ombro e fechei os olhos. Ele envolveu o outro braço em minha cintura e me puxou junto a seu peito, apenas me abraçando. De tempos em tempos eu sentia seus leves beijos no meu cabelo.

Sua bondade foi o que me quebrou e lágrimas começaram a escorrer pelo meu rosto.

– Não chore, Caro – disse ele, baixinho, a voz doendo de tristeza. – Não chore, meu bem.

Ele reposicionou um braço por baixo dos meus joelhos e gentilmente me levantou. Eu gemi de dor, depois mordi o lábio para evitar que outros sons escapassem.

Lenta e cuidadosamente, ele me carregou escada acima e me deitou na minha cama, colocando seu corpo ao lado do meu.

Ficamos deitados juntos enquanto eu soluçava em silêncio. Não conversamos.

Quando minhas lágrimas finalmente secaram, ele beijou minha bochecha.

– Venha, vamos tirar sua roupa.

As mãos dele foram até a cintura da saia, mas eu as afastei com rudeza.

– Não, não!

Ele pareceu magoado.

– Eu não ia fazer nada, Caro. Você está exausta. Precisa descansar um pouco. Venha, deixe-me ajudá-la.

Tentei afastá-lo, mas meu corpo parecia pesar uma tonelada e ele puxou a barra da minha saia antes que eu pudesse impedir.

Escutei seu ofego e então ele xingou.

– Mas que porra é essa, Caro? O que aconteceu? Ele... *ele*...?

– Foi um acidente – falei, cansada. – Ele não tinha a intenção.

Sebastian estava furioso, como eu sabia que ficaria. Podia ver a tensão nos tendões de seu pescoço, os olhos flamejando de fúria.

– Aquele *cuzão!*

Ele levantou-se da cama em um salto e fechou os punhos com força, como se quisesse bater em algo – ou alguém. Estava tentando conter seu temperamento, mas não estava com muita sorte. E então ele viu minhas lágrimas, e as lágrimas voltando a fluir.

– Merda, eu devia te levar ao médico!

Balancei a cabeça lentamente.

– Estou bem. São só... queimaduras leves... por causa do molho. Estou bem.

– Você devia dar queixa disso! Não pode deixar ele fazer isso com você e não dar em nada!

– Foi um acidente – repeti, baixinho. – Por favor, Sebastian, deixe para lá.

– Deixar para lá?! – gritou ele. – Olha o que aquele saco de merda fez com você! Porra, Caro!

Pus as mãos por cima dos ouvidos e fechei os olhos com força, tentando impedir que mais lágrimas escapassem. O sermão dele parou pela metade.

– Ah, Deus, Caro.

Senti o colchão se mover e ele deitou-se na cama de novo, me abraçando. Isso era tudo o que eu precisava: seus braços ao meu redor.

Depois de um longo intervalo, foi Sebastian quem quebrou o silêncio.

– O que você quer fazer?

A voz dele estava baixa, emoções sem nome deixando-a nua.

– Não sei.

– Você não pode mais ficar aqui, Caro. Sabe disso, não é?

Soltei o ar em um longo suspiro.

– Eu não tenho para onde ir.

– Talvez com Mitch e Shirley? Eles ajudariam, eu sei que ajudariam.

Balancei a cabeça devagar.

– Não vou levar meus problemas para a porta deles. – Suspirei. – Ainda estou... em um relacionamento ilegal com um menor de idade. Não faria isso com eles.

Ele não discutiu, então eu sabia que havia levado minhas palavras a sério.

– E que tal sua mãe? Eu sei que vocês não são muito próximas, mas...

– Não. Ela praticamente me chutou para fora quando eu tinha 19 – falei, amarga. – Por que você acha que eu me casei com David tão rápido?

Ele ficou em silêncio

Por um momento, mas eu senti seu corpo se retesar; ele fazia isso toda vez que eu mencionava o nome de David. Algum tipo de resposta primitiva, acho.

– Amigos no Leste?

– O mesmo problema – sussurrei. – Eu os estaria envolvendo em... bem, você sabe.

Ele me abraçou mais apertado e pude sentir seu hálito quente em meu pescoço.

– Tem um abrigo para mulheres perto do Park West... eu... escutei minha mãe mencioná-lo uma vez. Talvez...

– Não posso porque... – meu sussurro morreu em um tremor.

– Por minha causa.

A voz dele era amarga.

– Você não pode ir para nenhum lugar que pode te ajudar... por minha causa.

Eu sabia por que ele pensava aquilo, por que ele dizia isso, mas não podia deixá-lo se culpar assim.

– Não é culpa sua, Sebastian – falei, gentilmente, afagando seu braço. – Você é a única coisa boa que eu tenho na vida. Não trocaria isso por nada. Por nada. Eu finalmente me sinto... viva.

Ouvi Sebastian ofegar e ele me puxou mais para perto.

– Sinto o mesmo, Caro. Você me ensinou tudo o que eu sei.

Pisquei, surpresa.

— É verdade. Você me ensinou quem eu posso ser, me fez mais forte. Você me faz querer ver a magia no mundo. Eu não sabia que me apaixonar podia ser... assim.

Era assim que ele se sentia mesmo? Era assim que ele me via — alguém que podia torná-lo mais forte? Como isso tinha acontecido? Eu era tão fraca, tão covarde. No entanto, senti uma pequena esperança florescer dentro de mim, eu *havia* mudado, não havia? Eu estava ficando mais forte — não era forte ainda, mas estava chegando lá.

Era como se tivesse sido ele a me ensinar. Talvez tivéssemos aprendido juntos.

Ele me abraçou cuidadosamente, garantindo que suas pernas não roçassem as minhas por acidente.

— Não sei o que fazer — disse ele, baixinho. — Eu quero tanto estar com você, mas você acaba se machucando toda vez que eu me aproximo. Por que é tão difícil para nós ficarmos juntos? É tão injusto, porra!

— Eu sei, *tesoro*.

Ele estava tão magoado e confuso e havia tão pouco que eu podia fazer para ajudar qualquer um de nós dois.

Soltei um longo suspiro.

— Acho que é melhor você ir agora.

— Não! — arfou ele. — De jeito nenhum! — Ele elevou a voz. — Não vou deixar você sozinha com aquele cuzão!

— Não vou brigar com você também, Sebastian — murmurei. — Não tenho forças para isso.

— Não! Eu não... e se ele... eu *não posso* deixar você aqui sozinha!

Voltei-me cautelosamente para olhar para ele.

— Isso não é algo que você possa consertar, Sebastian. Sou eu quem estragou tudo; eu tenho que arrumar. Mas você tem razão em uma coisa: não posso continuar aqui. — Respirei fundo. — Há vários quartos vazios perto da universidade, agora que os estudantes estão de férias. Vou dar uma olhada nos classificados de pessoas procurando por colegas de quarto. Há lugares por menos de 500 dólares por mês. Posso arranjar esse dinheiro.

Não contei a Sebastian que eu não tinha ideia de como conseguiria comer e abastecer meu carro ao mesmo tempo.

– E tem o Motel 6, lá em San Ysidro, que custa só 50 por noite. Pode ser minha última opção, se necessário.

O rosto de Sebastian estava sombrio.

– Eu tenho quase 700 dólares. Isso pode pagar por outro mês, mais comida e gasolina.

Talvez ele pudesse ler minha mente.

Afaguei seu rosto.

– Não posso aceitar seu dinheiro.

– Pode, sim! Eu quero que você aceite, por favor, Caro. Deixe-me ajudar. Eu quero cuidar de você. Isso é tudo por minha...

Pousei um dedo sobre os lábios dele. Não podia aguentar ouvi-lo tão desesperado, tentando cuidar de mim do jeito que um homem cuida de uma mulher.

Ele beijou meu dedo e retirou minha mão de sua boca.

– Você deveria ver um advogado, Caro. Leve metade de tudo o que esse desgraçado tem.

Balancei a cabeça.

– Não, Sebastian. Não vou fazer isso.

– Por que não? – disse ele, nervoso. – Você merece...

Eu o interrompi gentilmente.

– Eu não *quero* nada dele. Entende? Nada. Mas existe outra razão... se eu fizer David disputar pelo divórcio, tenho medo que ele descubra sobre nós. Eu o *conheço:* ele vai ficar escarafunchando até descobrir o motivo pelo qual eu o deixei depois de todo esse tempo. Seu ego vai exigir uma razão que não seja... ele mesmo. E daí ele vai acabar comigo.

Eu podia sentir a tensão e o estresse no corpo de Sebastian – todos os seus músculos estavam rígidos e ele mal continha seu mau gênio. Ele me abraçou com mais força, as mãos trêmulas, mas não conseguiu falar. Enterrou seu rosto em meu pescoço e nós nos abraçamos enquanto a noite passava.

Afaguei suas costas e, gradualmente, seu corpo começou a relaxar, a respiração se tornando profunda e constante.

Não consegui dormir, mas fiquei contente por Sebastian ter conseguido. Escutei os sons suaves da respiração em seus lábios e observei seu rosto relaxado e em paz. Sentia uma culpa tão esmagadora quando olhava para ele, tão lindo, tão meigo e jovem. Tudo o que ele tinha feito era me amar, e agora corria perigo de ser levado na enxurrada do meu casamento fracassado.

A coisa certa para eu fazer seria partir discretamente e ir para Nova York. Assim, David e eu poderíamos conduzir nosso divórcio com alguma dignidade – eu esperava – e meu relacionamento com Sebastian permaneceria secreto. Assim que ele fizesse 18, e comigo já na Costa Leste, ele poderia escapar. As pessoas iam falar e talvez até adivinhassem a verdade, porém, não haveria nenhuma prova, e nós estaríamos a salvo.

Duas coisas me impediam de tomar essa decisão: a primeira, eu sabia que Sebastian jamais concordaria, o que resultaria em outra briga; a segunda, eu me sentia responsável por sua alma frágil e não queria deixá-lo desprotegido.

Eu sabia que Shirley e Mitch cuidariam dele tanto quanto pudessem – eles já pensavam nele como um segundo filho – mas eles não tinham o poder legal para apoiá-lo contra os desejos de Donald e Estelle. Não, a menos que estivessem dispostos a depor sob juramento sobre os abusos passados e presentes contra ele. E apesar de tudo, Donald era *um deles* – parte da família militar. Aquilo era uma faca de dois gumes. Os militares cuidavam dos seus, mas o outro mantra que era incutido neles tinha um lado sombrio: "caguete morre cedo".

Eu não imaginava Mitch seguindo por esse rumo – seria o fim de sua carreira. Se Sebastian fosse mais novo, talvez, mas não agora que ele estava tão próximo de seu aniversário de 18 anos, a maioridade legal e emancipação.

Então, essa foi a racionalização por trás do meu plano: passar os próximos dias procurando um quarto, depois juntar a coragem para dizer a David que eu o estava deixando.

Eu conhecia meu marido bem o bastante para me sentir confiante de que sua culpa pelo meu acidente o manteria em silêncio pelos poucos dias que eu precisava.

Ao menos, era isso o que eu esperava.

CAPÍTULO 16

AO AMANHECER, chacoalhei de leve Sebastian até acordá-lo.

A noite toda eu havia prestado atenção para ouvir o retorno de David, mas a casa permaneceu silenciosa e manteve seus segredos.

Ele bocejou e se espreguiçou, dando-me o sorriso mais glorioso.

– Deus, adoro acordar com você, Caro. Quero fazer isso pelo resto da vida.

As palavras dele apertaram meu coração dolorosamente. Eu queria muito acreditar nelas.

Então seu sorriso desvaneceu e eu vi o peso das lembranças voltando. Ele franziu o cenho.

– Como você está? Como estão suas pernas?

– Não tão mal. Bastante bem, na verdade.

Elas estavam mais do que um pouco doloridas, na realidade, em especial quando eu dobrava os joelhos, mas nada que fosse me preocupar. A pior área era o peito do meu pé direito e ali doía *mesmo*. Por alguns toques exploratórios, pude sentir que havia surgido uma bolha durante a noite. Seria infernal tentar calçar sapatos; até chinelos de dedo roçariam todos os lugares errados.

Ele me olhou, cético.

– Sério?

– Claro – falei, sem encará-lo e me sentando.

Ele estendeu a mão e tornou a me puxar para baixo, forçando-me a fitá-lo.

– Sério?

– Meu pé direito está um pouco dolorido – cedi. – Só preciso colocar um curativo, apenas isso.

Dessa vez ele me deixou sair da cama e ficou ali, me observando.

Impossível não notar que ele despiu o jeans durante a noite e vestia apenas uma camiseta e cueca – com uma grande protuberância claramente visível. Embora meu corpo formigasse em uma resposta pavloviana, eu não estava no clima para fazer nada a respeito, e Sebastian não pareceu se dar conta da situação. Talvez ele acordasse assim toda manhã. Sorri para mim mesma, considerando que em breve eu estaria em posição de responder aquela interessante dúvida.

Quando voltei do banheiro, ele estava totalmente vestido. Havia até tomado o tempo de fazer a cama e virar os lençóis direitinho.

Desci as escadas na surdina sob a pálida luz cinzenta do amanhecer, conferindo se o retorno de David não era iminente. Nós tínhamos cerca de dois minutos antes de ouvir seu carro na entrada – tempo suficiente apenas para que Sebastian escapasse pela porta dos fundos. Eu gostaria de fazer o café da manhã para ele; contudo, havia uma grande chance de que David voltasse em breve para pegar uma muda de roupas.

Ficamos de pé na cozinha, o cenário de tanto drama, tantos momentos cruciais nas nossas vidas, e nos abraçamos.

– Vou sentir saudade de você a cada minuto – disse ele, suavemente.

Suspirei em seu peito.

– Vou te ver no parque às 9 hs?

– Sim – disse ele, simplesmente.

Em seguida, era a hora de ele partir. Parecia-me que estava sempre na hora de ele partir. Eu sabia que ele também se sentia assim.

David, entretanto, não voltou. Em vez disso, eu passei as horas antes de poder estar com Sebastian de novo vagando pela casa vazia, deixando meus dedos passearem pela mobília antiga e conhecida, pelas lembranças antigas e conhecidas.

Decidi o que levaria comigo do meu lar de casada. No final, havia muito pouca coisa: minhas roupas; as joias que meu pai me dera; meu antigo laptop; alguns livros e meus CDs favoritos, que já estavam no carro. A feia porcelana que meus pais nos deram de casamento tinha sido escolhida por minha mãe – eu ficaria mais do que feliz em deixá-la com David. Não era muito para mostrar por 11 anos de casamento; no entanto, com uma nova vida à minha frente, eu também não me importava. Isso, por si só, dizia tudo.

Quando eu ainda morava na Carolina do Norte, passei uma noite um tanto bêbada com alguns amigos, e tivemos que escolher três coisas para salvar em caso de incêndio. Uma mulher que eu não conhecia muito bem disse, e eu me lembro claramente: "Meu cachorro, minha bolsa e meu álbum de casamento." Nós perguntamos, rindo: "E o seu marido?" "Ele pode muito bem se carregar para fora", respondeu ela.

Eu tinha outro trabalho a fazer antes de sair de casa – vasculhei os websites de quartos para alugar e fiz uma lista com cinco lugares para visitar. Não me importava muito com a aparência do quarto, desde que fosse barato e razoavelmente limpo. Não seria por muito tempo.

A despeito de não ter dormido nada, eu estava cheia de uma energia nervosa, inquieta. Tomara minha decisão e agora estava pronta para prosseguir com a minha vida. O último mês havia passado voando, entretanto os dias a seguir pareciam destinados a se arrastar.

Voltei para o banheiro e cerrei os dentes enquanto tomava um banho morno que atormentou minha pele sensível demais. Todas as marcas de queimadura estavam feias, mas só o meu pé me incomodava de verdade. Vasculhei o armário e acabei encontrando um par de calças largas e um tênis velho que eram suportáveis, depois de eu fazer um curativo forrado de gaze para proteger a bolha grande. Não era meu visual mais elegante, mas, droga, Sebastian não se importaria. E isso era tudo o que importava.

Ele estava à minha espera, é claro, e só de vê-lo meu dia ficou um pouco melhor.

– Como você está? – perguntou ele outra vez, olhando meu rosto ansiosamente.

– Estou... supreendentemente bem – respondi, franca.

Ele abriu aquele sorriso lindo e vi seus ombros relaxarem.

– E você? – perguntei, sorrindo também. – Está com fome?

— Sim, faminto!

— Pulou o café da manhã de novo? — censurei.

O sorriso dele morreu.

— Sim.

— O que foi?

Ele deu de ombros.

— Não tem comida em casa.

Eu me senti tão mal por ele, sabendo que o mandara embora com fome.

— É... é sempre assim?

Ele seguiu olhando pela janela.

— Acho que sim. Se bem que tem piorado ultimamente. Tudo que eles fazem é brigar. Eu não sei por que eles continuam juntos; com certeza não é por mim. Provavelmente para proteger suas reputações, como se isso fosse possível. Deus, mal posso esperar para sair de lá.

Estendi a mão e gentilmente apertei sua coxa. Ele olhou para baixo e, no instante seguinte, entrelaçou os dedos nos meus.

— Pensei que poderíamos ir para nossa cafeteria — falei com suavidade.

Ele ainda estava olhando para nossas mãos juntas quando respondeu.

— Sim, isso seria bom.

— Eu pago o café da manhã — falei, esperando fazê-lo sorrir. — Vi no cardápio de lá que eles fazem *zeppole* fresco e três tipos diferentes de *crostata*.

— Só três? — perguntou ele, os lábios se voltando para cima finalmente.

— Humm, bem... Acho que vai ser preciso experimentar todos.

Os Benzino nos receberam de volta de braços abertos, censurando-nos ferozmente por termos ficado longe tanto tempo. Eu cometi o erro de mencionar que Sebastian havia pulado o café da manhã e a velha nonna o repreendeu por cinco minutos inteiros, disparando suas admoestações em um italiano rápido enquanto Sebastian murchava sob seu olhar severo. Depois ela voltou sua atenção para mim, balançando o dedo e me dizendo que eu era uma esposa ruim por não alimentar meu homem. Concordei com cada palavra. Se ela soubesse...

Quase todos os itens do cardápio em breve estavam sobre a nossa mesa e não pude conter um sorriso ao ver os olhos arregalados de Sebastian ante a vasta quantidade de comida. Em seguida me lembrei da razão pela qual ele estava sempre com tanta fome e meu sorriso desapareceu.

Ele comeu tudo o que estava à vista, exceto uma *crostata*, que insistiu para que eu comesse.

– Uau, isso foi incrível! – disse ele, finalmente satisfeito. – Vou ficar tão gordo quando formos para a Itália!

– Se você continuar comendo assim vai estar enorme bem antes de chegarmos à Itália – comentei, rindo. – Não tem nada no cardápio daqui que eu não saiba fazer.

– Está brincando?! É mesmo? Uau! Nossa, eu sabia que havia um motivo para eu te amar!

Ele inclinou-se para frente para me beijar.

A pequena nonna bateu palmas, empolgada, depois aproximou-se correndo e me encheu de perguntas, os olhos castanhos ligeiros como os de um esquilo disparando entre nós dois. Balancei a cabeça, mais do que um pouco embaraçada. Ela suspirou pesadamente, apontou para seu relógio e saiu correndo para servir outros clientes recém-chegados, ainda balançando a cabeça.

– Isso foi sobre o que eu acho que foi? – perguntou Sebastian, erguendo as sobrancelhas.

– Quanto você conseguiu entender? – retruquei, curiosa para saber o quanto seu italiano tinha melhorado, além de evitar assim responder à pergunta.

– Algo sobre bebês e o tempo?

– Bem, sim – concordei, aturdida. – Ela queria saber quando vamos começar uma família. – Tentei sorrir. – Ela apontou que o tempo não fica parado para mulher nenhuma.

Ele ergueu minha mão da mesa e franziu o cenho, encarando minha aliança.

– Eu farei qualquer coisa que te deixe feliz, Caro. Acho que posso me virar com a ideia de uns dois *bambinos* correndo por perto. Nós faríamos um trabalho muito melhor nisso do que meus pais, isso é certo.

Tentei sorrir, mas não queria me atrever a pensar tão à frente. Qual era o sentido nisso? Ele era jovem demais para estar falando assim. E quando ele *fosse* da idade certa...

A conversa estava rapidamente me deixando triste, por isso pensei em um jeito rápido de mudar de assunto.

– A que horas você entra no trabalho hoje?

– Só às 16 hs – disse ele, sorrindo de novo. – O que você gostaria de fazer?

– Nada – admiti.

– Quer ir até a nossa praia?

Meu sorriso desvaneceu.

– Não acho que seja uma boa ideia. Não quero molhar o pé ou deixar que entre areia na bolha. – Minhas palavras congelaram ao ver a expressão venenosa no rosto dele.

Sebastian fez um esforço visível e conteve a fúria que crescia nele.

– Talvez pudéssemos visitar alguns desses quartos para alugar que você viu anunciados, que tal?

– Não, obrigada, está tudo bem. Farei isso essa tarde, enquanto você estiver trabalhando.

Ele pensou por um momento.

– Tem uma banda de jazz tocando lá no Gaslamp Quarter hoje. Podíamos ir ouvir, se você quiser.

– Jazz outra vez! – provoquei. – E eu aqui achando que você era devotado à ópera.

– Gosto dos dois – disse ele, um pouco encabulado.

Sorri para ele.

– Eu também.

Ele se levantou, esticando sua silhueta longa, e estendeu as mãos para me ajudar a ficar de pé.

Escondemos algumas notas debaixo dos nossos pratos e tentamos sair escondidos antes que os Benzino nos vissem, mas a nonna devia estar com os olhos de águia pousados sobre nós, porque enviou seu filho correndo atrás de nós com o dinheiro, repreendendo-nos pelo nosso truque sujo e relembrando que família não precisava pagar. Em seguida nos beijou, enfiou as notas nas mãos de Sebastian e apressou-se a voltar para seu restaurante. Eu não sabia como eles tinham algum lucro.

Passeamos pelo Gaslamp Quarter, admirando a arquitetura vitoriana e o charme do velho mundo, desfrutando do sol e do ar cálido, observando as pessoas e relaxando de um jeito que era, para mim, novo e maravilhoso.

Ouvimos os sons de jazz enchendo a manhã de verão muito antes de vermos a banda. Saindo de uma aleia para uma praça grande, vi que um lado havia sido convertido em um minipalco onde os músicos se apresentavam, vestidos de jeans preto e camisetas e exibindo óculos escuros, presumivelmente para mostrar que eram jazzistas, se a música não bastasse para provar isso. Eles aparentavam ser jovens o bastante para serem estudantes, e tocavam uma versão mais exagerada do som de Dixieland, misturada com ritmos latinos em um som fusion mais moderno. Algumas garotas no final da adolescência já estavam dançando, perdendo-se na música. Em breve outras pessoas se juntaram a elas e a multidão crescia gradualmente.

Não queríamos desperdiçar dinheiro sentando em uma das mesas dos cafés que circundavam a praça, então nos juntamos a um grupo espalhado na calçada. Sebastian galantemente tirou seu moletom para que eu não precisasse sentar no chão.

Ele fazia essas coisas com tanta naturalidade, sem alvoroço ou adorno, que meu coração inchava com deleite e dor a cada vez. Sebastian sempre me colocava em primeiro lugar. Eu não estava acostumada com isso.

Sentamos lado a lado e ele casualmente passou o braço ao meu redor, voltando-se de vez em quando para beijar meu cabelo. Desejei que aquele momento pudesse durar para sempre.

Notei que seus pés e suas mãos se moviam constantemente com a música, mantendo um ritmo em contraponto, os dedos batucando em meu braço.

– Você aprendeu a tocar algum instrumento?

Ele sorriu.

– Não, mas sempre quis tocar violão.

– Devíamos arrumar um para você quando chegarmos a Nova York. Mas não uma guitarra, por favor! Um violão acústico.

– Pensei que você fosse uma roqueira, lá no fundo. O que me lembra – ainda tenho que dar uma surra no Anthony Kiedis! – Ele fez uma pausa. – Você aprendeu a tocar alguma coisa?

– Não. Tive lições de piano quando estava com oito anos. Eu odiei. Minha mãe queria que eu aprendesse, mas implorei a Papa para acabar com a tortura e ele acabou.

Ele hesitou por um momento.

– Você vai contar para sua mãe...? – As palavras dele silenciaram.

– Quando eu deixar o David? Sim, acho que sim. Em algum momento.

Ele segurou minha mão apertado e beijou meus dedos.

– Pelo menos você teve o seu pai. Já é algo a mais do que eu tive. – Ele considerou por alguns instantes. – No entanto, eu tenho Shirley e Mitch: eles foram mais como meus pais do que minha mãe e meu pai. Odeio não poder contar para eles a seu respeito.

Ele franziu a testa e eu afaguei seu braço, tentando afastar sua dor ou, se isso se provasse impossível, mostrar que eu compreendia.

– Eu sei. Eu também odeio isso. Mas quando tudo estiver terminado, se... se eles me perdoarem, talvez nós possamos...

Ele elevou meu queixo com os dedos para me fazer olhar em seus olhos.

– Não há nada a ser perdoado – disse ele, a voz resoluta. – Nós nos apaixonamos. Isso não é um crime.

Contudo, eu ainda me sentia como uma criminosa. Às vezes.

Ele me beijou nos lábios, tentando aliviar nosso clima subitamente pesado.

– Venha – falou, puxando-me para ficar de pé. – Vamos dançar!

– O quê? Você não sabe dançar, sabe?

– Ah, é? É isso o que você acha? Deixe-me te mostrar, meu bem!

E ele sabia, sabia mesmo!

Sebastian colocou meus braços ao redor de seu pescoço, passou os dele ao redor da minha cintura e forçou sua perna direita entre as minhas, de modo que estávamos colados pelos quadris. Se não fosse pelo fato de estarmos praticamente fundidos juntos, eu teria caído pelo choque. Ninguém havia dançado comigo assim antes, *nunca*. Era tão bom que eu tinha certeza que devia ser ilegal. Na verdade, eu estava bem certa de que a maneira como ele unia nossos corpos tinha sido banida em diversos estados.

A ideia de dança de David era oscilar lentamente, em geral num ritmo diferente daquele que estava tocando, e fazer círculos cuidadosos no mesmo lugar. O único outro homem com quem eu dancei tinha sido meu Papa – e uma valsa. Eu nem tinha ido para meu baile de formatura do segundo grau: já estava namorando com David, então não vi sentido em ir.

Isso parecia mais com sexo ao som de música, só que sem os lençóis bagunçados. E em público.

Ele se esfregou contra mim, nossos corpos ondulando com a música. Em seguida, girou-me e me puxou contra seu corpo, juntinho de novo. Captei vislumbres de olhares invejosos de outras mulheres enquanto nos movíamos. E então as mãos dele deslizaram até minha bunda e ele empurrou meus quadris contra os seus, os dedos espalmando minhas nádegas.

Quando a música acabou, eu estava vermelha, hiperventilando e extremamente excitada. Ele sorriu para mim cheio de malícia, sabendo exatamente o que havia feito. Ele me curvou para trás quase até o chão, depois me levantou e deu um beijo intenso.

A multidão assistindo nos deu um aplauso irônico e vários gritaram para que fôssemos para um quarto. Era a melhor sugestão que eu tinha ouvido no dia todo. Em vez disso, Sebastian saudou a audiência empolgada e agarrou minha mão, arrastando-me na direção do carro.

– Onde... onde foi que você aprendeu a fazer aquilo? – ofeguei.

– Shirley e Mitch – ele disse, andando tão rápido que eu tive que trotar para acompanhá-lo.

– Está brincando comigo!

– Não! Campeões de salsa da Base, quatro anos seguidos.

Ele me puxou por uma rua, uma expressão determinada em seu rosto. Quando chegamos ao estacionamento, vi seus olhos avaliando as fileiras de carros estacionados até encontrarem meu Ford. Tentei pegar as chaves em minha bolsa, mas ele caminhava tão rápido que era difícil manter o passo e fazer alguma outra coisa.

Quando chegamos ao carro, ele me jogou de costas contra a porta, as mãos no meu cabelo, os dentes em minha garganta.

– Eu te quero tanto – arfou ele junto à minha pele.

– Terreno desocupado

– O quê?

– Aquele terreno desocupado, lembra?

– Cacete, sim!

Com mãos trêmulas, sentei-me no banco do motorista e mexi no cinto de segurança. Sebastian estendeu a mão sobre mim e fechou-o no lugar, deixando seus dedos roçarem contra minha barriga enquanto fazia isso. Sua expressão abrasadora fez minha boca secar.

Eu não sei como dirigi sem causar um acidente – todo meu corpo estava em chamas por ele. Sebastian reclinava-se no banco do passageiro, os olhos fechados. Ele parecia calmo, mas sua respiração, acelerada demais, o entregava.

Entrei no espaço coberto de ervas daninhas do terreno desocupado, pisei nos freios e o carro parou com um ruído agudo. Mal consegui soltar o cinto de segurança antes que Sebastian estivesse abrindo o zíper de sua calça e me mostrando o quanto ele me queria. Eu fiquei ainda mais excitada vendo seu desejo. Rastejei até subir em seu colo e agradeci à minha sorte ter escolhido usar calças largas com elástico na cintura. Empurrei-as sobre os quadris, ignorando a dor da minha pele sensível, e deixei que ele afundasse dentro de mim.

Não houve sutileza, nenhum toque gentil – foi forte e cru e urgente. Sebastian agarrou meus quadris, me movimentando para cima e para baixo ainda mais depressa. Seus olhos estava apertados com força e sua cabeça, enterrada em meu peito; todos os seus músculos estavam rígidos. Ele gozou forte, estremecendo dentro de mim. Gemi quando meu corpo explodiu de dentro para fora e, sem querer, mordi seu pescoço.

Os braços dele se apertaram em volta de mim e ficamos ali sentados, tentado acalmar nossa respiração entrecortada.

Finalmente, a dor da minha pele quebrou o miasma pós-orgásmico e eu voltei para o banco do motorista, movendo-me desajeitadamente.

Olhei para Sebastian e flagrei-o fechando o zíper, um sorriso imenso no rosto.

– Nós deveríamos dar um nome para esse terreno – falou.

– E chamá-lo como? "Sala de Emergência"?

– É! – Ele riu alto. – Espero que nunca construam nada aqui.

– Talvez construam um daqueles Hotéis do Amor japoneses e coloquem uma placa na parede em nossa homenagem.

– O que é um Hotel do Amor?

– Lugares onde casais que estejam se cortejando podem ir para um pouco de privacidade. Você pode pagar por hora.

As sobrancelhas dele dispararam para cima.

– É sério? Eles têm esse tipo de coisa em San Diego?

– Posso ver o que você está pensando, Hunter, e a resposta é de jeito nenhum!

Ele estreitou os olhos e então, com uma expressão lasciva, inclinou-se na minha direção. Deslizou o dedo pela minha garganta, por cima da minha camiseta, entre meus seios e desceu pela minha barriga.

– Tem certeza?

Minhas pálpebras adejaram e se fecharam. Eu não consegui me lembrar qual era meu raciocínio.

De súbito, ele xingou.

– Cacete!

Um policial estava caminhando até nós.

Ele bateu na minha janela e eu abri o vidro. Se ele tivesse chegado dois minutos antes... Eu realmente não queria pensar nisso.

– Posso ver sua licença, senhora, por favor?

Ele era encorpado, na casa dos cinquenta anos, e tinha um rosto desgastado não de todo desprovido de gentileza.

– Sim! Sim, é claro.

Estendi o braço para o banco de trás para pegar minha bolsa. Sentia-me um pouco abalada; Sebastian parecia simplesmente furioso.

O policial olhou para minha identidade e então para Sebastian.

– Você também é da Base, filho?

– Sim, senhor.

– Humm, bem. Essa é uma propriedade particular. Então você e a *sra. Wilson* devem encontrar outro lugar para... estacionar.

– Sim, senhor. Faremos isso. Obrigada, senhor.

O policial me devolveu minha licença e assistiu enquanto fechávamos o cinto de segurança e nos afastávamos.

Sebastian soltou um longo sopro de ar e sorriu para mim.

– Isso foi *tão* embaraçoso – choraminguei.

Ele riu e balançou a cabeça.

– Valeu a pena.

– Para onde vamos agora? – falei, ainda rabugenta.

– Algum lugar onde possamos comer.

– Você está com fome *de novo?*

Ele me deu um sorriso perverso.

– Claro! Deve ser todo o... exercício.

Dei um tapa na perna dele.

– Você é uma má influência!

– Sim, meu bem, mas você adora.

Eu não tinha como discutir com isso.

Voltei para a I-5 e peguei uma saída para a Mission Beach, subindo a estrada da costa para o norte até que Sebastian me pediu para estacionar.

– Tem um lugar aqui onde podemos comer – disse ele, baixinho. – Essa enseada é muito bonita. Podemos só sentar e descansar por um tempo.

– Parece ótimo – respondi, sorrindo. – Muito embora eu esteja com mais sede do que fome.

– Você devia comer alguma coisa – falou ele, sério.

Eu adorava a maneira como ele tentava cuidar de mim – tão, tão meigo.

– Certo, eu vou pegar um sanduíche. Qualquer coisa que eles tiverem.

Desci os degraus para a pequena enseada e cautelosamente estendi a coberta de piquenique tão perto dos degraus de concreto quanto possível, sem ser tão próxima que as pessoas fossem tropeçar em mim.

Era tranquilizador estar junto ao mar. Imaginei como seria delicioso ouvir o som das ondas batendo até que elas fossem tão familiares quanto respirar. Sentia-me tão cheia de esperança no futuro – eu nem tinha percebido que isso estivera faltando em minha vida até Sebastian abrir meus olhos.

Não precisei me virar para reconhecer seus passos se aproximando atrás de mim. Ele estava com uma garrafa de água e uma lata de Coca em uma das mãos, e duas embalagens de sanduíches na outra. Jogou-se ao meu lado com um sorriso e beijou meu ombro.

– Atum ou bacon, alface e tomate?

– Atum, por favor.

Ele me entregou o pacote e eu dei uma mordida gigante. Estava fresquinho e muito bom.

– Com fome? – disse ele, arqueando uma sobrancelha.

– Deve ser todo esse exercício – falei, olhando para ele de boca cheia.

Ele riu e desembrulhou o próprio sanduíche.

Ele terminou antes de mim, é claro, e tirou a camiseta para recostar-se apoiado nos antebraços e absorver a luz do sol. Sua pele macia brilhava com a luz, distraindo-me por completo de terminar o sanduíche. Passei os olhos por sua barriga achatada e seu peito musculoso e resolvi que preferia devorá-lo.

Deixei os restos do sanduíche de lado e empurrei-o para baixo, sobre a manta de piquenique.

Os olhos dele se abriram, surpresos, e Sebastian soltou um longo suspiro enquanto eu beijava seu peito e provocava seus mamilos com a língua. Humm. Ele tinha um sabor melhor do que qualquer sanduíche, não importava quão fresco.

Acariciei a pele logo abaixo da cintura da calça, deslizando os dedos junto à borda do jeans, sabendo que ele estava excitado e pronto para a ação. Ele gemeu.

– Caro, o que você está fazendo comigo?

– Dizendo obrigada pelo sanduíche – murmurei contra sua barriga.

– Você está me enlouquecendo! Como é que eu posso pensar quando você me deixa desse jeito?

Ele gesticulou debilmente para a região de seu zíper.

– O objetivo é esse – falei, sorrindo contra seu peito. – Você não deveria pensar sobre nada.

– Está funcionando – resmungou ele, levando as mãos às minhas costas e me puxando mais para perto.

Eu o desejava muito, e só podia culpar a mim mesma. Perguntei-me brevemente se o armário de almoxarifado estava com uma placa de "desocupado" nele. No entanto, ele precisava ir trabalhar, e eu precisava visitar quartos para alugar.

Terminei nossa tortura mútua plantando um beijo estalado em seu umbigo e aninhando-me em seu ombro, pousando a cabeça em seu peito.

– Quando foi que você virou uma menina tão má? – indagou ele, acariciando meu cabelo.

– Por incrível que pareça, mais ou menos na época em que te conheci – falei, cortante, enfiando os dedos no ponto em sua cintura onde ele sentia cócegas.

– Certo, certo! Eu desisto! Nossa, você não pega leve.

– Eu tive a distinta impressão que você gostava exatamente disso – falei, inclinando-me para olhar para ele.

Seu olhar ansioso voltou de imediato.

– Ah, Deus, desculpe, Caro! Eu não te machuquei, machuquei?

– Claro que não! E acredite, eu gostei do nosso sexo ilícito no carro tanto quanto você.

– Tem certeza?

– Sim! Quantos orgasmos eu preciso ter para você acreditar em mim?

Ele sorriu, uma expressão presunçosa.

– O recorde até o momento é cinco.

– O quê?! Você está contando?

Ele deu de ombros, um pouco encabulado, como se tivesse sido flagrado com um segredo sacana, o que era verdade.

– Não posso evitar – é uma coisa masculina.

– Você... você não falou nada disso para o Ches, não é? Porque se falou, não vou mais ser capaz de olhar para ele...

– É claro que não! – Ele soou zangado. – Eu jamais diria nada a ninguém sobre nós. Ches sabe tanto quanto precisa saber.

– Ele disse mais alguma coisa?

Sebastian suspirou.

– Ele está preocupado, acho, mas não vai contar para ninguém.

Resolvi deixar para lá. Se ele confiava em Ches, bem... não havia nada que eu pudesse fazer.

– Aliás, Brenda conseguiu te encontrar de novo ontem?

Ele fez uma cara feia.

– Aquela vadia estúpida quase me fez ser demitido.

Embora eu não sentisse muito por ouvir que Brenda o irritava, fiquei chocada ao ouvi-lo falar da ex-namorada daquele jeito.

– Ela... humm... tentou novamente depois que eu saí?

Ele suspirou.

– Tipo, mas...

– Mas o quê?

– Eu disse a ela que estava saindo com alguém e que de jeito nenhum voltaria com ela depois de...

Agora ele tinha minha atenção completa e total.

– Depois de quê?

– Nada – resmungou ele.

Mordi a língua, determinada a não pressioná-lo se ele não quisesse falar. Contudo, maravilha das maravilhas, meu silêncio pareceu ter o efeito oposto.

– Ches me contou algumas coisas... depois que eu terminei com Brenda, ela começou a sair com alguns dos caras com quem a gente surfava. Ela andou... festejando bastante.

– Ah.

Pela expressão dele, adivinhei que isso era um eufemismo para dormindo com muita gente. Pude ver que Sebastian não ficou contente com isso.

Suspirei. Homens eram tão bons nesse padrão duplo: aqui estava ele, tendo um caso com uma mulher casada, e dispensando sua ex-namorada porque ela dormira com outras pessoas *depois* que eles terminaram. Eu sabia que ele não pensava no que tínhamos como um caso, mas esse era seu ponto de vista como um participante, e se ele tivesse pedido a Ches para que dissesse como ele via, isso seria exatamente o que seu amigo diria.

Eu quase fiquei com pena de Brenda. Quase.

– Sabe, eu simplesmente não consigo imaginar vocês dois juntos. Ela sempre foi tão... pneumática?

– Pneumática?!

Ele sorriu antes que uma sombra atravessasse seu rosto.

– Nem sempre. Digo, ela podia ser bastante intensa. Gostava de ser o centro das atenções, Rainha do Baile de Formatura, esse tipo de coisa. Não era muito a minha praia, e isso era uma das coisas sobre as quais brigávamos. Mas ela também podia ser muito meiga e divertida.

A culpa era toda minha por ter perguntado, mas eu realmente não queria ouvi-la descrita dessa forma. Minha compaixão por ela desapareceu rapidamente.

– O que aconteceu? – Não era da minha conta, porém agora eu queria *muito* saber. – Por que ela mudou?

Ele encolheu os ombros e ficou deitado de costas, as mãos apoiando a cabeça.

– Algumas amigas dela estavam dormindo com os namorados e ela achou que nós também devíamos. Eu achava besta fazer isso só porque as amigas dela estavam fazendo.

– E nunca ficou tentado?

– Sim e não. Eu pensava bastante nisso... – Ele sorriu. – Não tanto quanto penso em fazer sexo com você, mas sim, eu pensava a respeito. Nós chegamos perto umas duas vezes. Eu tinha resolvido que ia fazer...

– Por isso a prática com a camisinha?

Ele ficou vermelho e não respondeu.

– E então, o que te impediu?

– Ches me contou que a viu dando uns amassos com outro cara. Ele não queria me contar quem, então entendi que provavelmente era alguém que eu conhecia... Pensei que talvez fosse Jack... ela negou no início, depois jogou a culpa no fato de ter bebido muito. Mas aquilo terminou tudo para mim. Pensei... Pensei que eu deveria ser algo especial, já que ela queria... comigo, mas... acho que não.

Inclinei-me e beijei-o gentilmente nos lábios.

– Bem, eu te acho *muito* especial; e a perda de Brenda é o meu ganho. Se bem que estou surpresa por ela ter pensado que você a aceitaria de volta depois disso.

Ele sorriu.

– Ela disse que não acredita que eu esteja saindo com alguém. Que eu estava inventando só para me vingar dela.

– Bem, espero que ela continue pensando assim.

Ele franziu o cenho.

– Por quê?

– Porque enquanto ela pensar assim, não está suspeitando de mim. Digo, vamos encarar os fatos, você não tinha como ter sido mais óbvio ontem!

Ele pareceu magoado.

– Eu mal falei com você!

– Sebastian, você ficou me encarando o tempo todo. Mesmo quando ela acenou com as tetas enormes naquele biquíni, você não olhou para ela. Ela deve ter pensado que você ficou cego.

– Tetas enormes! – Ele riu alto. – É, acho que elas são meio difíceis de passar despercebidas. Mas eu prefiro as suas.

– Pensei que todos os homens gostassem de mulheres com seios grandes.

Ele beijou meu cabelo.

– Eu gosto mais de bundas – disse ele, deslizando as mãos para a minha e apertando-a gentilmente para enfatizar sua declaração.

– Bem, fico feliz em ouvir isso, porque definitivamente não posso competir com ela em... volume peitoral.

Ele riu baixinho e continuou massageando minhas costas enquanto eu me aconchegava nele.

Em seguida, suas mãos pararam e ele pareceu mergulhar em seus pensamentos.

– Eu estava imaginando... – disse ele, suavemente. – Posso te perguntar uma coisa... sobre você e... David?

Oh oh.

– O que você estava pensando?

– Como vocês ficaram juntos para começo de conversa. Vocês não parecem ter muito em comum.

Ou nada, na verdade.

– Ele estava postado na Base perto de onde eu morava. Eu tinha ido para a drogaria buscar algo para minha mãe e ele passou em seu carrinho esportivo, um Corvette azul, uma graça. Ele estava de uniforme e simplesmente chegou e começou a conversar. Eu não pude acreditar que ele estava interessado em mim, esse homem mais velho e sofisticado.

Girei os olhos.

– Eu vi apenas o que queria ver, e estava desesperada para sair de casa.

Ele anuiu.

– Entendo muito bem.

– Eu estava no último ano do segundo grau, então... quando ele me propôs casamento, eu disse sim.

– Você... você o amava?

– Eu me convenci que amava, a princípio. Porém logo percebi que havia cometido um erro. Aí simplesmente não tinha para onde voltar. Minha mãe deixou muito claro que eu tinha feito minha cama; e Papa apenas fez o que lhe mandaram. Além do mais, pelo menos eu podia viajar um pouco.

Ele ficou em silêncio por um momento, mas eu percebi que ele ainda tinha outras perguntas. A certo momento, ele pigarreou e tentou soar casual.

– Quando você e... ele fizeram... humm... pela primeira vez?

– Sexo?

– Bem, sim.

Ele tinha o direito de saber – ele havia me contado tudo sobre Brenda.

– Foi uma semana antes do meu aniversário de 18 anos. Tinha havido um evento na Base, meu primeiro grande evento formal. Eu amei o ritual das roupas, parecia tudo tão glamouroso para mim. – Respirei fundo. – Fizemos no assento do passageiro do carro dele. Foi... desagradável. Doeu.

– Você já... – Ele mordeu o lábio, incapaz de terminar a pergunta.

– Eu já o quê?

– Eu sei que não tenho nenhum direito de perguntar, Caro, mas desde que... que você e eu... você já... dormiu... com ele?

Percebi que essa era uma pergunta que ele queria me fazer há muito tempo.

– Não, *tesoro*. Eu não permiti que ele me tocasse desde nossa primeira noite juntos.

Achei que ele não precisava ouvir que eu tinha masturbado David, em vez disso.

– Desculpe.

– Não se desculpe, *tesoro*. Foi só depois que te conheci que descobri o que é fazer amor de verdade.

E eu o beijei, desesperada e apaixonadamente, para mostrar que estava falando sério. Ele me puxou para si, nossas bocas se uniram, respirando um ao outro.

– Não volte para ele essa noite, Caro, por favor.

– Eu preciso voltar, Sebastian. Depois de deixar você no clube, vou conhecer esses quartos. Tenho certeza de que um deles vai servir. Vou deixar um depósito de segurança e mudar minhas coisas para lá amanhã. Em seguida, quando eu tiver para onde ir, vou dizer a ele que quero o divórcio. Amanhã à noite. Vou poder ir embora logo depois.

– Eu não gosto de deixar você com aquele cuzão! Você não sabe o que ele vai fazer! Ele pode te machucar de novo!

O corpo de Sebastian se encheu de tensão e suas mãos fecharam-se em punhos nas laterais do corpo.

– Ele não vai me ferir. A noite de ontem foi um acidente. Sim, ele é um desgraçado, mas ele não é *assim*.

Ficou claro que ele não acreditava em mim. Talvez precisasse que David fosse tão desgraçado quanto o pai dele.

– Posso vir amanhã cedo e te ajudar a empacotar tudo – ofereceu ele, esfregando os olhos com os nós dos dedos.

– Não haverá muita coisa – só minhas roupas e alguns cacarecos.

– Eu quero ajudar.

– Provavelmente é melhor que eu faça tudo sozinha amanhã, depois que ele sair para trabalhar. Eu te encontro depois de ter me mudado para a casa nova.

Ele fechou a cara, infeliz com o meu plano.

– Sebastian, eu tenho que fazer isso sozinha. A bagunça é minha, eu não quero você perto dele.

– Se ele puser um dedo que seja em você, eu vou crucificá-lo, cacete!

– Ele não vai. Prometo. Vou ficar bem. – Olhei para meu relógio. – Olha, devíamos ir. Você tem que estar no trabalho em meia hora.

– Estou falando sério, Caro, eu vou arrancar os braços dele!

Não havia sentido em responder, por isso apanhei minha garrafa vazia e a lata de Sebastian, enfiando-as na bolsa, e esperei que ele saísse da manta de piquenique para eu poder dobrá-la.

Ele ficou de pé e vestiu a camiseta, mas sua expressão ainda era raivosa.

– Ei, venha aqui!

Larguei minha bolsa no chão e envolvi-o em meus braços, forçando sua tensão e sua raiva a irem embora.

– Temos só mais um dia para atravessar e então estarei livre dele. Mais um dia, *tesoro*. Só mais um dia. Nós vamos conseguir.

Depois disso, caminhamos de volta para o carro em silêncio, mas era visível que a mente dele estava matutando sobre tudo o que eu disse. Torci para que o clube estivesse bastante ocupado, para ajudá-lo a se distrair.

Enquanto dirigia, meu pé direito começou a ficar bem dolorido. Olhei para baixo de relance e notei que meu curativo estava úmido. Droga. A bolha devia ter estourado. Eu precisava mesmo refazer o curativo antes de sair andando pela cidade ou ficaria muito pior. Resolvi perguntar na recepção do clube se eles me permitiriam usar o kit de primeiros socorros, assim que deixasse Sebastian no estacionamento. Definitivamente, não queria dar a ele outro motivo para imaginar-se cometendo violências contra David.

– Posso ver você essa noite? – disse ele, seus olhos já sabendo minha resposta.

– Não, eu preciso empacotar e resolver algumas coisas. Envio uma mensagem de texto amanhã quando... eu tiver me mudado.

Ele suspirou e saiu do carro, depois ficou de pé, esperando que eu partisse.

– Eu... preciso entrar para conferir um negócio na recepção – falei. – Te mando uma mensagem mais tarde.

– Promete?

– Sim, prometo.

Ele se afastou, as mãos enfiadas nos bolsos. Eu podia dizer que ele estava infeliz pela posição de seus ombros – e porque eu sentia exatamente o mesmo.

Esperei que ele saísse de vista e então fui até a recepção, onde expliquei meu problema.

– É claro, senhora – disse a prestativa recepcionista. – Vou mandar buscar um de nossos socorristas.

– Ah, isso não é necessário. Eu posso fazer sozinha.

– Desculpe, senhora – disse ela, não soando nem um pouco sincera. – Eu sou obrigada a avisar.

Ela fez uma chamada e alguns momentos depois Ches aproximou-se, uma expressão de surpresa ao me ver.

– Oi, Caroline. Como vai?

– Bem, obrigada, Ches. E você?

– Eu recebi uma chamada de que alguém precisava de primeiros socorros...

– Sim, essa senhora aqui precisa de ajuda – disse a recepcionista, obviamente prestando muita atenção na nossa conversa.

– Não é nada, na verdade – falei, apressada.

– Vou levar a sra. Wilson até a sala médica, Nancy – disse Ches para a recepcionista.

Ela anuiu e voltou-se para a tela do computador, tendo perdido todo o interesse.

Relutante, eu o segui. Se eu soubesse o alvoroço que causaria, teria esperado até chegar a uma farmácia na cidade.

Senti-me desconfortável sozinha na salinha com Ches. Ele também parecia sem jeito, passando o peso de um pé para o outro. Talvez ele achasse que eu ia saltar em cima dele.

– Eu só preciso trocar um curativo no meu pé – falei, baixinho. – Você tem um pouco de gaze e esparadrapo?

– Claro. Quer que eu faça isso?

– Não, está tudo bem, Ches. Eu vou ficar bem.

Sentei-me na maca baixa e rolei a perna da calça até o tornozelo, depois puxei a gaze com suavidade. Estava colada. Eu teria que arrancá-la com um puxão, e ia doer.

Respirei fundo e puxei com força. Um naco imenso de pele veio junto com a gaze. Meu pé parecia em carne viva.

– Uau! Isso está feio – falou Ches, ansioso. – Acho que talvez seja melhor um médico dar uma olhada.

Em seguida ele corou, lembrando-se que eu era casada com um médico.

Ouvimos vozes no exterior e Sebastian entrou de supetão, com Nancy, preocupada, logo atrás.

– Caro! Você está bem?

Droga! Ele não escutou quando eu disse para ser mais discreto?

– Estou bem, obrigada – falei, com tanta calma quanto pude. – Ches está cuidando de mim.

Percebendo talvez minha recepção gelada ou a expressão de pânico de Ches, Sebastian entendeu a deixa e fechou a porta na cara da intrometida Nancy.

– Cara, isso parece bem feio para mim – disse Ches baixinho para Sebastian, apontando para meu pé.

– Estou bem – repeti, nem um pouco feliz de ser o recipiente da atenção combinada dos dois. Era como ser uma exibição particularmente feia no zoológico.

– O que houve? – disse Ches.

– Só um acidente bobo.

– Não foi um acidente – rosnou Sebastian. – O desgraçado do marido dela que fez isso. Mostre para ele o resto das suas queimaduras!

Ele puxou a perna da minha calça para cima e os olhos de Ches se apertaram de horror.

– Foi um acidente – sussurrei de novo, empurrando as mãos dele.

Eu não podia aceitar a piedade que via no rosto de Ches e a raiva no de Sebastian.

Acompanhada pelos olhares silenciosos de ambos, limpei a ferida com solução salina, apliquei um camada espessa de pomada antisséptica e tornei a cobri-la. Os olhos de Sebastian observavam cada movimento meu. Ches estava desesperadamente desconfortável; decidi ajudá-lo e reduzir também o excesso de tensão na sala.

– Ches, poderia nos dar um minuto, por favor?

– Claro, claro. Seb, eu te vejo depois, cara.

Sebastian assentiu, mas não olhou para Ches enquanto o outro saía.

– Eu quero matá-lo! – disse ele, entredentes.

– Sebastian, por favor, não.

– Não o quê? – rosnou ele.

– Não dificulte as coisas para mim.

Ele piscou, sua expressão indo da fúria para a mágoa.

— Como é que eu estou dificultando as coisas? Eu te amo!

— Eu sei disso, mas nesse momento, o que preciso é que você esteja calmo e sob controle. Se continuar irrompendo em seu cavalo branco para me salvar, as pessoas começarão a reparar. — *Se já não repararam.* — E a última, a última coisa de que preciso agora é que *qualquer um* veja você me tratando como algo que não seja só outra associada aqui. Entende?

— É claro que eu entendo, não sou a porra de um idiota!

— Bom. Então por favor, me diga por que você está aqui, fazendo uma cena na frente daquela recepcionista, quando Ches já estava cuidando de mim?

Cada emoção era transparente ao passar por seu rosto: surpresa, raiva, mágoa — de novo — e então a compreensão e a vergonha.

— Desculpe. É só que... eu fico meio louco quando penso que você está machucada.

— Eu sei, *tesoro*. Eu entendo, mas você vê como isso dificulta as coisas para mim?

— Sim, entendo. Desculpe.

— Certo. Então só me abrace.

Ele uniu nossos corpos e ficamos ali em silêncio, sentindo a tensão ir e vir.

— Tudo bem? — perguntei, afagando seu rosto.

Ele respirou fundo.

— Sim, estou bem.

Ele não olhou para mim; parecia estressado e preocupado.

— Certo. Te mando uma mensagem mais tarde. Com sorte, para dizer que encontrei um quarto.

Ele esboçou um sorriso.

— Fique longe de problemas até lá, está bem? — falei suavemente.

—Vou tentar — disse ele, forçando um sorriso. — Mas não prometo nada.

Beijei-o gentilmente e saí pelo lobby, evitando o olhar curioso de Nancy.

Eu estava tão distraída que por muito pouco não trombei de frente com Brenda, que entrava pela porta da frente.

— Oi, Barbara! — cumprimentei alegremente, descendo os degraus.

— É *Brenda!* — rosnou ela.

Realmente, são as pequenas coisas que importam na vida.

CAPÍTULO 17

O PRIMEIRO QUARTO DISPONÍVEL era uma porcaria tão grande que eu não deixaria nem mesmo David dormir ali. Bem, provavelmente não.

Sem contar o fato de que o senhorio atendeu a porta em uma regata justinha que parecia ter o café de manhã do mês passado caído na sua frente, e conversou mais com o meu decote do que com meu rosto, o quarto que ele me mostrou cheirava a repolho e urina de gato; o carpete sob meus pés era grudento. Eu não queria nem pensar sobre as manchas no colchão descoberto que foi-me apresentado como uma cama, mas estava mais próximo de algo arrancado de um terreno baldio em algum momento do ano passado.

O segundo quarto, em uma parte descolada do centro, era perfeito – pequeno, porém limpo, em uma casa compartilhada com duas estudantes de direito mais maduras, Phyl e Beth. Entreguei um depósito para reserva de 60 dólares e fui embora muito feliz, prometendo que voltaria no dia seguinte.

Elas não forçaram muito para saber por que eu estava procurando por um quarto; no entanto, eram mulheres inteligentes e eu tinha certeza de que elas juntaram dois mais dois durante nossa breve conversa.

Quando cheguei em casa (e eu não usaria essa palavra para descrevê-la por muito tempo mais), fiquei surpresa por ver que David tinha voltado – a evidência estava nos pratos na pia e uma cesta cheia de roupas sujas perto da máquina de lavar. Ele obviamente esperou até que eu estivesse longe para fazer um retorno furtivo. Éramos dois, então. Dois covardes presos em um casamento sem amor.

Embora não por muito tempo mais.

Ignorei a roupa suja, levemente divertida em pensar que ele teria que aprender a lavar a porcaria das suas roupas ou continuar morando em algum hotel, como achei que estivesse.

Enchi minha mala com todas as roupas que pude espremer lá dentro e enfiei todo o resto em sacos pretos de lixo. O que tirei da casa não fez quase diferença alguma – seria apenas se David olhasse para meu armário que ele notaria alguma mudança mais drástica. Que meus 11 anos com David deixassem uma marca tão pequena era um pensamento decepcionante. Eu não tinha sido uma esposa ruim, porém também não fui uma companheira para ele. Embora parecesse duvidoso que ele algum dia quisera uma. Ainda assim, era um jeito solitário de viver, para ambos.

As 18 horas vieram e se foram – e nem sinal de David. Eu não sabia muito bem como diria a ele que estava indo embora se ele sequer estava por perto: deixar um bilhete, enviar uma mensagem de texto, ligar para seu consultório, ou quem sabe até… aparecer lá pessoalmente. Nenhuma das opções parecia especialmente palatável. Quando imaginei contar a ele, sempre presumi que seria na privacidade de nossa própria sala.

Logo depois das 22 hs, recebi uma mensagem de Sebastian.

[Como estão as coisas?
Conseguiu um quarto?
O cuzão está aí?]

Eu sabia que, se dissesse a Sebastian que David estava sumido, ele iria querer vir para cá. Contudo, sem saber onde estava David ou quais eram suas intenções, isso era arriscado. O mais esperto seria esperar outras 24 horas. Mas ser esperto e estar apaixonado, bem, eram como água e óleo.

> [Estou sozinha. Ches pode te deixar no centro? Preciso sair daqui.]

Ele respondeu imediatamente, como eu sabia que faria.

> [30 min, praça do jazz. Vc tá bem?]

Eu não sabia como responder, então simplesmente mandei uma mensagem concordando em encontrá-lo onde havíamos ouvido a banda de jazz naquele mesmo dia.

A cidade parecia diferente à noite. Assim que o sol desaparecia, a aura relaxada tingia-se com um frisson de entusiasmo e um ar intangível de possibilidades. Eu estava tão perto de me libertar, tão perto de recomeçar minha vida – era um sentimento embriagador. Eu estava tonta com uma imprudência nada usual – e ia ver Sebastian.

Tínhamos três meses antes de poder fugir para Nova York – seria uma época de austeridade, não que eu me importasse com isso, mas pensei que merecíamos uma noite para celebrar de verdade. Por isso, quando me vi no exterior de um hotel com preço entre baixo e médio, hesitei por menos do que um segundo antes de reservar um quarto, pagar em dinheiro e guardar a chave em minha bolsa com uma sensação de abandono.

Minha decisão impulsiva me fez chegar um pouco atrasada na praça. Meu fone tinha começado a tocar exatamente quando o vi vasculhando a multidão e passando a mão pelo cabelo.

Observei-o à distância, desfrutando aquele momento de ver antes de tocar. Vestido de maneira simples com uma calça jeans gasta e uma camiseta lisa preta que destacava seu corpo esguio e forte, ele ainda era um ponto de luz, cercado pelas turbas girando ao seu redor.

– Oi! – falei no celular.

– Onde você está? – disse ele, preocupado.

– A caminho – falei suavemente, chegando de mansinho atrás dele e passando a mão sobre sua bunda.

Ele deu um pulo e virou-se com uma cara fechada que abriu-se em um sorriso enorme e sensual quando me viu.

– Tenho que ir agora – ele murmurou ao telefone –, uma mulher linda está me apalpando.

– É mesmo?

Escondida pela aglomeração, passei a mão pela frente de seu jeans.

– É – ele respondeu ao celular –, eu não sei o que ela quer.

– Ela não te deu nenhuma pista? – perguntei, esfregando a mão por cima dele outra vez e sentindo seu corpo responder.

– Acho que vou ter que te ligar depois – disse ele, desligando o telefone.

Ficamos ali nos fitando enquanto eu lentamente abaixava meu celular.

Ele deu um passo adiante, de modo que nossos corpos estavam quase se tocando, em seguida correu as mãos de leve pelos meus braços e pousou a boca sobre a minha. Senti seu hálito quente espalhando-se sobre meu rosto e seus lábios se partiram.

Era difícil lembrar que estávamos em um local público enquanto ele aprofundava o beijo, sua língua invadindo minha boca. Sentindo seu gosto, tocando-o, me perdendo nele, o mundo desaparecia. Eventualmente eu me afastei, ciente de que havia hora e lugar para isso – e, essa noite, nós tínhamos as duas coisas.

– Deus, Caro! – sussurrou ele e fechou os olhos, abraçando-me junto a seu peito.

– Venha – falei, depois de um longo momento. – Vamos dar uma volta.

Ele franziu a testa, confuso.

– Você está bem?

– Claro, por quê?

Ele encolheu os ombros.

– É só que eu não esperava ver você essa noite. Digo, estou contente por você estar aqui, mas...

– Bem, estou com tudo empacotado no carro. Eu... eu só preciso dizer a David. Ia fazer isso de manhã, mas, bem, ele não voltou para casa... e eu queria te ver.

– Bom – disse ele, feliz.

Sorri para ele.

– Está com fome ou isso é uma pergunta boba?

Ele riu.

– É, definitivamente, eu poderia comer alguma coisa.

— Vamos para Little Italy.

— Sim! Podemos fingir que estamos com aquela moto e saímos em nossa viagem!

Não fomos muito longe antes de encontrar um pequeno café siciliano vendendo cuscuz al pesce, um dos meus pratos favoritos — senti dificuldades de ignorá-lo.

— Não sei, Caro — disse Sebastian, olhando para o cardápio pendurado do lado de fora. — Não é muito barato.

— Eu sei que não, mas essa noite eu não me importo. Essa noite, eu recomeço a minha vida. Graças a você.

Ele sorriu para mim e seus olhos reluziam de amor.

— É mesmo?

— Sim, de verdade. Estamos celebrando... e eu tenho outra surpresa. Mas essa é para mais tarde.

Tentei puxá-lo para o café, mas ele resistiu.

— Conte! — pediu ele, a voz subitamente rouca.

Balancei a cabeça e sorri.

— Não. Não seria uma surpresa se eu te contasse.

— Caro, você está me deixando maluco! Por favor!

— Bem, está bem, já que não quero ser à causa da sua insanidade... Eu reservei um hotel para nós.

Sua respiração ficou presa na garganta e seus olhos se arregalaram.

— Um hotel?

Anuí e tive que engolir em seco quando sua expressão passou de amor para luxúria.

— Vamos agora — disse ele, puxando minha mão.

— Não, eu quero comer. E você mesmo disse que está faminto.

— A gente pega para viagem! — rosnou ele, puxando-me pela rua.

Fiz pé firme e puxei de volta.

— Sebastian, não!

Ele parou, olhando para mim com surpresa.

— Por que não?

Tive que sorrir frente à expressão no rosto dele, porém, minha voz foi séria. Eu tinha passado um bom tempo pensando nisso.

— Porque, depois dessa noite, nós não vamos poder gastar assim por muito tempo. E pelo menos essa noite eu não quero me esconder. Quero só ter uma refeição gostosa em um café gostoso... Quero só ter... um encontro. Com você.

Ele sorriu.

— Um encontro? Sim, eu gostaria disso. Com sexo depois?

Eu ri.

— Ah, sim. *Um monte* de sexo depois.

Nós nos sentamos em uma mesa junto à janela e o garçom, idoso, acendeu uma vela e enfiou-a em uma velha garrafa de vinho incrustada de cera.

Falei com ele educadamente em italiano e ele abriu um sorriso enorme.

Seu sotaque era muito carregado e ele explicou que vinha de Trapani, no pé da Sicília. Pude ver que Sebastian estava com dificuldades para acompanhar a conversa, por isso passei para o inglês.

— Esperamos visitar a Sicília um dia, em breve — falei, lançando um olhar rápido para Sebastian, que sorriu de volta.

— Ah, então você deve visitar minha cidade natal e mandar lembranças por mim — disse o velhinho —, e vai chorar frente a beleza de nossa Madonna di Trapani.

Ele se afastou, conversando feliz consigo mesmo, enquanto se recordava da cidade natal. Sorri para Sebastian, que segurava minha mão por cima da mesa; nesse momento, os olhos dele se arregalaram de choque.

— Você tirou seus anéis — sussurrou ele.

Assenti em silêncio.

Era verdade: mais cedo, quando eu ainda estava andando pela casa, olhei por acaso para minha mão e vi os anéis — digo, os vi de verdade, com tudo o que eles significavam. Tirei minha aliança de noivado, três diamantes pequenos enfileirados, depois tirei minha aliança de casamento, simples e dourada. Segurei-as na minha mão, imaginando o que fazer com elas. Cogitei deixá-las na mesa da cozinha ou no gabinete perto do lado de David da cama; no final, joguei-as dentro de meu porta-moedas.

Minha mão parecia tão leve sem minhas alianças que era como se eu pudesse sair flutuando. Sebastian segurou minha mão esquerda junto a seu rosto e fechou os olhos. Quando tornou a abri-los, eles brilhavam com lágrimas não derramadas.

– Você está mesmo o deixando – disse ele, e eu não sabia se era uma declaração ou uma pergunta.

– Sim. Você não achava que eu fosse fazer isso?

Ele pareceu envergonhado.

– Achava e não achava. Eu ficava torcendo, mas... sabia de quanta coisa você estaria abrindo mão. E... e eu sabia que não podia te oferecer nada...

Ergui a mão para interrompê-lo.

– Isso não é verdade, Sebastian. Você já me deu tanto, só não se deu conta.

Ele balançou a cabeça, impaciente.

– Não tente me fazer sentir melhor, porque...

Voltei a interrompê-lo.

– Não estou fazendo isso! Você me devolveu minha autoestima e me deu esperança no futuro. Deu-me amor. Deu-me você mesmo. Não há nada mais que eu queira.

Ele esticou-se por cima da mesa e segurou a mão contra meu rosto. Eu repousei o rosto contra seu toque e fechei os olhos.

– Eu te amo – disse ele.

O garçom nos interrompeu com uma tosse discreta, um sorriso e uma piscadela para Sebastian, que sorriu de volta.

Sebastian recusou-se terminantemente a pedir *antipasti* e eu não soube dizer se era por estar ansioso com o preço ou porque queria me levar para o hotel o mais rápido possível. De qualquer forma, não consegui persuadi-lo a mudar de ideia, então tive de abandonar minhas ideias de comer uma caponata e pedi o cuscuz, com meia garrafa do tinto da casa.

Eu não liguei: ele não era o único que estava pensando em uma cama king-size de hotel com lençóis brancos fresquinhos e uma ducha dupla. Humm, lençóis que eu não teria que lavar, que delícia. Humm, Sebastian molhado e ensaboado em uma ducha dupla. Espere! Não havia uma banheira grande também, ou será que eu tinha sonhado isso? Droga! Eu não conseguia lembrar. Aquilo ia ficar me incomodando.

– Qual o problema? Você parece meio brava – disse ele, preocupado. – Eu não me importo se você pedir uma entrada.

Olhei para cima, confusa, e então sorri para ele.

– Não, tudo bem – eu só estava tentando me lembrar se tem ou não uma banheira no quarto.

– Era nisso que você estava pensando?

Por um segundo, ele pareceu levemente chocado, em seguida um sorriso malicioso iluminou seu rosto.

– Legal!

Eu me distraí por um instante ao flagrar alguém se afastando da janela, um vislumbre de cabelos loiros compridos...

– O que estava pensando em fazer se houver uma banheira?

Arqueei uma sobrancelha.

– Bem, pensei em começar ficando bem suja... e depois, bem limpinha.

Ele engoliu seco e piscou várias vezes.

– Muito suja?

Agora ele me pegou desprevenida, porque eu realmente não sabia o que dizer. David era estritamente tradicional. Foi só ao longo das últimas semanas com Sebastian que eu começara a explorar as possibilidade de prazer.

Olhei diretamente para ele.

– Vamos descobrir juntos.

O sorriso de resposta dele foi glorioso.

O garçom chegou com nossa meia garrafa e serviu uma taça para cada um de nós. Pude ver que Sebastian ficou espantado e me lembrei de sua idade. Que ridículo que eu pudesse esquecer dela, dadas as circunstâncias incomuns de nosso relacionamento. Era claro que o garçom estava pronto a acreditar que Sebastian tinha mais de 21, pois nem olhou duas vezes para nós. Aquilo me deixou esperançosa.

Sebastian apanhou sua taça e deslizou o dedo pela borda. Por um segundo, imaginei-o vestido em um smoking preto e camisa branca, sentado em um camarote particular no La Scala. Apanhei minha taça e ergui-a em sua direção.

– Salute!

Ele sorriu e encostou sua taça na minha.

– A nós.

Um brinde muito melhor.

Inclinei-me sobre a mesa e sussurrei, conspiratória:

– Você é jovem demais para beber isso legalmente, é óbvio.

Ele sorriu e tomou um longo gole.

– Sou jovem demais para fazer várias coisas – disse ele, afundando o dedo em seu vinho e estendendo-o para mim.

Tomei seu dedo em minha boca e mordi de leve, sugando com força.

Um sibilo escapou dele e Sebastian fechou os olhos. Quando os abriu de novo, o negro de suas pupilas havia eclipsado as íris azul-esverdeadas.

Estremeci, soltando seu dedo.

Ele sorriu, um retorcer lento, sensual e sedutor de lábios. Eu tive vontade de correr a língua por aqueles lábios, sentir a suavidade deles, o volume, a umidade quando ele os separava. Imaginei-o permitindo que minha língua provasse cada centímetro de seu corpo firme e rijo, absorvendo seu cheio e saboreando o sal em sua pele.

Ele não tinha tirado os olhos de mim e eu tenho certeza que os meus revelavam cada pensamento meu. Ele lambeu os lábios e engoliu.

O garçom quebrou o feitiço colocando nossos pratos discretamente à nossa frente e ignorando nosso olhar ardente. Talvez fosse algo que ele via o tempo todo; se bem que, caso fosse assim, eu não conseguia imaginar como esse restaurante ainda não havia pegado fogo.

Sebastian recostou-se em sua cadeira e eu respirei fundo.

– É sempre assim? – perguntou ele, parecendo subitamente perdido e vulnerável.

Eu sabia o que ele estava me perguntando e não tinha uma resposta. Balancei a cabeça.

– Não para mim... não até agora, até você.

O que eu sabia do tipo de amor que tornava difícil respirar, em que seu corpo doía dia e noite por aquela conexão com outra pessoa, física, mental e espiritualmente? Era totalmente novo e aterrorizante e exaustivo e maravilhoso. Eu estava deslumbrada pela luz que jorrava dele para a sombra da minha existência prévia. Ele eclipsava tudo, apagava tudo que tinha vindo antes. Eu tinha renascido – não só para ele, mas para mim mesma. E estava pronta para a aventura.

Respirei fundo e apontei para a comida com um gesto do queixo.

– Coma. Você vai precisar de energia.

Sem interromper o contato visual, ele apanhou o garfo e pegou um pouco de massa, estendendo-o para mim.

– Quer provar?

Eu aceitei a comida em minha boca e senti o molho cremoso pingar pelo meu queixo. Sebastian sorriu e limpou com a ponta do dedo, levando-o para a sua boca.

O resto da refeição desenrolou-se da mesma forma, provando a comida um do outro, excitando-nos, acendendo as chamas a cada novo ataque aos sentidos. Eu queria rastejar por cima da toalha branca, arrancar a camisa dele e possuí-lo ali mesmo. Imaginei passar minhas mãos por seu cabelo e enfiar minha língua em sua boca, contraindo-me ao redor de seu corpo enquanto ele estivesse dentro de mim. Lambi os lábios.

Ele largou o garfo de repente e esfregou as mãos pelo rosto.

– Eu não posso me concentrar em comer quando você me olha desse jeito! – reclamou.

– Que jeito? – falei, fingindo uma inocência que eu definitivamente não sentia.

– *Esse!*

Provocante, enfiei meu garfo no cuscuz e levei-o com cuidado até a boca, mastigando com lentidão insolente, enquanto mantinha meus olhos no rosto dele. Em seguida, lambi os lábios e suguei o garfo até limpá-lo.

Ele fez um som no fundo da garganta que estava entre um gemido e um rosnado e meus olhos se arregalaram.

– Caro, estou falando sério! Se você fizer isso de novo...

Seu aviso me excitou e divertiu. Eu queria conhecer seus limites, e estava curiosa sobre os meus.

Mais uma vez, enfiei o garfo no cuscuz; mais uma vez, levei-o até minha boca e lentamente suguei o garfo até limpá-lo, uma expressão de desafio no rosto.

Ele recuou a cadeira com um ruído alto, assustando o garçom e o casal de idosos sentado do outro lado do salão, bebendo sua Sambuca após o jantar. Ele deu a volta na mesa e me prendeu à cadeira, uma mão em cada lado do assento, beijando-me com rudeza, sua frustração e ardor concentrados naquele momento único e encantador.

Minhas mãos subiram até seu peito e se agarraram à sua camiseta. Eu não sabia se o estava puxando para mim ou empurrando-o para longe. Meu corpo todo estava corado e quente.

Percebi de leve que o garçom estava perto de nós e Sebastian se levantou, relutante.

– Ah, senhor – o pobre homem disse, nervoso –, temos outros clientes, senhor... ahn...

– Embrulhe a comida para viagem – pediu Sebastian.

– Certamente, senhor – respondeu o garçom, afastando-se com nossos pratos, agradecido.

– Você está impaciente essa noite – falei, tomando um gole muito necessário de vinho.

Ele fez uma cara feia para mim. Nossa, até sua raiva me excitava.

– Como diabos eu posso comer um prato de massa à carbonara quando você me olha desse jeito e eu estou aqui sentado com um pau mais duro do que o Monte Rushmore?

Eu quase cuspi meu vinho e não contive minha risada.

– Monte Rushmore?

Um sorriso relutante fez os lábios dele se contorcerem, mas eu podia ver que ele ainda estava um pouco bravo.

– Então venha, vamos. Você pode terminar seu carbonara frio mais tarde. – *Eca*.

Paguei por nossa refeição abandonada em dinheiro, desapontada por nosso encontro não ter sido como o planejado, embora fosse por minha própria culpa. Eu deveria ter percebido que Sebastian não era o tipo de homem que fazia joguinhos. Também não pensava que eu fosse esse tipo de mulher – eu só não havia percebido que um pouco de flerte com comida teria um efeito tão imediato e gratificante.

Assim que deixamos o garçom aliviado para trás e saímos para a rua, Sebastian passou o braço ao redor dos meus ombros possessivamente, de vez em quando abaixando-se para beijar meu cabelo.

– Talvez eu devesse apenas comprar barrinhas de cereais para você da próxima vez e pular toda a coisa de jantar e encontro – provoquei. – Eu podia te amarrar na cama e te dar Gatorade.

Ele parou tão de súbito que eu quase passei por ele. Sebastian virou-se e me encarou; em seguida, engoliu seco, sua expressão abrasadora.

– Com que você me amarraria? – disse ele, a voz cheia de um anseio inexplorado.

Fiquei vermelha como uma beterraba e ele me puxou para seu peito, fitando meus olhos.

– Meias de seda? – sussurrei, insegura.

Ele fechou os olhos com força e apertou a mão que me segurava de modo quase doloroso.

– E cinta-liga? – disse ele, meio sufocado.

– Se você quiser.

– Preta?

– *Tesoro*, por você eu uso uma cor diferente a cada dia da semana.

Ele soltou um gemido baixo.

– Onde fica essa porra desse hotel? – resmungou ele, arrastando-me pela rua em uma marcha rápida.

Levei um momento para me orientar e lembrar da direção do hotel. Sebastian estava tão frustrado que eu meio que esperava ser jogada por cima do seu ombro enquanto ele corria. Ele era um homem com uma missão e já tinha recebido todas as preliminares que suportava.

Quando chegamos ao hotel, ele abriu a porta de vidro e me arrastou pelo saguão enquanto o recepcionista, divertido, piscava de surpresa.

– Que andar? – rosnou ele, os dedos batucando impacientemente perto do botão do elevador.

– Quarto – gaguejei, um pouco espantada por seu comportamento subitamente dominador.

As portas se abriram em silêncio e eu quase corri para o fundo do elevador, agarrando-me ao corrimão, certa de que precisava de algo em que me segurar. Sebastian deu um passo para dentro e deixou que as portas se fechassem um centímetro atrás dele. Ele olhou para os botões e apertou o número quatro.

Minha pulsação disparou enquanto ele me encarava, uma expressão voraz, desesperada e totalmente focada em seu rosto. Lambi meus lábios, mas minha boca estava, de repente, seca.

Lutei para pensar em algo para dizer; contudo, minha mente estava em branco, sem pensamento algum – apenas uma necessidade suprema de consumi-lo.

O elevador começou a subir e Sebastian deu um passo em minha direção. E outro. E outro. Até estar de pé exatamente à minha frente. No entanto, nossos corpos ainda não se tocavam. Aí ele estendeu as mãos e colocou uma acima do meu ombro esquerdo, e a outra acima do direito. Eu estava presa entre seus braços. E ele *ainda* não havia me tocado. Inclinou-se adiante e eu prendi a respiração. Aí lentamente, deliberadamente, ele afastou meu cabelo do caminho com o nariz e deslizou a língua pela lateral do meu pescoço.

Pude sentir seu hálito quente em minha bochecha, sua língua molhada provocando minha orelha. Respirei fundo outra vez e inspirei seu cheiro: um sabonete picante, sal, e o cheiro doce típico dele.

Talvez ele estivesse se vingando pelas minhas distrações no café, ou talvez estivesse aprendendo a se demorar: eu não saberia dizer.

Enfiei minhas mãos nos bolsos traseiros de seu jeans e ouvi seu fôlego prender-se na garganta. Ele soltou um longo suspiro e deixou todo o peso do seu corpo pousar sobre o meu.

As portas se abriram com um chiado, uma distração quase bem-vinda.

Ele se aprumou e eu tirei minhas mãos de seu bolso; ele recuou para que eu pudesse sair do elevador primeiro.

O corredor estava silencioso e nossos pés afundavam no carpete espesso sem fazer ruído. As luzes nas arandelas douradas lançavam sombras pálidas pelo papel de parede estampado e 20 portas de madeira se estendiam em cada direção. Levei um momento para me lembrar para que lado virar. Procurei em minha bolsa e puxei a chave.

– É o quarto 429 – falei, baixinho.

Sem palavras, Sebastian pegou a chave e me guiou pela mão ao longo do corredor, espiando os números discretos em cada porta.

Perto do final do corredor ele parou, colocou a chave na fechadura e deixou a porta se abrir por completo.

Eu havia deixado uma pequena luz de cabeceira acesa e minha sacola de pernoite ainda estava sobre a cama grande.

Ouvi Sebastian fechar a porta, trancando-a. Quando me virei, ele estava me observando.

Ele tirou os tênis e a camiseta enquanto caminhava até onde eu me encontrava. Eu fiquei ali, imóvel, congelada no lugar, mesmerizada por seu olhar predatório. Quando ele me alcançou, pousou as mãos em meus braços e respirou fundo, os dedos se apertando ao redor dos meus bíceps.

Recostei minha cabeça sobre seu peito e beijei o ponto acima de seu coração. Ele suspirou e me envolveu em seus braços. Ficamos ali em silêncio, apenas nos abraçando.

Em seguida eu beijei de novo seu peito e passei a língua por seu torso, lembrando minha vontade de saborear cada centímetro dele. Deixei minhas mãos vagarem para baixo, enfiando-as por dentro do jeans, por baixo da cueca, afagando sua pele e enterrando os dedos na carne de suas nádegas. Um som suave escapou de seus lábios e seus quadris dispararam para frente.

Ainda sem falar nada, retirei minhas mãos quentes e recuei, dando espaço para desfazer o botão de suas calças e puxar o zíper para baixo, abrindo a calça e empurrando-a por seus quadris. Passei as mãos levemente por cima da cueca e senti seu corpo convulsionar, a ereção evidente sob meus dedos gentis. Com cuidado, empurrei a cueca para baixo para ele poder despi-la por completo.

Sebastian estava lindo e gloriosamente nu e eu sorvi sua beleza e sua força enquanto ele ficou à minha frente, desembaraçado, os olhos suaves com amor.

– Você é o meu mundo, Caro – disse ele.

– E você é o meu.

Ele sorriu e me puxou para seus braços, depois me guiou, andando para trás, até a cama.

Eu me sentei e enlacei suas coxas com meus braços, trazendo-o mais para perto. Depositei um beijo suave e molhado na ponta de seu pênis e vi suas pálpebras adejarem.

– Você ainda quer que eu te amarre?

Ele piscou várias vezes, depois sorriu de novo e balançou a cabeça, negando.

– Não hoje. Eu quero ser capaz de tocar você – por inteiro.

Ele agarrou a barra da minha camiseta e puxou-a sobre minha cabeça com gentileza.

– Você é tão linda.

Ele se ajoelhou diante de mim, pousando as mãos em meus quadris. Inclinou-se adiante para beijar meus seios, com mordidinhas brincalhonas, e então sua língua me envolveu, banhando meu colo. Arqueei minhas costas, deixando minha cabeça pender para trás, e de repente suas mãos se encheram de urgência. Ele me empurrou na cama e debruçou-se sobre mim, língua, hálito e boca quentes contra minha pele. Ele gemeu alto, depois se levantou. Lutei para me sentar, mas ele deslizou um braço por baixo dos meus joelhos e o outro por trás das minhas costas, pegando-me no colo e lançando-me mais para cima na cama. Eu fiquei tão surpresa que meu fôlego fugiu dos pulmões. Ele se esticou ao meu lado, erguendo-se em seguida para ficar por cima de mim, sua ereção apontando para minha barriga, confiante. Antes que eu pudesse estender as mãos para tocá-lo, ele se ajoelhou por cima de mim, ergueu-me com uma das mãos e, com a outra, soltou meu sutiã. *Minha nossa! Ele andou praticando?*

Eu sabia o que viria a seguir, mas, antes que ele pudesse tocar na minha calça, eu o afastei e rolei de lado, lutando para apagar a lâmpada de cabeceira. As cortinas ainda estavam abertas, mas a iluminação opaca e alaranjada dos postes públicos era a única luz.

– O que você está fazendo?

O tom dele era surpresa.

Eu tinha meus motivos. As marcas em minhas pernas não estavam mais doloridas, exceto pelo meu pé direito, que latejava incessantemente; entretanto, eram feias. E eu não queria que ele se distraísse, não com isso. Tinha outras distrações em mente.

Tirei a calça e a calcinha enquanto ele me observava e joguei-as ao léu, sem me importar com onde caíssem.

Eu podia ver a silhueta dele, entre dourada e prateada, na cama perto de mim enquanto meus olhos se ajustavam à luz fraca. Sentei-me e descobri que minha pele estava sensível demais para eu me ajoelhar por cima dele. Em vez disso, me sentei em seu colo e estiquei as pernas à minha frente.

– Sente-se – falei, a voz aguda de tensão.

Coloquei uma das mãos em sua nuca enquanto ele se levantava da cama, depois segurei sua ereção na mão para me posicionar acima dele. Subi e desci a mão diversas vezes e ele respirou fundo, entrecortado. Enquanto sentei-me sobre ele, Sebastian gemeu e senti seu corpo estremecer.

Era um momento extraordinariamente íntimo, nossos corpos unidos, nossos rostos a apenas alguns centímetros de distância.

Os olhos dele estavam muito abertos e maravilhados; puxei sua cabeça para a minha, pousando um beijo suave em seus lábios. E então sua boca fechou-se sobre a minha e nossas línguas se moveram em um novo ritmo enquanto nossos corpos arremetiam juntos. Puxei meus joelhos um pouquinho para cima e ele fez o mesmo, quase me levantando da cama a cada investida poderosa dos quadris. Ele passou os braços por trás de mim, trazendo-me ainda mais para perto.

Precisei tomar fôlego e Sebastian espelhou minhas ações. Seus olhos estavam fixos nos meus e, em um momento de total imobilidade, afaguei seu rosto, deixando meus dedos sussurrarem por sua bochecha, suas pálpebras, ao longo de suas sobrancelhas macias, descendo por seu nariz, pela leve dilatação de suas narinas, seguindo seu maxilar e drapejando sobre seus lábios, onde ele beijou meus dedos.

Estávamos unidos como um só; era impossível estar mais próximos, mais íntimos – todas as barreiras entre nós finalmente tinham caído. Éramos iguais e abertos e destemidos.

Desci as mãos por suas costas e senti Sebastian se mover dentro de mim. Recuei e inclinei-me para longe dele, mudando o ângulo de nossa conexão. Ele gemeu de novo e começou a se mover mais depressa.

Contraí-me ao redor dele, incapaz de controlar as ondas de sensações pulsando por mim.

Ele gritou e estremeceu dentro de mim com uma arremetida profunda. Ele ofegou, puxando o ar em golfadas fundas, e me puxou para junto de si, esmagando-me em seu peito com tanta força que eu mesma mal podia respirar.

Ficamos assim, ainda unidos, e eu senti uma risadinha escapar enquanto enxugava uma gota de suor de minha testa.

– Quem é que precisa de academia – falei, acariciando o rosto dele.

Sebastian riu suavemente.

– Você não precisa de nada, Caro. Você é perfeita.

– Ah, estou longe de ser perfeita, mas fico muito feliz que você pense assim. Vou ter que te manter em um quarto escuro para sempre.

– Por mim, tudo bem.

– Você pode ficar com fome – destaquei. – Morreria de fome.

– Nós pediríamos delivery – disse ele, pragmático.

Saí de cima dele com cuidado, retirando-o de meu corpo, e deitei abraçada com ele, enquanto Sebastian afagava meu cabelo.

– Ei, você deu uma olhada na situação da banheira? – disse ele.

– Humm, o quê? Não. Estava ocupada demais dando uma olhada em você. Ele riu.

– É sério! Nós podíamos tomar um banho de imersão juntos.

– Ah, tudo bem – falei, relutando em me mover de minha posição semicomatosa. – Só se você for preparar. Veja se eles colocaram algo para um banho de espuma.

Ele me beijou rapidamente e saltou da cama. Ele tinha tanta energia! Eu já estava exausta, e sentia que essa seria uma noite longa... e maravilhosa.

Ouvi os sons de uma torneira sendo aberta como se viessem de uma grande distância enquanto começava a adormecer. Em seguida um som estranho e desconhecido alcançou meus ouvidos e de repente, inesperadamente, eu estava totalmente acordada. Sebastian estava cantando sozinho. Esforcei-me para ouvir as palavras. Quando entendi, meu coração acabou de se abrir, enchendo-se com o amor que escorria daquelas palavras quase indistintas, mas sinceras. Paz, exultação e uma sensação de completude que eu jamais conhecera me dominaram e comecei a chorar baixinho.

When I hear her voice, the world disappears
When I hear her voice, I have no more fears.*

Eu nunca acreditei que fosse possível chorar de felicidade.

Em silêncio, saí da cama e fui até a porta do banheiro, escondida, observando-o. Ele estava debruçado sobre a banheira, testando a temperatura da água com os dedos, o vapor elevando-se pelo ar como fantasmas.

Ele acendera a luz acima do espelho de barbear e o brilho amarelado banhava sua pele de dourado. Assisti seus músculos contraindo-se e expandindo-se enquanto ele continuava a tocar a água, desenhando com os dedos na superfície.

She takes away the sadness, she takes away the pain
She takes away the darkness, she takes away the rain.**

---

*   Quando ouço a voz dela, o mundo desaparece
    Quando ouço a voz dela, não tenho mais medo algum.
** Ela leva embora a tristeza, ela leva embora a dor
    Ela leva embora a escuridão, ela leva embora a chuva.

Ele se se esticou para puxar duas toalhas, colocando-as cuidadosamente ao lado da banheira.

When I'm traveling from so far away
She's my path, she's my sun, she lights my way.***

Então ele se virou e me viu de pé nas sombras.
– Caro! Por que você está chorando?
– Porque eu te amo.

*** Quando estou viajando, vindo de tão longe
   Ela é meu caminho, é meu sol, ela ilumina meu caminho.

CAPÍTULO 18

ELE OLHOU PARA MIM E, um longo instante depois, aproximou-se e tomou meu rosto em suas mãos, beijando as lágrimas que escorriam pelo meu rosto.

E ali estávamos nós, dois tolos apaixonados.

– Eu esperei e esperei e esperei – gaguejou ele. –Você nunca dizia… nunca me disse… e agora falou. Eu te amo, te amo, te amo. Ah, Caro, tanto, tanto.

Um soluço escapou da garganta dele e eu fiquei envergonhada por ter me contido por tanto tempo, sem perceber o quanto ele precisava me ouvir dizer essas palavras.

Abracei-o pela cintura enquanto ele respirava fundo, estremecendo. Minhas próprias lágrimas logo secaram, enquanto eu era sobrepujada por minha felicidade e minha necessidade de proteger e reconfortar esse lindo homem-menino que conhecera tão pouco amor em sua vida.

Pele com pele, minha cabeça em seu ombro, nós ficamos de pé, sorvendo um ao outro. A respiração dele finalmente se acalmou e ele beijou a base do meu pescoço. Um sorriso ergueu meus lábios e eu abri os olhos.

– Sebastian, a água!

A banheira estava quase cheia e corria o risco de transbordar – como eu.

– Ah, droga!

Ele se abaixou para fechar o fluxo de água e tirou a tampa para esvaziar um pouco. Sebastian continuou olhando para a água e eu senti que ele estava usando aquele intervalo para se recompor.

Quando tornou a olhar para cima, seu foco estava um pouco acima do meu ombro. Ele não conseguia me olhar nos olhos e a expressão em seu rosto era encabulada.

– Desculpe por me descontrolar.

Pousei a mão em seu rosto, forçando-o a olhar para mim.

– Não, Sebastian! *Nunca* tenha vergonha de como se sente – não comigo. Jamais. Eu amo que você seja tão franco comigo; amo que você me mostre como se sente a cada momento, dia e noite; eu fico louca quando você faz isso na frente de outras pessoas, mas também adoro isso, porque é parte de quem você é. Nunca conheci nada assim e não quero que pare. Porque eu também me sinto assim.

Ele ofegou de leve e então sorriu para mim.

– Tudo bem – disse, suavemente.

Sorri de volta e toda a tensão foi embora, deixando-nos calmos e repletos.

– Podemos tomar um banho agora?

Ele assentiu e franziu a testa, olhando para meu pé direito, ainda envolto em um curativo espesso com gaze.

– Você pode? Não deve molhar isso aí – disse ele, sua expressão escurecendo para algo bastante intimidante.

– Eu vou deixá-la fora da água, na lateral – falei, tentando impedi-lo de se prender ao meu machucado. – Mas vou precisar me apoiar em algo. Eu tinha você em mente.

Ele sorriu.

– Acha que eu dou um bom travesseiro?

– Bem, você é um pouco duro...

Ele sorriu para mim, impudico, depois olhou para seu pênis.

– No momento, ainda não, mas posso ficar...

– Você consegue ficar dois minutos sem pensar em sexo?!

– Não, acho que não.

Suspirei, fingindo aborrecimento, mas era inútil – um sorriso imenso abriu-se em meu rosto.

Ele sorriu de volta e, mesmo enquanto eu olhava para ele, seu pênis contraiu-se. Ele realmente tinha vida própria.

— Ah, não! Eu ainda não estou pronta para o segundo round! Quero um banho gostoso e relaxante. Usei músculos que eu nem sabia que tinha.

— Tudo bem — disse ele, ainda sorrindo. — Mas vai ter que ser um banho rápido.

— "Rápido" e "relaxante" não são palavras que combinem — destaquei.

— Não sei não... eu me lembro de uma ocasião em que elas combinaram.

Os olhos dele pareceram escurecer e não pude evitar que meu olhar descesse para além da linha de sua cintura; ficou claro que o sangue não estava apenas correndo para a sua cabeça.

— Posso pedir um tempo? — falei, a voz um pouco trêmula.

— Não, acho que não — repetiu ele, aproximando-se de mim.

— Eu quero um banho de imersão.

— E vai ter um. Depois.

Recuei até o gabinete da pia e não tinha mais para onde ir.

Ele me pegou pelos quadris, pressionando-se contra meu corpo e mordiscando meu pescoço.

— Eu queria muito tomar aquele banho — arfei, agarrando-me aos pulsos dele.

— Humm — retrucou ele, enquanto meu corpo se arqueava sob seu toque. — Você ainda não está suja o bastante.

Assisti, sem palavras, se não completamente muda, enquanto ele se ajoelhava devagar. Sua boca seguiu a direção sul e eu engoli seco.

A língua dele traçou os contornos de meu mamilo esquerdo; em seguida, ele mordeu a pele quente, puxando sem muita gentileza enquanto suas mãos continuavam massageando meus quadris, seus dedos afundando em minha bunda. Depois ele se concentrou em meu seio direito, sugando e beijando e roçando os dentes.

Meu sangue latejava nas veias e meus joelhos começaram a tremer. Nesse momento, a mão direita de Șebastian desceu do meu quadril até minha panturrilha e começou a subir lentamente até o interior da minha coxa. Minha respiração soava muito alta e parecia ecoar no banheiro. O volume era quase embaraçoso, mas aquilo pareceu excitar Sebastian ainda mais, pois ele começou a morder mais forte, me fazendo estremecer e gritar. Então ele começou a me massagear, primeiro gentilmente, depois com mais força, circulando ao redor e para dentro e para fora.

Ele olhou para cima, dando-me uma espiada rápida, um leve sorriso em seu rosto; em seguida, sua cabeça desapareceu entre as minhas coxas e eu senti sua língua e seus dedos me acariciando, brincando comigo, me tocando por dentro e por fora.

Pensei que minhas pernas cederiam, mas nesse ponto ele enganchou meu joelho direito por cima de seu ombro e empurrou a língua mais fundo dentro de mim. Eu mal conseguia parar de pé em duas pernas, quanto mais em uma só; agarrei-me ao gabinete da pia atrás de mim como se minha vida dependesse disso.

Gozei gemendo alto e tive um breve vislumbre de seu rosto sorridente antes de meus olhos se fecharem. Ele colocou minha perna direita de volta no chão e me virou de costas, encarando o espelho. Eu ainda estremecia pelo meu orgasmo quando ele me fez debruçar e me penetrou por trás. Ele girou os quadris, recuou lentamente e penetrou de novo. Meu rosto no espelho estava irreconhecível, a boca semiaberta, os olhos arregalados; meus seios pareciam maiores, os mamilos se destacando, intumescidos, rígidos. Ele retirou-se outra vez e tornou a penetrar, dolorosamente devagar, girando os quadris, massageando cada parte minha, durante toda essa entrada interminável. E justamente quando cruzou minha mente *Ele aprendeu a fazer devagar,* ele começou a se mover rápido e com força, aumentando o ritmo enquanto sua respiração começou a se transformar em ofegos.

Ele levou a mão até a frente do meu corpo e pressionou com força, enviando-me de cabeça para o mergulho, aquele ponto em que eu não conseguia lembrar sequer do meu nome. Acho que desmaiei mesmo por meio segundo, porque quando a consciência retornou ao poucos, o braço dele estava ao redor da minha cintura, segurando-me de pé, enquanto minhas mãos estavam penduradas na lateral do meu corpo. Seus quadris moviam-se com violência e ele mordeu minha nuca enquanto gozava.

Afundamos no chão e eu me deitei de lado, agradecida pelo tapete sob meu quadril. O peito de Sebastian estava contra minhas costas e seus joelhos dobrados debaixo dos meus, o braço ainda ao redor da minha cintura.

Nenhum de nós conseguiu falar por vários minutos.

Eu me sentia tonta e toda corada, superaquecida por dentro e por fora.

– Qual é o caso com você e os banheiros? – arquejei.

Ouvi sua risada baixa.

– Acho que são os espelhos – cacete, eu adoro ver o seu rosto quando você goza – posso te ver de todos os ângulos. E posso me ver fodendo você. – Senti seus ombros se encolherem. – Me excita.

Eu não sabia o que fazer com essa informação. Percebi que ainda tínhamos muito a descobrir um sobre o outro – e eu estava muito preparada para essa viagem de descoberta.

Apertei a mão contra meu peito, sentindo minha pulsação começar a voltar ao normal.

Lutei para me sentar – Sebastian ainda estava deitado no chão, enrodilhado em volta de mim. Estendi a mão para afagar seu cabelo e um olho verde-mar malicioso piscou para mim.

– Posso tomar aquele banho agora, por favor? – falei, na minha voz mais persuasiva.

Eu teria me levantado e rastejado para dentro da banheira eu mesma, mas acho que não conseguiria ficar de pé.

Sebastian mordeu minha nádega, fazendo-me soltar um gritinho, depois se levantou.

– Você vai ter que me ajudar a ficar de pé – resmunguei, petulante.

Ele sorriu depois abaixou-se para me pegar no colo.

– Cama ou banheira? – disse ele, erguendo uma sobrancelha.

Era uma escolha difícil; porém, eu meio que temia que se dissesse "cama" isso significaria mais sexo, e eu realmente precisava de um descanso.

– Banheira – falei, finalmente.

Ele sorriu e, com cautela, me depositou na água quente, certificando-se de que minha perna direita estivesse do lado de fora, por cima da borda, mantendo o curativo do meu pé seco.

Estava maravilhoso. Não que eu precisasse relaxar – meu corpo estava tão mole que eu já estava nove décimos inconsciente. Dois orgasmos em dois minutos podiam ter alguma relação com isso.

– Você vai se juntar a mim?

– Em um minuto – quero te lavar primeiro.

Lenta e metodicamente, ele me ensaboou por inteiro, usando a barrinha oferecida pelo hotel, acumulando água nas mãos para me enxaguar.

Ninguém tinha me lavado daquele jeito desde... bem, acho que a última vez deve ter sido quando eu era uma criança pequena, porque eu não conseguia me lembrar disso ter acontecido.

Seu rosto estava sério, como se ele estivesse se concentrando bastante, revelando um pequeno vinco onde suas sobrancelhas estavam empurradas para baixo. Ele afastou o cabelo de meus ombros e massageou meu pescoço com sabonete.

– Seus cílios são superlongos – disse ele, baixinho.

Olhei para ele com os olhos semicerrados e acenei, indicando que ele devia vir se unir a mim. Eu estava quase cansada demais para falar.

Ele sorriu e me ajudou a ir para frente para poder entrar na banheira atrás de mim. A água bateu perigosamente perto da borda quando ele se afundou.

Eu recostei-me nele e Sebastian beijou o topo da minha cabeça, deixando seu braço esquerdo repousar na borda da banheira enquanto o direito envolvia meu ombro e meu peito.

– Isso é gostoso – disse ele suavemente. – Eu podia me acostumar com isso.

– Talvez não possamos pagar por um apartamento com uma banheira *e* um chuveiro em Nova York – apontei.

– Eu arrumo outro emprego para pagar – disse ele, casualmente. – Vai valer a pena.

Seu otimismo me fez sorrir; também me deixou um pouco triste. Eu não achava que a vida seria tão fácil quanto ele parecia esperar. Podíamos estar nos mudando para o outro lado do país, mas levaríamos vários de nossos problemas conosco. *Não, havia tempo suficiente para pensar nisso amanhã.*

– Que nome devemos dar para o nosso primeiro filho? – disse ele, em uma voz sonhadora e diferente.

– Desculpe, como é?!

Fiquei tão chocada que dei um pulo, fazendo com que uma marola cascateasse pela lateral da banheira. Sebastian não se mexeu, apenas beijou meu cabelo de novo.

– Se for um menino, podíamos chamá-lo de Chester – Ches ficaria muito contente. Ou talvez Chesney, se for uma menina.

Lutei para me sentar, mas ele não me soltava.

— Do que é que você está falando? — disse, minha voz subindo quatro tons. — Não podemos ter filhos!

— Por que não? — disse ele, desafiador. — Você disse que queria ter filhos, então vamos lá. A gente dá um jeito.

Minha cabeça estava para explodir com a impossibilidade do que ele dizia. Nós não tínhamos onde morar, nenhum emprego, nenhum dinheiro, ele mal tinha acabado de receber seu diploma de segundo grau e estava pensando em ir para a faculdade e *ele tinha só 17 anos!* E então, aquela vozinha lá no fundo da minha mente disse: *Por que não? O que você está esperando? Ele tem todo o tempo do mundo, mas você não. Quer esperar até a meia-idade para engravidar?*

O corpo dele havia se retesado, e eu podia ver que ele estava aguardando minha reação. Tentei brincar com a situação.

— Tudo bem. Mas vamos conversar a respeito quando você se graduar. Não vou roubar sua chance de ir para a faculdade. Podemos esperar três anos — não estamos com *tanta* pressa assim. Além do mais, queremos ver a Itália primeiro, não é?

Senti seu corpo relaxar de novo e ele beijou meu ombro.

— Sim, eu não iria querer perder isso. Certo, quando eu tiver 21 anos. Isso seria legal. Ei, o que você acha do nome Orlando? Eu fui para a escola com um menino que se chamava assim. Ele disse que era um personagem de uma peça.

Sorri.

— O que é tão engraçado?

— Você. O nome Orlando é a versão italiana de Roland. Também é usado na peça de Shakespeare, *Como lhe aprouver*. Mas eu sempre penso no livro de Virginia Woolf.

— Sobre o que é?

— Um viajante no tempo que se transforma em uma mulher.

Sebastian ficou sem fala por exatos três segundos — depois começou a rir.

— Está brincando comigo! Sério?

Ondinhas começaram a escapar por cima da banheira enquanto ele chacoalhava de tanto rir.

— Sebastian! Você está causando uma inundação!

Mas ele não conseguia parar de rir. Virei-me para olhar para ele, acrescentando mais água ao derramamento.

Estavam saindo lágrimas dos olhos dele e não parecia que Sebastian recuperaria o controle tão já. Balancei a cabeça, um sorriso preso em meu rosto. *Impossível!*

Saí da banheira, meio desajeitada. Sebastian tentou me agarrar, sem muito esforço, mas estava fraco demais de tanto rir e eu escapei. Apanhei uma das toalhas que ele havia separado e comecei a me secar enquanto ele jazia, impotente, na água agora tépida.

— Terminou? — falei, erguendo uma sobrancelha enquanto a risada dele se transformava em ofegos.

Ele sorriu para mim depois deslizou por completo para debaixo da água e se sentou rapidamente, o rosto escorrendo como um rio.

Ele pulou para fora da banheira e tentou de novo me agarrar.

— Ah, não! Você está todo molhado, mocinho, e eu acabo de me secar!

Joguei uma toalha nele e Sebastian a apanhou antes que batesse em seu peito.

Ele passou a toalha algumas vezes depois rapidamente a jogou no chão, onde ela começou a se encharcar com a água derramada.

A expressão em seu rosto me fez recuar para o quarto.

— Sebastian! São quase duas da manhã. Você tem que estar de pé em menos de seis horas.

— Tempo de sobra — disse ele, a voz em um rosnado.

Inacreditável!

★ ★ ★ ★

Quando eu finalmente acordei, o braço pesado de Sebastian me prendia à cama e a luz do sol entrava no quarto. Espremi os olhos para ver as horas em meu relógio de pulso. Já eram 10 hs: hora de fazer o check-out.

— Droga!

Empurrei o braço dele e sentei, alarmada.

— Caro! Qual o problema?

Ele acordou de imediato.

Eu me joguei de volta na cama, impotente, furiosa comigo mesma e frustrada por ser tão tarde. Não, eu estava furiosa com *ele*. Se ele não tivesse me mantido acordada metade da noite – se ele não estivesse *de pé* metade da noite – eu não teria dormido demais: não hoje.

– Caro!

– Eu queria chegar cedo em casa – resmunguei.

Sebastian me puxou para ficar de frente para ele.

– Por quê? Qual é a pressa?

– Eu só queria pegar... David... antes de ele ir trabalhar. Presumindo que ele tenha ido para casa na noite passada. Agora vou ter que adiar *de novo* a conversa com ele... a menos que eu vá até o hospital. Acho que posso fazer isso.

Sebastian fechou a cara.

– Por que você não deixa simplesmente um bilhete? Você não deve nada para aquele cretino.

Eu discordava, mas também não queria entrar numa briga sobre isso.

– Acho que vou encontrá-lo depois – disse, quase para mim mesma.

– Podemos falar sobre alguma outra coisa? – disse Sebastian, espelhando meus pensamentos.

Forcei um sorriso.

– Claro. Sobre o que você quer conversar?

– Bem – disse ele, flexionando sugestivamente os quadris –, eu acordei excitado e tenho uma mulher linda na minha cama...

– Sebastian! – choraminguei.

Mas ele já estava enterrando o rosto em meu peito e mordiscando meus seios.

– Eu preciso fazer xixi! – reclamei.

– Mais tarde.

Acho que isso respondia minha dúvida sobre ele acordar todo dia com uma ereção. Definitivamente, havia alguns riscos em possuir uma mente inquisitiva.

Dez minutos depois, eu estava com a cabeça descaída para trás enquanto Sebastian retirava-se de meu corpo.

– Cacete! – sibilou ele, desabando na cama. – Isso foi intenso! Nossa, Caro! Você acabou comigo agora! O que foi *aquilo*?

– Eu te disse que queria fazer xixi!

Ele olhou para mim, totalmente divertido.

— Sim, e?

— Bem — falei, corando de leve —, o... humm, o orgasmo fica mais intenso se você precisa, sabe... não me olhe assim, eu li isso na *Cosmopolitan*.

— Uau! Sério? Tem mais algum segredo sobre o assunto?

Eu dei-lhe um tapa no peito e saí para o banheiro pisando duro, ouvindo sua risada atrás de mim.

Dane-se ele!

Insisti para nos vestirmos, temendo que a equipe do hotel viesse a qualquer momento para nos botar para fora, por isso bani totalmente sexo no chuveiro por motivos de: a) eu provavelmente escorregaria e desmaiaria ou quebraria algo, especialmente por ter um saco plástico cobrindo a gaze no meu pé direito, e b) eu simplesmente não aguentava mais.

Sebastian fez uma tromba imensa, o que me fez rir, e uma ereção imensa, o que não teve o mesmo efeito. Mas encontramos um meio-termo que satisfez a ambos, embora meus joelhos ficassem vermelhos e doloridos depois.

Entreguei a chave do quarto para o recepcionista quando fizemos o check-out, embaraçada ao pensar no estado do lugar e agradecida por não ter que encarar fosse quem fosse a pessoa obrigada a arrumá-lo.

Tentei puxar os lençóis para uma ordem um pouco melhor e enxugar a maioria da água derramada da banheira, mas ainda parecia que um animal selvagem tinha passado pelo quarto, o que, pensando bem, mais ou menos resumia o modo como Sebastian se comportara a noite toda.

Sorri, lembrando a forma como nossos corpos se moviam juntos; o modo como seus olhos me diziam que ele era meu e eu era dele; o amor que meu coração faminto desejou por tanto temo. A maneira que o amor havia se transformado em luxúria e luxúria, em necessidade — crua e imediata; às vezes suave, às vezes dura, às vezes gentil, às vezes rude. Nossos corpos se unindo, fundindo-se como um só; duas peças se encaixando, vezes sem fim.

Eu me lembrei.

Estava um lindo dia quando saímos do hotel; a escuridão da manhã havia sumido há muito e o calor de julho começava a crescer. Como sempre, Sebastian estava faminto e apesar de ter comido a massa à carbonara fria e os restos do meu cuscuz em algum momento entre o quarto e o quinto orgasmo que me deu, ele estava pronto para mais comida.

Pegamos café e pãezinhos para viagem e caminhamos até meu carro nos sentindo relaxados, embora um tanto cansados. Talvez esse último adjetivo se aplicasse apenas a mim, pois Sebastian parecia estar zumbindo de tanta energia, falando com felicidade sobre todas as coisas que planejava para nós em Nova York. Ir a jogos de beisebol aparecia com mais frequência do que eu imaginava, mas também havia caminhadas pelo Central Park e, é claro, uma visita a todas as praias da Costa Leste.

Aqui na Costa Oeste, as ondas estavam promissoras e Sebastian olhou melancolicamente para a arrebentação enquanto dirigíamos pela estrada junto ao mar.

– Por que você não liga para Ches e vê se ele quer pegar algumas ondas? – sugeri.

O rosto de Sebastian se iluminou.

– É mesmo? Você não liga?

– Não, vá em frente. Eu encontro você mais tarde. A que horas você precisa entrar no trabalho?

– Estou das 16 às 22 hs de novo.

– Certo, bem, eu posso buscar você depois, então. Podemos ir até minha nova casa, e você pode conhecer minhas colegas de quarto.

– Claro, seria ótimo. Você não se incomoda mesmo?

– Claro que não! Vá se divertir um pouco.

E eu também tenho algumas coisas para resolver.

Sebastian apanhou seu celular.

– A bateria está quase no fim, mas acho que ainda dá para uma ligação.

Ele procurou o número de Ches e discou.

– Ei, cara, e aí? Não, estou com Caro. Estamos passando pela Silver Strand e está bombando. Quer levar as pranchas para passear? Não, ela não liga. – Ele sorriu para mim. – A gente se vê depois. Sim, certo. – Nesse ponto, ele franziu a testa. – O quê? Não, ainda não. Sim, está bem, está bem. Vejo você em 20 minutos.

Ele desligou.

– Ches disse que o *City Beat* publicou o seu artigo. Não sei, ele soou meio estranho.

Eu havia esquecido sobre o artigo. Era meio irresponsável de minha parte – afinal, essa devia ser minha futura fonte de renda.

—Vou buscar um exemplar para nós na volta. Aonde você vai se encontrar com Ches?

Deixei-o na Seacoast Drive. Ches estava recostado contra sua van, esperando por nós. Sorri e acenei, mas continuei no carro. As coisas ainda estavam um pouco tensas entre o melhor amigo de Sebastian e eu – preferi não forçar nada.

—Vejo você depois, querida – disse Sebastian, me beijando intensamente.

Eu correspondi ao beijo e senti a já familiar eletricidade disparar por mim. Empurrei Sebastian e tentei acalmar minha pulsação.

– Cacete! – arfou ele, fechando os olhos. – Eu não consigo me cansar de você, Caro.

Sorri e chacoalhei a cabeça para clarear a mente.

—Vá, antes que Ches vá embora de desgosto. Te mando uma mensagem depois.

Ele me deu um beijinho e saltou do carro, um sorriso enorme no rosto.

– E carregue o seu celular! – gritei.

Ele esboçou um aceno e correu até Ches.

★ ★ ★ ★

Parei em uma loja de conveniência e apanhei meia dúzia de exemplares do *City Beat*. Assim que encontrei meu artigo pude ver por que Ches tinha agido de modo estranho. Além de seis fotos de diferentes eventos do dia de diversão da Base, havia uma fotografia de meia página minha – com o rosto sorridente de Bill, seus braços em volta da minha cintura e beijando meu rosto. *Merda!*

Aquela devia ser uma das fotos que Ches tirou quando estava brincando com a câmera. Não era de se espantar que estivesse agindo de modo estranho: *era de se esperar!* Pior ainda, a legenda da foto fazia parecer que Bill era meu marido: "A autora, esposa do tenente-comandante David Wilson". *Merda dupla!*

Carl sabia muito bem que David não tinha estado no dia de diversão na praia. Teria sido um engano, ou esse era o jeito dele de se vingar de mim por recusar um drinque com ele?

Credo, eu estava ficando paranoica. Tinha certeza de que era apenas um engano sem má intenção; provavelmente o subeditor havia escrito a legenda – nada a ver com Carl, de forma alguma.

Entretanto, uma sensação ruim me gelou. Eu estava prestes a deixar David e, olhando para essa fotografia, as pessoas iriam presumir que eu estava tendo um caso com Bill. Contudo... talvez eu devesse usar isso em meu benefício – certamente podia desviar atenção de Sebastian. Talvez até bem demais.

Dirigi para casa mordendo o interior das bochechas, perdida em pensamentos. Daria mais uma olhada em casa para garantir que não havia mais nada que eu quisesse e então partiria para encontrar David no hospital. Esse era o plano. Parecia insensível deixar apenas um bilhete, embora uma grande parte de mim tivesse preferido assim. Pensando agora, talvez David também tivesse preferido.

Todavia, quando cheguei em casa, fiquei sem opções: o carro de David estava estacionado na entrada.

Sentei-me no carro e respirei fundo várias vezes para me acalmar. Não ajudou em nada – meu coração ainda martelava contra as costelas.

Acalme-se, Venzi. Você consegue fazer isso.

Minhas pernas tremiam quando saí do carro. Deixei minha chave cair duas vezes antes de conseguir abrir a porta da frente.

David estava sentado à mesa da cozinha quando entrei, o rosto retesado de raiva... e um exemplar do *City Beat* aberto diante dele.

Tive vontade de sair correndo.

– Olá, David.

Minha voz estava tão suave que eu mesma mal consegui ouvir.

– Você se importaria de explicar esse... esse absurdo, Caroline?

Seu tom era curto e nítido, sua raiva sob controle – por enquanto.

Sentei-me no lado oposto a ele na mesa e tentei me manter calma.

– Presumo que você esteja se referindo ao artigo, David. Não há nada ali que precise ser explicado.

O rosto dele assumiu um tom perigoso de púrpura.

– E esse... *homem* que parece estar todo enrolado em torno de você? Está *tentando* me fazer passar papel de tolo?

Forcei-me a respirar fundo.

— David, ele é só um amigo dos Peters. Ele estava brincando — o editor do jornal teve a ideia errada, isso é tudo. Olha, isso não é importante...

— Certamente que é, eu tenho uma reputação no hospital e...

Eu o interrompi calmamente. Fiquei orgulhosa por minha voz não tremer.

— Não, David, não é importante. Mas nós precisamos conversar. Pelo menos, eu tenho algo a dizer para você.

— Não posso pensar em nada mais importante do que descobrir por que *minha esposa* está se exibindo desse modo desagradável... e onde ela dormiu na noite passada!

— Eu poderia te perguntar a mesma coisa, David, mas ouso dizer que ambos responderíamos "em um hotel".

— Não comece com essa porra!

Empalideci frente à raiva indisfarçada em sua voz; no entanto, tinha ido longe demais para voltar atrás agora.

— Eu quero o divórcio.

Ele me encarou em choque, seu rosto perdendo toda a cor enquanto as palavras eram absorvidas.

— O quê? Está maluca?

Você diz, maluca de não querer um valentão controlador como você?

— Não, David. Não sou. Apenas infeliz. Estive infeliz por muito tempo e... eu sei que também não te fiz feliz. Acho que é melhor se cada um de nós seguir seu próprio caminho.

— Por causa desse... desse *macaco!* — rosnou ele, espetando o dedo no jornal.

Suspirei. A foto comigo e Bill era uma distração desnecessária.

— Não. Eu disse a verdade sobre ele. Ele é só alguém que por acaso estava lá naquele dia. Só o vi duas vezes na vida toda. David, isso é sobre nós. Bem, não existe um "nós"; deixou de existir há muito tempo, se é que um dia existiu. Olha, desculpe se isso parece ter vindo do nada, mas certamente você deve ter notado que nosso casamento está acabado já faz algum tempo...

Ele me encarou e agarrou a mesa até os nós de seus dedos estarem totalmente brancos.

— *Você está trepando com esse homem?*

Olhei nos olhos dele — fiquei tão agradecida por ele fazer *essa* pergunta. Eu não teria que mentir para ele. Ainda.

— Não, David, não estou.

Ele respirou fundo e pareceu acreditar em mim.

— Isso é por causa daquele acidente bobo na outra noite, não é? Pelo amor de Deus, Caroline, foi apenas um acidente!

Ele recostou-se na cadeira, os braços cruzados sobre o peito, uma expressão presunçosa no rosto. Eu podia ver o que ele estava pensando: a tempestade estava passando. No máximo, esse era o olho do furacão.

— Eu sei que foi um acidente. Mas o fato permanece: estou deixando você e quero o divórcio.

— Não seja ridícula! Você não pode me deixar! — Ele me fitou e acrescentou: — Você não tem para onde ir. Sua mãe com certeza não vai aceitá-la de volta.

Deus, ele era arrogante.

Eu comecei a ficar zangada: raiva era bom.

— Eu já retirei minhas coisas. Acho que você ainda não notou. Aluguei um quarto no centro da cidade até... até acertarmos tudo legalmente. Aí vou voltar para o Leste.

Ele me encarou, totalmente sem fala.

— Eu não vou dificultar as coisas — prossegui. — Não quero nada de você.

Era como se eu tivesse lhe dado um soco; ele estava murchando diante de mim, toda a grandiosidade desaparecendo.

— Você está me deixando?

— Sim, David. É melhor assim.

A cabeça dele desabou sobre o peito e eu senti uma pontada desconhecida de piedade por ele.

E então houve uma batida alta e insistente na porta. Tentei ignorá-la, mas era incessante.

Quem diabos será? Mas que sincronia horrível.

Com o hábito nascido de uma década de labuta doméstica, fui eu quem foi até a porta e a abriu.

— Aí está você, sua vadiazinha!

Estelle passou por mim e entrou na sala principal, com Donald logo atrás. Pude sentir o cheiro de álcool no hálito dele quando passou, me olhando com lascívia. A porta permaneceu aberta enquanto eu me apoiava fracamente contra a parede.

Só podia haver um motivo para eles virem até aqui. Apenas um motivo para Estelle falar comigo daquele jeito…

Eles sabiam.

– O que está havendo? – gritou David, sua paciência se desgastando com essa nova incursão.

Ele se levantou e encarou Donald e Estelle.

– Estelle, essa não é a hora ou o lugar. Donald, o que está acontecendo?

– A putinha da sua esposa anda fodendo com meu filho! – cuspiu Estelle. – Meu filho *menor de idade!*

David se encolheu e olhou para ela como se a mulher tivesse duas cabeças.

– Não seja ridícula! Você andou bebendo de novo, Estelle? Porque pelo visto…

– Pergunte a ela! – provocou Estelle. – Veja se ela nega!

A descrença de David transformou-se em choque: um olhar para meu rosto foi evidência suficiente.

– Caroline, isso… isso é verdade?

Meus joelhos cederam e eu afundei no sofá.

David me encarou, sua boca se abrindo e fechando como um peixe dourado.

– Você é um burocrata brocha, Wilson – disse Donald, cheio de desprezo. – Se estivesse comendo direito a sua mulher, ela não teria vindo farejar atrás do meu filho.

David estava impotente para responder, à deriva em um cenário que não compreendia.

– Caroline?

A voz de David me implorava para negar o que Donald estava dizendo – mas eu não podia.

– Caroline? – gaguejou ele outra vez.

– Vamos lá, Wilson – zombou Donald. – Seja homem pelo menos uma vez na vida, se é que se lembra como.

– Eu só queria ver você negar – Estelle ciciou para mim. – Eu sabia que estava certa sobre você, fingindo que é tão certinha e decorosa. Gente como você me dá enjoo. Quem é você para *me julgar* enquanto sai por aí se divertindo com *crianças?* Esgueirando-se por aí pelas costas do seu marido... ou ele sabia?

— Isso não tem nada a ver com David — falei, cansada. — Ele e eu estamos nos divorciando.

— Ah, esse é o plano, não é? — zombou Estelle. — Tentando culpar o meu filho! Meu filho *de 17 anos!* Acha que eu permitiria que o implicasse no seu divórcio? Acha, por um momento sequer, que permitiríamos que um escândalo manchasse a nossa reputação? Ou talvez pense que pode sair dessa com uma *chantagem*. Só por cima do meu cadáver, sua putinha metida. Acho que vai dizer que ele te atacou, é isso? Culpar outra pessoa? Fingir que você é tão melhor que todos os outros, enquanto na verdade anda dando para todos os rapazes. Sem dúvida, já fodeu com metade da Base a essa altura. Bem, não, senhora! Você não vai arruinar o *nosso nome*.

— Cale a boca, Stell — disse Donald friamente. — Eu cuido disso agora, não você.

Estelle ficou em silêncio, seus olhos se estreitando para mim, sua expressão violenta.

De onde veio tanto ódio? Eu senti como se estivesse me afogando nas suas horríveis acusações. Não tinha forças para pensar naquilo: tudo o que podia fazer era tentar me proteger. Eu preciso ir embora. Agora.

— Estou indo embora, de qualquer jeito — falei, baixinho, dobrando-me para frente em um débil esforço para sair do sofá, apesar de temer que fosse vomitar. — Não vou incomodar vocês. Vocês nunca mais vão me ver.

A cabeça de David se levantou de súbito. Vi mágoa e dor em sua expressão, junto com outra coisa. Seria medo?

Eu precisava ir para longe — já tinha feito estrago suficiente.

Eu podia ir direto para Nova York; Sebastian podia me acompanhar depois. Eram só três meses — só três meses.

Percebi vagamente o som de portas de carro batendo do lado de fora e vozes raivosas.

— Ah, isso é fácil demais! — disparou Estelle.

Ela marchou até mim e esbofeteou meu rosto com força. Minha cabeça girou para trás e lágrimas surgiram em meus olhos. Ela ergueu a mão de novo. Eu não tentei impedi-la.

— Mãe! Deixe-a em paz!

De súbito Sebastian estava na sala, colocando seu corpo entre eu e sua mãe, que ainda estava com a mão levantada para me atingir. Eu não entendi de onde ele tinha surgido. Sentia-me enjoada e confusa e tão tonta que temia desmaiar.

Primeiro pensei que Estelle bateria em Sebastian no meu lugar, mas ela recuou ao ver os rostos consternados de Ches, dos pais dele e de Donna na entrada da sala, assistindo o drama horroroso se desenrolando diante deles.

Sebastian se sentou junto a mim e puxou-me para seus braços.

– Está tudo bem, querida. Eu estou aqui agora.

Apoiei-me contra ele, um soluço escapando de meu peito. Era bom ser abraçada; senti-me segura, protegida.

– Como... como você soube...?

– Minha *mãe* – disse ele, com uma expressão de desdém. – Ela ligou para Shirley para lhe dar a boa notícia.

– E como foi que ela...?

A cabeça dele tombou.

– Brenda contou para ela. Ela nos viu... ontem à noite... no restaurante. Ela nos seguiu.

A loira na janela.

– Sim, pelo visto vocês estavam muito confortáveis indo para um hotel na noite passada – acrescentou Estelle, triunfante. – E ele ficou sumido duas noites seguidas, sem dizer nada. E você – ela apontou para Shirley –, sua cadela hipócrita, você mentiu na minha cara para acobertar! Eu não me espantaria se descobrisse que você sabia de tudo desde o começo.

Shirley arquejou e Mitch pareceu furioso.

– Sem mencionar a caixa de camisinhas que encontrei no quarto dele – continuou Estelle, desfrutando de seu momento sob os holofotes. – E um sutiã, seu, eu presumo. No quarto do meu filho! Vagabunda!

Sebastian a encarou, o rosto curiosamente vazio.

Silêncio invadiu a sala como gelo. Comecei a tremer e parecia incapaz de parar.

O rosto de David estava congelado em uma máscara de choque.

– Esse menino? – murmurou ele. – Você está me deixando por esse *menino*?

Sebastian lançou-lhe um olhar de puro ódio, enquanto Donna segurava a mão sobre a boca como se tentasse conter as palavras que vinham aos seus lábios. Mitch balançou a cabeça e Shirley deu um passo à frente, como se tentasse nos alcançar. Ches parecia desejar estar em qualquer outro lugar que não aqui – eu entendia essa emoção muito bem. Estava assistindo minha vida implodir em câmera lenta.

– Está tudo bem, Caro – murmurou Sebastian, beijando meu cabelo sem parar. – Agora está tudo bem. Eu te amo, querida.

Foi Donald quem quebrou o feitiço.

– Não está tudo bem, porra – disse ele em voz baixa e cheia de ódio. – Realmente, não está nada bem, cacete. Ela andou metendo com metade da Base e agora meteu as garras em você. Você é tão inocente que nem vê. Cristo! Por que eu tenho que ter um filho com merda no lugar do cérebro?

Sebastian estava de pé em segundos.

– Não se atreva a falar assim dela! Você está totalmente errado, porra! Você acha que todos são como você, mas não são! Acha que é algum segredo que você está comendo aquele enfermeirinha todas aquelas noites que está trabalhando até mais tarde, *pai*? Você é uma porra de uma piada, e nem vê!

Donald o atingiu com tanta força que Sebastian atravessou a sala e caiu no chão. Ele ficou de pé com alguma luta, o sangue escorrendo de seu nariz, e lançou-se sobre o pai.

Ches e Mitch correram para tentar separá-los. Sebastian conseguiu acertar vários golpes antes que eles o arrancassem de cima de Donald. Estava incoerente de tanta fúria, gritando e xingando o pai.

Donald esfregou as costelas e pareceu se acalmar enquanto a ira de Sebastian crescia.

– Sebastian! – murmurei. – Não, por favor.

Ele se virou e olhou para mim e seu rosto se suavizou. Seu corpo relaxou, mas Mitch e Ches continuaram a segurá-lo.

– *Tesoro*, por favor!

Estendi a mão para ele, que correspondeu ao gesto. Cautelosamente, Mitch o soltou e gesticulou para Ches fazer o mesmo.

Sebastian me tomou em seus braços e puxou-me para seu peito.

– Não ouça esse cuzão desgraçado, Caro – resmungou ele, o nariz sangrento deixando sua voz pastosa. – Ele não é nada. Nada.

– É mesmo? – disse Donald, desagradável. – Eu supri sua vida com tudo o que você tem: as roupas que está vestindo, o teto sobre a merda da sua cabeça! Sou o pobre idiota com um tonto como filho, mas é esse o ponto, não é? Você ainda é *meu filho* – e essa sua puta andou fodendo um menino menor de idade. Tudo o que eu preciso fazer é ligar para a polícia e essa cadela vai estar na cadeia tão rápido que nem vai ter tempo para fazer uma prece.

Houve um silêncio horrorizado e eu fechei os olhos, medo e desgosto queimando dentro de mim.

– Ei, o que é isso, cara – disse Mitch, baixinho. – Não há necessidade disso.

– Não, de fato – disse Donna, alarmada. – Não há necessidade de envolver a polícia. Tenho certeza que podemos resolver isso sem recorrer a algo tão... tão sério.

Mas Donald estava mergulhado demais em sua raiva e ódio para escutar. Ou talvez estivesse finalmente dizendo o que viera dizer, encontrando outro jeito de intimidar e humilhar seu filho, de controlá-lo.

– E quer saber? – disse ele, cruelmente. – Ela *vai* cumprir pena. Eu vou garantir que cumpra. Corrompendo um menor na idade *dela*: isso não é uma contravenção, é um crime grave. Ela também o entupiu de álcool, vocês sabiam disso? E quando ela finalmente sair da cadeia, depois de ter sido fodida por cada lésbica peluda da penitenciária, vai ter uma reputação de pedófila. Tente arrumar um emprego com *essa* etiqueta grudada em você, vadia! Vou fazer você pagar, porra.

O mundo todo desabou. Todos os meus piores pesadelos se tornaram realidade na forma de uma tirada odiosa e eivada de palavrões de um homem mau que intimidara e surrara seu filho durante anos.

O rosto de Sebastian estava pálido como giz por baixo do bronzeado.

– Você não pode fazer isso! – murmurou ele.

– Pois fique olhando! – vociferou Estelle, os olhos brilhando. – A putinha da sua namorada vai ter o que merece.

Baixei a cabeça, incapaz de afastar o peso daquelas palavras de desprezo.

– Só porque vocês me odeiam – disse Sebastian, a voz tensa de emoção –, não é preciso descontar nela.

Ele limpou o sangue do rosto com a manga da jaqueta.

– Ah, ouça só você! – cuspiu Estelle. – Acha que é algum cavaleiro branco que vai aparecer aqui e salvar o dia? Você é tão patético! Você arruinou minha vida desde o dia em que nasceu, miando e vomitando, sempre pendurado no meu pescoço, uma criancinha patética! Você não sabe de nada!

Shirley ofegou e Mitch segurou o braço dela; Donna estava pálida de choque e raiva, o horror da admissão de Estelle alastrando-se sobre as duas.

– Eu não sou uma criança! – berrou Sebastian. – Venho cuidando de mim mesmo desde que tinha oito anos, porque *você* estava bêbada demais para cuidar do seu próprio filho. Quantas vezes eu tive que te ajudar a subir as escadas porque você estava mal demais para andar, *mamãe?* Quantas vezes estranhos te deixaram na porta porque você não conseguia nem chamar um táxi? E quanto ao meu *pai,* você não passa de uma piada. Todo mundo aqui sabe que você é só um mulherengo patético com uma vadia alcoólatra como esposa. Caro é a melhor coisa que já me aconteceu. Nós vamos embora juntos e vocês nunca mais vão nos ver.

Sebastian encarou os pais, triunfante. Estelle parecia furiosa e voltou-se para Donald.

– Não vão, não – disse o pai de Sebastian, com uma finalidade gelada. – Você não vai a lugar algum com essa puta.

– Você já disse isso vezes demais, colega – interrompeu Mitch, em tom de aviso. – Não precisa dizer de novo. E você, Seb, é melhor se controlar também.

– Cai fora, *Sargento!* – rosnou Donald. – Isso não tem porra nenhuma a ver com você. Foi andar com a sua família de perdedores que deu início a isso tudo, para começo de conversa. Ele é *meu* filho, e o que eu digo é a lei. Então ouça bem, *menino:* se você chegar perto dessa vadia, eu vou chamar a polícia e ela está acabada.

Sebastian tentou se jogar sobre Donald, mas Mitch e Ches seguraram seus pulsos e Shirley abraçou a cintura dele, tentando acalmá-lo.

Donna ofegou.

– Donald, não! Pense no escândalo!

Donald sorriu e voltou-se para mim.

– Se você entrar em contato com *meu filho* de qualquer maneira: email, mensagem de texto, telefone, carta, a porra de um pombo correio, nós vamos processar. É um crime grave, e você vai para a prisão. No mínimo, entrará para o registro de criminosos sexuais pelo resto da merda da sua vida – você nunca mais vai trabalhar. E o mesmo vale para esse cretino cuzão do meu filho, se ele tentar entrar em contato com você. – Ele voltou os olhos para Sebastian. – Nunca.

Sebastian gritava obscenidades, tentando chegar até seu pai; Mitch, Shirley e Ches tentavam desesperadamente contê-lo.

– E quanto a você, *filho* – prosseguiu Donald – Pode dar adeus a qualquer ideia de ir para a faculdade; não vou desperdiçar mais nenhum centavo com você. Mas vou lhe dizer o que você vai fazer: assim que completar 18 anos, você vai se alistar. Faça isso, ou sua puta vai para a cadeia.

Eu ainda estava sentada no sofá, o rosto branco e chocada, mal capaz de absorver tudo isso.

Donna falou em uma voz trêmula.

– Donald, francamente! Não há necessidade disso. Certamente, se Caroline prometer ir embora discretamente, podemos não falar mais nisso. Sebastian vai fazer 18 anos em alguns meses e...

– Você é uma hipócrita do cacete, Donna. Você faria mesmo qualquer coisa pela reputação dessa merda de Base, não é?

A boca de Donna abriu e fechou várias vezes, mas ela parecia incapaz de voltar a falar.

– E outra coisa, sua puta de merda – disse Donald, me encarando de novo. – O prazo para prescrição é de três anos. *Três anos.* Se chegar perto do meu filho de novo durante esse período, já sabe o que vai acontecer com você. O mesmo vale para ele se entrar em contato. *Eu saberei!* Se você estiver no mesmo *estado* que ele, vou garantir que você receba o que merece.

Três anos. Ah, Deus.

Voltei-me para Sebastian, amor e perda me preenchendo enquanto minha visão começava a se borrar de lágrimas.

– Não dê ouvidos a ele, Caro! – arquejou Sebastian, desesperado. – Ele não vai fazer isso, não vai! Ele não se importa o bastante comigo para se dar ao trabalho. Não dê ouvidos a ele!

– Você está certo, seu merdinha – sorriu Donald com desprezo, esfregando as costelas de novo. – Eu não dou a mínima para você, mas acredite, me daria muito prazer mandar a sua putinha para a cadeia, no mínimo para arrancar essa expressão convencida da sua cara.

Shirley arfou e Donna pareceu enojada.

David estava perdido, despedaçado, seu olhar vagando pela sala como se não reconhecesse ninguém.

Mas era do rosto de Sebastian que eu não conseguia desviar meus olhos. Toda a luta o abandonara e ele murchou nos braços de Mitch.

Eu fiz isso. Eu fiz isso com ele. Todas as minhas desculpas ensaiadas voaram pela janela. Eu me desprezei. E estava na hora de abrir mão dele.

– Não, Caro! – ofegou Sebastian, vendo a decisão no meu rosto. – Não deixe que ele vença!

Como uma sonâmbula despertando no Dia do Julgamento, eu me levantei.

Mitch baixou as mãos, soltando-o, e Sebastian estava em meus braços pela última vez. Ele me abraçou tão apertado que eu mal podia respirar, enterrando o rosto no meu cabelo.

– Eu tenho que ir agora, *tesoro* – falei suavemente, afagando seu pescoço.

O abraço dele se apertou ao meu redor.

– Não! – arfou ele, como se estivesse com uma dor imensa.

– Sim. Sebastian, escute. Eu quero que você tenha uma boa vida, *tesoro*, uma vida grandiosa. Quero que seja feliz, que se apaixone...

– Não, Deus, não, Caro! Não diga isso!

– Sim! Faça isso por mim.

– Eu sempre vou te amar, Caro. Não desista de nós. Por favor, não desista. Eu vou esperar por você. São só três anos. Eu te amo!

Mas não eram apenas três anos, não é? Eu sabia disso agora.

– Eu também te amo – murmurei, tão baixinho que não sei se ele me ouviu. – *Ti amo tanto, Sebastian, sempre e per sempre.*

Tentei tirar suas mãos do meu corpo, mas ele não soltava.

– Não! – gritou, vezes sem conta. – Não!

– Ah, pelo amor de Deus! – rosnou Donald, desgostoso.

De alguma forma, Mitch e Ches conseguiram puxar Sebastian; ele tentou lutar, mas seu espírito estava partido.

Voltei-me para Shirley e Donna, seus rostos cheios de compaixão.

– Cuidem dele – falei baixinho. – Ches, eu... só seja amigo dele.

Ches anuiu, incapaz de falar.

– Ah, minha criança, minha criança querida – disse Donna, com lágrimas nos olhos.

Olhei para meu marido, cujo silêncio era mais eloquente do que mil palavras.

— Adeus, David — sussurrei. — Desculpe...

Ele me encarou sem expressão alguma, depois largou a cabeça entre as mãos.

Virei-me para partir, meus olhos passando sobre a maldade de Estelle, o espanto de David, o triunfo de Donald, a tristeza de Donna e Shirley e a raiva escurecendo o rosto de Ches e Mitch.

E então meus olhos pousaram sobre o homem que eu amava; o homem que eu prometera nunca mais tornar a ver porque ele tinha sido ferido o bastante, e por mim.

— Caro, não! — ele gritou outra vez, lágrimas caindo por seu rosto, misturando-se com o sangue.

— Eu te amo, Sebastian. Tanto, *tesoro*.

Em seguida fui embora, deixando para trás toda a bondade e beleza que havia conhecido na vida.

★ ★ ★ ★

Apesar do que aconteceu naquele dia, apesar de tudo o que aconteceu depois, não consigo me forçar a arrepender-me dos eventos daquele verão, porque Sebastian me ensinou a amar.

FIM DA PARTE UM

FONTE: Bembo
PAPEL: Luxcream 60g/m²
IMPRESSÃO: Paym

#Novo Século nas redes sociais

novo século®
www.novoseculo.com.br